삼국지

초판 인쇄 2022년 2월 02일
초판 발행 2022년 2월 22일

지은이　　나관중
펴낸이　　진수진
펴낸곳　　책에반하다

주소　　　경기도 고양시 일산서구 대산로 53
출판등록 2013년 5월 30일 제2013-000078호
전화　　　031-911-3416
팩스　　　031-911-3417

삼국지
三國志

| 나관중 지음 |

영웅호걸들의 삶을 통해 바라보는
우리의 인생

『삼국지』는 영웅호걸들의 지략과 용맹이 담긴 중국의 대표적 역사 소설로 평가받는다. 그 배경은 기원전 206년부터 서기 220년까지 중국 대륙을 지배했던 한나라가 멸망하고 위(魏) · 촉(蜀) · 오(吳) 세 나라가 경쟁하다가 다시 진(晉)으로 통일되는 시기이다. 그 기간 동안 숱한 위인들이 중국 역사에 등장하는데, 『삼국지』는 실존 인물을 중심으로 가상의 인물을 더해 극적 구성의 완성도를 높였다.

독자들은 『삼국지』를 통해 무려 400여 명의 인물을 접하게 된다. 물론 이 책은 원문의 내용을 압축해 전달하느라 주요 인물 중심으로 서술되었지만, 그럼에도 다양한 인간군상의 면면을 느끼기에는 부족함이 없다. 『삼국지』의 인물 묘사는 오늘날까지도 역사 소설의 모범으로 손꼽힌다. 이 책을 읽으면서 그들의 꿈과 용기, 분노와 좌절, 해학과 집념을 접하다 보면 영웅들의 삶이 우리의 삶과 크게 다르지 않은 것을 깨달을 수 있다.

이 책의 원제는 『삼국지연의(三國志演義)』인데, 흔히 『삼국지』라고 부른다. 왜냐하면 진수(陳壽)의 정사(正史)인 『삼국지(三國志)』에 서

술된 위·촉·오 삼국의 역사를 바탕으로 민간에 전승되어온 이야기와 허구를 가미해 나관중(羅貫中)이 재구성한 작품이기 때문이다. 일반적으로 소설 『삼국지』는 약 70퍼센트의 사실에 30퍼센트의 허구를 섞어 창작한 것으로 알려져 있다.

사실 나관중이 『삼국지』를 발표하기 전부터 위·촉·오 삼국의 역사는 중국인들이 큰 호기심을 갖는 소재였다. 천하의 패권을 둘러싸고 삼국이 벌이는 힘과 지혜의 다툼이 워낙 치열하게 펼쳐졌기에 일찍부터 대중의 관심을 끌었던 것이다. 그에 따라 오늘날에도 『삼국지』는 중국을 넘어 세계적인 인기를 구가하는 역사 소설로 평가받는다. 『삼국지』가 『수호지(水滸志)』, 『서유기(西遊記)』, 『금병매(金瓶梅)』와 함께 중국 4대 기서(奇書)로 인정받는 것도 같은 이유이다. 하지만 오늘날 『삼국지』의 원본은 전해지지 않으며, 명(明) 시대인 1522년에 간행된 '가정본(嘉靖本)'이 가장 오래된 판본이다.

자, 그럼 이제부터 동양 최고의 대하 역사 소설인 『삼국지』의 세계로 들어가 보자. 독자 여러분은 후한(後漢) 말부터 위·촉·삼국 시대를 거쳐 진이 천하를 통일하기까지의 중국 역사를 유비(劉備), 관우(關羽), 장비(張飛) 세 인물의 무용담과 제갈공명(諸葛孔明)의 지략을 중심으로 즐기게 될 것이다. 그러다 보면 누구나 인간의 희로애락을 이해하며 자신의 삶을 되돌아보는 기회를 얻는다.

동양고전연구회

Contents

도원결의

옛날 중국 땅에는 여러 나라가 명멸을 거듭했다. 하(夏)나라에서 은(殷)나라로, 은나라에서 주(周)나라로 드넓은 땅의 주인이 바뀌더니 춘추전국 시대를 거쳐 진시황(秦始皇)의 진(秦)나라가 중국을 통일했다. 하지만 열흘 붉은 꽃이 없다고 했던가. 그토록 불로초에 집착하던 진시황이 즉위 37년 만에 세상을 떠나자 측근이었던 환관들이 권력을 탐하면서 국운이 기울기 시작했다. 그 결과 중국 땅은 다시 항우(項羽)의 초(楚)나라와 유방(劉邦)의 한(漢)나라로 나뉘어 대립했는데, 유방이 승리하여 한나라가 통일 왕조를 세우게 되었다.

중국의 한나라는 BC 202년에 건국되어 AD 220년까지 명맥을 유지한 국가였다. 비록 중간에 왕망(王莽)의 신(新)나라에 14년 남짓 국권을 빼앗긴 적은 있었으나, 무려 400여 년 동안 역사를 이어간 제국이었다. 흔히 신나라 등장 이전에 장

안(長安)을 수도로 하였던 시기를 전한(前漢), 신나라를 물리
치고 광무제(光武帝)가 낙양(洛陽)에 국가를 재건한 시기를
일컬어 후한(後漢)이라고 한다. 그러나 인류 역사에 영원한
승자는 없는 법. 이후 후한은 세 나라로 분열되어 삼국시대가
열리게 된다.

후한의 국운이 쇠퇴한 데는 그만한 이유가 있었다. 과거 진
나라 때 그러했듯 환관들이 득세해 국가 권력을 좌지우지했
는데, 특히 이 시기에는 십상시(十常侍)라고 불리는 열 명의
환관이 그 중심에 있었다. 게다가 국왕의 외척들까지 권력을
탐해 후한 조정의 질서는 그야말로 엉망진창이었다. 그 같은
상황에 당시 임금이었던 환제(桓帝)와 영제(靈帝)는 허수아비
나 마찬가지였다. 그렇게 국가 기강이 무너졌으니 관리들은
백성을 수탈해 제 잇속을 채우기 바빴고, 나라 곳곳에 천재지
변과 함께 전염병이 들끓었다. 그 바람에 민심이 흉흉해져 괴
소문이 퍼지기 일쑤였으며, 혹세무민하는 자들이 나타나 백
성들의 힘겨운 삶을 더욱 어지럽게 만들었다.

그 무렵, 거록(鉅鹿) 땅에 약초를 캐며 살아가는 장각(張角)
이라는 사내가 있었다. 그는 어떻게 비책을 얻었는지 몰라도,
대가 없이 병자를 고쳐주거나 어려움에 빠진 사람들을 도우
면서 빠르게 명망을 쌓아갔다. 그러다 보니 전국 각지에서 그
를 따르려는 백성들이 몰려들어 신산한 삶에서 구원해줄 지

도자로 떠받들게 되었다. 장각 역시 그와 같은 상황을 바란
듯, 자신을 태평도인(太平道人)이라 부르며 도교(道教)의 시
초인 태평도(太平道)를 만들어 교주가 되었다. 그런데 장각은
신흥 종교를 만들어 피폐해진 백성들의 마음을 위로하는 것
으로 만족하지 않았다. 그는 자신을 따르는 사람들에게 누런
두건을 쓰도록 한 뒤, 백성들을 수탈하던 관군을 상대로 무력
을 행사했다. 장각의 무리는 누런 두건을 쓴 도적들이라는 의
미로 황건적(黃巾賊)이라 불렸는데, 얼마나 기세가 대단했던
지 관군들조차 그들이 나타나면 지레 겁을 먹고 달아날 궁리
부터 했다.

이미 푸른 하늘은 제 명을 다했다.
마땅히 누런 세상이 새로운 문을 열 것이니
갑자년이 오면 천하의 운명에 서광이 비추리라.

이것은 장각이 만든 노래로, 황건적이 출몰하는 곳마다 널
리 울려 퍼졌다. 여기서 푸른 하늘은 한나라를 일컫는 것이
고, 누런 세상이란 황건적이 주도하여 만들어갈 새로운 국가
를 뜻한다. 오랫동안 굶주림과 질병에 시달린 백성들은 장각
이 약속한 갑자년을 기다리며 내심 황건적을 응원했다. 민심
이 그러한 것을 조정의 십상시와 벼슬아치들도 모를 리 없었

다. 그래서 하진(河進)을 대장군으로 임명해 적극적인 황건적 토벌에 나섰다. 당시 권력자들은 아무리 도적들이 날뛰어 봤자 곧 난리가 진압될 것이라고 믿어 의심치 않았다. 그들은 백성의 생명을 한낱 파리 목숨으로 여겨 조금의 동정심도 갖지 않았다.

그러나 황건적의 세력은 권력자들이 생각하는 것보다 훨씬 더 컸다. 장각을 따르는 황건적의 수가 무려 50만 명에 달한데다 사기까지 충천해, 설령 정예 관군이라 해도 상대하기가 쉽지 않았다. 더구나 누런 두건을 쓰지 않은 일반 백성들도 힘닿는 한 물심양면으로 황건적을 도왔다. 그도 그럴 것이 관아를 습격한 황건적의 무리는 곡창을 열어 탐관오리들이 독차지한 곡식을 기꺼이 백성들에게 나누어주었다. 아사 직전의 사람들에게 그만한 보시가 또 어디 있겠는가. 급기야 위기를 느낀 조정에서는 관군을 도울 의병을 모집하기로 결정했다.

그로부터 달포가 지났을 무렵, 황건적의 한 무리가 유주(幽州) 땅으로 진격했다. 어느 곳에서나 그랬듯, 그 소식을 들은 유주 태수(太守) 유언(劉焉)도 바짝 긴장하며 대책 마련에 골몰했다. 이미 겁을 집어먹은 관군들로는 황건적을 막아내기 어렵다고 판단했기 때문이다. 자칫 시간을 지체했다가는 곡창을 다 털리는 것은 말할 것 없고 목숨마저 위태로울 지경이었다. 그렇다고 무작정 항복을 할 수도 없으니, 유언이 생각하기에도 방법은 하나뿐이었다. 얼마 전 조정에서 명이 내려왔듯이 의병을 모집해 관군들과 함께 맞서 싸우도록 하는 수밖에 없었던 것이다. 유언은 곧 부하를 시켜 의병을 모집한다는 방문(榜文)을 써 붙이도록 했다.

한편, 유주 탁현(琢縣)에 누상촌(樓桑村)이라는 작은 고을이 있었다. 그곳에서 한 청년이 거리에 붙은 방문을 유심히 살펴보았다. 젊은이의 행색은 비록 남루했으나 매끈한 피부에 반짝이는 눈빛과 붉은 입술, 커다란 귀를 가져 기품이 넘쳐 보였다. 더구나 키는 8척이나 되었고, 기다란 팔이 무릎에 닿을 듯했다.

그 청년의 이름은 유비(劉備), 자는 현덕(玄德)이었다. 나이는 스물일곱이었으며, 한나라 효경황제의 혈육인 중산정왕(中山靖王) 유승(劉勝)의 후손으로 이른바 황족이었다. 그러나 유비는 일찍이 아버지를 여읜 탓에 가세가 기울어 짚신을 삼거나 돗자리를 짜며 근근이 생계를 잇고 있었다. 다만 생활이 궁핍한 가운데에도 어머니에 대한 효심이 지극해 그를 칭찬하는 사람이 많았다. 성품도 온화하고 과묵해 함부로 분란을 일으키거나 말을 앞세우는 법이 없었다. 외유내강이라고 했던가. 유비는 부드러운 겉모습과 달리 마음속에 큰 뜻을 품은 젊은이였다. 그는 장차 천하에 자신의 이름을 떨칠 것이라는 야망을 품고 있었다. 일찍이 숙부 유원(劉元)이 그와 같은 조카의 의지를 헤아려, 유비의 나이 열다섯 무렵부터 문무를 겸비한 스승들에게 학문을 배우도록 이끌어주었다. 특히 그는 노식(盧植)과 정현(鄭玄)을 존경하는 스승으로 섬겼다.

제자리에 멈춰선 채 곰곰이 방문을 읽어 내려가던 유비가 혼잣말을 중얼거렸다.

"아무리 나라가 어지럽다 한들 도적떼가 나서서 약탈을 일삼는 것은 옳지 않아. 그들이 이렇게 권력을 잡으면 백성들의 삶을 더욱 도탄에 빠뜨릴 것이 틀림없어. 내가 황건적을 토벌하는 의병장이 되고 싶은데, 사람들을 모을 최소한의 재물도 없으니 안타깝구나……."

유비는 자신의 처지를 되새기며 한숨을 내쉬었다. 그때 등 뒤에서 유비처럼 골똘히 방문을 바라보던 한 사내가 큰 소리로 지껄였다.

"나라가 말세로군, 말세야. 조정에는 간신배들이 넘쳐나고 저잣거리에는 도적떼가 득실대니 한심하기 짝이 없구나. 황건적인지 뭔지, 그깟 놈들도 결국 자기 뱃속을 채우려고 난을 일으킨 것인데 순진한 백성들이 깜빡 속아 넘어가고 있어. 나라도 의병에 지원해서 황건적부터 쓸어버려야겠다!"

그 소리를 들은 유비가 등을 돌려 사내를 쳐다보았다. 사내

는 키가 8척이나 되는 장신에 호걸다운 용모를 갖추고 있었
다. 호랑이 상의 얼굴에 말갈기 같은 수염이 사방으로 뻗쳤
고, 두툼한 입술 사이로 새어나오는 목소리는 흡사 우레와 같
았다. 장삼이사라면 언뜻 보기만 해도 기가 죽을 법한 외모였
다. 유비와 눈이 마주치자, 사내가 물었다.

"방문을 읽으며 한숨만 내쉬던 사람이 뭐, 할 말이라도 있
소?"

유비는 사내의 겉모습에 전혀 위축되지 않고 되물었다.

"공은 이름이 어떻게 되시오?"

"나는 장비(張飛)라고 하오. 그러는 댁은 뉘시오?"

장비는 자신의 첫인상에 주눅 들지 않는 유비가 범상치 않
다고 생각했다. 그래서 순순히 이름을 밝히며 상대를 날카롭
게 훑어보았다.

"나는 유비라고 합니다. 짚신이나 돗자리를 만들어 파는 한
량이지요."

"한량이라고? 누굴 사람도 볼 줄 모르는 바보로 아쇼?"

유비는 짐짓 자신의 속마음을 감추었다. 그러나 장비는 한
눈에 보기에도 그가 평범한 사람이 아니라는 것을 눈치챘다.
실은 장비도 오래 전부터 전답을 일구며 돼지를 키워 팔았으
나, 언젠가는 천하를 호령하겠다는 큰 뜻을 품고 있었다. 날
마다 운동을 해 근력을 키우고 무예를 연마하는 것도 그런 까

닭이었다.

"한데 멀쩡하게 생기신 분이 대낮부터 웬 한숨이오?"

아무래도 장비는 방문을 읽으며 한숨을 내쉬던 유비의 모습이 의아했다. 그래서 내처 질문을 이었던 것이다.

"그건……."

갑작스런 물음에 유비가 머뭇거렸다. 장비가 답답하다는 표정으로 채근했다.

"편히 말해 보시오. 이미 통성명도 했는데 그만한 이야기쯤 해도 괜찮소."

역시 장비는 외모만큼이나 호탕한 성품을 지닌 듯 보였다. 그제야 유비도 경계를 풀고 속마음을 털어놓았다.

"솔직히 나는 황건적을 토벌하는 일에 앞장서고 싶소. 의병을 조직해서 관군을 돕고 싶은데, 살림이 넉넉지 않아 하루하루 입에 풀칠하기도 바쁘구려."

"하하하, 댁도 나랑 같은 생각을 하고 있었소? 뜻이 같은 위인을 만나다니 반갑구려!"

장비는 유비의 말에 반색하며 손을 내밀어 악수를 청했다. 동지를 만났다는 생각에 기분이 몹시 들뜬 그의 말이 계속됐다.

"댁이 무엇을 고민하는지 알겠소. 돈이라면 나한테 맡기시오. 비록 넓은 전답을 갖고 있지는 않지만, 그것을 팔면 의병을 모집하여 한동안 사용할 경비로는 충분할 거요. 뭐, 그 다음이야 전투에 나가 공을 세우면 조정에서 먹을 것과 입을 것을 하사하지 않겠소? 운이 좋으면 관직을 받아 벼슬길에 오를 수도 있을 테고 말이요.”

유비는 낙천적인 장비의 제안에 가슴이 벅차오르는 감정을 느꼈다. 그만한 협력자가 있다면 자신의 뜻을 펼치는 데 큰 힘이 되리라 믿었기 때문이다. 두 사람은 가까이 있는 주막으로 가서 좀 더 깊은 이야기를 나누기로 했다.

잠시 뒤, 주막 마당에 놓인 평상에 유비와 장비가 마주앉았다. 먼저 장비가 유비에게 술을 한 잔 따라 올렸다.

“보아 하니 나보다 연배가 위인 것 같은데, 앞으로 형님이라고 부르겠소. 유비 형님!”

“허허, 내가 그럴 자격이 되는지 모르겠구려.”

장비의 술을 받으며 유비가 겸손하게 말했다. 그러자 시원시원한 성격의 장비가 부러 심통이 난 듯 투덜거렸다.

“거참, 형님으로 모시겠다는데 뭘 그리 복잡하게 생각하시오. 앞으로는 내게 편히 말씀하시고 술도 한 손으로 받으시오, 형님!”

“자네의 마음이 정 그렇다면 어쩔 수 없지. 나 또한 믿음직한 형이 되도록 노력하겠네.”

그렇게 두 사람은 주거니 받거니 술잔을 기울였다. 장비는 유비의 가문이 황족인 것을 알게 되었고, 유비 역시 장비가 선대부터 유주에서 살아왔으며 익덕(翼德)이라는 자를 쓴다는 이야기를 듣게 되었다.

그때, 한 사내가 두 사람이 앉은 평상으로 다가왔다. 어림잡아도 키가 9척에 달했고, 어깨가 떡 벌어져 무쇠처럼 단단해 보였다. 기다란 대춧빛 얼굴에 날렵한 눈매와 굳게 다문 입술이 도드라졌으며, 하관을 뒤덮은 수염이 족히 두 자는 되게 가슴팍까지 늘어져 있었다. 그가 장비를 보고 반갑게 인사를 건넸다.

"오랜만이네, 아우!"

"아니, 이게 누구요? 그렇지 않아도 조만간 형님을 찾아뵈려고 했소."

장비 역시 사내를 무척 반겼다. 얼핏 보아도 두 사람의 친분이 남다른 듯했다. 장비가 사내의 소매를 끌어 술상에 앉힌 다음 신바람을 내며 말했다.

"두 분 모두 내게는 형님이오. 서로 인사 나누시구려."

장비의 소개에 유비와 사내는 얼굴을 마주한 채 무릎을 꿇어 예를 갖추었다. 먼저 사내가 말문을 열었다.

"저는 관우(關羽)라고 하며, 자는 운장(雲長)입니다."

유비도 흔쾌히 자신의 이름을 밝혔다. 그러자 장비가 거들고 나섰다.

"관우 형님, 이분은 중산정왕 가문의 후손이십니다. 저와 함께 의병을 조직하여 황건적 토벌에 나서기로 했지요."

그 말에 관우의 눈빛이 반짝였다.

"이렇게 황족을 뵙게 되다니 영광입니다. 저 또한 의병이 되려고 마음먹었으니, 뜻을 함께할 수 있다면 기꺼이 따르겠습니다."

"그게 정말입니까? 그렇다면 제가 감사 인사를 드려야지요."

원래 관우는 하동(河東) 사람이었다. 무관 가문 출신으로, 어려서부터 사서삼경을 공부하며 무예를 익히다가 탐관오리 하나를 때려눕혀 탁현으로 숨어들었다. 그의 남다른 정의감이 백성들을 괴롭히는 벼슬아치의 만행을 그냥 지나치지 못했던 것이다. 그런 관우가 얼마 전 탁현의 장터에서도 아녀자를 희롱하는 건달들을 혼내주었고, 우연히 그 광경을 목격한 장비가 돕고 나서면서 둘의 인연이 시작되었다. 그것이 이제는 유비까지 포함해 세 남자의 의기투합으로 이어지고 있었다.

관우 또한 일찍이 어지러운 나라를 바로잡아 백성들의 시름을 덜어주려는 야심을 가진 사내였다. 그러다 보니 세 사람은 곧 오랜 친구처럼 다정한 사이가 되었다. 유비와 관우의 나이를 헤아린 장비가 호형호제의 서열을 정리했다. 유비가 첫째였고, 관우가 둘째, 장비가 막내였다. 그에 따라 모두 말을 높이거나 낮추었고 호칭을 정리했다. 두 아우가 모두 유비를 형님으로 불렀지만, 장비보다 관우가 훨씬 더 깍듯하고 겸손했다.

"형님, 제 술 한잔 받으십시오."

"고맙네, 관우 아우."

세 사람의 술자리는 해가 저물도록 끝나지 않았다. 모두 젊고 건강한 터라 주막의 술이 바닥을 보였는데도 만취하는 사람이 없었다. 유비가 마지막 술잔을 들이켜고 나서 두 아우에게 말했다.

"우리가 오늘부터 호형호제하기로 했으나, 술집에서 다짐하는 것만으로는 부족함이 있구나. 장차 큰일을 도모하려면 정식으로 제를 올리고 형제의 의를 맺는 것이 바람직하지 않겠느냐?"

"형님 말씀이 옳습니다."

먼저 관우가 유비의 말에 호응했다. 장비는 한 손으로 무릎까지 내려치며 맞장구를 친 뒤, 유비의 생각을 거드는 의견을 내놓았다.

"형님들, 마침 제를 올리기에 딱 좋은 장소가 있소."

유비와 관우의 눈길이 일제히 장비에게 향했다.

"그곳이 어디냐?"

"우리 집 뒤쪽에 넓은 도원(桃園)이 있소. 지금 꽃이 만발하였으니, 천지신명께 제를 올리기에는 그곳이 안성맞춤일 거요."

누가 들어도 장비의 의견에 토를 달 까닭이 없었다. 이튿날, 유비와 관우는 일찌감치 장비의 집을 찾아가 도원으로 발걸음을 옮겼다. 그곳에는 이미 장비가 제를 올릴 준비를 마쳐둔 상태였다. 제상 한가운데에 그가 직접 잡은 돼지도 놓여 있었다.

"어서 오시오, 형님들. 간밤에 얼마나 설레던지 잠도 잘 오지 않지 뭐요. 그래서 이른 새벽에 일어나 이렇게 준비를 다 해두었소."

"네가 고생했구나."

유비는 진심으로 아우의 정성에 고마움을 표했다. 곧 완전히 날이 밝았고, 천지신명께 올리는 제가 시작되었다. 세 사람이 공손히 절을 올린 다음, 유비가 제상 앞으로 나가 하늘을 올려다보며 축원했다.

"오늘 유비, 관우, 장비 세 사람은 의형제가 되기로 천지신명께 맹세합니다. 우리 삼형제는 하늘의 뜻을 받들어 어지러운 나라를 바로세우고 나날이 위태로워져가는 백성들의 삶을 구할 것입니다. 그 소망이 이루어지는 날까지 서로의 부족함을 채우며 의리를 지킬 수 있도록 보살펴주시옵소서. 우리 삼형제 저마다 태어난 날은 다르지만 같은 날 죽을 수 있도록 해주시고, 모두 불의를 외면하지 않는 용기를 갖게 하시옵소서."

그렇게 성이 다른 세 사람은 의형제가 되었다. 아우는 형에게 예를 다하기로 약속했고, 형은 아우에게 각별한 인정을 베풀겠다고 다짐했다. 그리고 서로가 서로에게 세상에 다시 없을 최고의 동지가 되기로 맹세했다.

황건적 토벌에 나선 삼형제

도원결의를 맺은 삼형제는 곧 의병을 모집한다는 격문을 돌렸다. 세상이 어수선할수록 그것을 바로잡으려는 호걸도 많은 법. 단 며칠 만에 500여 명의 장정들이 누상촌으로 모여들었다. 장비가 그들 앞에 나서서 큰 소리로 외쳤다.

"모두 장한 뜻을 품고 의병이 되어주어 고맙다. 며칠 안에 무기와 말을 준비할 테니 황건적에 맞서 사력을 다해 싸우자!"

장정들은 자신감 넘치는 장비의 모습에 환호성을 질렀다.

그런데 사실 삼형제는 이만저만 걱정이 아니었다. 갑자기 예상보다 훨씬 많은 의병들이 모여들다 보니 모든 물자가 부족했다. 장비가 약속대로 전답을 팔아 군량을 마련했지만 얼마나 갈지 마음을 놓을 수 없는 상황이었다. 게다가 무기도 부족해 급한 대로 농기구를 챙겨든 장정들이 적지 않았고, 말은 다 모아놓아 봤자 금세 손으로 헤아릴 정도밖에 되지 않았다. 유비와 두 아우는 문제를 해결할 뾰족한 수를 찾지 못했다.

"이것 참 큰일이구나. 준비 없이 전투에 나서서는 이길 도리가 없는데 말이다."

삼형제 중에서도 맏형인 유비의 근심이 가장 컸다.

그러던 어느 날, 근처의 산에 올라 경계를 서고 있던 한 장정이 숨을 헐떡이며 달려와 보고했다.

"지금 장사꾼 차림을 한 두 사람이 수십 마리의 말을 끌고 이곳으로 오고 있습니다!"

"대체 그들이 누구란 말이냐?"

관우가 정체불명의 두 사람을 만나기 위해 말을 달려 나가 보았다. 마침 그들이 고을 어귀로 들어서고 있었다. 과연 두 사람은 수십 마리의 말들을 고삐와 고삐로 엮어 노련하게 끌고 오는 중이었다.

"댁들은 뉘시오?"

관우가 물었다.

"말장사꾼 소쌍과 장세평이라고 합니다. 황건적 때문에 장사를 망쳐 집으로 돌아가는 길에 위병을 모집한다는 격문을 보고 이곳으로 왔습니다. 우리가 비록 무기를 들 만큼 젊지는 않지만, 가지고 있는 말 쉰 마리와 재물을 좀 내놓을 테니 황건적을 토벌하는 데 도움이 되면 좋겠습니다."

뜻밖에 나타난 장사꾼들의 호의에 관우는 십 년 묵은 체증이 쑥 내려가는 듯했다. 그는 서둘러 두 사람을 유비와 장비가 있는 곳으로 데려갔다. 두 형제도 소쌍과 장세평의 이야기를 듣고 금세 낯빛이 환해졌다.

"황건적 때문에 손해를 많이 봤나 보군요?"

유비가 물었다.

"돈 몇 푼 손해 본 것이 문제가 아니라 아예 장사를 할 수 없는 지경입니다. 황건적이 길을 막아 어디로도 자유롭게 오가기 어렵게 됐거든요. 처음에는 그들이 백성을 위한다는 명분으로 난을 일으켰는데, 이제는 우리 같은 장사치들의 물건까지 마구 빼앗아 제 잇속을 챙기려 들지 뭡니까."

삼형제는 두 사람의 말에 진심으로 귀를 기울였다. 어느덧 자신들이 우려했던 일이 일어나고 있었기 때문이다. 조정은 썩었고, 백성의 삶은 점점 피폐해져갔다. 같은 백성끼리 서로가 서로를 물고 뜯는 비극까지 벌어지고 있었던 것이다.

소쌍과 장세평이 황건적을 물리쳐달라며 내놓은 물자는 기대보다 더 대단한 수준이었다. 그것은 말 50마리와 더불어 금 500냥과 무쇠 1천 근, 짐승 가죽도 100필이나 되었다. 삼형제는 두 사람을 극진히 대접하여 돌려보낸 뒤 의병 몇을 불러 명령했다.

"너희들은 근방의 대장장이들에게 이 무쇠를 가져다주어

무기를 만들게 하라. 그리고 짐승 가죽을 장정들에게 나눠줘 옷을 만들어 입게 하고, 장터에 나가서 곡식을 넉넉히 사들여 굶는 일이 없도록 하라."

모든 일이 일사천리로 진행되었다. 며칠 뒤 삼형제도 새로운 무기를 갖게 되어 더욱 장수의 면모를 갖추었다. 유비의 무기는 쌍고검(雙股劍)이었고, 관우의 무기는 80근이나 나가는 청룡언월도(靑龍偃月刀)였으며, 장비는 길이가 1장(丈)이나 되는 장팔사모(丈八蛇矛)를 손에 들었다. 장정들 역시 저마다 칼과 창 같은 무기를 챙겨들어 비로소 전투에 나갈 최소한의 준비를 마쳤다. 그 날부터 삼형제는 장정들에게 무예를 연마시켜 잘 훈련된 의병으로 만들었다. 젊고 건장하기만 했던 500명의 장정은 어느새 누가 보아도 믿음직한 병사들이 되었던 것이다. 그들을 지휘하는 유비, 관우, 장비의 위용은 두말할 나위 없이 늠름했다.

"드디어 때가 되었다. 관군을 도와 황건적을 토벌하자!"

유비는 마침내 의병을 이끌고 길을 나섰다. 그가 처음 찾아 간 사람은 유주 태수 유언이었다. 그렇지 않아도 의병을 모집하기 위해 동분서주하던 유언은 500명의 병사들과 함께 나타난 유비가 너무나 반가웠다. 서로 통성명을 한 뒤 유언이 항렬까지 들추며 유비에게 친밀감을 내비쳤다.

"따져 보니 자네는 내 조카뻘이군. 황건적을 무찌르는 데 큰 공을 세우면 내가 모른 척하지 않겠네."

그와 같은 유언의 언행이 유비는 썩 마음에 들지 않았다. 하지만 대사를 치르기 위해 나섰는데 감정을 앞세워 일을 그르칠 수는 없었다.

그로부터 며칠 후, 유주 땅으로 진격했던 황건적이 마침내 모습을 드러냈다. 그 수가 무려 5만이나 되어 보기만 해도 기가 질릴 만한 위세를 뽐냈다. 태수 유언이 애써 긴장을 감추며 유비를 불러 명을 내렸다.

"도적 떼가 몰려오고 있으니 자네가 선봉에 서게. 관군들은 만약의 사태에 대비해 이곳을 지키고 있겠네."

"네, 그리 하겠습니다."

태수의 속셈을 유비라고 모르지 않았다. 유언은 워낙 많은 수의 적이 공격해오다 보니 관군을 보내봤자 상대가 되지 않을 것이라고 지레짐작했다. 차라리 의병을 먼저 보내 황건적과 싸우게 하고, 관군은 곁에 두어 자신의 신변을 보호하도록 하는 편이 낫다고 생각했던 것이다. 그러나 모든 것을 꿰뚫어본 유비는 아우들과 함께 두려움 없이 전장으로 달려갔다.

얼마 뒤, 유비의 병사들이 대흥산에 다다랐다. 그곳에는 이미 황건적이 전열을 정비하기 위해 진을 치고 있었다. 그들은 내일이라도 당장 유주 관아에 들이닥칠 기세였다. 유비가 산마루에 올라 황건적을 꾸짖었다.

"이놈들! 아무리 어지러운 나라에도 마땅히 지켜야 할 기강이 있거늘, 한낱 도적떼가 되어 몹쓸 짓을 일삼으면 되겠느냐!"

하지만 말 한마디에 백기를 들 황건적이 아니었다. 맨 먼저 그 무리의 부수(副帥) 등무가 날카로운 창을 치켜들고 말을 달려 나오며 소리쳤다.

"얼마 되지도 않는 병사로 우리에게 맞서겠다니 가소롭구나! 자신있는 장수가 있다면 이리 나와서 나랑 한번 붙어보자!"

등무는 자신들의 수가 많다는 이유 하나로 상대를 얕잡아봤다. 조심성 없이 덤벼드는 자에게는 허점이 많은 법. 장비가 말을 탄 채 장팔사모를 들고 달려가면서 우레와 같이 고함을 내질렀다.

"난 말 많은 놈은 딱 질색이다. 자, 덤벼라!"

둘의 합은 단 한 번으로 끝났다. 장비의 장팔사모가 허공을 가르는가 싶더니, 등무가 피를 뿜으며 땅바닥에 나동그라졌다. 그 광경을 지켜본 주장(主將) 정원지가 붉게 상기된 얼굴로 등무의 것보다 좀 더 기다란 창을 들어 말을 달려왔다.

"내가 부수의 원수를 갚아주마. 너희도 제일의 장수가 나와 나랑 겨뤄보자!"

그러자 이번에는 관우가 거침없이 달려 나가 적장에게 맞섰다. 그들의 싸움 역시 승부는 간단히 가려졌다. 관우의 청룡언월도가 단 한 번 바람 가르는 소리를 내자, 정원지의 목이 잘려 공중으로 날아갔다. 목에서는 금세 폭포처럼 피가 쏟아졌다.

"와, 관운장께서 승리했다!"

적의 부수와 주장이 목숨을 잃자 의병들의 사기는 하늘을 찌를 듯 높아졌다. 그와 달리 5만이나 되는 황건적은 몹시 당황하며 제 살 길을 찾아 사방으로 뿔뿔이 흩어졌다. 모두 패잔병 신세가 되었다고 해도 틀린 말이 아니었다.

그런데 의병들이 승리의 기쁨을 만끽할 새도 없이 유언의 전령이 유비를 찾아왔다.

"태수께서 급히 병사들을 이끌어 청주성(靑州城)으로 가라고 하십니다."

"갑자기 청주성에는 무슨 까닭으로?"

장비가 전령을 노려보며 물었다.

"지금 그곳이 황건적에 포위되어 매우 위험하다고 합니다."

장비는 태수 유언이 자신들을 이용만 하려 든다는 생각에 화가 치밀었다. 그 심정을 눈치챈 관우가 아우를 자제시켰다. 그나마 다행인 것은 삼형제와 의병의 뒤를 따라 유주의 관군이 청주성으로 향할 것이라는 전령의 말이었다. 물론 유언이 직접 오는 것은 아니었고, 교위(校尉) 추정이 5천 명에 달하는 관군의 지휘를 맡는다고 했다.

얼마 뒤 삼형제가 전장에 도착했을 때, 청주성은 곧 함락될 위기에 처해 있었다. 성문이 거의 열려 황건적이 안으로 들이닥칠 상황이었던 것이다. 하지만 삼형제의 병사들이 황건적의 후방을 급습하자 전세가 완전히 뒤집혔다. 결국 교위 추정의 관군이 지원하러 오기도 전에 전투는 막을 내렸다. 이번에도 삼형제와 의병의 압승이었다.

청주성의 태수는 한달음에 달려 나와 유비와 두 아우에게 감사의 예를 표했다. 그들이 아니었다면 목숨조차 부지하기 어려웠으므로, 마치 생명의 은인을 만난 듯 눈물까지 글썽이며 머리를 조아렸다. 음식과 술을 내와 삼형제를 극진히 대접한 것은 당연한 수순이었다. 그런데 유비와 이런저런 이야기를 나누던 청주성 태수가 뜻밖에 스승인 노식의 이름을 입에 올렸다.

"태수께서 그분을 아십니까?"

"그럼요. 중랑장(中郞將) 노식 공은 지금 광종현에서 황건적의 우두머리인 장각과 맞서 싸우고 있습니다."

청주성 태수의 말에 유비는 인자하면서도 엄격했던 노식의 모습을 떠올렸다. 존경하는 스승이 장각의 황건적과 힘겨운 싸움을 벌이고 있다는데 모른 척할 수는 없었다. 유비는 당장 아우들과 병사들을 이끌어 노식에게 달려갔다. 전혀 생각지 못했던 제자의 출현에 노식은 깜짝 놀라며 기뻐했다.

"자네가 의병장이 되었다는 말은 들었지. 못난 스승을 돕기 위해 이 먼 곳까지 달려오다니 그 마음이 무척 고맙군. 하지만 여기보다 더 지원군이 필요한 곳이 있네. 영천으로 가서 황보숭 장군과 주전 장군을 도와주게."

"스승님, 저는 이곳에 있고 싶습니다. 스승님의 군사도 5만밖에 되지 않아 10만이 넘는 장각의 무리를 물리치기는 버겁지 않습니까?"

"아닐세, 그래도 나는 버틸 만하니 어서 영천으로 가게. 그곳에서는 장각의 아우인 장보(張寶)와 장량(張梁)이 총공세를 퍼붓고 있다네."

그러면서 노식은 자신의 군사 1천 명을 유비에게 내주겠다고 말했다. 스승의 판단이 그럴진대 더 이상 고집을 부릴 수는 없는 노릇이었다. 유비는 다시 영천으로 말머리를 돌렸다.

그 시각 영천에서는 장보와 장량이 진을 치고 대대적인 총공세를 준비하고 있었다. 가만히 있다가는 영천이 황건적의 수중에 들어갈 위기의 순간이었다. 그때 주전 장군이 기발한 방책을 내놓았다. 그것은 일종의 화공(火攻)이었다.

그 날 밤, 주전은 날렵한 군사 수백 명을 뽑아 저마다 짚다발을 가슴에 품게 했다. 그리고는 조용히 적진으로 다가가서 적당한 때에 불을 붙여 황건적이 잠들어 있는 움막에 집어 던졌다. 때마침 거센 바람이 불어 불길은 삽시간에 활활 타올랐다. 곧 한바탕 난리가 벌어졌고, 숨죽인 채 기다렸다가 그 순간을 놓치지 않은 관군들이 일제히 달려와 적들의 목을 베기 시작했다. 갑작스런 사태에 화들짝 놀라 잠에서 깨어난 장보와 장량은 부하들에게 퇴각 명령을 내릴 수밖에 없었다. 그러나 이미 많은 황건적이 목숨을 잃어 패잔병이 된 수는 1만여 명에 그쳤다. 그들이 지치고 다친 몸으로 얼마나 달아났을까? 저만치에서 한 무리의 군사들이 나타나 앞길을 가로막았다.

"도적놈들아, 우리의 칼을 받아라!"

이미 전의를 상실한 황건적은 별다른 저항도 하지 못한 채 대부분 죽음을 맞았다. 겨우 살아남았던 부하들이 줄줄이 피를 뿜으며 땅바닥에 나뒹굴자 장보와 장량은 소수의 군사들만 데리고 달아나기 바빴다. 서둘러 그 뒤를 쫓으려는 군사들을 한 장수가 멈춰 세웠다.

"그만하면 됐다. 놈들이 두고 간 군마와 무기를 챙겨라."

그 장수는 패국(沛國) 초현 사람 조조(曹操)였다. 그는 군살이라고는 하나도 없는 몸매에 날카로운 눈빛과 살짝 올라간 입고리가 눈에 띄었다. 한눈에 봐도 재기가 넘치는 인상이었다. 실제로 조조는 내시의 양자였던 아버지에게서 태어나 스무 살도 되기 전에 벼슬자리에 오른 영특한 사람이었다. 그는 공사 구분이 엄격한 성품 탓에 비리를 저지른 자라면 지위 고하를 막론하고 무겁게 처벌해 일찍부터 명성을 얻었다. 그리고 황건적의 난이 일어나자 기병도위(騎兵徒尉)의 직책을 맡아 여러 차례 큰 공을 세우는 중이었다.

한편 얼마 뒤, 유비가 이끄는 의병이 며칠 만에 영천에 닿았다. 하지만 이미 주전의 책략으로 관군이 황건적을 물리쳐 달리 할 일이 없는 상황이었다.

"괜히 헛걸음만 했소, 형님. 이제 어떻게 하실 거요?"

장비가 유비에게 물었다.

"다시 광종현으로 돌아가야겠지."

유비는 그곳에서 하룻밤도 묵지 않은 채 다시 말머리를 돌렸다. 그렇게 부지런히 달려 멀찍이 광종현이 보일 때쯤, 나무틀에 죄수를 가둬 수레로 호송하고 있는 한 무리의 군사들과 맞닥뜨렸다. 그런데 놀랍게도 그 죄수는 노식이었다. 장비가 먼저 나서서 수레를 끄는 말을 멈춰 세웠다.

"스승님, 이게 어떻게 된 일입니까?"

깜짝 놀란 유비가 두 눈을 동그랗게 뜨고 물었다.

"음, 현덕이로구나……."

노식은 걱정스런 낯빛으로 유비를 쳐다보았다. 그럼에도 목소리는 의외로 담담했다.

"실은 얼마 전에 내가 조정으로 사람을 보내 지원군과 군량을 요청해두었다네. 갖은 술법으로 우리를 괴롭히는 장각과 맞붙어 끝장을 볼 생각이었지. 마침 자네가 영천으로 떠난 뒤 조정에서 환관 좌풍이란 자가 광종현으로 시찰을 나왔다네. 어떤 상황인지 알아보고 나서 지원군과 군량을 보내주겠다는 의미였지. 한데 그 자가 내게 뇌물을 요구하더군. 군량마저 부족해 도움을 요청한 마당에 뇌물로 쓸 물자가 어디 있겠나. 그래서 정중히 거절했더니 좌풍이 조정으로 돌아가서 거짓 보고를 했다네. 내가 이 핑계 저 핑계를 대면서 진지에만 틀어박혀 황건적과 맞서 싸울 생각을 하지 않는다고 말일세."

"이런 쳐 죽일 놈을 봤나!"

모함을 당한 스승을 바라보면서 유비는 얼굴이 붉게 달아올랐다. 그 마음을 대변하듯 곁에 있던 장비가 험한 말을 내뱉었다.

노식의 이야기가 이어졌다.

"환관의 보고를 들은 황제께서 진노하신 것은 당연하지. 그래서 새 중랑장으로 동탁(董卓)을 임명하여 나를 대신하게 하셨네. 이제 나는 조정으로 압송되어 처벌을 기다릴 뿐이지. 아, 내 신세도 억울하지만 모리배들이 판치는 조정을 어찌 해야 좋을지……."

스승의 말을 들은 유비는 두 주먹을 불끈 쥐었다. 하지만 평소 성격이 그러하듯 그 분노를 쉽게 드러내지는 않았다. 죄수를 호송하던 군사들이 삼형제의 눈치를 살피며 다시 수레를 끄는 말을 몰았다. 험한 길을 덜컹거리며 지나가는 수레의 뒷모습에서 유비가 한동안 눈을 떼지 못했다. 그 모습을 지켜보던 관우가 입을 열었다.

"형님, 억울한 일을 당하신 스승님을 구해드려야 하지 않았을까요?"

"관우야, 힘으로 어떤 일을 해결하기는 쉽다. 하지만 근본 원인이 남아 있는 한 부조리는 사라지지 않지. 아마 스승님께서도 섣불리 자신을 구하기보다는 우리가 이 세상을 바로잡기를 원하실 것이다."

관우는 가만히 고개를 끄덕이며 유비의 말에 공감했다. 그러나 아직 한 가지 고민이 더 남아 있었다.

"그런데 형님, 중랑장이 바뀌었는데 우리가 광종현으로 갈 필요가 있을까요?"

"그건 그렇구나. 스승님께서 계신 것도 아니니 굳이 갈 이유가 없지."

유비는 멀찍이 보이는 광종현에 눈길을 주며 생각에 잠겼다. 그리고는 이내 결심이 선 듯 두 아우에게 말했다.

"일이 이렇게 됐으니 일단 탁현으로 돌아가자. 그곳에서 병사들을 쉬게 하며 후사를 도모하는 편이 낫겠다."

두 아우는 유비의 결정을 군말 없이 따르기로 했다. 그들은 노식이 내주었던 군사 1천을 광종현으로 돌려보낸 뒤 말머리를 돌렸다. 한참 산길을 가던 유비의 머릿속에 홀로 자신을 기다리고 있을 어머니의 모습이 어른거렸다. 장부의 꿈을 묵묵히 믿고 바라봐주는 어머니가 떠오를 때마다 유비는 마음이 짠했다.

그렇게 며칠이 지났을까? 산등성이를 돌아 나오는데 어디선가 군사들의 함성 소리가 들려왔다.

"한 놈도 살려두지 말고 전부 죽여라!"

유비가 재빨리 정찰병을 보내 상황을 살피도록 했다. 잠시 뒤 돌아온 정찰병은 관군이 황건적에게 쫓기고 있다는 보고를 올렸다. 황건적 무리의 맨 앞에는 천공장군(天公將軍)이라는 깃발이 펄럭이고 있다는 말도 덧붙였다.

"아니, 그것은 장각의 군사를 일컫는 말이 아닙니까?"

장비가 유비를 바라보며 말했다. 유비와 관우도 그 사실을 잘 알고 있었다. 장각은 난을 일으키면서 자기 자신을 천공장군, 두 동생을 인공장군(人公將軍)이라고 자임했다.

"우리가 쫓기고 있는 관군을 도와주도록 하자!"

유비가 명을 내리자마자 두 아우는 병사들을 지휘해 황건적의 후방으로 달려갔다. 전혀 예상하지 못한 공격에 장각의 군사는 크게 당황했고, 정신없이 도망치던 관군은 다시 사기가 올랐다. 결국 양쪽에서 협공을 당하는 형국이 되어버린 황건적은 퇴각을 결정했다. 천공장군이라고 적힌 깃발이 멀리

사라지는 것을 바라보며 장비는 장팔사모를 움켜쥔 채 당장이라도 말을 내달릴 기세였다. 순간 유비가 아우를 막아섰다.

"그만두어라, 장비야. 적의 위력이 아직 만만치 않은데 섣불리 뒤를 쫓다가는 역공을 당할 수 있다. 머지않아 그들을 섬멸할 기회가 또 있을 것이다."

그제야 장비는 분을 삭이며 손아귀의 힘을 풀었다. 그때 관군의 장수가 유비에게 다가와 인사를 건넸다. 그런데 그 모습이 겸손함과는 거리가 멀었다.

"우리를 도와주어 고맙네. 자네의 소속은 어디인가?"

그 장수는 다름 아닌 동탁이었다. 그는 장각과 맞서 싸우다가 패퇴하는 중이었는데, 삼형제 덕분에 가까스로 위기를 모면했다. 그럼에도 동탁은 유비가 젊어 보인다는 이유로 말을 높이지 않았던 것이다.

"저는 아무런 관직도 없습니다. 따라서 소속 또한 없지요. 그저 나라를 구하려고 의병을 일으켰을 따름입니다."

상대의 태도가 불손했으나 유비는 공손히 대답했다. 그 순간 동탁의 표정이 일그러졌다.

"뭐라, 의병이라고? 관군이 의병의 도움을 받은 것이로구나."

동탁은 무척 자존심이 상하는 눈치였다. 그래서인지 관군의 뒤를 호위하라는 한마디 말만 남긴 채 쌩 하고 부하들 사이로 사라졌다. 그것은 모두 고개를 숙이고 자기의 지휘를 따르라는 의미였다. 그 모습을 지켜보며 장비가 투덜거렸다.

"저런 못된 버르장머리를 봤나! 기껏 목숨을 구해줬더니 술상이라도 차려 내주기는커녕 사람을 멸시해?"

장비는 명령만 내려주면 그를 혼쭐내주겠다는 표정으로 유비를 쳐다보았다. 하지만 유비가 그런 지시를 내릴 리 만무했다.

"참아라, 장비야. 어쨌거나 저 자는 황제가 임명한 관군 장수가 아니더냐."

곁에 있던 관우가 유비의 말을 거들었다.

"네가 저 자를 해치면 황제에게 반역한다는 죄를 뒤집어쓸 것이다."

아무리 화가 나도 반역자가 된다는 말에 끝까지 성질을 부릴 수는 없었다. 장비가 애써 화를 삭이며 유비에게 말했다.

"형님, 어서 이곳을 떠납시다. 절대로 저런 자의 수하에서 일을 할 수는 없소."

그 생각은 유비와 관우도 다르지 않았다. 그런데 한바탕 전투를 치르고 나니 문득 탁현으로 돌아가기가 망설여졌다. 그대로 고향 마을에 돌아가 잘 훈련된 부하들의 실력을 썩히자니 아쉬운 마음이 들었기 때문이다. 유비가 곰곰이 궁리한 끝에 두 아우에게 물었다.

"영천으로 가서 주전 장군에게 의탁하면 어떻겠느냐?"

그 제안을 선뜻 관우가 받아들였다.

"그러는 편이 좋겠습니다. 일전에 보니 주전은 책략이 뛰어난 장수더군요."

"그럽시다, 뭐. 거기서도 배알이 꼴리면 다른 곳으로 가면 되지."

장비 역시 형들과 생각을 같이했다. 어차피 그들은 삶과 죽음을 함께하기로 맹세한 의형제였으므로 이견이 있다고 해서 결코 헤어질 수는 없었다.

삼형제는 즉시 영천으로 향했다. 마침 그곳에는 주전 혼자 군사를 통솔하고 있었다. 함께 영천을 방어하던 황보숭은 조조를 만나 다른 지역의 황건적을 격퇴하기 위해 이동한 상태였다. 갑자기 찾아온 유비와 병사들을 주전이 반겼다.

"어서 오시오. 그렇지 않아도 장보가 다시 수만의 군사를 이끌고 와 영천을 공격하는 바람에 이만저만 걱정이 아니었소. 공이 우리 관군을 돕는다면 큰 힘이 될 것이오."

"네, 장군. 기꺼이 저희를 받아들여주셔서 감사합니다."

동탁과 다른 주전의 환대에 삼형제는 마음이 놓였다. 주전은 의병을 관군의 부속품쯤으로 여기며 함부로 대하지 않았다. 오히려 그는 1천의 군사를 유비에게 내주며 선봉에 서줄 것을 당부했다.

"공의 승전에 대해 익히 들은 바가 있소. 이번에도 영천을 방어하는 데 힘을 보태주시오."

그 길로 유비는 아우들과 함께 장보가 진을 치고 있는 산기슭으로 달려갔다. 어림잡아도 8~9만 명 정도 되어 보이는 황건적이 호시탐탐 공격 기회를 엿보고 있었다. 그들의 두건 탓에 주변이 온통 누런 장강(長江)처럼 보였다.

"간신히 목숨을 부지하여 달아났으면서, 또다시 어리석은 짓을 범하려 드는구나. 장보는 지금이라도 항복하여 부하들이 개죽음을 면하게 하라!"

유비의 호령이 험준한 산골짜기를 돌아 메아리쳤다. 그러나 황건적 장수 장보는 그 엄포에 기가 죽지 않았다.

"헛소리 그만하고, 장수끼리 일 대 일로 붙어보자!"

그런 싸움에는 항상 장비가 몸을 사리지 않고 나섰다. 상대편에서 달려 나온 장수는 부장 고승이었다. 얼마 전 대흥산에서 그랬듯이 둘만의 싸움은 싱겁게 결말이 났다. 세상에 장비와 일 대 일로 붙어 이길 장수가 있을까 싶을 정도로 일방적인 싸움이었다. 고승의 머리가 하늘로 치솟았다가 땅바닥에 나뒹굴었다. 그 기세를 놓치지 않으려고 유비가 병사들을 돌아보며 명을 내렸다.

"자, 모두 힘을 합쳐 적들을 섬멸하라!"

선두에 선 장수는 쌍고검을 높이 쳐든 유비였다. 관우가 청룡언월도를 휘두르며 그 뒤를 따랐다. 고승을 저 세상으로 보내버린 장비 역시 장팔사모를 들고 합류했다. 삼형제의 무예 솜씨는 실로 대단했다. 그들의 무기가 바람을 가를 적마다 황건적 무리가 여기저기서 비명을 지르며 쓰러졌다. 그 덕분에 비록 1천500명 남짓한 군사가 삼형제를 따랐지만 일당백의 전세가 펼쳐졌다. 모름지기 진투에서 가장 중요한 것은 병졸의 숫자 이전에 드높은 사기와 적절한 전략이었다.

"안 되겠다. 일단 후퇴하라!"

삼형제의 공격을 견디다 못한 장보가 부하들에게 퇴각을 명령했다. 그것을 본 유비가 말 위에서 활을 꺼내들었다. 곧 한 발의 화살이 시위를 떠났고, 그것이 장보의 왼쪽 팔뚝에 깊이 박혔다.

"악!"

장보는 단말마 같은 비명을 내지르며 미처 화살을 뽑을 새도 없이 줄행랑을 쳤다. 그의 발길이 향한 곳은 황건적이 점령하고 있던 양성(陽城)이었다. 장보는 그 안에 들어가 단단히 문을 걸어 잠근 채 꼼짝하지 않았다. 유비는 주전에게 전령을 보내 지원군을 요청했다. 그리고 얼마 지나지 않아 그곳으로 달려온 주전의 관군과 함께 양성을 빙 둘러 에워쌌다. 이제 장보는 독 안에 든 생쥐와 다름없는 신세였다.

한편, 그 무렵 황건적의 기세는 급격히 기울고 있었다. 조조와 함께 승승장구를 거듭하던 황보숭이 드디어 황건적의 본거지를 치기 시작했다. 다만 동탁이 지휘하는 관군은 승기를 이어가지 못한 채 여러 전투에서 패전하기 일쑤였다. 그러자 조정에서는 황보숭에게 관군 통솔의 전권을 맡겨 황건적을 물리치게 했다. 그런데 이전 같으면 맹렬하게 저항했을 황건적이 그 무렵에는 영 힘을 쓰지 못했다. 황보숭의 관군이 그들의 본거지 안으로 총공세를 펼쳤을 때, 비로소 그 이유가 밝혀졌다. 무슨 까닭인지 황건적을 이끌던 장각이 얼마 전에 병사를 했다는 것이다. 그것이 자연사인지 독살인지는 알 수 없었지만, 우두머리를 잃은 황건적은 오합지졸이나 마찬가지였다. 게다가 형을 대신해 황건적을 지휘하던 장량마저 조조에 의해 목이 잘리자 전세는 완전히 관군 쪽으로 기울었다.

조정에서는 전령이 들고 간 장량의 머리를 보고 황보숭의 전공을 치하했다. 장각마저 병사했다는 말을 듣고는 크게 기뻐하며 황보숭을 좌거기장군(左車騎將軍) 겸 기주(冀州) 목사(牧使)로 삼았다. 아울러 그의 추천을 받아 조조를 제남(濟南) 태수에 임명했다. 황보숭은 평소 친분이 깊었던 노식의 누명마저 적극 변호하여 다시 중랑장에 복직되도록 도왔다. 조정의 가장 큰 골칫거리였던 황건적의 우두머리 둘을 정리한 공이 그만큼 컸던 것이다.

그런데 그 소식을 전해들은 주전은 마음이 편치 않았다. 함께 영천을 방어하던 두 장수 가운데 한 사람만 톡톡히 전공에 대한 보상을 받았으니 질투가 날 만도 했다. 주전은 황건적의 마지막 남은 우두머리라고 할 수 있는 장보만은 반드시 자기 손으로 해치우고 싶었다. 그래서 전력을 다해 양성을 공격했다. 궁지에 몰린 생쥐의 저항이 만만치 않았지만, 장보의 운명은 뜻밖의 사건으로 결말을 맞이했다. 그의 심복 엄정이 대세가 기운 것을 알고 자기만이라도 살겠다는 속셈에 장보의 목을 베어 관군에게 바친 것이다.

"이렇게 장각과 장량, 장보가 모두 제거되었구나. 이제 잔당을 소탕하는 일만 남았으니 더욱 힘을 내도록 하라!"

주전은 황건적의 난을 완전히 끝내기 위해 부하들을 독려했다. 하지만 우두머리를 잃었다고는 해도 최후의 발악을 하는 적을 섬멸하기는 쉽지 않았다. 그때 한 장수가 주전과 유비 삼형제를 돕겠다면서 1천500여 명의 군사를 이끌고 양성으로 왔다. 전국시대의 병법서로 이름난 손자(孫子)의 후손 손견(孫堅)이었다. 그는 단연 군계일학이라고 할 만큼 멀리서 봐도 한눈에 띄는 수려한 용모를 갖고 있었다. 그의 군사들 역시 수는 많지 않지만 매우 잘 훈련되어 오와 열이 반듯했다. 주전이 그를 알아보고 반겼다.

"이게 누구요? 남다른 기지와 용기를 갖춘 손견 장군 아니오!"

삼형제도 주전의 소개를 받아 손견과 인사를 나누었다. 그들은 곧 황건적의 잔당을 소탕할 전략을 짜기 위해 머리를 맞댔다. 유비가 자신의 책략을 이야기했다.

"아무리 약한 자도 죽자 살자 덤벼들면 상대하기 쉽지 않습니다. 일부러 도망갈 구멍을 만들어줘 그곳으로 유인한 다음에 총공격을 펼치면 어떨까요?"

"일부러 도망갈 구멍을 만들어준다? 좀 더 자세히 설명해보시오."

주전뿐만 아니라 손견도 유비의 책략에 관심을 보였다. 유비가 말을 이었다.

"주전 장군께서 양성의 서문을 맡아주십시오. 손견 장군께서는 남문으로 공격해주시고요. 저는 북문 쪽으로 군사를 투입하겠습니다."

"그럼 동문은 누가 맡는 거요?"

"그쪽에는 일단 상당수의 군사들을 매복시켜놓기만 할 것입니다. 우리가 세 방향으로 동시에 공격하면 잔당들이 일제히 동문으로 달아나려 하겠지요. 그때 매복시켜놓은 군사들이 공격을 시작하고, 우리가 재빨리 성 안으로 들어가서 놈들을 포위하면 됩니다."

유비의 책략을 들은 주전과 손견은 적극적으로 호응했다. 그들이 생각하기에도 아주 기발한 방책으로 여겨졌던 것이다. 세 장수는 자신들의 전략을 당장 실행에 옮겼다. 유비의 예상은 정확히 들어맞아 순식간에 대부분의 잔당들이 죽음을 맞았다. 칼에 베이고 창에 찔린 시체들이 양성 동문 쪽에 산더미처럼 쌓였다. 몇몇은 성을 기어올라 달아나려다가 화살을 맞고 쓰러졌다. 그렇게 황건적의 난은 피비린내를 진동시키며 대단원의 막을 내렸다.

장보의 사망과 황건적 잔당들의 몰살 소식은 금세 조정으로 전해졌다. 그곳의 권력자인 십상시는 이번에도 공을 세운 장수들에게 벼슬을 내려 악전고투의 피로를 달래주려고 했다. 우선 주전은 황보숭과 비슷하게 우거기장군(右車騎將軍) 겸 하남 지방의 총 관리자인 하남윤(河南尹)으로 임명되었다. 또한 그들은 손견에게도 별군사마(別軍司馬)의 벼슬을 내려 공을 치하했다. 비로소 주전의 얼굴에 흡족한 미소가 떠올랐다. 손견도 자신의 직함이 썩 마음에 들었다. 그런데 아무도 유비를 주목하지 않았다. 그에게는 몇 날 며칠이 흐른 뒤에야 안희현(安喜縣)의 현위(縣尉)라는 낮은 관직이 내려졌을 뿐이다.

"형님, 나는 이런 상황을 도저히 이해할 수 없소. 이 억울함을 어떻게 풀어야 한단 말이오?"

장비가 속상한 마음을 토로하며 주먹을 불끈 쥐었다. 관우라고 다르지 않아 이빨을 앙다물며 겨우 화를 삭였다. 그러나 유비는 아무렇지 않은 듯 차분했다.

"살다보면 내 뜻대로 되지 않는 일이 어디 하나둘이더냐? 조용히 맡은 일에 최선을 다하면 다시 기회가 올 것이다."

자신의 말대로 유비는 안희현에 내려가 충실히 소임을 다했다. 고을 사람들도 사심 없이 일하는 유비를 좋아했다. 관우와 장비는 한적한 시골의 삶이 답답했지만 의로써 맺은 형제의 뜻을 거스를 수는 없었다. 그런데 그곳 생활이 넉 달쯤 지났을 무렵 조정으로부터 새로운 소식이 전해졌다. 황건적을 토벌한 공로로 벼슬에 오른 이들을 모두 재심사한다는 전갈이었다. 근래 들어 거짓으로 벼슬을 탐했던 사람들 몇이 발각되었던 것이다.

며칠 후, 재심사 임무를 맡은 감독관 독우(督郵)가 안희현에 다다랐다. 유비가 정중히 그를 모셔 현위가 앉는 자리를 내주었다. 독우는 그 호의에 고맙다는 인사 한마디 하지 않은 채 마치 자기 자리인 양 털썩 엉덩이를 붙였다. 그리고는 다과상에 놓아둔 차를 냉큼 마시고 나서 시큰둥하게 물었다.

"유 현위는 어느 가문 출신인가?"

"네, 저는 중산정왕 가문의 후손입니다."

"그래?"

독우의 표정이 영 못마땅해 보였다. 그의 질문이 이어졌다.

"황건적 토벌에는 어떤 공을 세웠는가?"

"제 공은 그리 크지 않습니다. 탁현에서 의병을 일으켜 수

차례의 전투를 승리로 이끌었을 뿐입니다."

"뭐, 의병이라고? 그럼 관군을 보조했겠군."

"네, 그렇습니다."

유비는 자기만큼이나 젊은 감독관의 무례에도 최대한 예의를 갖추려고 노력했다. 하지만 독우는 끝내 꼬투리를 잡고 늘어졌다.

"너는 은근히 황족인 것을 내세우더니, 그깟 의병으로 몇 차례 관군을 거든 것을 큰 공이나 세운 양 자랑하는구나. 황족이 맞기는 하느냐? 의병이었던 것도 사실이고? 나는 믿지 못하겠다. 네 말을 입증할 증거를 가져와 보아라."

무조건 의심하는 상대를 설득하기는 쉽지 않았다. 유비는 대책을 마련하기 위해 잠시 자리에서 물러났다. 그의 곁에 서서 독우의 말을 전부 들었던 관리 하나가 유비에게 다가와 귓속말을 건넸다.

"현위님, 아무래도 저 자가 뇌물을 바라는 듯합니다."

물론 유비도 이미 그런 점을 알아차리고 있었다. 하지만 뇌물을 주면서까지 관직에 연연하고 싶지는 않았다. 유비의 반응이 기대에 못 미치자, 결국 독우는 무리수를 두기 시작했다. 유비 밑에서 일하는 관리 하나를 협박하여 조정에 거짓 상소를 올리게 한 것이다.

"내 말을 잘 들으면 나중에 상을 내리마. 유 현위가 부정부패를 일삼고 고을 백성들을 괴롭힌다는 상소문을 써라."

일개 하급 관리가 감독관의 요구를 거부하기는 어려웠다. 그런데 조정으로 상소문이 보내지기 전, 우연히 장비가 그 사실을 알게 되었다.

"내 이놈을 가만두지 않겠다!"

마침 술을 한잔 걸친 장비는 관아로 달려가 방에 있던 독우의 머리채를 다짜고짜 움켜쥐어 마당으로 끌어냈다. 난데없는 상황에 독우가 당황하며 몸부림을 쳤지만 그의 힘을 당해내지 못했다. 장비는 감독관 독우를 나무 기둥에 묶어놓고 버드나무 가지를 꺾어 사정없이 휘둘렀다. 때리다가 나뭇가지가 부러지면 또 다른 나뭇가지로 계속 매질을 했다. 버드나무 가지가 독우의 몸에 닿을 적마다 피가 튀었다.

"대체 나한테 왜 이러는 거요? 살려주시오!"

"그걸 몰라서 묻느냐? 뇌물이나 바라는 너 같은 놈은 죽어 마땅하다!"

독우가 애원했지만, 장비는 눈곱만큼도 자비를 베풀 마음이 없었다. 그때 요란한 비명소리를 듣고 다른 방에 있던 유비가 마당으로 나왔다. 그를 보자마자 독우가 말투까지 싹 바꿔 처량한 목소리로 매달렸다.

"유 현위, 제발 이 사람 좀 말려주시오. 내 목숨만 구해준다면 조정에다 좋게 말해주리다."

그때 관아 마당이 소란한 까닭을 알고 싶어 관우도 자신의 방에서 밖으로 나왔다. 그는 한눈에 사태를 파악하고 유비를 향해 말문을 열었다.

"형님, 아우가 저 자를 벌하지 않았다면 저라도 칼을 뽑아 목을 베어버렸을 것입니다. 황건적 토벌에 큰 공을 세운 보람도 없이 말든 관직을 내리더니, 이제는 그마저 빼앗으려 들다니요. 이럴 바에야 차라리 고향으로 돌아가 훗날을 기약하는 편이 나을 듯싶습니다."

관우의 말을 들은 유비는 잠시 생각에 잠겼다. 그리고는 품속에서 현위의 신분이 적힌 패(牌)를 꺼내 독우 앞에 던졌다.

"이보게, 감독관 나리. 나는 뇌물을 주면서까지 자리를 탐하는 사람이 아닐세. 자네야말로 사리사욕에 눈이 먼 벼슬아치니 죽어 마땅치 않겠나?"

독우는 엄하게 자신을 꾸짖는 유비의 말에 겁을 먹고 몸을 떨었다. 급기야 그는 눈물까지 흘리며 비굴하게 굴었다.

"제발 살려주십시오, 유 현위! 제가 죽을죄를 지었습니다!"

그것을 본 장비가 다시 버드나무 가지를 치켜들었다. 그러자 유비가 아우를 말리며 말을 이었다.

"좋아, 자네의 목숨을 살려주지. 큰 뜻을 품은 아우들의 손에 자네 같은 이의 더러운 피를 묻히고 싶지는 않으니까 말일세."

그러면서 유비는 장비에게 독우를 묶은 밧줄을 풀어주도록 했다. 겨우 목숨을 부지한 독우는 마음속으로 이를 갈며 마당 한쪽의 광으로 기어가 몸을 숨겼다. 그 모습을 지켜보며 혀를 차는 아우들에게 유비가 당부했다.

"저 자를 죽이지 마라. 우리의 상대가 아니다. 그리고 내일 날이 밝는 대로 이곳을 떠날 테니 짐을 챙기도록 해라."

"알겠습니다, 형님."

그렇게 삼형제는 안희현을 떠나 다시 자유로운 신분이 되었다. 유비는 관우의 제안대로 일단 고향 마을에 돌아가 앞일을 계획할 작정이었다. 그런데 얼마 지나지 않아 문제가 생겼다. 삼형제가 보이지 않자, 그토록 비굴하게 목숨을 구걸하던 독우가 정주 태수에게 달려가 도움을 청했던 것이다. 그는 태수에게 유비가 감독관의 업무를 방해하며 생명을 위협하는 폭력까지 행사했다고 거짓말을 했다. 독우에게 깜빡 속은 정주 태수는 관군에게 유비와 두 아우를 잡아들이라고 명했다. 관군이 따라붙는 것을 알게 된 장비가 버럭 화를 냈다.

"그러게 그 자를 죽여 버려야 했소. 괜히 살려두어 이런 화근이 된 것이오."

그러나 유비는 자신의 판단이 잘못된 것이라고 생각하지 않았다. 만약 독우의 목숨을 빼앗았다면 정말로 반역자라는 오해를 받았을 것이기 때문이다. 유비는 두 아우와 함께 대주

(代州) 태수 유회(劉恢)를 찾아가 잠시 몸을 의탁하기로 했다. 유회 역시 황족으로, 유비의 종친이었다.

그 무렵, 조정에서는 새로운 고민거리로 골머리를 앓고 있었다. 황건적의 난이 잦아들고 나서도 십상시를 중심으로 한 궁궐의 문란과 부패가 나날이 심해졌는데, 그 결과 여전히 나라가 혼란스러워 도적 떼가 들끓었다. 그뿐 아니라 곳곳에서 반란의 움직임이 엿보이기도 했다. 십상시는 그런 사실을 황제에게 제대로 보고하지 않은 채 자기들끼리 문제를 해결하려고 했다. 계속 부정한 권세를 누리려면 그러는 편이 낫다고 판단했기 때문이다.

그런데 어양(漁陽) 땅에서 일어난 장 씨 형제의 반란이 심상치 않았다. 십상시는 유우(劉虞)를 유주 목사로 삼아 장 씨 형제를 진압하게 했다. 유우가 생각하기에, 혼자 힘으로 그들에게 맞섰다가는 자칫 수세에 몰릴지 모른다는 불안감이 엄습했다. 그래서 대주 태수에게 지원병을 요청했는데, 때마침 그곳에 유비 삼형제가 몸을 의탁하고 있었다. 대주 태수는 유비를 지휘관으로 임명해 관군을 내주었다. 고향으로 돌아가 훗날을 기약하려던 삼형제에게 다시 전공을 세울 기회가 찾아온 것이다.

"하늘이 우리를 버리지 않는구나!"

수차례 황건적과 싸우며 전술을 익힌 유비의 병사들은 이

전보다 훨씬 막강했다. 장 씨 형제의 군사는 그들의 적수가 되지 못했고, 곧 반란이 진압되었다. 유주 목사 유우는 대주 태수에게 고마움을 전한 뒤, 직접 조정에 유비 삼형제의 공적을 보고했다. 아울러 안희현 현위 자리에서 스스로 물러난 경위도 상세히 설명했다. 반란군을 물리쳐 한량없이 기쁜 마당에, 감독관을 때리거나 관직을 내던졌다고 유비에게 시비를 거는 조정 관리는 없었다. 오히려 반란군 진압의 공을 치하하며 평원(平原) 현령(縣令) 자리에 유비를 앉혔다.

피도 눈물도 없는 권력 투쟁

때는 중평(中平) 6년, 서기 189년이었다. 영제가 몹쓸 병을 앓아 병석에 누워 시름시름 앓았다. 어의가 갖가지 탕제를 올렸으나 백약이 무효였다. 영제 스스로 자신의 명이 얼마 남지 않은 것을 직감했다.

영제에게는 변(辨)과 협(協)이라는 황자가 있었다. 변의 생모는 대장군 하진의 여동생인 하황후(何皇后)였고, 협을 낳은 이는 후궁 왕미인(王美人)이었다. 그런데 하황후는 욕심이 대단한 여자였다. 애당초 천한 가문에서 태어나 황후의 자리까지 오른 그녀는 백정이었던 오빠를 대장군 자리에 오르게 한 것도 모자라, 영제의 총애를 받던 왕미인을 독살해버렸다. 그러자 영제의 모후인 동태후(董太后)는 어미를 잃은 협이 가여워 자기 품에 안고 애지중지 키워왔다. 두 황자의 성품도 달라 변은 나약했고, 협은 영특하며 강건했다. 영제와 동태후가 내심 협을 황태자로 점찍은 데는 그만한 이유가 있었다. 십상시들 역시 대장군 하진이 외척으로 뒤에 버티고 있는 변보다는 협이 황위에 오르기를 바랐다. 그래서 영제의 명이 다해갈 무렵 우선 하진을 제거하기로 결정했다.

"황제 폐하께서 궁궐에 드시랍니다."

어느 날 하진은 영제의 시중을 드는 환관으로부터 이와 같은 전갈을 받았다. 그런데 아무래도 심상치 않은 기운이 느껴졌다. 그것은 사실 십상시의 음모였다. 그들은 하진이 무기를 소지하지 않은 채 홀로 궁궐에 들어서는 순간 목숨을 빼앗을 심산이었다. 하진이 심복을 먼저 궁궐로 보내 상황을 살펴보니 불길했던 예감이 틀리지 않았다. 우두머리 건석을 중심으로 한 십상시의 간악한 함정에 하진은 불같이 화가 치밀었다. 그는 궁궐에 들어가는 대신, 곧장 자신을 따르는 대신들과 장수들을 집으로 불러들였다.

"못된 환관 놈들을 이번 기회에 모조리 척살해야 하지 않겠소?"

이미 마음을 다스리지 못하게 된 하진은 물불을 가리지 않고 마구 고함을 질러댔다. 그 기세에 대신들과 장수들은 입을 꾹 다문 채 눈치를 살폈다. 그때 젊은 장수 하나가 하진의 생각에 반기를 들었다.

"진정하십시오, 대장군. 지금 십상시의 전횡을 막기는 매우 어렵습니다. 섣불리 그들을 죽이려 들었다가는 오히려 우리가 화를 당할 것입니다."

방 안에 모인 사람들의 눈길이 일제히 젊은 장수에게 쏠렸다. 그는 다름아닌 전군교위(典軍校尉) 조조였다. 하진이 몹시 불쾌한 듯 일그러진 표정으로 그를 쏘아보았다. 그때, 궁궐에 심어두었던 하진의 궁인이 황급히 달려와 소리쳤다.

"대장군님, 황제 폐하께서 승하하셨습니다!"

궁궐의 상황은 더욱 급박하게 돌아가고 있었다. 평소 영제의 죽음에 대비했던 하황후는 아들 변을 천자로 옹립하고, 자신은 하태후(何太后)가 되었다. 십상시와 동태후는 불만이 컸으나, 병권을 쥔 하진이 살아 있어 일단 그 결정을 받아들이기로 했다. 대신 동태후는 협도 진류왕(陳留王)이 되도록 십상시와 함께 일을 꾸몄다. 그와 같은 상황을 속속들이 부하들을 통해 전해들은 하진은 다시 대신들과 장수들을 불러 모았다.

"십상시가 언제 또 나를 죽이려 들지 모르오. 어떻게 해야 조정의 권력을 완전히 우리 것으로 만들 수 있겠소?"

하진이 답답함을 토로하자, 한 장수가 앞으로 나섰다.

"모름지기 모든 일에는 때가 있는 법입니다. 제게 정예병 오천을 내주시면 권력을 탐하는 환관들을 몽땅 쓸어버리고, 하루 빨리 천자를 새 황제로 세우겠습니다."

그 장수는 원소(袁紹)였다. 그는 4대에 걸쳐 재상을 배출한 명문가의 후손으로, 사예교위(司隷校尉)의 자리에서 소임을 다하고 있는 용장이었다. 하진은 원소의 용기를 극찬하며 그가 요구한 대로 5천 명의 정예 군사를 내주었다. 이전과 달리 조조는 숨죽인 채 상황을 지켜보기만 했다.

얼마 후, 원소가 군사를 이끌고 궁궐로 진격하자 환관들이 크게 당황했다. 워낙 기습 공격을 감행했던 터라 미처 대비를 하지 못했던 것이다. 군사의 기세가 거센 것을 본 환관들은 스스로 우두머리인 건석을 죽이고 원소에게 투항했다. 그것이 전부 몰살을 당하지 않는 유일한 길이라고 판단했기 때문이다. 그럼에도 원소가 환관들을 죽이려 들자 이번에는 하태후를 찾아가 간청했다.

"태후마마, 부디 저희의 목숨을 구해주십시오!"

하태후는 원래 비천한 신분이었으나 환관들의 도움으로 궁궐에 들어와 황후가 될 수 있었다. 그래서 옛 정을 생각하며 환관들을 구슬렸다.

"알겠다, 내가 오라버니에게 사정해보마. 그러면 너희들도 나와 천자를 돕겠느냐?"

"네, 태후마마. 그리 하겠습니다."

하태후는 곧 환관들의 목을 치려는 원소의 군사를 궁궐 밖으로 내보냈다. 그 결정이 영 못마땅했던 원소가 하진을 찾아가 불만을 내비쳤다.

"환관들을 살려두면 분명 후한이 따를 것입니다."

"글쎄, 태후께서 저리 나오시니 난들 별 수 있나."

하진의 말에도 원소는 물러서지 않았다.

"그렇다면 먼 지방에 나가 있는 장수들을 시켜 은밀히 환관들을 처치하면 어떻겠는지요?"

"음, 그럴까? 일단 일을 저지르고 나면 태후께서도 이해해 주시겠지."

하진은 원소의 청을 받아들여 지방의 몇몇 장수들에게 밀서를 보냈다. 그 무렵 조정에서는 또 하나의 사건이 벌어졌다. 하진이 하태후 덕분에 목숨을 건진 환관들을 이용해 동태후를 독살한 것이다. 오래 전부터 동태후와 십상시는 영제 이후를 대비하며 이해관계가 통했으나 더 이상 운명을 함께하기 어려웠다. 십상시를 비롯한 환관들은 일단 하진의 요구를 받아들인 뒤 다시 기회가 찾아오기를 기다렸다.

며칠 후 하진의 밀서를 받은 장수들 중에는 동탁도 있었다. 그는 황건적을 토벌할 때 이렇다 할 공을 세우지 못했으나 십상시에게 뇌물을 바쳐 먼 지방의 현관(顯官)으로 임명되었다. 평소 야심이 컸던 그는 지방 관아에 틀어박혀 20만 대군을 양성하면서 훗날을 기약하고 있었다.

"드디어 세상이 나를 찾는구나!"

동탁은 밀서를 읽고 쾌재를 불렀다. 그는 곧장 20만 대군의 전열을 정비하여 낙양의 궁궐로 향했다. 그런데 워낙 대군이 움직이다 보니 그 소식이 금세 십상시에게도 전달됐다. 오랫동안 권력을 움켜쥐고 있던 환관들의 정보력이 만만치 않았던 것이다.

"동태후를 독살하는 일에도 협력했거늘, 끝내 만행을 저지르려 드는구나."

"이렇게 된 이상 우리도 가만히 앉아 당할 수는 없지. 처음에 계획했던 대로 하진을 없애버려야겠다."

십상시는 이렇게 의견을 모은 뒤 하태후의 서찰을 위조해 하진에게 전했다. 급히 상의할 일이 있으니 궁궐에 들어와 달라는 내용이었다. 누이동생의 부름에 별다른 의심을 하지 않았던 하진은 호위 무사도 없이 혼자 궁궐에 들어섰다. 어린 천자의 외삼촌이라는 자만심에, 비록 칼을 차고 있기는 했으나 자기도 모르게 경계를 늦추었던 것이다. 아무리 대장군이라고 해도 매복해 있던 수십의 군사들이 일제히 달려드는 것을 당해낼 수는 없었다.

"아…… 진작 원소의 말을 따를 것을……."

하진은 방심한 것을 후회했지만 이미 때가 늦었다. 그 광경을 숨어서 지켜본 한 궁인이 하진의 집으로 달려가 십상시가 벌인 일을 장수들에게 털어놓았다. 그러자 원소와 조조가 곧장 칼을 빼들고는 군사를 이끌어 궁궐로 달려갔다. 하진이 죽임을 당한 마당에 지방 장수들의 군사를 기다고 있을 까닭이 없었다. 용맹한 두 장수가 지휘하는 병사들의 돌격에 궁궐은 금방 피비린내가 진동했다. 대부분의 십상시는 말할 것 없고 다른 환관 1천여 명까지 처참히 도륙을 당했다. 특히 십상시의 시신은 숨통이 끊어지고 나서도 여러 차례 칼에 베이고 창에 찔려 형체를 알아볼 수 없는 지경에 이르렀다.

그나마 십상시 가운데 장양이라는 이름의 환관만 간신히 몸을 숨겨 궁궐 뒷문으로 달아났다. 그는 어린 천자와 진류왕을 인질로 삼아 가까스로 위기를 모면할 수 있었다. 장양은 말을 타고 북망산(北邙山)까지 달아났으나 도망을 가는 데는 한계가 있었다. 원소와 몇몇 병사들이 천자를 구하기 위해 추격에 박차를 가했던 것이다. 까마득한 절벽 위에 다다른 장양은 더 이상 달아날 데가 없었다.

"저들의 칼에 무참히 살해당하느니 강물에 뛰어들어 죽자……."

그렇게 마지막 남은 십상시였던 장양이 최후를 맞이했다. 그의 죽음을 확인한 원소는 천자와 진류왕을 정중히 보필하며 궁궐 쪽으로 말머리를 돌렸다. 십상시와 대장군 하진이 사라진 궁궐은 무주공산이나 마찬가지였다. 원소는 천자를 새로운 황제로 세워 나라의 평온을 되찾을 생각이었다. 그런데 궁궐에 거의 닿을 무렵 멀리서 엄청난 수의 군사가 흙먼지를 피워 올리며 다가오고 있었다. 그들은 동탁의 병사들이었다.

"장군은 누구십니까?"

"나는 동탁이라고 하네. 대장군의 밀서를 받고 궁궐에 가는 길이지."

원소는 동탁이라는 이름을 듣고 예를 갖췄다. 하진이 밀서를 보낸 지방 장수들 가운데 그가 있었던 것을 알았기 때문이다. 동탁의 말투가 무례하게 들리기는 했으나 연배가 위인지라 기분 나쁜 내색은 감추었다. 원소는 그동안 궁궐에서 일어났던 일을 이야기해준 다음 천자와 진류왕에게 동탁을 인사시켰다. 동탁은 마치 오래 전부터 두 황자를 모셔온 듯 아무 거리낌 없이 충신 행세를 했다. 그러면서 동탁은 마음속으로 어느 쪽이 황제가 돼야 자신에게 도움이 될지 요모조모 따져보았다. 얼마 지나지 않아 그 고민은 쉽게 결론이 났다.

'천자는 두려움이 많은 성격이라 난세에 어울리지 않아. 그보다는 진류왕이 총명하고 담대해 보이는군.'

동탁은 야욕이 큰 사내였다. 그는 언젠가 자신이 앞장서서 진류왕을 황제로 추대한 다음 조정의 권세를 독차지할 마음을 품었다.

얼마 뒤, 참혹한 사건이 벌어졌던 궁궐은 점점 안정을 되찾았다. 머지않아 천자가 정식으로 황제의 자리에 오르면 모든 일이 수습될 것처럼 보였다. 하지만 그것은 표면적인 평화일 뿐이었다. 잠잠한 것 같은 수면 아래에서는 또다시 태풍이 몰아칠 낌새가 엿보이고 있었다. 권력은 공백을 허락하지 않는 법. 누구보다 동탁의 언행이 심상치 않았다. 그는 자신의 군사들을 낙양성(洛陽城) 밖에 주둔시키고 나서 1천여 명의 정예병만 거느리고 다니며 위용을 뽐냈다. 대장군 하진이 죽었으므로 그에게 명령을 내릴 상관도 없었다. 동탁은 궁궐 안을 제 집 드나들 듯 하며, 저녁마다 벼슬아치들을 불러 술판을 벌였다. 상당수의 대신들과 장수들은 그렇게 스스로 동탁의 편이 되었고, 또 다른 상당수의 대신들과 장수들은 두려움에 떨며 동탁의 눈치를 살폈다.

그러던 어느 날, 마침내 동탁이 야욕의 한 자락을 펼쳐 보였다. 여러 대신들과 장수들을 초대한 잔치 자리에서 큰 칼을 허리에 찬 그가 근엄한 목소리로 물었다.

"내 생각에 지금의 천자께서는 황제가 되실 그릇이 못 되오. 그러니 진류왕께서 황위에 오르시도록 하는 것이 어떻겠소?"

그것은 대신들과 장수들의 의견을 묻는 말이 아니었다. 이미 천자를 폐위시키기로 결심하고 자신의 의중을 통보하는 것이나 다름없었다. 그럼에도 선뜻 입을 여는 사람이 없었다. 다들 꿀 먹은 벙어리처럼 눈치만 살필 때 형주(荊州) 자사(刺

史) 정원(丁原)이 나섰다.

"대체 지금의 천자께 어떤 흠결이 있어 그런 망발을 하는 거요?"

정원의 반발에 동탁은 불쾌한 기색이 역력했다. 그가 냅다 허리에 차고 있던 칼을 빼들며 소리쳤다.

"감히 나한테 맞서겠다는 것이냐? 내 당장 너의 목을 치겠 노라!"

그러면서 동탁은 정원을 향해 성큼성큼 다가갔다. 그야말 로 일촉즉발의 순간이었다. 그런데 그때, 동탁 곁에 있던 모 사(謀士) 이유가 주공(主公)의 옷자락을 붙잡으며 귓속말을 건넸다.

"저 자의 뒤에 호위 무사가 있습니다. 오늘은 화를 참으시 고 다음에 혼쭐을 내주시는 편이 나을 듯합니다."

이유의 말에 그제야 동탁이 주변을 살폈다. 과연 정원의 등 뒤에 호위 무사가 서 있었는데, 그 모습이 범상치 않았다. 넓 은 어깨에 단단한 근육질 몸매를 갖춘 사내는 방천화극(方天 畫戟)을 움켜쥔 채 동탁을 노려보고 있었다.

모사 이유의 제지가 아니었다면, 그 날 잔칫상 앞에서는 한 바탕 피바람이 불 뻔했다. 간신히 화를 가라앉힌 동탁이 대신 들과 장수들을 돌려보내고 나서 이유에게 물었다.

"아까 그 호위 무사가 누구더냐?"

"정원이 양자로 들인 자입니다. 이름은 여포(呂布), 자는 봉선(奉先)이라고 하지요. 무예 솜씨가 대단하다고 들었습니다."

"그렇군. 내가 보기에도 보통내기가 아닌 것 같더구나."

그 날 밤, 잔치에 참석했던 원소는 궁궐을 떠나기로 마음먹고 어디론가 말을 달렸다. 천자까지 바꾸려는 동탁의 행패를 더는 지켜볼 수 없다고 생각했기 때문이다. 그와 달리 조조는 별다른 내색을 하지 않은 채 있는 듯 없는 듯 고개를 숙이고 있었다. 그는 옳고 그름을 따지지 못해서가 아니라 계란으로 바위를 치는 무모한 저항을 피하고 싶었던 것이다. 묵묵히 기다리다 보면 언젠가 기회가 찾아온다는 믿음을 그는 갖고 있었다.

그런데 며칠 후, 기어이 사건이 벌어지고 말았다. 형주 자사 정원이 천자의 폐위를 운운하는 동탁을 제거하기 위해 군사를 일으킨 것이다. 물론 동탁의 군사도 즉각 대응했지만, 여포가 이끄는 상대의 기세에 눌려 뒷걸음질을 치고 말았다.

"음, 이유의 말대로 여포란 자가 보통이 아니로구나."

사실 동탁은 여포를 처음 봤을 때부터 자신의 심복으로 만들고 싶다는 생각을 했다. 그만큼 그의 인상이 강렬했던 것이다.

"저 자를 우리 편으로 만들 수만 있다면 큰 힘이 될 텐데……."

동탁이 혼잣말을 중얼거렸다. 그 소리를 들은 근위중랑장(近衛中郞將) 이숙이 진지한 표정으로 말문을 열었다.

"제가 여포를 만나볼까요?"

"무슨 좋은 계책이라도 있느냐?"

동탁이 이숙을 바라보며 귀를 기울였다.

"실은 여포와 제가 동향(同鄕)입니다. 그 자가 용맹하기는 하나, 자기에게 이익이 되지 않으면 끝까지 의리를 지키는 성품은 아니지요. 주공께서 충분한 보상만 하신다면 형주 자사의 곁을 떠나 우리 쪽으로 올 것입니다."

"그래? 그렇다면 무엇을 주어 그의 마음을 흔든단 말이냐?"

"제 생각에는, 주공께서 애지중지하시는 적토마(赤土馬) 한 필과 보화(寶貨)를 좀 내어주면 될 듯합니다."

이숙의 제안을 동탁은 흔쾌히 받아들였다. 적토마가 무엇인가? 하루에 무려 1천 리를 가고, 험준한 산을 만나서도 평지와 다를 바 없이 내달리는 명마가 아닌가. 게다가 온 몸이 활활 타오르는 불꽃처럼 환하고 매끈한 붉은 털로 뒤덮여 누구라도 한 번 보기만 하면 넋을 잃게 만들었다. 튼튼한 네 다리는 어떤 장애물 앞에서도 망설이는 법이 없고, 크게 울음을 뱉으면 그 위세가 마주 달려오는 적의 말들을 순식간에 움츠러들게 할 정도였다. 동탁은 그런 명마를 내주고서라도 여포를 데려올 수만 있다면 하나도 아깝다는 생각이 들지 않았던 것이다. 이숙은 그 길로 적토마와 상당한 양의 보화를 챙겨 여포를 만나러 갔다.

"아니, 형님이 웬 일이시오?"

여포가 시큰둥하게 고향 선배를 맞이했다.

"아우, 아무리 시절이 수상하다 한들 우리가 서로 칼을 겨누어서야 되겠는가? 나와 같이 동탁 장군에게 가서 앞날을 의탁하세."

그러면서 이숙은 가져온 적토마와 보화를 내놓았다. 그것을 본 여포의 마음이 흔들렸다.

"세상에 이렇게 훌륭한 말이 있다니! 모름지기 사내대장부라면 자기를 믿어주는 주공에게 충성을 다해야 하는 법, 형님이 가져온 선물을 보니 동탁 장군께서 나를 얼마나 원하시는지 잘 알겠구려. 이런 대접을 받고 맨 몸으로 가는 것은 예의가 아니니 정원의 목을 베어 답례하겠소. 그러니 형님은 일단 돌아가 계시오."

"그것 참 듣던 중 반가운 소릴세, 아우. 정원의 목까지 베어온다면 주공께서 얼마나 기뻐하시겠나!"

그동안 여포는 양부인 정원이 너무 고지식해 큰일을 할 인물이 못 된다고 생각해왔다. 그래서 언젠가는 그 곁을 떠나기로 마음먹었는데, 엄청난 권세를 휘두르는 동탁이 먼저 손을 내밀었으니 거절할 이유가 없었다. 여포는 한번 결심한 일을 뒤로 미루는 법이 없는 성격이었다. 그 날 밤 여포는 당장 정원의 목을 베었고, 날이 밝자마자 동탁을 찾아갔다.

"장군께 무례를 범한 자의 머리를 가져왔습니다. 저를 받아 주시면, 주공께 목숨 바쳐 충성을 다하겠습니다!"

"하하하, 지금 나에게 주공이라고 하였느냐?"

동탁은 자기 앞에 머리를 조아리는 젊은 장수를 보고 매우 흡족해했다. 그래서 여포를 일개 부하 장수가 아니라 양자로 맞아들였다. 여포 입장에서 보자면 하루아침에 양부가 바뀐 셈이었다. 그게 다 마음속의 야심 때문에 빚어진 일이었다.

그나마 홀로 천자의 폐위를 반대하던 정원마저 사라졌으니, 동탁은 이제 더욱 거칠 것이 없었다. 그의 기고만장에 더 이상 반기를 드는 이는 보이지 않았다. 동탁은 천자를 폐위시켜 홍농왕(弘農王)이라 하고, 진류왕을 새 황제로 옹립했다. 그가 바로 헌제(獻帝)인데, 총명하기는 해도 그때 나이가 겨우 아홉 살에 불과했다.

그런데 동탁의 만행은 자기 뜻대로 황제를 바꾸는 것에 그치지 않았다. 언제 닥칠지 모를 후환을 걱정하던 그는 홍농왕을 독살했고, 중전인 당비(當妃) 진 씨의 목숨까지 빼앗았다. 천자였던 아들을 잃은 하태후의 운명 역시 그와 다르지 않았

66

다. 나아가 동탁은 스스로 전군을 통솔하는 영전군사(領前軍師) 자리에 오르고, 양자 여포는 기도위중랑장(騎都尉中郞將)에 임명했다. 누가 보나 헌제는 허수아비였고, 동탁이 황제라 해도 이상할 것이 전혀 없었다. 실제로 동탁은 자기 마음대로 궁녀들을 희롱했으며 용상에 올라가 낮잠을 자는 등 안하무인의 행동을 서슴지 않았다. 그렇게 동탁의 무례가 도를 넘다 보니 대신들의 불만이 점점 커져갔다.

그러던 어느 날, 대신 왕윤(王允)이 뜻 맞는 이들 몇과 술잔을 기울이며 눈물을 글썽였다. 그는 천자를 바꾸려 드는 동탁의 행패에 환멸을 느껴 발해(渤海)에 머물고 있던 원소와도 은밀히 연락을 주고받는 사이였다. 곧 술자리가 끝나고 모두 집으로 돌아갔을 때, 마지막까지 남아 있던 한 장수가 왕윤에게 말했다.

"왕공, 눈물을 흘린다고 세상이 바뀌겠소?"

그 장수는 효기교위(驍騎校尉)의 직위에 있는 조조였다. 그는 동탁에게 신임을 얻어 꽤 높은 벼슬자리에 올랐는데, 왕윤과도 가까이 지내고 있었다. 왕윤은 조조가 여느 장수들처럼 단지 목숨을 부지하기 위해 동탁에 협조하는 것이라고 믿었다.

"그게 무슨 말인가, 맹덕(孟德)?"

맹덕은 조조의 자였다.

"나는 여러 대신들과 장수들이 모여 동탁을 처단할 엄두도 못 낸 채 술잔이나 비우는 신세가 한심해 보일 뿐이오."

"그럼 자네는 어떤 묘책이라도 갖고 있나?"

왕윤의 눈빛이 반짝였다.

"나는 그동안 동탁의 신임을 얻기 위해 죽은 듯이 엎드려 지냈소. 하지만 이제 더는 그의 만행을 지켜볼 수 없는 지경에 이르렀구려. 왕공에게 보검이 있지 않소? 내게 그것을 내주면 내일이라도 당장 그 자에게 접근해 목을 베어버리겠소."

조조의 급작스런 제안에 왕윤은 순간 머릿속이 복잡해졌다. 그러나 동탁만 제거할 수 있다면 뒷일은 어떻게 돼도 좋다는 생각이 들었다. 발해의 원소와도 하루빨리 거사를 일으켜 동탁을 해치우자는 이야기를 주고받던 참이었다. 왕윤이 조조에게 흔쾌히 보검을 내주며 당부했다.

"이 칼은 우리 집 가보나 다름없소. 이것이 동탁을 없애는 데 쓰인다면 더없는 영광이요."

조조는 보검을 받아든 뒤에야 왕윤의 집을 나왔다.

이튿날, 조조는 보검을 허리에 차고 동탁을 찾아갔다. 때마침 동탁이 조조를 불러들여 일이 자연스럽게 풀리는 듯했다. 으리으리한 동탁의 거처에는 곳곳에 많은 호위병들이 있었는데, 정작 방 안에는 여포만이 그를 보위하고 있었다. 하기야 여포의 무예 솜씨가 일당백이었으니 여러 명의 호위병을 둘 까닭도 없었다.

"주공, 저를 찾으셨습니까?"

조조가 예를 갖춰 인사하자 비스듬히 누워 있던 동탁이 얼굴을 찡그렸다.

"나의 부름을 받았으면 빨리 와야지 왜 이리 늦었는가?"

동탁은 성질이 급해 부하들이 조금만 늦게 명을 따라도 성질을 부리기 일쑤였다. 조조가 시치미를 뗀 채 핑계를 댔다.

"송구합니다, 주공. 제가 타고 다니는 말이 나이가 든 탓에 걸음이 늦어 이렇게 됐습니다."

그 이야기를 들은 동탁은 뜻밖에 미소를 띠며 조조를 바라봤다. 그는 평소 부하들의 환심을 사기 위해 물자를 아끼지 않았다.

"영전군사 동탁의 장수가 형편없는 말을 타고 다녀서야 쓰나. 기도위중랑장, 얼마 전 서량(西凉)에서 진상해온 말들 가운데 쓸 만한 놈을 골라 맹덕에게 주게."

여포는 동탁의 명을 받자마자 밖으로 나갔다. 그것을 본 동탁이 몸을 일으키더니 뒤돌아서서 옷매무새를 가다듬기 시작했다. 워낙 살이 찐 체형이라 오래 누워 있다 보면 힘이 들어 자세를 바꾸려고 했던 것이다. 조조가 그때를 놓치지 않고 보검에 손을 가져갔다. 상대가 등을 보이고 있는데다 호위 무사도 없으니 단칼에 거사를 치를 수 있다고 판단했던 것이다.

하지만 동탁은 경계심이 많은 자였다. 그는 옷매무새를 정돈하면서도 거울을 통해 조조의 움직임을 살폈는데, 보검에 손이 닿자마자 등을 홱 돌려 날카롭게 쏘아보았다.

"효기교위, 무슨 일 있나?"

마침 여포도 말 한 마리를 골라 마당에 매어놓고 방 안으로 들어섰다. 조조가 애써 침착한 얼굴로 기지를 발휘했다.

"제게 보검이 있어 주공께 바치려 합니다."

그러면서 조조는 허리춤의 보검을 칼집째 풀어 여포에게 건넸다. 그것을 받아든 동탁은 이리저리 살펴보며 곰곰이 생각에 잠겼다. 칼은 칠보 장식이 되어 있어 썩 마음에 드는 눈치였다. 그럼에도 뭔가 찜찜한 표정을 감추지 못했다.

그때 조조가 자리에서 벌떡 일어나며 말했다.

"지금 밖으로 나가 주공께서 하사하신 말을 타보겠습니다."

"그래, 그렇게 하게. 일단 말을 보고 와서 이야기를 나누도록 하지."

동탁은 얼떨결에 조조의 속셈에 넘어갔다. 잠시 방을 비워 정확한 상황을 알 리 없는 여포는 잠자코 있었다. 조조는 재빨리 밖으로 나가 말에 올라탄 뒤 어디론가 쏜살같이 달아났다. 그와 동시에 동탁의 방문이 벌컥 열리며 여포가 뛰어나왔다.

"이놈, 감히 주공을 해치려 들다니 살려두지 않겠다!"

조조가 말을 타보겠다고 밖으로 나가자마자, 동탁은 그의 저의를 깨달았다. 보검은 선물이 아니라 자신을 노린 무기였다는 확신이 들었던 것이다. 하지만 여포가 말을 매어둔 마당으로 달려왔을 때 조조는 이미 멀리 떠난 뒤였다. 불같이 화가 치민 동탁은 곧 조조의 인상착의와 현상금을 내건 포고문을 전국 각지에 퍼뜨렸다.

한편, 조조는 고향인 하남(河南)의 진류(陳留)로 말을 몰았다. 그런데 그곳에 가는 길에도 우여곡절이 적지 않았다. 무엇보다 자기 목에 현상금이 걸린 것을 알게 된 조조가 다른 사람들을 믿지 못해 일어난 일이 대부분이었다. 한번은 아버지 조숭(曹嵩)의 친구인 여백사(呂伯奢)의 집에 몸을 숨겼다가 작은 오해가 빌미가 되어 모든 가족을 몰살시키는 끔찍한 사건을 벌이기도 했다. 여백사의 식구들이 손님을 대접할 돼지를 잡기 위해 칼을 가는 것을 보고 자신을 해치려 한다고 오해해 그런 짓을 벌였던 것이다. 그때 여백사는 장터에 술을 사러 가서 화를 피했는데, 조조는 후환이 두려워 집으로 돌아오던 그마저 무참히 죽여 버렸다. 그 무렵 중모현(中牟縣) 현령 진궁(陳宮)이 동탁을 죽이려다 쫓기는 신세가 된 조조의 충정을 흠모해 곁을 지켰으나 그와 같은 참극을 목격한 뒤 달아나고 말았다. 조조의 매정한 처신이 너무나 잔인하게 느껴졌기 때문이다.

천하를 호령하는 영웅호걸

고향에 다다른 조조는 아버지의 친구인 거부 위홍(魏弘)을 찾아갔다. 군사를 일으킬 자금을 융통할 목적이었다.

"어르신, 한 번만 저를 도와주시면 그 은혜 잊지 않겠습니다."

"알겠네. 내가 자네를 도와줄 테니 뜻을 펼쳐보게."

위홍은 조조가 어릴 적부터 영특해 크게 될 인물이라고 생각했다. 그래서 친구의 아들이기는 해도 어려울 때 도움을 주면 훗날 보답을 받게 될 것이라고 믿어 의심치 않았다.

조조는 한동안 진류에 머물며 집 마당에 '충의(忠義)'라고 쓴 커다란 깃발을 세워두었다. 그뿐 아니라 전국 방방곡곡으로 격문을 보냈다. 그 내용은 다음과 같았다.

지금 조정에는 사악한 무리들이 자기 잇속을 챙기기에 바쁘다.

새 황제를 허수아비로 세워놓고 백성들을 기만하고 있는 것이다.

십상시가 물러난 자리에 십상시보다 더한 모리배들이 들어 찼으니

전국의 영웅호걸들이여, 나와 함께 힘을 모아 그들을 몰아내자!

그로부터 얼마 지나지 않아 조조의 격문은 깜짝 놀랄 만한 효과를 보였다. 많은 인물들이 수하의 군사를 데리고 조조에게 몰려온 것이다.

그 중 위국(衛國)의 악진(樂進)이 1천여 명에 달하는 군사를 이끌어 가장 먼저 달려왔고 거록의 이전(李典)이 뒤를 이었다. 하후돈(夏侯惇)과 하후연(夏侯淵) 형제는 3천여 명의 군사를 데려왔으며, 발해에 있던 원소는 3만여 명이나 되는 군사를 이끌고 조조에게 달려왔다. 그 밖에도 손견과 원술(袁術), 장막(張邈)을 비롯해 기주(冀州) 자사 한복(韓馥), 서주(徐州) 자사 도겸(陶謙), 서량 태수 마등(馬騰), 북평(北平) 태수 공손찬(公孫瓚), 북해(北海) 태수 공융(孔融) 등이 뜻을 함께했다.

그렇게 모인 군사의 수는 무려 20만 명 남짓 되었다. 조조

는 그들을 1진부터 17진까지 나누어 전열을 정비하도록 했는데, 각각의 병사 수가 1만 명 이상씩 되었다. 그 중 공손찬은 14진 대장에 임명되어 1만5천여 명의 병사를 지휘했다. 그런데 공손찬의 수하에 눈에 띄는 장수들이 보였다. 그들은 다름 아닌 유비 삼형제였다. 공손찬이 격문을 보고 조조에게 달려가다가 평원현(平原縣)에 다다랐을 때 그곳의 현령으로 있던 유비가 아우들을 데리고 대열에 합세했던 것이다. 동탁이 어지럽힌 조정의 질서를 바로잡는 일에 유비 삼형제가 나섰고, 공손찬이 기꺼이 그들을 받아들인 것이다. 유비는 노식과 정현 밑에서 학문을 연마할 때 공손찬과 교류한 인연이 있었다.

각지에서 모인 장수들 앞에 조조가 흡족한 표정으로 나섰다.

"우리는 대업을 위해 이 자리에 모였소. 모두 힘을 합쳐 조정에서 동탁을 몰아냅시다!"

조조의 호방한 연설에 장수들이 환호성으로 답했다. 그 날부터 사흘간 잔치가 벌어졌고, 거사를 앞둔 장수들은 술잔을 나누며 결의를 다졌다. 조조는 그 자리에서 원소를 총대장인 맹주(盟主)로 임명했다. 그 결정에 반대하는 장수는 한 명도 없었다. 잔치가 끝난 날, 원소가 장수들을 모아놓고 외쳤다.

"우리는 이제 낙양성으로 진격할 것이오! 누가 낙양 동쪽의 사수관을 치는 데 선봉에 서겠소?"

원소의 말에 앞으로 나선 장수는 손견이었다. 조조를 중심으로 모인 연합군의 사기는 하늘을 찌를 듯 높았다.

얼마 뒤, 손견의 출병 소식이 동탁에게 전해졌다. 그는 여느 날처럼 술독에 빠져 있다가 깜짝 놀라 심각한 얼굴이 되었다.

"이놈들…… 감히 나에게 반기를 들어?"

동탁은 갑작스런 사태에 당황했지만 결코 자신감을 잃지는 않았다. 그때도 그의 권세가 막강했기 때문이다. 여포가 양부의 심기를 헤아리며 단호하게 말했다.

"저들이 비록 연합을 했다고는 해도 우리를 당해낼 수 없습니다. 화웅(華雄) 장군에게 오 만의 군사를 내주어 뜨거운 맛을 보게 하십시오."

화웅은 키가 9척이나 되는 듬직한 체구의 장수였다. 동탁과 여포는 화웅의 출격만으로도 사태를 진압할 수 있을 것이라고 믿었다.

그렇게 손견과 화웅이 사수관에서 충돌했다. 두 장수는 죽음을 각오하고 병사들을 독려해 몇 날 며칠 치열한 전투가 이어졌다. 하지만 어느 전투에나 우열이 있는 법. 시간이 흐를수록 손견의 군사가 수세에 몰렸다. 급기야 위기를 느낀 손견이 부하들에게 작전상 후퇴를 명하고 원술에게 지원을 요청했다. 그들은 연합군이었으므로 병사와 군량을 지원하는 것이 마땅했으나, 원술의 참모 하나가 강력히 반대했다.

"손견을 돕지 마십시오. 그가 이번에 사수관을 돌파하면 동탁 대신 조정을 장악하려 들 것입니다."

원술이 생각하기에도 참모의 걱정이 일리가 있었다. 누구든 일단 궁궐에 진입하면 권력을 독차지하려는 욕망을 가질 수 있기 때문이었다. 결국 원술은 지원 요청을 거절했고, 손견은 첫 전투에서 패배하고 말았다.

진류에 남아 사수관이 함락되기를 기다리던 장수들의 표정이 너나없이 심각해졌다. 맹주 원소가 다른 장수들의 의견을 구했다.

"손견 장군이 그리 쉽게 무너질 줄은 몰랐소. 동탁의 위력이 아직 막강한 듯하니, 앞으로 어떤 작전을 펼쳐야 할지 기탄없이 말씀해보시오."

원소의 말에 장수들은 갑론을박을 펼쳤다. 그러나 무엇 하나 딱 부러지는 묘책은 나오지 않았다. 그때 한 병사가 다급히 장수들에게 달려와 보고했다.

"지금 화웅의 군사가 진류로 쳐들어오고 있습니다!"

그것은 미처 생각지 못한 공격이었다. 동탁은 화웅이 손견을 물리치자 내친 김에 연합군의 본거지를 공격하라고 명을 내렸던 것이다. 장수들이 웅성거리며 이렇다 할 방어책을 마련하지 못할 때, 수염 길이가 족히 두 자는 되어 보이는 한 장수가 앞으로 나섰다.

"이 몸이 화웅의 목을 베어 오겠습니다!"

장수들의 눈길이 일제히 그에게 향했다.

"너는 어디에 소속된 누구더냐?"

맹주 원소가 물었다.

"저는 14진에 소속된 관우라 합니다."

그러자 14진 대장 공손찬이 조조와 원소를 바라보며 덧붙였다.

"저 이는 지금 마궁수 직책을 맡고 있소. 저의 사제(師弟)인 유비 장군의 의형제지요."

그 순간 원술이 비아냥거리는 말투로 대화에 끼어들었다.

"일개 마궁수가 적장에게 대적하겠다고 나서는 것이냐? 그들의 웃음거리가 되기 전에 썩 물러나도록 하라!"

그러나 조조의 생각은 다른 듯했다. 그는 유비의 의형제라는 공손찬의 말을 듣고 기대 섞인 표정을 지었다.

"유비 장군이라면, 황건적 토벌에 공을 세운 현덕 공을 말하는 것 아니오? 그의 의형제라면 분명 만만치 않은 실력을 지녔을 터, 기회를 한번 주도록 합시다."

그 이야기에 원술도 더는 관우를 조롱하지 못했다. 조조가 관우에게 따뜻한 술 한 잔을 따라주며 말을 이었다.

"나는 그대가 틀림없이 화웅의 목을 베어올 것이라 믿는다.

이 술을 마시면 더욱 힘이 날 테니 어서 들라."

그러나 관우는 선뜻 잔을 받아들지 않았다.

"됐습니다, 장군. 그 술은 적장의 목을 베어온 다음에 마시
도록 하지요."

"그래? 정말 현덕 공의 아우라 할 만하구나, 하하하!"

조조는 관우의 기개에 크게 감탄했다. 나아가 그런 장수와
의형제를 맺은 유비가 내심 부럽기까지 했다.

관우의 장담은 허풍이 아니었다. 잠시 뒤 관우는 청룡언월
도에 화웅의 머리를 꽂아 돌아왔다. 둘의 대결을 지켜본 병
사의 후일담에 따르면, 단 2합 만에 싱겁게 끝난 승부라고 했
다. 그 결과에 원술은 꿀 먹은 벙어리가 되었다.

"자, 이제 내가 따른 술을 들게나."

"그렇게 하지요, 장군. 감사합니다."

관우는 목이 말랐는지 술잔을 단숨에 들이켰다. 얼마나 짧
은 시간에 화웅의 목을 베어 왔는지 여전히 술이 따뜻했다.
그때 원소가 조조에게 한 가지 청을 했다.

"마궁수 관우가 화웅을 처단했으니, 그의 형제들도 박수를
받아야 마땅하지 않겠습니까?"

"아, 맹주의 이야기를 듣고 보니 그렇구려."

조조는 원소의 청을 받아들여 유비와 장비를 앞으로 불러
냈다. 그리고 다른 장수들에게 지난날 삼형제가 황건적 토벌

에서 세운 전공을 상세히 알렸다. 장수들은 진심 반 경계심 반의 기묘한 표정으로 유비와 관우, 장비에게 찬사를 보냈다.

한편, 화웅의 군사가 연합군과 맞서 싸우는 사이에 동탁은 단단히 방어 태세를 갖췄다. 화웅이 전사했으니 상대가 다시 궁궐 쪽으로 진격할 것이 뻔했기 때문이다.

"이각(李傕)과 곽사(郭汜)에게 오 만의 군사를 주어 사수관을 지키게 하라."

동탁이 여포에게 명했다. 그리고 자신은 여포, 이유와 함께 15만의 군사를 이끌고 호뢰관(虎牢關)으로 향했다. 그곳에 도착한 뒤에는 다시 여포에게 3만의 군사를 내주며 관문 밖에 진지를 만들도록 했다. 동탁의 예상대로, 머지않아 원소가 보낸 연합군 14진이 다시 공격을 감행했다. 이번에는 사수관이 아니라 호뢰관이 목표였다. 관문 밖에 진지를 구축해둔 여포가 먼저 연합군과 맞서 싸웠다.

"공격이 최선의 방어라 했다. 모두 나를 따르라!"

비록 호뢰관을 목표로 삼은 것은 연합군이었지만, 오히려 여포가 선제공격을 시도하며 기선을 제압했다. 실전에서 맞닥뜨려본 여포의 무예 솜씨는 실로 대단했다. 그는 동탁에게 받은 적토마를 타고 날카로운 창을 휘두르며 연합군 진영을 이리저리 휩쓸고 다녔다. 여포가 지나가는 자리마다 연합군의 시신이 나뒹굴었고 곳곳에 붉은 피가 흥건했다. 멀리서 보면 마치 한 마리의 맹수가 사슴 무리를 괴롭히며 파죽지세로 헤집고 다니는 모양새였다.

"듣던 대로 용장이로구나."

공손찬이 여포의 공격에 위협을 느끼며 혼잣말을 중얼거렸다. 그는 자신이 직접 나서서 전세를 반전시켜야겠다고 생각했다.

"내가 너를 상대해주마! 덤벼라!"

연합군 14진의 대장으로서, 공손찬은 당당한 자세로 여포에게 맞섰다. 하지만 무예 솜씨로는 상대가 되지 못했다. 몇 합 겨루지도 못한 채 공손찬은 열세를 인정할 수밖에 없었다.

"아, 이러다가 내 목이 달아나겠군……. 내가 죽으면 병사들도 사기가 떨어져 몰살당하기 십상이니 일단 후퇴해서 묘책을 생각해봐야겠다."

장수라면 차라리 전장에서 죽는 편이 영광인 것을 공손찬도 모르지 않았다. 하지만 무모한 싸움으로 개죽음을 당하는 것보다 훗날을 기약하는 것이 옳다고 판단해 작전상 후퇴를 하기로 결심했다. 공손찬은 재빨리 말머리를 돌려 연합군 진영으로 내달렸다. 그것을 본 여포가 고함을 내지르며 뒤를 쫓았다.

"어디로 내빼느냐? 거기 서라!"

공손찬은 자신을 추격하는 적토마의 질주에 놀라움을 감추지 못했다. 평범한 말이라면 도저히 따라잡을 수 없는 거리를 적토마는 단숨에 내달려 왔다. 공손찬의 목숨이 바람 앞의 촛불처럼 위태로웠다.

그때였다. 연합군 진영에서 그 광경을 지켜보던 장비가 장팔사모를 휘두르며 여포에게 달려들었다.

"재물에 눈이 멀어 양부를 바꾼 놈, 내가 혼쭐을 내주마!"

장비도 여포가 동탁의 양자가 된 사연을 모르지 않았다. 그 말을 들은 여포가 시뻘게진 얼굴로 공손찬에게 향했던 창을 장비 쪽으로 돌렸다.

"어디서 듣도 보도 못한 놈이 무례하게 구느냐! 네 목을 잘라주마!"

사실 여포는 장비에 대해 알지 못했다. 그럼에도 한눈에 보기에 만만치 않은 상대인 것을 직감했다. 둘의 싸움은 20합이나 계속되었다.

"몸집은 둔하게 생긴 자가 보통이 아니로구나."

"내가 너처럼 밥 먹듯 배신하는 자를 처단하기 위해 힘을 키운 것을 모르겠느냐?"

둘은 그 후에도 30합이나 더 맞붙었지만 쉽게 끝을 보지 못했다. 그때까지 가만히 지켜보기만 하던 관우가 참지 못하고 아우를 거들고 나섰다.

"이놈, 나의 칼을 받아라!"

장비의 장팔사모도 모자라 관우의 청룡언월도 공격까지 받게 된 여포는 크게 당황했다. 하지만 용장답게 이내 정신을 집중해 매서운 공격을 막아내며 반격했다. 여포가 들고 있는 방천화극의 위력 역시 세상 어느 무기 못지않게 강력해 보였다.

"재물을 밝히기는 해도 무예 솜씨 하나는 인정할 수밖에 없구나."

관우가 청룡언월도를 휘두르며 여포에게 소리쳤다. 그 순간 유비가 쌍고검을 뽑아들어 두 아우의 싸움을 도왔다. 거기서 밀리면 앞으로도 여포가 나서는 전투에서 이기기 어렵다고 판단했기 때문이다. 결투의 형국이 일 대 삼으로 바뀌자, 여포도 더 이상은 견뎌내지 못했다. 워낙에 그 혼자 단기필마로 연합군 진영 깊숙이 달려든 터라, 다른 장수들이 여포를 돕기는 힘들었다. 천하의 여포도 마침내 뒷걸음질을 칠 수밖에 없었다. 멀찍이서 지휘관의 후퇴를 지켜본 병사들이 잔뜩 겁을 집어먹었다.

"네가 너무 무모했구나. 전장에서는 객기를 부리면 안 되는 것을!"

동탁이 호뢰관으로 돌아와 무릎을 꿇은 여포를 나무랐다. 비록 여포가 수많은 연합군의 목을 베기는 했지만, 전투에서는 패배를 당한 것이나 다름없었다.

"주공, 기도위중랑장의 패퇴로 병사들의 사기가 말이 아닙니다. 이대로는 적을 막아내기 어려우니 다른 책략을 써야 할 듯합니다."

모사 이유가 심란해하는 동탁에게 말문을 열었다.

"뭐, 좋은 계책이라도 있느냐?"

"적의 세력이 생각보다 훨씬 커서 낙양을 지켜내기 쉽지 않을 것입니다. 장안으로 도읍을 옮겨 전열을 정비한 뒤에 맞서는 편이 나을 듯합니다."

"천도를 말하는 것이냐?"

"그렇습니다, 주공."

이유가 꺼내놓은 뜻밖의 책략에 동탁은 잠시 망설였다. 하지만 곧 그 제안을 따르기로 마음먹어, 군사들과 함께 궁궐로 돌아왔다. 공손찬은 당장 그들을 뒤쫓지 않고 조조와 원소에게 전령을 보내 자신을 도와달라고 청했다. 동탁의 군사가 무슨 꿍꿍이를 품어 궁궐로 돌아가는지 의아했기 때문이다.

이유는 동탁의 재가를 받자마자 일사천리로 천도 작업을 진행했다. 우선 낙양의 부자들에게 원소와 내통했다는 죄를 뒤집어씌워 재산을 몰수해서 경비를 마련했다. 또한 천도에 반대하는 대신들에게는 잔혹한 폭력을 행사하는 것도 마다하지 않았다. 여포의 힘을 빌려 상서(尚書) 주비와 성문교위(城門校尉) 오경 등의 목숨을 빼앗았던 것이다.

이제 남은 과제는 낙양의 백성들을 장안으로 이주시키는 일이었다. 하지만 사람이 오랫동안 살아온 삶의 터전을 바꾸는 것이 얼마나 어려운가. 많은 백성들이 힘겹게 일군 땅을 버리고 장안으로 가는 것을 망설였다. 그러자 마음이 급해진 동탁이 직접 병사들 앞에 나서서 명령을 내렸다.

"민가에 불을 놓아 백성들이 당장 길을 떠나도록 하라! 늙거나 병이 들어 걸음이 느린 자가 있다면 목을 베어도 좋다!"

그 명령으로 낙양은 순식간에 아수라장이 되었다. 조정의 재물은 하나도 빠짐없이 수레에 실었으나, 백성들은 겨우 옷가지만 챙겨 발걸음을 재촉했다. 사수관을 방어하던 이각과 곽사가 백성들의 행렬을 독려했다. 숱한 사람들이 대열에서 낙오되어 칼에 베이고 말발굽에 짓밟혔다. 여기저기서 비명 소리가 울려 퍼졌지만 병사들은 들은 척도 하지 않았다. 그도 그럴 것이 동탁과 장수들의 서슬이 퍼레 조금이라도 한눈을 팔았다가는 엄벌에 처해졌기 때문이다. 그들은 궁궐에도 불을 질러 행여 연합군에게 도움이 될 만한 것은 하나도 남기지 않았다. 금세 시뻘건 불길과 잿빛 연기가 낙양을 뒤덮었다. 열흘 붉은 꽃이 없다고 했던가. 지난날 화려한 영광으로 빛났던 궁궐이 뼈대도 남기지 않은 채 사라졌다.

그 시각 조조와 원소가 본거지에 머물던 군사를 데리고 공손찬의 진지에 도착했다. 그야말로 완전체가 된 연합군의 사기는 어느 때보다 드높았다. 동탁이 궁궐을 버리고 떠났다는 사실이 병사들에게 더욱 큰 자신감을 심어주었던 것이다. 그럼에도 원소를 비롯한 많은 장수들은 여전히 경계를 늦추지 않았다. 오직 조조만이 동탁을 끝까지 몰아붙여야 한다고 주장했다.

"이런 기회는 자주 찾아오지 않는 거요. 곧장 그들을 쫓아가 총공격을 감행합시다."

조조의 말에 원소가 마뜩치 않은 표정을 지었다.

"자칫 서두르다가 일을 그르칠 수 있소. 일단 저들의 움직임을 지켜보기로 합시다."

원소의 말을 들은 조조는 기분이 좋지 않았다. 그가 맹주이기는 해도 애당초 연합군의 결성을 주도한 것은 자신이었기 때문이다. 물론 조조의 생각에 동의하는 장수가 전혀 없지는 않았다. 하후돈과 하후연을 비롯해 조홍(曹洪)과 조인(曹仁) 형제가 조조의 의견에 동조했다. 결국 조조가 그들과 함께 1만의 군사를 거느려 동탁의 뒤를 쫓아갔다.

그런데 동탁 역시 그와 같은 상황에 대비해 만반의 준비를 하고 있었다. 그는 후방에 가장 믿을 만한 여포와 이각, 곽사를 남겨 연합군의 추격을 경계했다. 얼마 지나지 않아 그들이 조조의 군사와 맞닥뜨렸다.

"적이다! 한 놈도 살려두지 마라!"

조조가 선두에 서서 큰 소리로 명령을 내렸다. 동탁 행렬의 후방을 무너뜨리면 그 다음부터는 파죽지세로 진격할 수 있다는 생각에 전력을 쏟아부었다. 하지만 여포가 버티는 후방은 견고한 성곽과 다름없었다. 아무리 공격을 퍼부어도 그들은 꿈쩍하지 않았고, 시간이 흐를수록 전세는 점점 조조 쪽이 불리하게 변해갔다.

"안 되겠다, 모두 후퇴하라!"

지휘관의 후퇴 명령은 병사들을 금방 오합지졸로 만들었다. 조조는 일부의 패잔병만 이끌고 산속으로 달아났다. 하루 종일 전투를 벌이느라 굶주린 병사들이 그곳에서 솥을 걸고 죽을 끓였다. 원래는 제법 넉넉하게 군량을 준비해왔지만, 정신없이 도망을 다니다 보니 곡식이 얼마 남아 있지 않았다. 병사들은 밝은 달빛 아래에서 허겁지겁 죽을 먹었다. 그런데 곧 풀숲에서 부스럭거리는 인기척이 들리는가 싶더니 매복해 있던 여포의 병사들이 달려 나와 활을 쏘아댔다. 허기를 달래며 방심하고 있던 조조의 군사는 적을 당해내지 못했다. 그나마 남아 있던 패잔병들이 활을 맞고 칼에 베어 비참하게 최후를 맞이했다. 황급히 말에 올라탄 조조는 치욕을 뒤로 한 채 다시 달아나기 시작했다. 그것을 본 여포의 부하 장수가 힘껏 시위를 당겨 활을 쏘았다.

"악!"

화살은 조조의 한쪽 어깨에 명중했다. 그 기회를 놓치지 않고 병사들이 달려와 잔뜩 겁을 집어먹은 조조의 말에 창을 찔러댔다. 말은 고통에 겨워 길길이 날뛰었고, 겨우 고삐를 쥐고 있던 조조가 끝내 땅바닥에 나뒹굴고 말았다. 한쪽 어깨에 부상까지 당한 탓에, 조조는 자칫 목숨을 잃을 절체절명의 위기에 처했던 것이다.

"에잇, 죽어라!"

마구 말을 찔러대던 병사 하나가 창을 들어 조조의 심장을 겨누었다. 바로 그때, 조홍이 쏜살같이 달려와 그 병사의 목을 칼로 베어버렸다.

"장군, 어서 제 말에 오르십시오!"

겨우 위기를 벗어난 조조는 서둘러 조홍의 말에 올라탔다. 그러나 위기 상황이 완전히 끝난 것은 아니었다. 조조의 어깨에 화살을 명중시킨 장수가 부하들을 이끌어 추격을 멈추지 않았던 것이다. 말고삐를 쥔 조홍이 조조를 데리고 전속력으로 달아났지만, 얼마 가지 않아 강물을 만나게 되었다. 그런데 잘 달리던 말이 강물을 건너기는커녕 그 자리에 우뚝 선 채 꼼짝하지 않았다. 조홍이 자세히 살펴보니 엉덩이에 여러 개의 화살이 박혀 있었다. 그것은 보나 마나 적이 쏜 화살이었는데, 힘겹게 강변까지 달려온 말은 더 이상 움직이지 못한 채 금방이라도 주저앉을 태세였다. 언제부터인지 엉덩이에서는 피가 줄줄 흐르고 있었다.

"어서 말에서 내리십시오, 장군. 헤엄을 쳐서 강을 건너야
겠습니다."

조홍은 충성심이 대단한 장수였다. 잘못하면 둘 다 목숨을
잃을 수 있는 위기에서도 혼자 살겠다고 달아나지 않았다. 그
는 조조를 부축하며 죽을힘을 다해 강을 건넜다. 뒤늦게 강가
에 다다른 적들이 활을 쏘아댔지만 두 사람에게 미치지는 못
했다. 그렇다고 안심할 수 있는 상황은 아니었다. 적들도 헤
엄을 쳐 강을 건넜고, 맹렬한 기세로 조조와 조홍을 쫓았다.
도망치는 자는 두려움 탓에 쫓는 자보다 훨씬 더 힘이 드는
법. 결국 두 사람은 기력이 다해 산등성이에서 풀썩 쓰러지고
말았다.

"고맙네. 괜히 자네까지 나 때문에 화를 입는구면……."

조조는 자신을 구하기 위해 최선을 다한 조홍에게 감사의
마음을 전했다. 이제는 달아날 방법도 없어 장부답게 의연히
최후를 맞이할 작정이었다. 그런데 그 순간, 어디선가 병사들
의 함성이 들려왔다. 조조가 얼른 고개를 들어 보니 하후돈과
하후연이 기병들을 이끌고 달려오는 것이 아닌가. 때마침 여
포의 병사들도 조조와 조홍을 발견한 터라, 조금만 늦었어도
그들은 이 세상 사람이 아닐 운명이었다.

"저 자들을 없애고 장군님을 구하라!"

하후돈의 명을 받은 기병들은 순식간에 적들을 섬멸했다. 여포의 병사들 역시 강물을 헤엄치며 추격을 계속하느라 힘이 많이 빠져 이렇다 할 저항을 하지 못했다. 가까스로 목숨을 부지한 조조는 하늘을 올려다보며 안도의 한숨을 내쉬었다.

한편 그 무렵, 연합군이 낙양성에 다다랐다. 선발대로 나서 선두에 섰던 손견은 아직도 잔불이 남아 있는 궁궐을 둘러보며 얼마 전 사수관에서 패배했던 전투를 떠올렸다.

'그때 원술이 지원군을 보내주기만 했어도 그 같은 치욕을 당하지는 않았을 텐데……. 그 일로 나를 가벼이 여기는 자가 있다면 누구라도 용서치 않을 것이다.'

손견 역시 여느 장수들 못지않게 야심이 큰 사내였다. 그때 궁궐 뒤뜰의 우물에서 오색 빛이 번져 나오는 것이 보였다. 그곳에는 물이 제법 찰랑해 거센 화염으로부터 원래의 모습을 보존할 수 있었다.

"여봐라, 어서 우물 안을 살펴보아라!"

그것이 웬 조화인지 궁금해진 손견이 부하들을 불러 명했다. 찰랑거리는 물 때문에 오색 빛의 정체를 알 수 없자, 그들은 물을 퍼내기 시작했다. 얼마쯤 시간이 흘렀을까. 우물 안에서는 놀랍게도 한 궁녀의 시체가 모습을 드러냈다. 무슨 까닭인지 그녀의 목에 비단으로 만든 복주머니가 걸려 있었다.

부하들은 굳이 속을 들여다보지 않은 채 복주머니를 그대로 손견에게 가져다주었다. 뭐 별것일까 싶어, 손견도 무심한 얼굴로 물에 젖은 복주머니를 열어 보았다.

그런데 이게 웬 일인가! 그 안에 들어 있는 것은 옥새(玉璽)였다. 보옥으로 만든 옥새에는 다섯 마리의 용이 양각되었고, 국왕의 불로장생과 나라의 번영을 기원하는 글이 새겨져 있었다. 그것은 한나라 황제가 대대로 보관해온 보물 중의 보물이었다. 실은 조정의 십상시가 모두 처단되던 시기에 옥새의 행방이 묘연해졌는데, 이제야 우연히 그 광채를 다시 비추게 된 것이다. 손견은 서둘러 품 안에 옥새를 감추었다. 그리고는 곁에 있던 부하들을 둘러보며 엄히 입단속을 했다.

"너희들은 옥새가 발견된 것을 철저히 비밀에 붙여야 한다. 만약 누설하는 자가 있으면 용서하지 않을 것이다."

하지만 많은 사람의 입을 완전히 막는 것은 불가능에 가까웠다. 마침 그들 가운데 원소와 줄을 대려는 자가 있어 밀고를 하고 말았다.

며칠 후, 원소가 다른 장수들과 함께 궁궐의 앞마당을 둘러보던 손견을 찾아왔다.

"요즘 이상한 소문이 돌던데, 공은 들은 적이 있소?"

원소가 넌지시 손견을 떠보았다.

"소문이라니요? 나는 아는 바가 없소."

"하하, 그렇군요. 누가 내게 와서 잃어버린 옥새를 발견했다는 헛소리를 해서 말이오."

그런데 거짓말을 하는 사람은 눈빛이 흔들리게 마련이었다. 원소가 일부러 날카롭게 눈을 맞추자, 손견이 자기도 모르게 시선을 돌렸다. 그 순간 원소가 버럭 소리를 내질렀다.

"옥새를 가로채려는 속셈이 무엇이냐? 그것을 가졌다고 정녕 천하를 얻을 수 있다고 믿는단 말이냐!"

원소의 벼락같은 호통에 손견은 움찔했다. 더 이상 궁지에 몰리면 큰일 나겠다는 생각에 손견이 갑자기 칼을 빼들었다. 그러자 원소를 비롯한 몇몇 장수들도 그에게 칼을 겨누었다. 그때 손견의 심복이 마당 한쪽을 가리키며 소리쳤다.

"저기에 말이 있습니다. 빨리 달아나십시오!"

그는 원소가 여러 장수들과 함께 오는 것을 보고 심상치 않은 상황을 예감해 미리 말을 준비해두었다. 그 덕분에 손견은 옥새를 빼앗기지 않고 낙양성 밖으로 달아날 수 있었다. 그를 따르는 적지 않은 수의 병사들도 말을 몰아 성을 빠져나갔다. 화를 참지 못한 원소가 손견의 심복에게 칼을 휘둘러 분풀이를 했다.

"음, 손견이 이렇게 교활한 자인 줄 내가 미처 몰랐구나……."

원소는 곧 새롭게 형주 자사가 된 유표(劉表)에게 전령을 보내 손견이 나타나면 옥새를 빼앗고 죽이라는 명을 내렸다. 그곳이 낙양성에서 달아나는 길목이었기 때문이다. 하지만 손견은 유표의 갑작스런 기습에도 옥새를 지닌 채 그곳을 벗어날 수 있었다. 비록 자신을 따르는 많은 병사들을 잃었지만, 그에게는 옥새를 빼앗기지 않는 것이 무엇보다 중요했다.

그 무렵 조조가 낙양성에 나타났다. 가까스로 죽을 고비를 넘긴 그가 다시 연합군에 합류한 것이다. 조조는 원소의 만류를 뿌리치고 섣불리 동탁을 공격해 패한 것이 민망했지만, 동맹을 맺은 장수들과 훗날을 도모하고 싶었다. 그런데 연합군 장수들의 의기(義氣)가 전과 같지 않았다. 손견이 옥새를 챙겨 달아난 후 서로가 서로를 믿지 못하며 자신의 야심만 키우고 있었기 때문이다.

"내가 진류에서 격문을 돌려 영웅호걸들을 불러 모았을 때는 이와 같은 분열을 상상하지 않았다. 이들이 달라졌으니 나도 더는 함께할 이유가 없구나."

조조는 실망이 매우 컸다. 그는 길을 잘못 들어선 것을 깨달았으니 얼른 다른 길을 찾아야 한다고 생각했다. 그래서 군사를 이끌어 양주(揚州)로 떠났다. 그것을 본 공손찬이 유비를 만나 자신의 거취를 밝혔다.

"사제, 나는 처음부터 이 연합이 오래 가지 못할 것이라고 짐작했네. 맹주인 원소가 여러 장수들을 하나로 묶기에는 부족함이 있다고 생각했지. 우리를 불러 모은 조조 장군까지 떠나버렸으니 나도 더 이상 여기에 머물 명분을 못 찾겠네."

"그럼 사형(師兄)께서는 어디로 가실 것인지요?"

"나는 북평으로 갈 것일세. 자네는 계속 여기 있을 건인가?"

"아니오, 저 역시 평원에 돌아가기로 아우들과 이야기를 해 두었습니다."

그렇게 여러 장수들이 연합군에서 이탈하게 되었다. 그 후 원소는 폐허가 되어버린 낙양을 떠나 하내군(河內郡)에 진을 쳤다. 그곳에서 장안의 동탁을 물리칠 기회를 엿보려고 했던 것이다. 그런데 한 달 두 달 세월이 흐르다 보니 군량이 부족해졌다. 조조가 위홍의 자금으로 마련했던 곡식은 이미 바닥을 드러냈고, 그나마 기주로 돌아간 한복이 식량을 원조해주어 근근이 버텨 나가는 상황이었다.

"언제까지나 기주 자사 한복을 믿을 순 없다. 그가 갑자기 원조를 끊으면 낭패지 않느냐?"

하루는 원소가 부하 장수들에게 고민을 털어놓았다. 그러자 그 가운데 한 장수가 원소의 마음을 헤아려 가려운 곳을 긁어주었다.

"그렇습니다, 주공. 아예 기주를 쳐서 안정적으로 식량 공급을 해야 할 것입니다."

"네 생각도 그러한 것이냐?"

원소는 이미 기주를 빼앗을 생각을 갖고 있었다. 다만 한때 한복과 동맹을 맺은 연합군이었으므로 마땅한 명분이 없어 망설였던 것뿐이다. 그런데 원소의 꿍꿍이는 그것으로 그치지 않았다. 이왕이면 자신의 출혈 없이 실익을 챙기고 싶었다.

"내게 좋은 계책이 있는데……."

"그것이 무엇입니까?"

원소의 가려운 데를 긁어준 부하 장수가 귀를 쫑긋 세우며 물었다.

"북평으로 돌아간 공손찬을 이용하면 어떻겠느냐? 먼저 공손찬에게 기름진 기주 땅을 빼앗아 곡식을 반으로 나누자고 하면 흔쾌히 응할 것이다. 그리고 그 소문을 일부러 기주에 흘리면 아무것도 눈치채지 못한 한복이 우리에게 도움을 청하겠지. 군량은 몰라도 군사력은 우리가 월등하니, 그것을 빌미로 기주 땅에 병사들을 보내면 한복이 의심하지 않고 받아들일 것이다. 그러면 별 저항 없이 기주현(冀州縣)을 쳐서 손쉽게 영토를 차지할 수 있지 않겠느냐?"

"그것 참 기발한 작전입니다, 주공!"

원소의 말에 부하 장수들은 일제히 맞장구를 쳤다.

실제로 원소의 계책은 무난하게 들어맞았다. 얼마 후 원소의 군사는 단 한 명의 사상자도 없이 기주 땅을 손아귀에 넣게 되었다. 한복의 병사들은 지레 겁을 먹고 원소의 군사에 대항할 엄두를 내지 못했다. 그러나 한 가지 문제가 있었다. 원소와 함께 한복을 물리치고 식량을 나누는 것으로 알고 있던 공손찬이 뒤늦게 기주 땅에 다다른 것이다.

"이것은 내게 했던 말과 다르지 않소? 약속대로 기주 곡물의 반을 나눠주시오."

그것은 공손찬의 입장에서 당연한 요구였으나, 애당초 원소의 계산에는 없는 내용이었다. 공손찬은 자신이 기만당했다는 생각에 분노가 치밀었다. 둘 사이에 전쟁이 벌어진 것은 너무나 자연스러운 수순이었다.

"지난날의 연합은 이제 옛일이 되어버렸다. 거짓말쟁이 원소는 나의 칼을 받아라!"

"좋다, 내가 너의 버르장머리를 고쳐주마!"

두 장수의 병사들은 반하(磐河)의 다리를 경계로 진을 쳤다. 처음에 두 장수는 일진일퇴를 거듭하며 치열하게 승부를 겨루었다. 그러나 이내 원소 쪽으로 무게 중심이 기울었다. 급기야 원소의 군사에게 밀리던 공손찬이 뒷걸음질을 치기 시작했다.

"거기 서라! 기주의 곡물 대신 내 창을 너의 목에 꽂아주마!"

이렇게 외치며 공손찬을 쫓는 이는 원소의 부하 장수 문추 (文醜)였다. 그는 금세 적장을 따라잡아 창을 치켜들었다. 그런데 위기일발의 그 순간, 누군가 공손찬에게 도움의 손길을 뻗쳤다.

"내가 너를 상대하마!"

"넌 또 뭐냐?"

문추는 목표물을 바꿔 갑자기 나타난 적을 향해 창을 휘둘 렀다. 둘 사이에 수십 합이 오갔지만 쉽게 승패가 판가름 나지 않았다. 그래도 정체불명의 장수가 좀 더 힘이 좋아 위험을 느낀 문추 쪽에서 꽁무니를 빼고 말았다. 그 장수는 문추를 쫓아가지 않고 공손찬에게 다가왔다.

"괜찮으십니까, 장군?"

그제야 공손찬이 그를 자세히 살펴보니 위풍당당한 체구에 용모도 썩 빼어난 젊은이였다. 키는 8척에 이르렀고, 목소리 또한 대장부다웠다.

"자네는 누군가?"

공손찬은 젊은 장수에게 말을 높이지는 않았지만 최대한 예의를 갖추어 질문했다.

"상산(常山) 진정(眞定) 태생으로 성은 조(趙)이고 이름은 운(雲)이라 합니다. 자는 자룡(子龍)이지요. 저는 오랜 동안 원소의 수하에 있었습니다. 한데 그의 성품이 너무 강퍅하여 몇 차례 실망한 끝에 새로 주공이 될 분을 찾아다니는 중입니다. 당분간 장군께 몸을 의탁해도 되겠는지요?"

"그렇게 하게. 나야 생명의 은인인 자네를 마다할 이유가 없지."

누가 보더라도 젊은 장수 조운의 위용은 호감을 느낄 만했다. 게다가 문추의 공격에서 목숨까지 구해줬으니, 공손찬으로서는 그를 받아들이지 않을 이유가 없었다. 더구나 원소와 치열한 전투를 벌이는 상황에 그의 합류는 천군만마를 얻은 것과 다르지 않았다.

이튿날 계속된 전투에서부터 조운은 그야말로 눈부신 활약을 펼쳤다. 그의 돌격에 원소의 병사들은 추풍낙엽처럼 쓰러졌다. 한동안 열세에 몰렸던 공손찬의 병사들이 어느새 원소의 군사와 팽팽한 균형을 이루어 치열한 공방전을 펼치게 되었다.

"조운…… 저 놈이 나에게 칼을 겨누다니, 용서하지 않겠다!"

원소는 분한 마음에 죽기 살기로 전투에 나섰다. 그래서였을까, 막상막하로 펼쳐지던 싸움의 주도권을 다시 원소가 쥐게 되었다. 그때 뜻밖에 공손찬을 도우러 먼 길을 달려온 지원군이 산모퉁이를 돌아 모습을 드러냈다.

"사형, 제가 왔습니다!"

그는 다름아닌 공손찬의 사제 유비였다. 물론 관우와 장비, 두 아우도 뒤를 따르고 있었다. 갑작스런 유비 삼형제의 등장에 원소는 후퇴를 결심하지 않을 수 없었다. 그 후 양 진영의 전투는 한 달 넘게 소강상태에 접어들었다. 어느 한쪽이 일방적인 우세를 보이지 않은 채 밀고 밀리기를 반복했던 것이다.

그 기간에 유비는 조운과 제법 가까워졌다. 두 사람은 서로 통하는 점이 많았다. 유비가 보기에, 조운은 나이에 비해 성숙한 인품을 가진데다 무예 솜씨 또한 뛰어나 무척 매력적인 인물이었다. 큰일을 하려면 많은 인재가 필요한 법, 유비는 언젠가 때가 오면 조운을 자기 사람으로 만들고 싶다는 생각을 했다. 조운 역시 늘 신중하고 박식한 유비가 마음에 들었다. 모름지기 지도자라면 사리분별이 분명하고, 아랫사람을 너그럽게 대할 줄 알아야 한다고 믿었기 때문이다.

어쨌거나 연합군의 분열로 가장 큰 이득을 본 사람은 동탁이었다. 연합군에게 쫓겨 천도까지 한 동탁은 장안성(長安城)에서 한결 여유를 찾았다. 황제는 여전히 허수아비였고, 그가 많은 대신들과 장수들을 좌지우지하며 국정을 농단했다. 동탁의 말이 곧 법이었으며, 그에게 반기를 드는 것은 죽음을 의미했다.

"원소와 공손찬이 오랫동안 싸움을 하고 있다 들었다. 지금은 어느 쪽으로 전세가 기울고 있느냐?"

동탁이 모사 이유에게 물었다. 그는 장안성에 앉아서도 각지의 정세를 꿰뚫어보기 위해 온갖 노력을 기울였다. 권력의 최고봉에 선 자는 언제나 주변 상황에 민감할 수밖에 없었다. 만약에 불길한 징조가 느껴지면 일찌감치 그 뿌리부터 잘라내야 했기 때문이다.

"양 진영이 막상막하의 공방을 펼치고 있다 합니다."

이유가 동탁의 물음에 답했다.

"그럼 자네는 어느 쪽이 승리해야 우리에게 유리하다고 판단하느냐?"

"저는 어느 쪽의 승리도 우리에게 좋을 것이 없다고 봅니다. 한쪽으로 판세가 기울면, 승리하는 쪽의 힘이 막강해져 다시 우리에게 칼을 겨눌 수 있지요. 차라리 주공께서 지금 둘 사이를 화해시키면 정국의 주도권을 우리가 쥘 수 있을 것입니다."

"둘 사이를 화해시키라고? 어떻게?"

동탁은 이유의 제안에 흥미를 느끼며 귀를 기울였다.

"원소와 공손찬에게 각각 황제의 칙령을 내리십시오. 분란을 멈추고, 이제 백성들의 삶을 살피라는 내용을 담아서 말입니다. 그렇게 되면 모두 적당히 힘을 나눠 가질 것이고, 서로를 견제하느라 한동안 우리에 대한 불만을 드러내진 못할 것입니다."

이유의 말을 들은 동탁의 얼굴에 야릇한 미소가 떠올랐다. 실질적인 권력을 움켜쥔 그의 입장에서 황제의 칙령을 받아내는 것은 일도 아니었다.

　며칠 후, 이유의 책략이 담긴 황제의 칙서가 원소와 공손찬에게 전해졌다. 그렇지 않아도 두 사람은 오랜 전투로 피해가 막심해 전쟁을 그만둘 명분을 찾고 있었다. 그들에게 분란을 멈추라는 황제의 칙령은 좋은 핑계거리가 되어주었다. 그렇게 두 사람은 말머리를 돌려 각자의 본거지로 돌아갔다.

05

최후를 맞이한 동탁

그 무렵 손견에게 지원군을 보내지 않고 관우를 조롱하기도 했던 원술은 숨죽인 채 남양(南陽)에 머물고 있었다. 그런 그에게 사촌형 원소가 기주 땅을 빼앗았다는 소식이 들려왔다. 사촌이 땅을 사면 배가 아프다는 옛말이 틀리지 않은지, 원술은 괜히 샘이 나서 밤잠을 설쳤다. 그 마음을 눈치챈 참모가 원술을 꼬드겼다.

"주공께서는 원소 장군과 사촌지간이 아닙니까? 요즘 우리 군사의 형편이 넉넉지 않으니 도움을 청해보시는 것이 좋을 듯합니다."

"나도 그런 생각을 하고는 있었다. 군량도 부족하기는 하지만, 그보다는 말을 좀 보내달라고 해서 기병을 키워볼까?"

"네, 그렇게 되면 우리의 전력이 한층 강해질 것입니다."

원술은 그 길로 사촌형에게 사람을 보내 도움을 청했다. 하지만 그 일은 원소의 화를 돋우는 결과를 낳았을 뿐이다. 원소가 사촌동생의 요구를 귓등으로도 듣지 않았던 것이다.

"내가 이 수모를 결코 잊지 않겠다!"

원술은 마음속에 분노를 품은 채 이런저런 궁리를 했다. 그러던 중 군량이 떨어져간다는 보고를 받고 형주 자사 유표를 떠올렸다.

"유표라면 나를 돕겠지. 일단 그에게 군량으로 쓸 곡식 이십만 석을 지원해 달라고 청하라. 우리의 군사를 재정비해두면 어떤 식으로든 다시 비상할 길이 생길 것이다."

그러나 이번에도 원술의 계획은 수포로 돌아갔다. 유표 역시 그의 도움을 거절했던 것이다.

"세상이 나를 희롱하려 드는구나. 원소든 유표든 용서하지 않을 것이다!"

그때 손견이 강동(江東)에 머물고 있다는 소문이 원술의 귀에 들어왔다. 옥새를 갖고 달아났던 손견이 그곳에 자리를 잡았던 것이다. 인물 자체는 워낙 출중했던 터라 그를 돕는 이도 적지 않았기에 가능한 일이었다. 원술이 무슨 생각을 했는지 손견에게 보내는 편지를 썼다. 그 내용은 다음과 같았다.

'나는 오래 전부터 손견 장군에게 우호의 감정을 갖고 있었소. 그래서 지난날 유표가 공을 기습한 사건에 대해 진실을 밝히려 하오. 당시 유표는 손견 장군이 옥새를 가진 것을 알고 있었다오. 그는 원소의 명을 받아 공을 죽이고 옥새를 빼앗으려 했던 것이오. 그런데 근래 내가 들은 정보에 따르면 그들이 다시 공을 치려고 한다니 조심하시오. 그리고 손견 장군이 원한다면 기꺼이 내가 도움을 주겠소. 공이 먼저 유표를 공격하고, 내가 원소를 급습한다면 충분히 승산이 있을 것이오.'

물론 손견은 자기가 옥새를 갖고 달아났으므로 원소와 다른 장수들이 화를 내는 것은 이해했다. 유표가 공격했던 일의 전후 사정도 모르지 않았다. 그러나 또다시 원소와 유표가 자신을 죽이려 한다는 이야기를 듣자 두 주먹을 부들거리며 흥분했다.

"이놈들, 내가 가만두지 않겠다!"

손견은 아무 의심 없이 원술의 제안을 받아들였다. 그래서 형주로 진격하기 위해 당장 군사의 전열을 정비했다. 그곳으로 가려면 강을 건너야 했으므로 전선(戰船) 500척을 준비했고, 열일곱 살 먹은 장남 책(策)까지 병사들의 대열에 합류시켰다.

앞서 이야기했듯, 손자의 후손 손견은 원래 재능이 출중한 장수였다. 그의 선제공격에 유표는 패퇴를 거듭했다. 하지만 모든 일은 잘 나갈 때 더욱 주의를 기울여야 하는 법. 전투 초반에 워낙 승승장구했던 터라 손견은 상대를 우습게 여기며 방심했다. 그는 유표의 패잔병을 몰살시키기 위해 주변의 만류를 무릅쓰고 적진 깊숙이 말을 몰았다.

"아버님, 아직 적진은 위험하니 부하들을 보내십시오."

아들 책이 손견을 말렸다.

"아니다, 유표의 숨통은 내가 직접 끊을 것이다."

그렇게 소수의 병사만 이끌어 적진으로 들어간 손견은 결국 다시 돌아오지 못했다. 매복해 있던 적의 화살이 그의 심장에 명중했던 것이다. 적장을 무너뜨린 유표의 패잔병들은 기세가 되살아나 다시 공세를 펼치기 시작했다. 그러자 아들 손책이 아버지 대신 군사를 이끌어 후퇴한 뒤 유표에게 휴전을 제안했다.

"우리 모두 이번 전투로 얻는 것이 없소. 나는 군사를 데리고 강동으로 돌아갈 것이니, 아버지의 시신을 돌려주시오."

"그럽시다. 아직 나이도 어린 손견의 자제가 매우 슬기롭구려. 아버지의 시신을 보낼 테니, 그쪽에서도 전투 중에 생포한 우리의 황조(黃祖) 장군을 돌려보내시오."

그렇게 손견과 유표의 전투는 확실한 끝맺음 없이 막을 내렸다. 손책은 아버지를 잃은 슬픔을 달래며 강동으로 귀환해자신의 세력을 키우기 시작했다. 손 씨 가문에 떠 있던 어제의 태양이 저물고, 내일의 새로운 태양이 떠올랐던 것이다.

손견의 전사 소식은 금세 각지로 퍼져갔다. 동탁도 그 사실을 전해 듣고는 회심의 미소를 지었다.

"내게 반기를 들었던 장수 하나가 저 세상으로 갔구나. 함부로 내게 찧고 까불더니 불귀의 객이 되어버렸어!"

몹시 기분이 좋아진 동탁은 대신들을 불러 모아 잔치를 벌였다. 그가 자기 마음대로 궁궐을 소란스럽게 하는 잔치를 벌인 것이 하루 이틀도 아니었건만, 대신들은 바짝 긴장한 얼굴로 술잔을 기울였다. 언제 무슨 일이 터질지 몰라 노심초사했던 것인데, 아니나 다를까 잠시 후 환관 하나가 보자기에 덮인 무언가를 커다란 쟁반에 담아 가져왔다.

"오늘은 내가 기분이 아주 좋소. 손견이 죽었다는 말을 들은데다 배신자 한 놈을 척결했기 때문이지!"

그러면서 동탁은 환관에게 보자기를 걷으라고 말했다. 그 순간 대신들은 쟁반에 놓인 사람의 머리를 목격하고 숨이 멎는 듯했다.

"이 자가 누군지 알겠소? 나는 오늘 장온(張溫)이 잔치에 참석하지 않아 궁금했는데 여기 있지 뭐요. 그동안 이 자는 원소와 내통해오다가 나의 양자 여포에게 발각되어 이 꼴이 되어버린 거요, 흐흐흐!"

황제를 제 수하처럼 부리는 동탁의 권세가 그러했다. 여차하면 목숨을 빼앗는 터라 아무도 그에게 직언할 엄두를 내지 못했다. 하루가 멀다 하고 반복되는 동탁의 횡포에, 누구 못지않게 나라의 운명을 걱정하는 왕윤의 낯빛이 어두워졌다. 그는 어떻게 해야 동탁을 궁궐에서 쫓아낼 수 있을까 고민하고 또 고민했다.

그러던 어느 날, 왕윤이 늘 그랬듯 앞날을 근심하며 마당을 거닐 때 초선(貂蟬)이 다가왔다. 그녀는 어렸을 적 천민 신분으로 그 집에 팔려왔는데, 왕윤이 가엽게 여겨 양녀로 삼은 인연이었다.

"아버님, 오늘은 제가 꼭 드릴 말씀이 있습니다."

"무슨 일이 있느냐?"

왕윤은 갑작스런 초선의 말에 의아한 생각이 들었다. 그런데 그녀의 말은 놀랍기 그지없었다. 자신이 목숨을 바쳐 미인계를 써서 동탁과 여포 사이를 갈라놓겠다는 것이었다. 초선의 미모가 워낙 뛰어나 충분히 설득력이 있는 이야기였으나, 처음에 왕윤은 그럴 수 없다고 거절했다. 하지만 그녀가 천민이었던 자신을 양녀로 받아들여준 은혜를 그 일로 꼭 갚겠다며 매달리는 바람에 더는 손사래를 치지 못했다. 초선은 오래전부터 왕윤의 고민을 알고 있었기에 그와 같은 말을 했던 것이다.

"아, 천하의 운명이 너에게 달렸구나……."

왕윤은 애처로운 눈빛으로 초선을 바라보았다.

다음날 왕윤은 집안에 전해져 내려오는 가보 가운데 하나인 황금관을 꺼내 여포에게 선물로 보냈다. 그것은 칠보로 장식되어 한눈에 보기에도 진귀한 보물이라고 하기에 손색이 없었다. 원래 재물을 탐하는 여포는 그것을 받아 들고 매우 기뻐했다. 그래서 감사 인사를 할 겸 또 다른 보물은 없을까 하는 마음에 곧장 천리마를 타고 왕윤의 집으로 왔다.

"아이고, 공께서 이 누추한 곳에 웬 일이십니까?"

왕윤은 괜스레 호들갑을 떨면서 술상을 차려 여포를 극진히 대접했다. 술이 몇 순배 돌았을 무렵, 왕윤이 넌지시 마음에 품었던 이야기를 했다.

"장군, 내게 여식이 하나 있는데 인사를 올려도 되겠습니까?"

"그럼요, 되다마다요."

대신이 딸을 소개시켜주겠다는데 여포는 거절할 이유가 없었다. 잠시 후 방 안에 들어선 초선을 보고 여포는 순간 넋이 나간 듯했다.

"오, 무척 아름다운 여인이로군요!"

그날 여포는 밤늦도록 왕윤의 집을 떠나지 않았다. 한참 뒤 마지못해 자리에서 일어나는 여포에게 왕윤이 속삭였다.

"제 여식이 마음에 드십니까?"

그 말에 여포는 귓불이 붉어졌다. 그것을 눈치챈 왕윤이 말을 이었다.

"그렇지 않아도 제 여식이 장군을 흠모해왔습니다. 제가 좋은 날을 잡아 공에게 보내드릴 테니, 부디 받아들여 인연을 맺어주십시오."

"그게 정말이요?"

여포는 더없이 기쁜 표정을 지으며 왕윤에게 공손히 예를 갖췄다.

그러나 알다시피 그것은 왕윤의 책략이었다. 그로부터 며칠 후, 왕윤은 적당한 이유를 대며 동탁을 자기 집으로 초대했다.

"웬 일로 나를 보자고 했나?"

동탁이 대신 왕윤을 하대하며 물었다.

"저희 집에 귀한 약술이 있어 주공을 대접하고 싶었습니다. 요즘 밤낮 없이 나랏일을 살피시느라 그런지 안색이 영 초췌해 보입니다."

"그래? 자네 같은 대신들만 곁에 있으면 내가 걱정이 없겠네그려."

동탁은 왕윤의 사탕발림에 몹시 기분이 좋았다. 항상 쓴소리보다 아부를 바라는 그의 성품을 새삼 확인하며, 왕윤이 큰소리로 술상을 들이라고 명했다. 그런데 곧 방 안으로 술상을 들인 이는 다름 아닌 초선이었다. 동탁은 전혀 주위를 신경쓰지 않은 채 그녀를 뚫어져라 쳐다보며 감탄했다.

"내가 그간 궁에서 숱한 여인들과 놀아봤으나, 이처럼 아름다운 처자는 본 적이 없다. 너는 대체 누구냐?"

동탁의 물음에 왕윤이 대신 입을 열었다.

"주공, 이 아이는 제 여식입니다."

그러자 아버지의 말을 받아 딸이 자기의 이름을 밝혔다.

"저는 초선이라 합니다."

"초선이라……. 왕공이 정말 아름다운 여식을 두었구려!"

뜬금없이 하대를 멈춘 동탁이 왕윤의 손을 맞잡았다. 그것이 무엇을 의미하는지 금세 알아챈 왕윤은 동탁이 듣고 싶은 이야기를 해주었다.

"주공, 제 여식이 마음에 드십니까? 그러시다면 내일 당장 옷가지를 챙겨 궁으로 들여보내겠습니다."

"흐흐흐, 왕공이 원한다면 그리 하시오."

동탁은 왕윤의 집을 나서면서도 초선에게서 눈을 떼지 못했다. 이튿날, 초선은 약속대로 궁에 들어가 동탁의 애첩이 되었다. 동탁은 그동안 희롱을 일삼던 숱한 궁녀들을 거들떠보지 않고 초선을 품에 안아 시간 가는 줄 몰랐다.

그러던 어느 날, 궁궐 후원을 거닐던 초선이 우연히 여포와 맞닥뜨렸다. 여포가 두 눈을 동그랗게 뜨며 물었다.

"아니, 네가 왜 여기에 있느냐?"

"아, 장군님……."

초선은 오랫동안 그리워하던 임을 만난 듯 반가워했다. 그리고는 애초의 책략대로 거짓말을 늘어놓았다.

"아버님은 조만간 장군께 저를 시집보내실 생각이었습니다. 한데 얼마 전 동 대인께서 저희 집에 오셨다가 저를 보고는 첩이 되라 하셨지요. 아버님께서 어찌 그 말을 거역하실 수 있겠습니까? 그것이 제가 지금 이곳에 있는 이유랍니다."

초선은 이렇게 말하며 짐짓 눈물을 흘렸다. 그러자 불같이 화가 치밀어오른 여포가 이를 갈며 어쩔 줄 몰라 했다. 그때 저편에서 동탁이 다가왔다.

"너는 여기서 무얼 하고 있느냐?"

동탁이 기묘한 표정을 지으며 여포를 경계했다. 초선이 눈물을 흘리는 것이 아무래도 심상치 않다고 느꼈던 것이다.

"아닙니다, 별일 아닙니다. 그럼 저는 이만……."

여포는 말을 더듬거리며 후원에서 물러났다. 그리고는 천리마를 달려 왕윤의 집으로 갔다. 그를 맞이한 왕윤이 심각한 얼굴로 머리를 조아렸다.

"장군, 정말 미안하게 됐습니다. 제 딸 초선이……."

"저도 알고 있습니다. 한데 그것이 어찌 왕공의 잘못이겠습니까?"

여전히 여포는 궁궐 후원에서 느꼈던 분노가 사라지지 않은 듯했다. 그것은 동탁에 대한 처절한 배신감이기도 했다.

"마음 같아서는 당장이라도 주공의 목을 치고 싶습니다! 양부로서 어떻게 그런 짓을 할 수 있단 말입니까?"

급기야 여포는 속마음을 감추지 못하고 입에 담지 못할 말을 꺼내놓았다. 그것을 본 왕윤이 은근슬쩍 그를 부추겼다.

"저 역시 장군의 심정을 헤아리고도 남습니다. 주공을 험담하는 것이 괴롭기는 하나, 그것은 시정잡배들이나 하는 짓이지요. 장군처럼 훌륭한 인품을 가진 인물이 그런 분을 주공으로 섬기는 것이 안타까울 따름입니다."

왕윤의 말은 불 난 집에 기름을 붓는 결과를 가져왔다. 동탁에게 엄청난 배신감과 질투심을 갖게 된 여포는 주먹으로 바닥을 내리치며 소리쳤다.

"이 여포, 앞으로는 동탁의 명을 따르지 않을 것이오! 어차피 그는 나의 친부가 아니니, 그를 처단한다 해도 거리낄 것이 없소!"

왕윤은 심경의 변화를 일으킨 여포를 바라보며 내심 쾌재를 불렀다. 그는 상황이 달라지기 전에 책략을 계속 밀어부쳐야겠다고 마음먹었다.

"장군께서 그리 생각하신다면 제가 돕겠습니다. 제가 황제께서 부르신다며 주공을 내전으로 유인할 테니, 장군이 만반의 준비를 하고 있다가 거사를 치르십시오."

그 일은 이틀 후 현실이 되었다. 황제가 부른다는 말을 들은 동탁이 별 의심 없이 내전을 향해 걸음을 옮겼다. 여느 때처럼 거만하기 짝이 없는 그의 뒤를 근위중랑장 이숙만이 따를 뿐이었다. 동탁의 발길이 내전 마당에 들어서기 직전, 미리 매복해 있던 100여 명의 병사들이 칼을 뽑아 들고 일제히 달려들었다.

"이놈들, 뭐 하는 짓이냐?"

이숙이 그들과 맞서 싸웠으나 상대가 너무 많아 역부족이었다. 동탁도 허리춤에 칼을 차고 있었으나 직접 전투를 해본 지 오래되어 몸놀림이 둔했다. 결국 그가 뒷걸음질을 치다가 땅바닥에 나뒹굴고 말았다. 이제 믿을 것은 한 사람뿐이었다.

"여포야, 어디 있느냐? 어서 와서 나를 보호하라!"

온 궁궐에 동탁의 목소리가 쩌렁쩌렁 울려 퍼졌다. 그 믿음에 부응하듯 드디어 여포가 모습을 드러냈다. 그를 본 동탁의 얼굴에 금세 미소가 번졌으나 그것은 크나큰 착각이었다. 여포가 방천화극을 겨눈 것은 병사들의 무리가 아니라 동탁의 목이었다.

"역적 동탁은 황제의 명을 받들어 기꺼이 죽음을 맞도록 하라!"

여포는 이렇게 소리치며 방천화극을 치켜들어 동탁의 목을 찔렀다. 단 한 방에 동탁의 목은 갈기갈기 찢어졌고 피가 솟구쳤다. 황제를 기만하며 제 맘대로 천하를 쥐락펴락하던 한

호걸의 삶이 드디어 최후를 맞은 것이다. 때는 헌제 3년, 동탁의 나이 54세에 일어난 일이었다. 그 광경을 지켜본 이숙은 무기를 내던지고 여포 앞에 무릎을 꿇었다.

곧 동탁이 죽었다는 소식이 온 나라에 퍼졌다. 조정 대신들은 폭군을 처단하는 데 절대적인 공을 세운 왕윤에게 잔당의 처리까지 부탁했다.

"동탁의 심복인 이각과 곽사 등이 섬서(陝西) 땅으로 줄행랑을 쳤습니다. 그들을 모두 죽이지 않으면 훗날 큰 후회가 남을 것입니다."

왕윤의 생각도 그와 다르지 않았다. 그래서 여포와 상의해 대군을 이끌고 가 동탁의 잔당을 섬멸하기로 했다. 말하나 마나 선두에 선 장수는 여포였다.

하지만 겨우 목숨을 부지한 동탁의 심복들은 그런 상황을 예상하고 있었다. 그들은 왕윤이 섬서 사람들을 몰살시킬 것이라는 헛소문을 퍼뜨려 적개심을 갖게 했다. 섬서 사람들은 평소 조정에 대한 불신이 깊었던 터라 유언비어의 진위는 따지지도 않은 채 동탁의 심복들에게 모여들었다. 그렇게 이각과 곽사는 10만에 달하는 군사를 갖게 되었다.

여포가 섬서에 닿았을 때, 이각과 곽사는 산기슭에 진을 치고 튼튼한 방어 태세를 갖추고 있었다.

"쥐새끼처럼 진지에 처박혀 있지 말고 밖으로 나와서 맞붙어보자!"

이각과 곽사는 전면전이 불리하다고 판단해 방어적인 전술을 펼쳤다. 그들은 여포가 아무리 고함을 질러대도 꿈쩍하지 않았다. 여포가 이숙을 선봉에 세워 공격을 펼쳐봤지만 이렇다 할 성과를 거두지 못했다. 제 풀에 부아가 치민 여포가 그의 목을 베어 분풀이를 했다. 실은 동탁을 호위하던 이숙이 언제 잔당들에게 항복할지 몰라 여포는 계속 신경을 곤두세우고 있었다.

그런데 여포가 생각지도 못한 곳에서 또 다른 문제가 발생했다. 동탁의 또 다른 심복이었던 장제(張濟)와 번조(樊稠)가 군사를 이끌고 섬서를 빠져나가 장안을 공격한 것이다. 그 소식을 들은 여포가 곧 말머리를 돌려 궁궐로 향했는데, 그것이 패착이었다. 그제야 이각과 곽사의 병사들이 진지에서 달려나와 여포의 뒤를 공격했던 것이다. 결국 여포의 군사가 장안에 이르렀을 때 앞으로는 장제와 번조의 군사에, 뒤로는 이각과 곽사의 군사에 포위되는 형국이 되고 말았다.

"아, 내가 저들의 전술에 당했구나……."

여포는 동탁이 죽었다고 해서 잔당을 우습게 여긴 것을 반성했다. 하지만 그것은 때늦은 후회였다. 여포는 고민 끝에 남양의 원술을 찾아가 몸을 의탁하기로 마음먹었다.

여포가 달아나자, 장안성은 다시 동탁의 심복들 차지가 되어버렸다. 그들은 왕윤부터 찾아내 단칼에 목을 베었다. 황제는 다시 맞닥뜨린 동탁의 그림자에 몸을 떨 뿐 아무런 저항도 하지 못했다. 이각과 곽사, 장제, 번조가 황제를 위협해 조정의 고위 관직을 독차지한 것은 당연한 수순이었다.

동탁이 사라져 황제를 중심으로 질서가 잡힐 줄 알았던 조정의 현실에 많은 이들이 분개했다. 그러나 선뜻 용기를 내어 동탁의 심복들을 물리치려는 조짐은 거의 보이지 않았다. 서량 태수 마등과 병주(并州) 자사 한수(韓遂)가 10만의 군사로 장안성을 공격했으나 그마저 무위에 그치고 말았다. 다만 그 전투를 통해 마등의 아들 마초(馬超)가 영웅호걸들의 세상에 자기 이름을 알렸을 뿐이다. 겨우 열일곱 살밖에 되지 않은 마초의 기개는 백전노장 못지않게 당당했다.

마등과 한수의 공격이 별다른 효과를 거두지 못한 까닭은 무엇이었을까? 그것은 장안에서도 변함없는 이각과 잔당들의 전략 때문이었다. 그들은 섬서에서 그랬듯이 잔뜩 몸을 웅크린 채 방어 전략을 펼쳤다. 굳게 성문을 닫은 채 효율적으로 방어만 하자 하염없이 세월이 흘렀고, 군량이 바닥난 마등과 한수의 군사는 스스로 철군을 결심할 수밖에 없었다. 그후에는 한동안 장안을 향한 어떤 저항도 보이지 않아 얼핏 천하가 평화를 찾은 것 같았다. 하지만 그것은 폭풍 전야의 고요나 다름없었다.

유비, 서주의 주인이 되다

　나라의 혼란이 이어지다 보니 가장 고통을 겪는 것은 힘없는 장삼이사였다. 기아와 질병이 끊임없이 백성들을 괴롭혔는데, 얼마 전부터는 황건적의 잔당까지 슬금슬금 고개를 쳐들고 위력을 행사하기 시작했다. 처음에 그들은 수가 적어 큰 문제가 없었으나 점점 수십만의 군중을 모을 만큼 세를 불렸다. 그제야 조정에서도 반란으로 번질까 두려워 황건적의 잔당을 적극 소탕하기로 결정했다.

　"토벌대의 대장으로는 누가 좋겠소?"

　이각이 대신들에게 물었다.

　"조조가 적임자라고 생각합니다."

　조조를 천거한 이는 주전이었다. 그는 몇 달 전부터 하남윤의 자리에서 물러나 조정에 들어와 있었다. 당시 조조는 양주를 떠나 각지를 떠돌며 지방의 탐관오리나 잔인한 짓을 일삼는 이민족들을 혼내주어 민심을 얻었다. 그러다 보니 어느새 그를 따르는 장정들이 계속 불어나 그 수가 수십만에 이르게 되었다.

조정의 부름을 받은 조조는 기꺼이 그 명을 따르기로 했다. 동탁의 심복들이 장안의 권세를 장악하고 있었지만 잠자코 훗날을 기약하기로 마음먹었던 것이다. 조조가 황건적의 잔당을 소탕하는 데는 긴 시간이 필요하지 않았다. 단 100일 만에 조조는 임무를 완수하고 위풍당당하게 장안에 들어섰다.

"수고했소, 장군. 공에게 진동장군(鎭東將軍)의 칭호를 내리겠소."

이각은 조조를 못내 경계하면서도 황건적의 잔당을 물리친 공을 치하했다.

그런데 조조는 허울뿐인 공치사에 별로 마음을 쓰지 않았다. 그 대신 그는 자신을 따르는 사람들이 날로 늘어나는 것을 보고 뿌듯해했다. 이전부터 수십만의 장정이 그의 군사가 되기를 자청했으나, 황건적 잔당을 토벌한 이후에는 그 수가 부쩍 늘었다. 심지어 황건적에 협조하던 자들까지 몰려와 스스로 조조의 수하에 받아들여지기를 간청했다. 조조는 그 가운데 100만 명의 건장한 젊은이를 선발해 군사로 삼았다.

"내가 언젠가 너희들을 크게 쓸 날이 올 것이다. 그때까지 부지런히 무예를 연마해두도록 하라!"

"알겠습니다, 장군. 언제든지 명령만 내려주십시오!"

조조의 군사는 사기가 충천했다. 그 중에는 우금(于禁), 전위(典韋), 악진, 이전, 조홍, 조인, 하후돈, 하후연 같은 뛰어난 장수들이 있어 병사들을 이끌었다. 또한 순욱(筍彧)과 곽가(郭嘉) 같은 영리한 모사들도 적지 않았다. 전국 각지에서 인재들이 몰려들었지만, 특히 조조는 산동(山東) 지역을 중심으로 세를 확장시켜 나갔다.

그렇게 어느 정도 자리를 잡았다고 생각한 조조는 아버지 조숭과 일족을 자기가 있는 곳에 데려오기로 결정했다. 고향인 진류에 그들을 남겨두는 것이 마음에 걸렸기 때문이다. 조숭은 일족 40여 명과 100여 명의 하인들을 거느리고 아들이 있는 산동의 연주(兗州)로 향했다. 그 행렬에는 재물을 실은 수레만 해도 100여 대가 포함되어 있었다.

조숭과 일족은 너나없이 마음이 들떴다. 그도 그럴 것이 조조의 세력이 나날이 커지고 있어, 그들이 지나는 곳마다 현령과 자사들의 극진한 환대를 받았기 때문이다. 일행의 발걸음이 서주에 닿았을 때도 마찬가지였다. 서주 자사 도겸은 조조의 아버지와 일족이 지나간다는 말을 듣고 직접 달려 나가 공손히 예를 올렸다. 아울러 도위(都尉) 장개(張闓)에게 군사 500을 내주어 그들을 호위하게 했다. 그런데 그것이 문제였다. 황건적 출신이었던 장개가 조숭의 재산을 탐해 그와 일족을 모두 살해하는 사건이 벌어진 것이다. 그 일을 알게 된 조조가 크게 분개하며 군사를 일으켜 서주로 진격한 것은 당연한 결과였다.

"부하를 잘못 단속해 나의 아버지를 돌아가시게 한 도겸을 절대 용서할 수 없다! 앞으로는 서주 땅에 사람의 그림자도 얼씬거리지 못하게 만들어 줄 것이다!"

조조는 맨 앞에 서서 병사들이 전의를 불태우도록 독려했다. 그 소식은 곧 서주 땅에 전해졌고, 고민을 거듭하던 도겸은 별가종사(別駕從事) 미축(麋竺)을 북해 태수 공융에게 사신으로 보내 도움을 청했다. 하지만 그 무렵 북해는 이민족의 침략으로 골머리를 앓는 중이라 남을 도울 여력이 없었다. 그 대신 공융은 서주의 사신과 함께 태사자(太史慈)를 고당현(高唐縣)에 진을 치고 있는 공손찬에게 보내 사정을 설명하게 했다. 공손찬이라면 어떤 식으로든 도겸을 도와줄 것이라고 믿었기 때문이다. 그런데 당시 고당현에는 유비 삼형제가 머물고 있었다. 공손찬과 함께 유비가 태사자와 미축을 맞이했다.

"자네가 이곳까지 웬 일인가?"

공손찬이 예를 갖춰 인사하는 태사자에게 물었다.

"도겸 자사께서 큰 어려움에 처해 북해로 보내셨던 사신과 함께 도움을 청하러 왔습니다."

"서주에 무슨 일이 있는가?"

공손찬의 물음에 미축이 그동안 일어났던 일을 자세히 설명했다. 그리고 뜻밖의 말을 덧붙였다.

"저희 자사께서는 이번 사태를 수습하기 위해 기꺼이 목숨을 바칠 각오를 하고 계십니다. 조조 장군을 찾아가 스스로 자신의 목을 내놓으면, 서주 백성들은 무사할 것이라고 생각하시지요. 실제로 그렇게 하려고 말에 올라타시는 것을 제가 가까스로 막았습니다. 그런다고 조조 장군의 군사가 말머리를 돌린다는 보장이 없으니까요."

"음, 도겸 자사다운 생각이로군."

공손찬이 혼잣말을 중얼거렸다. 태사자가 그 말을 거들었다.

"평소 도겸 자사의 인품이라면 그런 행동을 하고도 남을 것입니다. 그는 싸움에 밝지 않으나 백성을 아끼는 마음만큼은 여느 벼슬아치보다 깊지요."

그러자 유비가 대화에 끼어들었다. 그의 표정이 매우 결연해 보였다.

"사형, 제가 서주에 가서 도겸 자사를 돕겠습니다. 직접 죄를 지은 것도 아닌데, 괜히 자사와 서주 백성들이 화를 입게 보고만 있을 수는 없습니다."

"사제는 조조와 원한 진 일이 없지 않은가? 서주의 처지가 위태롭기는 해도 조조에게 맞서는 것은 신중히 따져볼 문제일세."

공손찬이 유비를 걱정하며 만류했다. 하지만 유비는 쉽게 마음을 바꾸지 않았다.

"그토록 훌륭한 인품을 갖춘 분을 죽음에 이르게 하면 안 됩니다. 제가 가서 조조를 설득해 보고, 그것이 받아들여지지 않으면 무력으로라도 서주를 지켜야 할 것입니다."

유비는 진심으로 서주 자사 도겸이 처한 현실이 안타까웠다. 백성을 위해 스스로 목숨을 내놓으려는 자사나, 주공의 죽음을 막고 먼 곳까지 도움을 요청하러 온 사신이나 측은하게 여겨지는 것은 마찬가지였다. 유비는 그 날 미축을 처음 보았는데도 무척 호감을 느꼈다. 마치 조운을 처음 보았을 때와 비슷한 감정이었다.

워낙 단호한 유비의 결심에 공손찬도 도겸을 돕는 일을 더 이상 반대하지 못했다. 그 대신 조운과 군사 2천을 내주어 유비를 돕도록 했다. 유비는 관우와 장비를 비롯해 자신의 군사 3천과 함께 모두 5천의 군사를 이끌어 서주로 갔다. 그들을 맞이한 도겸은 구사일생의 심정으로 크게 환대했다. 자신에게 구원의 손길을 뻗어준 유비가 눈물이 날 만큼 고마웠던 것이다.

"유공, 이 은혜는 저승에 가서도 잊지 못할 것이오."

"그런 말씀 마십시오. 자사께서 이 위기를 극복하시어 다시 서주 백성들을 살피셔야지요."

도겸은 나이가 꽤 많은 사람이었다. 자식뻘 되는 유비가 손을 맞잡으며 위로하자 그가 감동했다.

"내가 지금까지 많은 사람을 만나봤지만 유공처럼 마음이 넓은 위인은 처음이오. 듣자 하니 학식도 깊다던데, 나를 대신해 서주를 맡아준다면 원이 없겠소."

미처 상상조차 못했던 도겸의 이야기를 듣고 유비는 깜짝 놀랐다. 자기도 모르게 자리에서 벌떡 일어난 유비가 손사래를 치며 말했다.

"아닙니다, 제가 어떻게 그런 욕심을 부린단 말입니까. 저는 자사에 비해 덕이 많이 부족한 사람입니다. 부디 그 말씀을 거두어주십시오."

유비의 사양은 괜한 시늉이 아니었다. 그는 한 치의 거짓도 없이, 도겸을 도우러 와서 딴 생각을 품은 적이 없었다.

그때 서주 관리 하나가 달려와 긴급한 보고를 올렸다.

"자사님, 큰일났습니다! 조조의 군사가 성으로 다가오고 있습니다."

그 말에 도겸과 유비는 자리를 박차고 밖으로 달려 나갔다. 성루에 올라 앞을 살펴보니, 과연 조조가 대군을 이끌고 쳐들어오는 중이었다. 그 광경을 지켜보던 도겸의 낯빛이 매우 어두워졌다.

"아, 이 노릇을 어떡하면 좋단 말인가……."

그러자 유비가 도겸을 안심시키며 말했다.

"일단 제가 조조에게 서찰을 보내 마음을 돌려보도록 하겠습니다. 그가 저의 진심을 헤아려준다면 싸우지 않고 문제를 해결할 수도 있을 것입니다."

하지만 유비의 기대는 어긋나고 말았다. 도겸과 화해하라는 내용의 서찰을 받아든 조조가 얼굴을 붉히며 소리쳤다.

"서찰을 들고 온 전령의 목을 베라!"

굳이 전령의 목숨까지 빼앗을 필요는 없었는데, 조조의 흥분이 여간해서 가라앉지 않았다. 그는 더욱 목청을 높여 부하들에게 명령했다.

"당장 서주성(徐州城)을 공격하라!"

조조의 명을 받은 병사들은 서둘러 전투태세를 갖추었다. 조조는 한때 도겸이 자신을 도와 동탁을 치는 대업에 나섰던 사실을 전혀 고려하지 않았다. 세상에는 영원한 동지도, 영원한 적도 없다는 냉정한 현실이 입증되는 순간이었다. 그런데 그때, 조조에게 다급한 보고가 전해졌다.

"주공, 여포가 연주를 함락시켰다는 전갈입니다!"

"뭐라고? 그게 정말이냐?"

조조는 몹시 당황했다. 아버지의 죽음에 너무 흥분했던 터라, 만약의 사태에 대비하며 연주 방어를 단단히 하지 않은 것이 후회되었다.

여포는 동탁의 잔당에게 당한 뒤 원술을 찾아가 몸을 의탁하려고 했지만 그 바람을 이루지 못했다. 원술이 그를 받아들이지 않은 것인데, 그 후 여포는 원소와 장량과 장막의 휘하를 연이어 옮겨 다니며 훗날을 기약했다. 그러다가 연주가 무주공산이 된 것을 알고 좋은 기회라고 판단해 군사를 진격시켰던 것이다. 조조는 연주가 함락된 것을 넘어 인근 지역들까지 여포의 손에 들어가면 돌이킬 수 없는 치명타를 입는 셈이었다. 그래서 앞뒤 가릴 것 없이 즉각 본거지로 돌아갈 것을 전군에 명했다. 그리고 그는 도겸과 화해하겠다는 서찰을 써서 유비에게 보냈다. 양쪽에서 전쟁을 벌였다가는 자칫 협공을 당할지 모른다는 판단을 했기 때문이다.

어쨌거나 서주 자사 도겸은 뜻밖의 사건 덕분에 한숨을 돌렸다. 유비도 전투를 벌이지 않고 일이 해결되어 다행이라고 생각했다. 하지만 조조의 분노가 사라지지 않았기에, 언제 다시 위기가 닥칠지 모를 일이었다. 조조라면 편지로 한 화해의 약속쯤 가볍게 내던질 수 있는 인물이었다. 그럼에도 도겸은 유비에게 감사를 전하기 위해 잔치를 베풀었다. 관우와 장비, 조운을 비롯해 5천의 병사들이 오랜만에 포식하며 즐거운 시간을 보냈다.

얼마쯤 시간이 흘렀을까. 잔치 분위기가 무르익을 무렵, 도겸이 유비의 손을 잡아 상석으로 이끌었다.

"아니, 왜 이러십니까?"

유비가 손길을 뿌리치며 상석에 앉기를 거부하자 도겸이 무릎을 꿇었다. 이번에도 유비가 재빨리 다가가 일으켜 세우자, 도겸이 눈물을 글썽이며 말했다.

"부디 나를 대신해 서주를 맡아주시오."

"그 이야기는 이미 끝나지 않았습니까? 그럴 수는 없습니다."

"나는 이미 늙어 백성들을 보살피는 것이 힘에 부치오. 아들이 있기는 하지만 서주를 다스릴 그릇이 못 된다는 것을 내가 잘 알고 있소. 황족이신데다 총명하고 덕망 높은 유공이 나를 대신해준다면 믿고 맡길 수 있을 것이오."

"저는 오로지 자사께 도움을 드리기 위해 서주에 왔을 뿐입니다. 한데 느닷없이 제가 이곳의 자사가 된다면 사람들의 손가락질을 면하기 어려울 것입니다."

유비는 거듭 손사래를 쳤다. 그때 미축이 주공을 거들고 나섰다.

"지금 서주의 백성들도 유비 장군께서 자사가 돼주시기를 간절히 바랍니다. 저 역시 주공의 퇴진이 안타까우나, 그 진심을 헤아리고도 남기에 이렇게 부탁드리는 것입니다. 부디 장군께서 서주의 새 자사가 되어주십시오."

"별가종사의 말이 옳소. 이 늙은이가 편히 눈을 감을 수 있게, 나를 대신해 자사 자리를 맡아주시오."

도겸이 다시 한 번 애원했다. 그러나 아무리 생각해봐도 그것은 무리가 따르는 일이었다. 유비가 난처한 표정을 짓자 장비까지 나서서 설득했다.

"형님, 뭘 그리 망설이시오? 자사께서 저리 간청하시는데 못 이기는 척 받아들이면 될 일 아니오."

"장비야, 그런 소리 마라. 세상일에는 정도(正道)가 있는 법, 어찌 백성들에게 존경받는 분을 몰아내고 내가 그 자리를 맡을 수 있겠느냐?"

"몰아내다니요? 형님이 자사 자리를 탐내는 것이 아니지 않습니까?"

하지만 장비의 말도 유비의 마음을 바꾸지 못했다. 도겸은 유비의 생각이 굳건한 것을 알고 다른 제안을 했다.

"정 그렇다면, 유공이 여기서 멀지 않은 소패(小沛)에 머물며 나를 도와주시오. 병사들을 먹이고 입히는 물자는 내가 충분히 지원할 테니 말이오."

도겸의 눈빛은 아주 간절했다. 그것을 본 유비는 더 이상 거절하지 못하고 그 제안을 받아들였다.

"고맙소, 정말 고맙소! 유공의 도움이 내게 무엇보다 큰 힘이 될 것이오."

몇 번이나 고개를 숙이며 인사하는 도겸 때문에 유비는 몸 둘 바를 몰라 했다. 그렇게 그는 군사를 이끌어 소패로 향했다.

그로부터 몇 달 동안, 유비는 작은 고을을 다스리는 관리로 맡은 바 책임을 다했다. 험한 산에 길을 내고 무너진 성곽을 보수했으며, 백성들의 불편을 성심껏 살폈다. 아울러 서주에서 도움을 청해오면 자기 일처럼 나서서 적극 협력했다. 관우와 장비도 그 뜻을 헤아려 별다른 불만을 갖지 않았다.

그러던 어느 날, 서주 관아에서 급보가 날아왔다. 도겸이 병을 얻어 사경을 헤매고 있다는 소식이었다. 유비는 두 아우와 함께 한달음에 서주로 달려갔다.

"반갑구려, 유공⋯⋯. 이렇게 달려와 줄 것이라 믿고 있었소."

도겸은 안간힘을 쓰며 유비의 손을 잡았다. 그리고는 수개월 전에 했던 부탁을 다시 꺼내놓았다.

"유공, 보다시피 나는 다시 일어나지 못할 거요. 제발 서주를 맡아주시오."

"무슨 그런 약한 말씀을 하십니까? 저는 넓은 서주 땅을 다스리기에 부족함이 많습니다."

"유공에게는 훌륭한 아우들이 있잖소. 미축을 비롯해 서주의 재능 있는 관리들 역시 나에게 그랬듯 공을 도울 것이오.

그리고 얼마 전에 공융 태수에게 부탁해 북해 사람 손건(孫乾)을 보내달라고 했소. 내가 옛날부터 눈여겨보아온 장수인데, 유공이 큰일을 하는 데 힘이 되어줄 거요."

그럼에도 유비는 확답을 하지 않았다. 그대로 병문안을 마치고 돌아온 지 며칠 만에 결국 도겸이 숨을 거두고 말았다. 서주의 관리들이 소패로 와서 관인(官印)을 내놓으며 새로운 자사가 되어줄 것을 부탁했다.

"아, 그리 허망하게 자사께서 돌아가시다니……."

유비는 관인을 받지 않은 채 슬픔에 잠겼다. 여전히 심경의 변화를 보이지 않은 것이다. 그러자 이번에는 서주의 백성들이 몰려와 자사가 되어달라며 유비 앞에 무릎을 꿇었다. 그제야 유비는 서주 자사가 운명이라고 생각해 관인을 받아들었다.

"너희의 뜻이 정 그렇다면 내가 자사가 되마. 하지만 정식으로 황제의 명을 받은 것이 아니니, 문제가 된다면 언제라도 자리에서 물러날 것이다."

오랜 설득 끝에 마침내 유비가 서주의 자사가 되기로 하자 미축이 머리를 조아리며 감격해했다. 다른 관리들과 백성들도 기쁨에 겨워 환호성을 내질렀다. 유비는 자사가 되고 나서 첫 번째 일로 도겸의 장례를 성대하게 치렀다. 그리고 미축과 북해에서 온 손건을 종사관(從事官)으로 삼고 진등(陳登)을 참모에 임명했다. 그들은 기존에 있던 유비의 장수들과 별다른 갈등을 일으키지 않으며 새로운 자사에게 충성을 다했다.

그 무렵 예상치 못한 공격으로 연주 땅을 잃은 조조는 여러 차례 여포와 맞서 치열한 전투를 벌였다. 처음에 대응이 늦어 연주뿐만 아니라 복양(僕陽)까지 내주었으나 그 이후에는 더 이상의 피해를 입지 않았다. 그때 조조에게 서주의 소식이 전해졌다.

"뭐라고, 유비가 서주의 자사가 되었다고?"

조조는 주먹으로 탁자를 내려치며 버럭 소리를 내질렀다.

"나는 아버지의 원수를 갚으러 갔다가 산동 땅의 일부를 여포에게 빼앗겼거늘, 유비는 손에 피 한 방울 묻히지 않고 서주를 얻었구나. 도저히 참을 수 없다. 내가 당장 서주로 가서 유비를 쳐죽이고 그 땅을 짓밟을 것이다!"

너무 흥분해서 이성을 잃은 것처럼 보이는 조조 앞에 모사 순욱이 다가가 머리를 조아렸다. 그는 조조의 심기를 건드리지 않으려고 애쓰며 용기 있게 충언했다.

"주공, 지금은 때가 아닙니다. 우리의 군사 중 일부만 데려가 서주를 공격하면 승리하기 어려울 것이고, 전군을 동원해 서주를 치면 여포가 빈틈을 노릴 것입니다. 이미 연주와 복양을 빼앗겼는데 더 많은 땅을 여포에게 넘겨주면 우리의 본거지가 위태로워질 것이 불을 보듯 뻔합니다. 모쪼록 분노를 삭이지 못해 더 큰 것을 잃는 실수를 범하지 마시옵소서."

순욱의 이야기를 들은 조조는 가까스로 흥분을 가라앉혔다. 곰곰이 생각해 보니 모사의 걱정이 일리가 있었다.

"네 말이 옳다. 내가 성급했구나. 그렇다면 서주를 공격하는 일은 뒤로 미루고, 다시 고개를 들기 시작한 황건적 잔당들을 처치하면 어떻겠느냐?"

"그것은 큰 병력을 필요로 하지 않으니 당장 실행에 옮기셔도 괜찮을 것입니다."

당시 산동 지역에는 황건적 패거리가 소규모로 세를 키우고 있었다. 세상이 어수선했으므로 그들은 밟아도 밟아도 다시 일어서는 잡초처럼 끈질긴 생명력을 발휘했다. 조조는 여포의 도발이 잠잠해진 틈을 타 그들을 토벌하고 군량을 보충할 작정이었다. 마침 황건적의 소굴에 적지 않은 양의 곡물이 있다는 정보가 있었기 때문이다.

"이전에게 군사를 내주어 황건적을 토벌하도록 하라!"

조조의 명을 받은 이전은 수천의 군사만 이끌고 나가 황건적 잔당의 우두머리 중 하나인 황소(黃巢)를 사로잡았다. 그리고 나머지 우두머리인 하의(何儀)를 붙잡기 위해 계속 산속을 헤집고 다녔다. 그러던 중 저만치에서 다가오는 수백 명의 농민군과 맞닥뜨렸다. 놀랍게도 그들은 남은 황건적 잔당을 공격해 이미 하의를 사로잡아 산을 내려가는 길이었다.

"너희의 대장이 누구냐?"

이전의 물음에 늠름한 장정 하나가 앞으로 나섰다.

"내가 농민군의 지휘관이요."

비록 농민군은 옷차림이 제각각이고 무기도 형편없었지만 기개만큼은 정규 군사에 뒤지지 않았다. 특히 그들을 이끄는 지휘관은 여느 장수 못지않은 위용을 뽐내고 있었다.

"자네가 하의를 생포한 것인가?"

"그렇소, 그냥 죽여 버리려다가 이 자에게도 처자식이 있을 것 같아 목숨만은 살려둔 거요."

"황건적 잔당의 저항이 만만치 않았을 텐데 큰일을 해냈군. 나와 함께 주공에게 가세. 아마도 큰 상을 받게 될 것일세."

이전은 더 이상 산속을 헤집고 다닐 이유가 없어졌다. 그는 곧장 농민군을 데리고 조조에게 갔다. 그리고 그들의 활약에 대해 상세히 설명했다.

"너는 왜 농민군을 만든 것이냐?"

조조가 지휘관에게 질문했다.

"옛날에 황건적이 들끓었을 때 도저히 농사를 지을 수 없었습니다. 그래서 이번에 황건적의 잔당들이 세를 키운다기에 미리 우리 힘으로 놈들을 물리친 것입니다."

그는 조조에게 공손히 예를 갖췄지만 여전히 당당함을 잃지 않았다. 그 모습을 눈여겨본 조조가 다시 물었다.

"너의 이름이 무엇이냐?"

"저는 허저(許楮)라고 합니다."

"허저라……. 너의 용맹함이 마음에 드는구나. 혹시 나의 수하에 들어올 생각이 있느냐?"

허저는 이미 조조의 명성을 잘 알고 있었다. 그런 허저에게 그와 같은 제안은 크나큰 행운이나 다름없었다. 허저는 곧바로 무릎을 꿇고 머리를 조아려 충성을 다짐했으며, 조조는 그런 그에게 도위 벼슬을 내려주었다. 그때, 곁에 있던 이전이 또 하나의 보고를 올렸다.

"주공, 제가 황건적 잔당을 토벌하다가 중요한 정보를 듣게 됐습니다. 연주성(兗州城)을 지키고 있는 여포의 부하 장수 설란(薛蘭)과 이봉(李封)이 노략질을 일삼느라 자주 성을 비운다고 합니다."

그 말을 들은 조조의 눈빛이 반짝였다.

"거참 좋은 정보로구나. 그 자들이 자리를 비웠을 때 연주성을 공격하면 손쉽게 승리할 수 있을 것이니 만반의 준비를 해두어라."

"분부대로 하겠습니다, 주공!"

그로부터 며칠 후, 조조의 군사는 지휘 장수가 없는 연주성을 공격해 파죽지세의 승리를 거두었다. 오랜만에 연주를 되찾아 사기가 오른 조조는 내친 김에 복양까지 수복하기로 결심했다. 그곳에 머물고 있던 여포가 연주의 함락 소식을 듣고 결의를 다졌다.

"저들에게 복양까지 빼앗길 수는 없다. 성문을 닫아걸고 모두 결사 항전하라!"

여포는 부하들을 독려하며 조조를 기다렸다. 그리고 얼마 뒤 조조의 군사가 복양성(僕陽城)에 다다르자 단기필마로 성문을 나서 적진을 향해 내달렸다.

"여포의 기개는 예나 지금이나 여전하구나. 허저야, 네가 상대해보겠느냐?"

조조는 허저를 불러 여포와 맞붙어 싸울 것을 명했다. 허저 역시 공을 세울 기회라고 여겨 조금의 망설임도 없이 말을 몰았다.

"덤벼라, 이놈!"

"너는 처음 보는 자로구나. 감히 이 여포에게 달려들다니, 방천화극 맛을 보여주마!"

두 장수는 서로의 급소를 겨누며 치열하게 싸웠다. 그러나 수십 합이 이어져도 좀처럼 승부가 나지 않았다.

"허저의 솜씨가 대단하지만, 혼자서 여포를 무너뜨리기는 어렵겠구나. 다른 장수들도 달려가 여포의 목을 베어라!"

한동안 두 장수의 대결을 지켜보던 조조가 다시 명령을 내렸다. 그냥 두어서는 언제 결말이 날지 몰랐기 때문이다. 곧 하후돈, 하후연, 이전, 악진 네 장수가 말을 몰아 여포에게 달려갔다.

"이놈들, 얼마든지 오너라! 다 상대해주마!"

여포는 한꺼번에 여러 명과 맞붙어서도 전혀 주눅이 들지 않았다. 하지만 인간의 힘이란 것이 한계가 있게 마련이라 시간이 흐를수록 여포가 수세에 몰렸다.

'어쩔 수 없구나. 일단 후퇴한 다음에 다시 조조의 목을 베러 나오자.'

그대로 계속 싸우다가는 위험한 상황에 처할 수도 있어 여포가 급히 말머리를 돌렸다. 그리고 복양성으로 가서 소리쳤다.

"내가 왔다. 어서 성문을 열어라!"

그런데 이게 웬 일인가. 여포의 말을 듣고도 성문은 꿈쩍하지 않았다. 잠시 뒤 성문이 잠깐 열리는가 싶었지만 여포의 심복인 진궁이 말을 타고 빠져나왔을 뿐이다. 그가 밖으로 나오자 병사들 몇이 창을 들고 쫓아왔는데, 금세 추격을 멈추고는 다시 성문을 닫아걸었다.

"이게 어떻게 된 일이냐?"

여포가 이해할 수 없다는 표정으로 진궁에게 물었다.

"부호 전 씨가 재물을 풀어 장수들을 매수했습니다. 그리고 주공께서 조조의 장수들에게 패해 뒷걸음질을 치자 성문을 잠가버린 것입니다. 저들의 마음은 이미 조조에게 기울었습니다."

일찍이 진궁은 조조의 성품에 환멸을 느껴 곁을 떠난 전력이 있었다. 따라서 다른 장수들과 함께 조조에게 항복할 수도 없는 노릇이었다.

"이제 주공께서는 성으로 돌아가실 수 없습니다. 차라리 서주로 가시는 것이 어떻겠는지요?"

진궁이 여포를 바라보며 말했다.

"서주?"

"네, 지금 그곳에는 유비가 새로운 자사가 되어 선정을 펼치고 있다 합니다. 과거의 인연이 썩 좋지는 않았으나, 그의 성품이라면 기꺼이 주공을 품어줄 것입니다."

여포는 유비의 이름을 듣고 마음이 선뜻 내키지 않았다. 그러나 곰곰이 생각해봐도 달리 방법이 없어 서주로 말을 몰았다. 그 사이 조조는 복양성마저 되찾아 다시 산동 지역의 지배자가 되었다.

그로부터 며칠 후, 드디어 여포가 서주에 닿았다. 그가 유비를 만나고 싶다는 서찰을 보내자 두 아우와 관리들은 고민에 휩싸였다.

"형님, 재물이나 밝히는 그런 자를 만나줄 거요?"

장비가 불쾌한 낯빛으로 말했다.

"그렇습니다. 그 자는 양부를 두 번이나 죽이지 않았습니까?"

관우 역시 내키지 않는 표정이었다.

"여포는 무예가 뛰어나지만 신뢰할 수 없는 인품을 갖고 있습니다."

미축도 반대했다.

하지만 유비의 생각은 달랐다. 장차 큰일을 하려면 유능한 인재가 한 사람이라도 더 필요했기 때문이다.

"나에게 먼저 구원의 손길을 뻗친 자를 모른 척할 수는 없다. 이번에 도움을 주면 그 은혜를 갚을지 어찌 알겠느냐?"

유비는 두 아우와 몇몇 관리들의 반대를 무릅쓰고 관아로 찾아오라는 서찰을 여포에게 보냈다. 머지않아 유비는 여포와 얼굴을 마주하게 되었다.

"여 장군, 잘 오셨소. 이곳에 머물면서 나와 이런저런 이야기를 나눠봅시다."

유비가 그를 방 안에 들여 따뜻한 차를 내주면서 환대했다. 그런데 여포는 도움을 청하러 왔으면서도 여간 뻣뻣한 것이 아니었다.

"고맙소, 유공. 한때 우리가 서로 칼을 겨누었으나 다 잊기로 합시다."

그러면서 여포는 아랫사람을 앞에 둔 듯 삐딱하게 의자에 몸을 기댔다. 그것을 옆에서 지켜보던 장비가 더는 참지 못하고 소리를 버럭 내질렀다.

"버르장머리 없는 놈! 서주 자사인 형님에게 계속 무례를 범할 것이냐?"

몹시 화가 나서 매섭게 눈을 치켜뜬 장비는 당장이라도 창을 들 기세였다. 관우 역시 여차하면 청룡언월도를 빼어들려고 했다. 그제야 여포는 긴장하며 조금이나마 몸을 사렸다.

"허허, 두 아우가 여 장군과 친해지려면 시간이 좀 걸리겠구려. 당분간 여 장군은 소패성(小沛城)에서 지내는 것이 좋겠소."

그렇게 유비는 여포를 받아들이면서 두 아우의 화를 가라앉히는 묘책을 짜냈다.

궁을 삼킨 조조와 서주를 잃은 유비

조조가 산동의 영토를 회복하고 유비가 서주 자사가 되었을 무렵, 궁궐에서는 또 다른 권력 투쟁이 벌어졌다. 외부의 공격이 잦아드니 동탁의 잔당 사이에 싸움이 벌어졌던 것이다. 그 중심에 선 인물이 이각과 곽사였다. 그들은 군사까지 일으켜 궁궐 안을 소란스럽게 하더니, 급기야 성 밖으로 달려나가 두 달 가까이 치열한 전투를 벌였다. 그로 인해 장안 일대에 피비린내가 진동했다. 둘은 섬서를 다스리던 장제의 중재로 가까스로 다툼을 그만두었으나 서로에 대한 적개심은 사라지지 않았다.

"곽사, 저 자를 살려두면 언제 다시 내게 칼을 겨눌지 모르네."

이각이 장제에게 하소연했다.

그와 같은 생각은 곽사도 다르지 않았다. 그 역시 장제를 만나 여전한 증오심을 드러냈다.

"이각은 음식에 독약을 타서 나를 죽이려고 했네. 그가 먼저 지난날의 의리를 무용한 것으로 만들었으니, 다음에는 반드시 죄 값을 물을 걸세."

장제는 둘 사이에서 이러지도 저러지도 못하는 어정쩡한 입장이었다. 그들 모두 한때는 동탁의 심복이었으나 이제는 철천지원수가 되어버린 것이다.

그렇게 조정이 혼란스러워지자, 동탁과 그 무리들에게 핍박받아온 대신들이 황제를 알현했다. 그들은 이각과 곽사가 궁궐 밖에서 대립하고 있는 틈을 타 정국의 주도권을 되찾으려고 했다.

"폐하, 장안은 동탁의 무리가 자신들의 권력 기반을 다지기 위해 도읍지로 삼은 곳입니다. 그러니 다시 낙양으로 돌아가 폐하의 권위를 세우는 것이 옳을 것입니다."

그 무렵에도 헌제는 나이가 어려 여러 신하들의 간섭을 받는 처지였다. 그는 대신들의 주청에 동의할 수밖에 없었는데, 내심 어린 시절의 추억이 깃든 낙양으로 돌아가고 싶기도 했다.

대신들은 황제의 재가를 받자마자 천도 계획을 거침없이 진행했다. 일단 조정만 재빨리 옮기면, 원체 낙양을 그리워하는 백성들이 많아 자연스럽게 천도가 이루어질 것 같았다. 실제로 황제의 어가(御駕)가 장안을 벗어나자 많은 부호와 백성들이 그 뒤를 따랐다. 뒤늦게 그 사실을 알게 된 이각과 곽사가 어가를 쫓으려고 했지만 이미 대세는 기운 상황이었다. 두 달 가까이 이어진 전투로 기력이 다한 이각과 곽사의 군사는 대신들이 매복시켜둔 병사들에게 공격받아 참혹한 패배를 당했다. 그들은 재기가 불가능할 만큼 막대한 피해를 입고 멀어져가는 어가의 행렬을 망연히 바라볼 수밖에 없었다.

그러나 다시 돌아온 낙양의 현실은 녹록치 않았다. 동탁이 장안으로 떠나면서 불을 질러버린 탓에 궁궐은 고사하고 변변한 가옥 하나 남아 있지 않았던 것이다.

"아, 이 노릇을 어떡하면 좋단 말이냐……."

헌제는 토담만 남아 잿더미에 뒤덮인 낙양 거리를 바라보며 한탄했다. 그러나 천도에 앞장섰던 대신들은 낙양을 버릴 생각이 전혀 없었다. 그들은 급히 작은 궁을 만들어 황제를 머물게 한 뒤 백성들을 동원해 낙양 거리를 정비했다. 백성들은 삶의 터전을 회복하기 위해 밤낮없이 일했지만, 현실은 좀처럼 나아지지 않았다. 오랫동안 버려졌던 땅에 씨앗을 심었으나 싹이 잘 나지 않았고, 그나마 어렵게 움을 틔운 곡물마저 가뭄이 들어 누렇게 말라버렸다. 그런 상황에 이민족이라도 침략하면 그야말로 낭패였다. 결국 앞날을 걱정하던 태위(太尉) 양표(楊彪)가 황제를 찾아가 충언했다.

"폐하, 산동의 조조 장군이 세력을 크게 키웠다 합니다. 그를 조정으로 불러들여 국사를 의논하시면 난국을 헤쳐 나가는 데 도움이 될 것입니다."

양표는 낙양 천도를 주도했던 대신들이 너무 무능하다고 생각했다. 조정 권력에 구심점이 없어 시급한 문제를 놓고도 갑론을박하느라 세월만 허비하는 경우도 많았다. 헌제는 양표의 조언을 받아들여 조조에게 칙령을 내렸다. 얼마 뒤 그것을 받아든 조조가 부하들 앞에서 의기양양한 표정을 지으며 소리쳤다.

"하하하! 이제야 천하가 나를 찾는구나!"

"경하드립니다, 주공!"

조조의 심복들은 머리를 조아리며 축하 인사를 건넸다.

그 길로 조조는 20만의 정예병을 꾸려 낙양으로 향했다. 그 기세가 어찌나 대단한지 어가의 행렬과 견주어도 전혀 손색이 없을 정도였다. 그들은 궁궐로 가는 도중에 이각과 곽사의 패잔병들을 만나 몰살시키는 전공을 올리기도 했다. 애당초 상대가 되지 않는 싸움이었으나, 황제의 부름을 받아 조정에 들어가는 것에 대한 자축으로는 꽤 의미가 있는 전투였다. 조조가 궁궐 안에 들어서자 헌제가 몸소 나와 반겼다.

"어서 오시오, 맹덕. 내가 슬기롭고 덕망 있는 군주가 되도록 도와주시오."

"알겠습니다, 폐하. 저만 믿으십시오."

조조는 황제에게 정중히 예를 올렸다. 하지만 그것은 의례적인 행동일 뿐, 마음속에는 나라의 운명을 좌지우지할 야심이 가득했다.

헌제는 조조에게 대장군 무평후(武平侯)라는 벼슬을 내렸다. 그것은 조정 권력의 맨 꼭대기에 있는 관직이었다. 일인지하 만인지상(一人之下 萬人之上)이라는 말이 과장이 아니었다. 모든 대신들과 장수들이 조조 앞에 납작 엎드려 명이 내려지기만을 기다렸다. 조조는 갈수록 기고만장해져 하나둘 숨겨왔던 발톱을 드러내기 시작했다. 그는 헌제를 찾아가 도읍을 옮기자는 제안도 했다.

"폐하, 낙양은 도읍으로서 수명을 다했습니다. 허도(許都)로 천도해 새로운 기운을 받으셔야 합니다."

"무평후의 말에 일리가 있소. 뜻대로 하시오."

사실 황제의 재가는 요식 행위나 다름없었다. 조정의 모든 일이 조조의 판단에 따라 멈추거나 진행되었다. 그를 따르는 심복들은 권력의 단맛을 만끽하며 앞날을 걱정하지 않았다.

하지만 조조는 부하들과 달랐다. 그는 최고의 권력을 누렸으나 마음 한쪽에 영 찜찜한 구석이 있었다. 하루는 순욱이 조조의 심기를 살피며 물었다.

"주공, 무슨 근심이라도 있으신지요?"

"내가 그렇게 보이느냐? 잘 보았다. 듣자 하니 여포가 서주의 유비에게 몸을 의탁했다는데, 그것이 꼭 이빨에 낀 고기 조각처럼 신경쓰이는구나."

그러자 순욱이 모사답게 해결책을 내놓았다.

"그들이 걱정스럽다 하여 군사를 동원하는 것을 바람직하지 않습니다. 두 호랑이가 자기들끼리 다투게 하는 책략을 쓰는 것이 어떻겠는지요?"

"자세히 말해보아라."

"서주 자사 유비는 아직 황제의 칙령을 받지 못했습니다. 그에게 자사로 정식 임명한다는 칙령을 내리시고, 더불어 여포를 죽이라 명하십시오. 그러면 여포 역시 가만히 앉아 당하지 않고 유비와 맞서 싸울 것입니다."

"거참 기발하구나. 적어도 둘을 갈라놓을 수 있고, 서로 싸우다가 한쪽이 죽으면 더할 나위 없이 좋으니까 말이다."

조조는 순욱의 계략을 따르기로 하고 헌제로부터 칙령을 받아냈다. 그 다음에 여포를 죽이라는 밀서를 직접 써서 동봉한 뒤 유비에게 보냈다. 밀서 또한 헌제가 보내는 것으로 오해하기 안성맞춤이었다.

며칠 후, 유비는 두 아우가 있는 자리에서 칙령을 펼쳐들었다. 어깨 너머로 그것을 본 장비가 호들갑을 떨었다.

"축하하오, 형님! 자사로 그치기는 아까운 인물이 서주에 있는 것을 황제 폐하도 잘 알고 계신가 보오."

그런데 문제는 밀서였다. 장비가 고개를 갸웃거리며 물었다.

"그건 또 뭐요?"

장비뿐만 아니라 유비와 관우도 밀서의 내용이 궁금했다. 유비가 조심스럽게 밀서를 펼쳐 내용을 살폈다. 순간 그의 낯빛이 어두워졌다.

"대체 뭐가 적혀 있기에 그러시오?"

장비가 답답하다는 듯 캐물었다. 유비가 아우들을 둘러보며 입을 열었다.

"황제 폐하께서 여포를 죽이라 명하셨구나."

"그게 정말이요? 그렇다면 잘 됐소. 의리 없이 재물이나 탐하는 그런 자는 죽어 마땅하오."

평소 여포와 갈등을 빚던 장비는 신바람까지 내며 떠들어댔다. 관우는 별 말이 없었으나 그런 명령이 내려진 데는 그만한 이유가 있을 것이라고 생각했다. 하지만 유비는 불편한 기색이 역력했다.

"스스로 내게 찾아와 몸을 의탁한 자를 어찌 죽인단 말이냐……."

장비는 그런 유비를 바라보며 가슴을 쳤다. 그렇다고 자기 마음대로 일을 처리할 수는 없어 방문을 쾅 닫고 밖으로 나가

버렸다. 관우도 여포의 존재가 마뜩치 않았지만 유비의 뜻을 따를 수밖에 없었다.

이튿날, 황제의 칙령이 전달됐다는 소식을 듣고 여포가 달려왔다.

"유공, 정식으로 서주 자사가 되신 것을 축하드리오."

"고맙소, 여 장군."

유비는 늘 그랬듯 여포를 정중히 맞이했다. 여포 또한 이전과는 달리 무례한 행동을 삼갔다. 그가 보기에도 평소 유비의 인품이 존경받을 만했기 때문이다. 따뜻한 차를 마시며 이야기를 나누던 유비가 칙령에 동봉되었던 밀서를 꺼내 여포에게 건넸다. 그것을 읽은 여포의 눈이 동그래졌다.

"이것이 정말 황제 폐하의 서찰이란 말이오?"

여포의 물음에 유비가 엄숙한 표정으로 답했다.

"내 생각에는 황제 폐하의 뜻이 아닌 것 같소. 아마도 조정의 권력을 움켜쥔 조조가 우리를 이간질시키기 위해 꾸며낸 계략으로 보이는구려."

"아, 유공은 정말 생각이 깊은 사람이오. 나는 일찍이 유공 같은 도량을 본 적이 없소. 이토록 나를 위해주시니 한량없이 고맙구려."

여포는 모든 일에 신중한 유비를 보면서 다시 한 번 탄복했다. 자기 같았으면 벌써 칼을 들었을 것이라는 생각에 몸서리를 치며 조조에 대한 분노를 삼켰다. 그는 유비의 은혜를 새기며 소패로 돌아가 자리를 지켰다.

아무리 기다려도 여포의 목을 벴다는 전갈이 없자 조조는 자신의 계략이 실패로 돌아간 것을 직감했다. 그렇다고 그가 쉽게 생각을 바꿀 사람은 아니었다. 조조가 다시 순욱을 불러 그 문제를 상의했다. 모사 순욱은 꾀가 넘치는 인물이었다.

"이번에는 어부지리의 덫을 놓아 둘 사이를 갈라놓는 것이 어떨까 합니다."

"어부지리의 덫이라……."

"그렇습니다. 일단 주공께서는 원술에게 사람을 보내 유비가 남양 공격을 허락해달라는 상소를 조정에 올렸다고 거짓 정보를 흘리십시오. 그런 다음 유비에게 원술을 제거하라는 황제의 명을 내리시면 둘 사이에 격렬한 전쟁이 벌어질 것입니다."

"그래, 이제 알겠구나! 어부지리의 덫은 여포에게 놓는 것이지?"

눈치만큼은 누구보다 빠른 조조가 순욱의 생각을 꿰뚫어보았다.

"주공의 짐작이 맞습니다. 유비가 군사를 이끌고 원술을 공격하러 가 서주의 경계가 허술해지면 여포가 그 기회를 놓치지 않을 것입니다. 양부를 죽이고 배신을 일삼는 그의 성품이라면 유비에 대한 고마움쯤 헌신짝처럼 내버릴 것이 분명합니다."

조조는 모사 순욱의 계략이 썩 마음에 들었다. 그는 당장 원술을 치라는 황제의 서찰을 꾸며 서주로 보냈다. 유비는 두 아우와 관리들이 모인 회의에서 그 문제를 안건으로 올렸다.

"원술과 그의 군사를 토벌하라는 황제 폐하의 명이 내려졌구나. 어떻게 하면 좋겠느냐?"

유비가 심각한 얼굴로 관리들에게 물었다.

"그 또한 조조의 계략이 아니겠습니까?"

미축이 서찰의 진위를 의심했다. 그는 여포를 살해하라고 했던 일전의 밀서에 대해 알고 있었다.

"내 생각도 너와 같다. 하지만 만에 하나 이것이 진짜 황제 폐하의 명이라면 어찌 하겠느냐? 그 명을 따르지 않는 것은 반역과 다를 바 없다."

유비의 말에 미축은 더 이상 다른 이야기를 하지 못했다. 그때 손건이 또 다른 걱정을 털어놓았다.

"만약 원술을 치러 간다면, 그 사이 서주의 경계는 어떻게 합니까?"

"그렇지 않아도 그 일을 고심하고 있었다……."

유비가 고개를 끄덕이며 고민스런 표정을 지었다. 그 순간 장비가 앞으로 나서며 자신만만하게 장담했다.

"서주를 지키는 일이라면 나한테 맡기시오. 한 놈이라도 얼씬거렸다가는 뼈도 못 추리게 할 테니 말이오!"

그러자 관우가 농담 반 진담 반의 이야기를 꺼냈다.

"아우 혼자 남겨두면 불안하네. 잔소리하는 사람 없다고 밤낮 술이나 들이켜는 것은 아닐까 걱정이 되니 말일세."

"형님은 그게 이 장비한테 할 소리요? 내가 성을 지키면서 술이나 퍼마시는 무책임한 놈으로 보이는 거요?"

장비는 짐짓 화가 나서 목소리가 높아졌다. 그제야 관우는 자신의 말을 사과하며 용서를 구했다. 그 모습을 지켜보며 너털웃음을 웃은 유비는 장비에게 서주 방어의 책임을 맡겼다.

그 후, 단 사흘 만에 군사의 전열을 정비한 유비가 부하 장수들과 함께 남양으로 향했다. 원술 또한 이미 거짓 정보를 받고 군사를 일으킨 상태였다. 둘은 남양의 우이현(肝胎縣)에서 처음 맞닥뜨려 치열한 전투를 벌였다. 그러나 쉽게 승부를 가리지 못한 채 양쪽에 진을 치고 대치하는 형국을 보였다.

그 무렵 서주에 남은 장비는 하루 이틀 시간이 흐르자 술 생각이 간절해졌다. 당장 침략자라도 있었다면 모를까, 평화로운 서주의 일상이 더욱 술을 그리워하게 했다. 결국 며칠을 넘기지 못하고 장비는 몇몇 부하들과 함께 술판을 벌였다.

"오늘 하루쯤 술을 마신다로 별 일이 있겠느냐?"

장비의 주량은 상상을 초월했다. 한번 잔을 들자 이틀 낮밤 술자리가 이어졌다. 그것을 지켜보던 조표(曹豹)가 용기를 내어 진언했다. 그는 과거 도겸의 수하에 있었으며, 얼마 전에는 둘째딸을 여포에게 시집보내 장인과 사위의 관계가 되기도 했다.

"장군, 이러시면 안 됩니다. 자사께서 서주의 경계를 믿고 맡기시지 않았습니까?"

하지만 이미 술이 불콰해진 장비는 그 말을 귓등으로도 듣지 않았다. 오히려 짓궂은 표정을 지으며 조표에게 술을 권했다.

"자네도 한잔 마시게. 왜 술은 먹지 않고 안주만 축내는가?"

"저는 술을 마시지 않겠습니다, 장군."

조표는 장비가 건네는 술잔을 받지 않았다. 그러자 장비가 갑자기 그 술잔을 내던지며 버럭 소리를 내질렀다.

"저 자를 끌어내 곤장을 쳐라!"

그 날 조표는 무려 100대나 몽둥이찜질을 당하고 말았다. 아무런 죄가 없었기에 그의 분노가 몹시 컸다.

"오늘의 수모를 결코 잊지 않겠다……."

가까스로 몸을 추스른 조표는 사위인 여포에게 편지를 썼다. 자신이 당한 수모를 이야기하며, 서주성이 비어 있는 사실을 알린 것이다.

"옳거니, 내게도 다시 기회가 찾아왔구나!"

여포는 쾌재를 부르며 군사를 일으켰다. 비록 그 규모가 크지는 않았으나 어차피 서주성을 지키는 것도 장비뿐이라 충분히 승부를 걸어볼 만했다. 순욱의 예상대로 여포에게 의리를 기대하는 것은 무리였다.

그때 장비는 이틀 밤을 새워 술을 마신 피로로 깊은 잠에 빠져 있었다. 그는 여포의 병사들이 서주성을 공격하는 소리를 듣고서야 겨우 정신을 차렸다.

"이게 무슨 난리인가?"

장비는 서둘러 장팔사모를 챙겨들고 성루에 올라갔다. 누구의 군사가 그와 같은 일을 벌이는지 궁금해 주위를 휘둘러보니 여포가 있었다.

"배은망덕한 놈! 네가 기어이 몹쓸 짓을 벌이는구나!"

장비는 곧장 성문 밖으로 나가 눈을 부릅뜨며 여포를 향해 말을 몰았다. 그 기세만 보면 당장 여포를 때려눕히고도 남을 정도였다. 하지만 숙취 가득한 몸이 말을 듣지 않았다. 멀쩡한 상태로도 상대하기 쉽지 않은 여포를 어떻게 술 냄새를 풍기며 이길 수 있단 말인가. 장비는 여남은 명 되는 부하들의 보호를 받으며 줄행랑을 쳤다. 그것을 본 조표가 장비를 만만하게 여겨 기병들을 데리고 쫓아갔다.

"이놈, 거기 서라! 내가 몽둥이찜질을 당한 복수를 할 것이다!"

하지만 아무리 도망자 신세가 되었다고는 해도 조표 같은 이가 장비를 당해낼 수는 없었다. 장비가 잠깐 말머리를 돌려 단 3합 만에 그의 목을 베어버렸다. 지나치게 흥분해 앞뒤 사정을 헤아리지 못한 조표가 허무하게 목숨을 잃고 말았던 것이다. 그때 멀리서 여포가 달려오자 장비는 다시 말을 몰아 달아나기 시작했다.

'형님에게 이 일을 어떻게 전한단 말인가?'

장비는 말을 달리면서도 이만저만 걱정이 아니었다. 하지만 여포에게 서주를 빼앗긴 마당에 그 사실을 감출 수도 없는 노릇이었다. 차라리 매도 일찍 맞는 편이 낫다고, 장비는 그즈음 유비가 회남(淮南) 땅에 머물고 있는 것을 알고 그쪽으로 말을 몰았다.

얼마 뒤, 유비를 만난 장비는 다짜고짜 무릎을 꿇고 머리를 조아리며 자신의 잘못을 털어놓았다. 그리고는 통곡하듯 소리쳤다.

"형님, 이놈을 죽여주시오!"

장비는 눈물을 쏟으며 땅바닥에 머리를 찧기까지 했다. 그 바람에 그의 이마에서 피가 흘렀다.

"지금 무엇을 잘했다고 울고 있느냐? 언젠가 네가 술 때문에 크게 낭패를 볼 줄 알았다!"

이렇게 호통을 친 이는 관우였다. 그는 지금까지 단 한 번도 장비에게 그처럼 화를 낸 적이 없었다. 그러자 장비가 장팔사모를 거꾸로 쳐들어 자신의 배를 찌르려고 했다.

"형님들, 미안하오. 내가 죽음으로써 벌을 받겠소!"

그 순간 유비가 장비에게 달려들어 장팔사모를 빼앗고는 말문을 열었다.

"예로부터 형제는 수족과 같다고 했거늘, 아우에게 잘못이 있다면 나의 잘못이나 다름없다. 권세야 다시 누리면 되지만 그만한 일로 아우를 잃을 수야 있나. 우리 모두 지난 일은 덮기로 하고 훗날을 기약하자."

그 말을 들은 장비의 눈에서는 조금 전보다 더 많은 눈물이 흘러내렸다. 그는 유비의 아량에 감격해 목이 멜 정도였다.

"형님…… 정말 미안하게 됐소……. 앞으로는 절대로 형님의 당부를 잊지 않겠소……."

유비는 진심으로 뉘우치는 장비에게 다가가 따뜻하게 손을 잡아주었다. 그 모습을 지켜보는 관우의 눈가도 어느새 촉촉이 젖어들었다.

한편, 여포가 서주를 빼앗았다는 이야기가 원술에게도 전해졌다. 그는 반색하며 여포의 도움을 받아 유비를 물리칠 방법을 생각해냈다. 원술이 곧 계략을 담은 서찰을 여포에게 보냈다. 편지에는 유비의 후방을 공격해달라는 부탁과 함께, 그 대가로 상당한 양의 곡물을 비롯해 군마와 귀한 보화를 내주겠다는 약속이 담겨 있었다. 이전부터 재물 욕심이 많았던 여포는 그 제안에 귀가 솔깃해 부하 장수 고순(高順)을 불러 명령을 내렸다.

"너는 당장 군사 오만을 이끌고 가서 유비의 후방을 쳐라."

여포는 내심 유비의 너그러운 인품을 떠올리며 미안한 마음을 가졌다. 하지만 그것이 현실의 이익을 멀리할 만큼 강렬하지는 않았다.

갑작스럽게 후방을 공격당한 유비는 작전상 후퇴를 감행했다. 적군이 여포의 군사인 것을 알게 된 관우가 말을 내달리면서도 분을 참지 못했다.

"내 이 자를 반드시 벌하고 말리라!"

그러나 유비는 별다른 감정을 드러내지 않았다. 장비는 지은 죄가 있어 아무 말도 하지 못한 채 머쓱한 표정을 지을 뿐이었다.

고순은 달아나는 유비의 뒤를 쫓다가 금방 걸음을 멈추었다. 그 정도로도 후방을 공격해달라는 약속은 지킨 것이니, 원술을 찾아가 대가를 치르라고 말할 심산이었다. 그러나 고순을 만난 원술은 순순히 약속을 이행하지 않았다.

"유비를 그냥 살려 보내면 어떡하나? 내가 후방을 공격해달라며 내건 대가에는 그의 목숨 값이 포함되어 있다는 사실을 정녕 몰랐단 말이냐?"

"……."

그 말을 들은 고순은 아무런 대꾸도 하지 못했다. 그는 한 달음에 말을 달려 서주로 돌아와서 여포에게 사실을 알렸다.

"내가 재물 욕심을 부리다가 그 자에게 속았구나. 곧장 군사를 데려가서 쑥대밭을 만들어버려야겠다!"

여포는 이렇게 소리치며 방천화극을 집어 들었다. 그러자 진궁이 그를 말렸다.

"주공, 참으십시오. 지금은 원술의 군사가 막강한 힘을 갖고 있으며 군량도 넉넉합니다. 그러니 일단 유비에게 화해를 청해 서주로 돌아오게 하십시오. 당분간 그들과 힘을 합쳐 원술을 먼저 물리친 다음에, 기회를 보아 유비를 다시 제거하면 될 것입니다."

"내가 서주성을 빼앗았는데, 유비가 이곳으로 돌아오겠느냐?"

여포의 물음에 진궁은 아무 문제 아니라는 듯 차분히 대꾸했다.

"그런 염려는 하지 않으셔도 됩니다. 장비가 술을 마시고 있어 경각심을 심어주기 위해 서주성을 공격했던 것이라고 둘러대면 됩니다. 결단코 서주 자사 자리를 탐한 적이 없다고 딱 잡아떼십시오, 주공."

그제야 여포는 괜찮은 계략이라고 생각하며 미소를 지었

다. 그는 유비에게 급히 사람을 보내 그와 같은 내용을 담은 서찰을 전했다. 그것을 본 관우가 청룡언월도를 움켜쥐며 소리쳤다.

"형님, 두 번 다시 그 자에게 속으시면 안 됩니다. 우리를 서주로 꾀어 죽이려는 속셈이 분명합니다."

장비 역시 관우의 생각과 다르지 않았다. 더구나 자기에게 경각심을 불러일으키려고 서주성을 공격했다는 말이 더욱 자존심을 상하게 했다.

하지만 이번에도 유비는 여포를 믿어보는 눈치였다. 그는 아우들을 설득해 서주로 말을 몰았다. 그가 돌아오자 여포가 크게 반기는 시늉을 했다.

"잘 돌아오셨소. 어서 자사 자리에 앉으시오."

여포가 유비에게 상석을 권했다. 그러자 무슨 생각인지 유비는 그 자리에 앉지 않은 채 품속에 있던 관인을 꺼내놓으며 말했다.

"나는 애당초 여러 차례 서주 자사가 되기를 사양했소. 이 자리에는 나보다 여 장군이 더 잘 어울리니 그대로 상석에 앉으시오. 나는 곁에 머물면서 여 장군의 일을 돕는 것으로 만족하리다."

아무도 예상하지 못한 뜻밖의 상황에 다들 어안이 벙벙했다. 여포는 유비에게 다른 속셈이 있는 것은 아닐까 잠시 경계했지만, 곧 그의 인품 탓이라 여기며 관인을 받아들었다. 그리고 자신이 머물렀던 소패성을 손봐 유비와 아우들의 거처로 삼게 했다. 얼마 뒤, 삼형제만 함께한 자리에서 관우가 마음속의 말을 꺼냈다.

"형님, 왜 여포 같은 이에게 자사 자리를 양보하셨습니까? 우리는 이제 변변한 터전 하나 없는 신세가 되었습니다."

그러자 유비가 슬며시 미소를 지으며 말문을 열었다.

"아우들아, 나를 믿고 조금 더 기다려보아라. 지금은 몸을 낮춰 하늘이 기회를 주실 날을 기다릴 때이니라. 겨울을 지나야 봄꽃이 피고, 용도 이무기 시절을 겪지 않더냐."

그제야 관우와 장비는 고개를 끄덕이며 유비의 깊은 뜻을 헤아렸다. 그렇게 유비 삼형제와 여포의 전략적 밀월이 시작되었다.

08

이합집산을 거듭하는 장수들

그 시기 손책은 가문의 재기를 꿈꾸며 강동에 틀어박혀 지내고 있었다. 어느덧 그의 나이 스물한 살이 되어 늠름한 기상이 대장부다웠다. 그는 노모와 처자를 아버지의 장사를 치른 곡아현(曲阿縣)에 머물게 한 뒤 원술을 찾아가 몸을 의탁했다. 원술의 계략 때문에 아버지 손견이 유표와 싸우다가 죽음을 맞은 것인데, 손책은 그 사실을 알지 못했다. 실은 이번에도 원술은 강동 땅이 탐이 나 손책을 받아들였던 것이다. 제법 시간이 흐르고 나서야 손책은 그 속셈을 눈치채고 크게 실망하여 경계심을 가졌다.

하루는 손책이 답답한 마음을 달래려고 달 밝은 밤에 홀로 정원을 거닐었다. 그때 손견의 수하에 있었던 주치(朱治)가 다가와 묘책을 들려주었다.

"도련님, 저는 지금도 아버님의 호의를 잊지 못합니다. 하여 충심으로 드리는 말씀인데, 원술 장군에게 선친께 물려받은 옥새를 넘겨주는 대가로 군사 삼천을 달라고 하십시오."

주치의 제안에 손책은 귀가 솔깃했다.

"변변히 군사도 키우지 못한 채 세월만 허비하고 있는 나를 위해 그런 말을 해주다니 고맙네. 한데 원술 장군이 내게 군사를 내주겠는가?"

"그건 염려 마십시오. 요즘 도련님의 외숙 오경(吳景)이 양주 자사 유요(劉繇)의 공격을 받고 있는데, 그를 돕겠다고 하시면 달리 의심하지 않을 것입니다."

이튿날, 손책은 원술을 찾아가 주치가 일러준 대로 이야기했다. 과연 원술은 옥새에 큰 관심을 보이며 군사 3천은 물론이고 군마 500필까지 내주었다. 손책은 주치와 더불어 아버지를 섬겼던 정보(程普), 황개(黃蓋), 한당(韓當) 등을 데리고 강동으로 말을 몰았다. 그 길에 어린 시절 친구이자 의형제를 맺은 여강(廬江) 출신의 주유(周瑜)가 찾아와 자신의 군사와 함께 합류했다. 둘은 나이가 같았으나 생일이 빠른 손책이 형이 되었고, 주유가 흔쾌히 아우를 자임했다. 주유는 의형제의 소식을 듣고 일부러 달려온 것인데, 수려한 용모에 성격도 좋아 따르는 이가 많았다. 그는 여러모로 뛰어난 재능을 가진 장소(張昭)와 장굉(張紘)까지 데려와 손책에게 힘을 보탰다. 손책은 매우 기뻐하며 장소를 무군중랑장(撫軍中郎長)에, 장굉을 정의교위(正義校尉)에 임명했다.

손책은 원술에게 이야기한 대로 외숙을 괴롭히고 있는 유요를 먼저 치기로 했다. 얼마 후 손책과 유요는 고개 하나를 사이에 두고 진을 쳤다. 서로의 장수들이 맞붙어 몇 번 결투를 벌이고 나서, 손책은 적진을 좀 더 자세히 살펴볼 필요성을 느꼈다. 그래서 정보와 황개 등 몇몇 장수들을 거느리고 산등성이로 올라가 아래를 살폈다. 그때 유요 쪽 척후병이 손책을 발견해 급히 태사자에게 알렸다. 태사자는 북해 태수 공융을 돕다가 지금은 유요의 수하에서 활약하는 중이었다.

"좋은 기회입니다. 제가 손책을 처치하고 오겠습니다."

태사자는 스스로 중책을 맡겠다고 유요에게 말한 뒤 말을 달렸다. 손책 역시 태사자를 보자마자 거리낌 없이 맞붙어 싸웠다. 그들은 무려 100합 이상을 겨루었으나 좀처럼 승패를 가리지 못했다.

"비록 적장이지만 무예 솜씨가 대단하구나."

손책이 태사자에게서 물러나며 탄복했다.

"자네도 나이가 무색할 만큼 노련하군. 오늘은 이쯤에서 돌아가야겠다."

태사자도 기력이 다해 일단 말머리를 돌렸다.

그 날 이후 전세는 점점 손책 쪽에 유리하게 흘러갔다. 아무래도 위험을 무릅쓰고 적진을 살핀 손책의 판단력이 주효

한 듯했다. 며칠 뒤 주유가 손책의 노모와 처자가 있는 곡아현에서 적을 완전히 몰아내자 유요는 전의를 상실했다. 그는 혼비백산하여 옆 고을로 도주했다가 친분이 있던 유표를 찾아가 몸을 숨겼다. 다만 그런 상황에서도 태사자는 여전히 항복하지 않고 경현성(涇縣城)에서 2천의 군사를 수습해 반격을 준비했다.

"역시 내 눈이 옳았어. 태사자는 심신이 강건한 장수가 틀림없구나."

손책은 일전에 일 대 일로 맞서 싸우며 뛰어난 실력을 인정했던 태사자를 탐냈다. 그를 사로잡아 자기편으로 만들면 큰 힘이 될 것 같았기 때문이다. 그래서 경현성을 총공격하기로 결정했을 때, 특별히 부하들에게 당부했다.

"오늘 우리는 유요의 잔당을 섬멸할 것이다. 하지만 적장 태사자만큼은 반드시 생포하도록 하라."

"잘 알겠습니다, 장군."

이미 유요의 부하 장수 여럿을 해치워 많은 공을 세운 황개가 자신있게 대답했다. 주치도 손책의 마음을 헤아려 다시 한 번 병사들에게 태사자를 죽이지 말라고 말했다.

손책은 경현성을 함락시키기 위해 화공을 펼쳤다. 성을 삼킬 듯 순식간에 화염이 타오르자 패잔병이나 다름없는 2천의 군사는 줄행랑을 치기 바빴다. 태사자가 목청 높여 그들을 독려했지만 혼자 힘으로는 어쩔 도리가 없었다. 그도 결국에는 달리 방법이 없다고 생각해 성문 밖으로 빠져나가 어디론가 말을 달렸다. 하지만 기세가 오른 손책의 장수들이 금방 그 뒤를 쫓아가 말의 뒷다리에 화살을 명중시켰다. 말이 비명을 내지르며 몸을 뒤틀었고, 태사자는 고삐를 움켜쥐며 안간힘을 쓰다가 땅바닥에 나뒹굴었다. 그렇게 적의 포로가 된 태사자는 밧줄에 꽁꽁 묶여 손책 앞으로 끌려왔다.

"내게 어떤 수모를 주려고 이러느냐? 차라리 나의 목을 쳐라!"

태사자는 다시 만난 손책을 노려보며 엄중히 소리쳤다. 하지만 손책은 칼을 빼들기는커녕 그에게 다가가 몸소 밧줄을 풀어주며 말했다.

"장군, 나는 그대와 함께 큰 뜻을 펼치고 싶구려. 부디 내 곁에서 힘이 되어주시오."

누가 듣기에도 손책의 권유에는 진심이 가득했다. 태사자 역시 일찍이 대장부다운 손책의 기개를 알아본 터라 마음이 흔들렸다. 지금까지 자기가 모셔왔던 여느 장수들보다 손책에게 신뢰가 갔고, 나이까지 어려 앞날이 더욱 기대됐던 것이다. 결국 태사자는 자신의 가치를 인정하며 먼저 손을 내밀어준 손책의 편에 서기로 결심했다. 그는 뿔뿔이 흩어졌던 2천의 군사까지 다시 수습해 손책의 전력을 크게 강화시켰다.

"자, 이제 본격적으로 세를 불리도록 하자. 동오(東吳)와 회계(會稽)를 쳐서 우리의 기반을 튼튼히 할 것이니 모두 돌격하라!"

그렇게 강동 지역은 손책에 의해 완전히 평정되었다. 기존의 장수들과 더불어 태사자가 혁혁한 공을 세운 것은 두말할 나위 없었다. 손책을 '소패왕(小覇王)' 또는 '강동의 손랑(孫郎)'이라고 부르며 칭송하는 이들이 빠르게 늘어갔다.

그로부터 한 해 두 해 세월이 흐르면서 손책의 군사는 더욱 막강해졌다. 병사의 수가 엄청나게 불어났고, 창고에 쌓아둔 군량까지 넉넉했다. 그러자 아버지의 유품이나 다름없는 옥새를 되찾아야겠다는 생각이 들었다. 그는 원술에게 3천의 군사와 군마 500필을 복귀시킬 테니 옥새를 돌려달라고 적은 서찰을 보냈다. 그것을 받아든 원술이 두 손을 부르르 떨며 분통을 터뜨렸다.

"이런 시정잡배 같은 놈을 봤나! 내가 내준 군사로 강동을 평정한 주제에 이제 와서 옥새를 내놓으라고?"

그즈음 원술은 스스로 황제가 되겠다는 야심을 은밀히 불태우고 있었다. 자기 품에 옥새를 안고 있으니 그 같은 욕망이 꿈틀거렸던 것이다. 원술은 당장이라도 강동으로 달려가 손책을 처단해버리고 싶었다. 하지만 근래 들어 두터운 심임을 받아온 양대장(楊大將)이 원술을 말렸다.

"주공, 이런 때일수록 침착하셔야 됩니다. 지금 손책은 강력한 군사를 가진데다, 강동에 풍년이 들어 식량도 부족함이 없다고 합니다. 섣불리 그를 공격했다가는 역습을 당할 수 있습니다."

원술은 양대장의 말에 고개를 끄덕이며 답답해했다.

"그럼 그 자의 무례를 벌하려면 어떻게 해야 되겠느냐?"

"제 생각에는 일단 유비를 제거하는 것이 좋을 듯합니다. 지금은 그의 세력이 소패를 넘지 못하니 충분히 승산이 있습니다. 그렇게 우리의 기반을 넓히고 군사의 전열을 정비한 다음에 손책을 쳐도 늦지 않을 것입니다."

양대장의 말에 원술의 낯빛이 밝아졌다. 다만 유비를 제거하려니 여포가 마음에 걸렸다. 그 고민에도 양대장이 적절한 해답을 내놓았다.

"지난번에 주공께서는 여포에게 유비를 공격해주면 대가를 치르겠다고 했다가 약속을 어기신 일이 있습니다. 이제라도 더 많은 재물을 보내 그 약속을 지키신다면, 욕심 많은 여포가 우리를 막아서지는 않을 것입니다."

결국 원술은 양대장의 계략을 따르기로 했다. 그는 당장 금과 은 만 냥, 군마 5천 필, 군량미 5만 석 등을 여포에게 보내며 약속의 이행이 늦어진 것에 대해 이해를 구했다. 그리고는 장수 기령(紀靈)에게 10만의 군사를 내주어 유비를 공격하라고 명령했다. 그 소식을 들은 유비는 당혹스러워하며 여포에게 도움을 청했다.

"이 일을 어떻게 처리해야 좋겠느냐? 한쪽에서는 내게 서주를 내주었고, 다른 한쪽에서는 많은 양의 재물을 보내왔으니 말이다."

여포가 어느 쪽 편을 들어야 할지 갈피를 못 잡으며 진궁에게 물었다. 그들 역시 자기 쪽을 견제하며 유비를 치려는 원술의 속셈을 모르지 않았다. 그래서 고민 끝에, 일단 유비를 돕기 위해 군사를 출격시킨 다음 기령의 군사와 대충 화해를 시키려는 계획을 짰다. 여포가 직접 군사를 이끌고 가서 기령의 군사와 소패 사이를 가로막았다. 그의 등장에 기령이 당황해서 여포의 진지로 찾아가 항의했다.

"주공께서 재물을 보내셨는데, 이러시면 어떡합니까?"

하지만 여포는 애써 못 들은 척하며 술상을 차려 기령을 대접했다. 잠시 후, 뜻밖에 유비도 여포의 진지를 찾아왔다. 실은 기령이 술잔을 기울이는 사이에 진궁이 재빨리 달려가 유비를 데려왔던 것이다.

"유공과 기 장군, 서로 인사를 나누시오."

여포가 전에 없이 미소 띤 얼굴로 살기가 흐르는 둘 사이에 끼어들었다. 그리고는 진궁과 계획했던 대로 서로 화해할 것을 제안했다.

"여 장군의 뜻을 따르겠소."

유비가 먼저 여포의 화해 요청을 받아들였다. 그러나 원술의 명령을 받은 기령은 그 제안을 거절할 수밖에 없었다. 그 순간 여포의 낯빛이 붉어지더니 냅다 방천화극을 집어 들었다.

"아니, 왜 그러십니까?"

갑작스런 상황에 깜짝 놀란 기령이 팔을 들어 여포를 제지하려고 했다. 하지만 여포는 누구를 공격하기 위해 무기를 든 것이 아니었다. 그는 곧장 부하 하나를 부르더니, 군영 밖으로 150보를 걸어가서 그 자리에 방천화극을 거꾸로 꽂아두게 했다. 그 광경을 지켜보면서 어리둥절해하는 유비와 기령을 향해 여포가 단호하게 말했다.

"우리 내기 한번 합시다. 내가 여기서 화살을 쏘아 저기 방천화극 자루 끝에 매달려 있는 장식물을 맞춰 보겠소. 그것이 성공하면 두 사람 모두 내 제안을 따르기로 하고, 만약 못 맞춘다면 각자 자신의 진영으로 돌아가 전투를 벌이시오. 어떻소?"

그 말을 들은 기령이 방천화극 쪽을 바라보니 장식물은 너무 작아 잘 보이지도 않았다. 그는 여포가 소패를 공격할 명분을 주기 위해 그와 같은 내기를 하자는 것이라고 생각했다. 하지만 유비는 여포의 활솜씨를 믿었다. 그의 실력이라면 형체마저 희미한 장식물을 틀림없이 맞출 수 있을 것이라고 확신했다.

"여 장군의 내기에 동의하오."

"나도 마찬가지요."

드디어 유비와 기령은 화해의 조건에 합의했다. 여포는 술한 잔을 벌컥 들이켜고 나서 방천화극의 자루 끝을 향해 활을 겨누었다. 그리고는 망설임 없이 바짝 당겼던 활시위를 놓았다. 그의 화살은 순식간에 바람을 가르며 날아가 장식물에 명중했다. 그것을 지켜본 사람들이 한동안 벌어진 입을 다물지 못했다.

"하하하, 내 활솜씨가 쓸 만하지 않소? 이제 약속대로 두 사람은 화해를 하도록 하시오!"

몹시 기분이 좋아진 여포는 목청껏 웃음을 터뜨렸다. 일이 그렇게 되자 기령도 더는 유비와 싸우겠다고 덤벼들지 못했다. 말머리를 돌리는 그의 표정이 매우 심각해 보였는데, 원술에게 뭐라고 말해야 좋을지 몰라 고민이 깊었기 때문이다.

원술의 군사가 돌아간 뒤, 유비는 여포에게 감사 인사를 올렸다. 그렇게 두 사람 사이가 이전처럼 원만해졌다.

하지만 격변하는 세상에서는 영원한 적도, 영원한 친구도 없는 법. 어느 날, 여포의 명을 받아 300마리의 말을 사러 갔던 병사들이 겨우 150마리의 말만 끌고 와 미처 생각지도 못한 이야기를 털어놓았다.

"죽을죄를 지었습니다, 장군님. 저희가 돌아오는 길에 산적을 만나 무려 150마리나 되는 말을 빼앗기고 말았습니다."

"누가 감히 서주 땅에서 나의 재물에 손을 댄단 말이냐?"

여포가 이해할 수 없다는 표정으로 군졸들을 다그쳤다. 그들 가운데 하나가 고개를 들지도 못한 채 놀라운 이야기를 꺼냈다.

"제가 보기에 산적 패거리의 두목은 분명 소패성의 장비였습니다. 틀림없습니다!"

그러자 다른 군졸들도 하나같이 그 말에 동의했다. 장비가 비록 변복(變服)을 했으나 특유의 풍채와 행동거지를 감출 수는 없었던 것이다. 여포는 부아가 치밀어 급히 군사를 이끌고 소패성으로 달려갔다. 그리고는 유비가 성문을 열어주라는 명을 내릴 새도 없이 큰 소리로 고함을 질러댔다.

"장비, 이놈! 원술에게 처단될 목숨을 구해주었더니 감히 나의 재물을 가로챘단 말이냐?"

그런 호통을 듣고 몸을 사리고 있을 장비가 아니었다. 그는 곧장 장팔사모를 챙겨 들고 성 밖으로 달려 나왔다.

"그 산적이 나인 줄 용케 알았구나. 그깟 말 150필에 이토록 호들갑을 떠는 것을 보니 너도 크게 되지는 못할 것이다!"

"닥쳐라! 소패에서 안락하게 살게 해주었더니 은혜를 모르는구나?"

"뭐라고? 너야말로 나의 형님께서 서주 땅을 양보해준 호의를 잊었단 말이냐!"

두 장수의 격돌은 그야말로 용호상박이었다. 한쪽에서 천둥치듯 공격을 하면 다른 한쪽이 그것을 막아내며 날카롭게 반격했다. 어느 쪽이 우세이고 어느 쪽이 열세인지 쉽게 분간할 수 없는 치열한 싸움이 수십 합이나 이어졌다. 그 모습을 성루에서 지켜보던 유비가 혀를 차며 관우에게 말했다.

"막내가 끝내 여포를 자극해 싸움을 일으켰구나."

"그러게 말입니다. 사실 장비는 형님께서 자기 때문에 서주를 빼앗기셨다고 생각해 날마다 분통을 터뜨려왔습니다. 아마도 그 화를 참기 어려웠나 봅니다."

관우가 장비의 마음을 대변했다. 하지만 그대로 두었다가는 장비의 목숨이 위태로워질지 몰랐다. 유비가 군졸을 시켜 북을 울리게 해 장비를 성으로 불러들였다. 그것이 유비의 명인 줄 아는 장비는 못내 아쉬운 얼굴로 말머리를 돌렸다.

"이놈, 어디로 도망가느냐?"

"도망이라니? 형님께 재가를 받아 다시 돌아올 것이니 너나 달아나지 말고 기다려라!"

그렇게 성으로 돌아온 장비는 유비와 관우에게 말 150필을 빼앗은 일을 이야기해주었다. 그러자 유비가 잘못을 꾸짖으며 당장 말을 돌려주라고 명했다. 장비는 화가 났지만 평생 의리를 지키기로 한 유비의 지시를 따르지 않을 수 없었다. 유비는 150필의 말과 함께 직접 정중한 사과 편지를 써서 여포에게 보냈다. 그제야 불편했던 심기가 풀어진 여포는 부하 장수들에게 서주로 돌아갈 준비를 하라고 말했다. 그때 진궁이 여포에게 진언했다.

"주공, 이대로 말머리를 돌리시면 안 됩니다. 이번 기회에 유비와 그 형제들을 제거해 훗날 있을지 모를 후한에 대비하십시오. 서주의 백성들은 여전히 그들을 그리워합니다."

순간 여포의 표정이 심각해졌다. 그간의 인정은 모르는 바 아니지만, 진궁의 말에 일리가 있다는 생각이 들었다. 세상만사 기회가 왔을 때 잡지 못하면 크나큰 후회가 따르게 마련이었다. 이왕 군사까지 일으켜서 소패로 온 김에 끝장을 봐야겠다고 여포는 결심했다. 그가 군사들 앞에 나서서 소패성을 공격하라고 명령했다. 장비가 가로챈 말들을 돌려주고 사과 편지까지 썼던 유비는 예기치 못한 상황에 몹시 당황했다. 소패성의 전력으로는 여포의 공격을 막아내는 데 한계가 있었다. 자신의 병사들이 처참히 죽어 나자빠지는 광경을 지켜보던 유비가 부하 장수들을 불러 결단을 내렸다.

"지금 우리의 힘으로는 저들과 싸워 이길 수 없다. 일단 성을 버리고 후퇴했다가 훗날을 기약하도록 하자."

"저희의 생각도 그와 같습니다. 오늘의 치욕은 언젠가 되갚아줄 날이 올 것입니다."

손건이 유비의 뜻을 헤아리며 말했다. 관우는 분을 삭이느라 차마 입을 열지 못했다. 이번에도 자기 때문에 유비가 어려움에 처한 것을 보며 장비는 고개를 들지 못했다.

유비가 부하 장수들을 둘러보며 물었다.

"성을 나간 다음에는 어디로 가야 하겠느냐?"

"허도의 조조에게 가는 것이 좋을 듯합니다. 그는 여포에게 원한이 있어 우리를 내치지 않을 것입니다."

이번에도 손건이 의견을 내놓았다. 관우도 그러는 편이 낫겠다며 동의했다. 장비는 굳이 입을 여는 대신 고개를 끄덕여 자신의 생각을 전했다.

"그럼 서둘러 성을 나서기로 하자. 식솔들뿐만 아니라 우리와 함께 여기를 떠나려는 백성들이 있을 테니, 그들이 해를 입지 않도록 손건 장군이 각별히 보호하도록 하라. 아울러 장비는 선봉에 서서 길을 뚫고, 관우는 후방에서 적의 공격에 대비해야겠다."

유비의 병사들이 뒷문으로 후퇴하자 여포는 손쉽게 소패성을 점령했다. 그의 부하 장수들이 군사를 이끌어 유비를 쫓았으나, 관우의 청룡언월도가 그것을 허락하지 않았다. 여포는 끝내 유비를 죽이지 못해 찜찜한 기분이 들었지만 더 이상 추격전을 펼치지는 않았다. 서주성을 오래 비워두었다가 원술에게 당할지 모른다는 불안감이 엄습했기 때문이다.

그 덕분에 유비 일행은 무사히 허도에 다다를 수 있었다. 당시 허도의 권세는 더욱 조조에게 기울어져 있었다. 유비가 자신과 장수들을 비롯해 수하의 군사를 받아들여 달라는 서찰을 적어 조조에게 보냈다. 조조가 그의 간절함을 느끼며 부하들에게 의견을 물었다.

"유공이 나에게 몸을 의탁하려 하는구나. 어떻게 해야 되겠느냐?"

그 물음에 부하들의 의견이 엇갈렸다. 먼저 모사 순욱이 반대 의견을 냈다.

"비록 유비가 지금은 평범한 지방 관리처럼 보이나 보통 인물이 아닙니다. 훗날 세력을 키우기 전에 싹을 잘라 버리십시오."

그러나 또 다른 모사 곽가의 견해는 달랐다.

"저도 유비가 만만치 않은 인물이라는 평가에는 동의합니다. 따르는 이들만 봐도 그런 사실을 짐작할 수 있지요. 하지만 그는 지금 주공께 몸을 의탁하러 온 신세입니다. 만약 그를 해친다면 앞으로 누가 제 발로 주공의 수하에 들어오려고 하겠습니까? 괜히 주공의 인품을 깎아내리려는 자들에게 빌미만 줄 뿐입니다. 그러니 유비 일행을 받아들여 주공의 넓은 아량을 온 세상에 과시하시는 편이 옳을 듯합니다."

조조는 평소 순욱을 신뢰했다. 하지만 이번만큼은 곽가의 생각에 마음이 끌렸다. 자신이 대업을 펼치려면 한 사람의 인재라도 더 가까이 해야 한다고 판단했기 때문이다. 조조는 그 길로 사람을 보내 유비를 불러들였다. 유비는 조정의 실세인 조조에게 정중히 예를 올렸다.

"저와 수하의 부하들을 받아들여주셔서 감사합니다."

"잘 오셨소, 유공. 본디 여포는 의를 모르는 인물이니, 나와 함께 지내면서 그의 무례를 응징할 기회를 엿봅시다."

조조는 황제에게 주청해 유비를 예주(豫州) 태수 자리에 앉혔다. 그와 더불어 군사 3천과 1만 석의 군량미를 내주었다. 관우와 장비는 그런 처우가 썩 흡족하지 않았지만, 유비를 포용하면서도 경계하는 조조의 심리를 모르지 않았기에 별다른 내색을 하지 않았다.

허도로 도읍을 옮긴 뒤, 조조의 권세는 실로 대단했다. 그의 심기를 거스르고는 낮은 벼슬자리 하나 갖기도 어려울 정도였다. 조조에게 반기를 드는 것은 죽음을 의미하는 것이나 다름없었다.

그런데 조조에게는 한 가지 흠이 있었다. 이따금 분별없이 여색을 탐해 상대를 자극할 때가 있었던 것이다. 한번은 동탁의 심복이었던 장제의 조카 장수(張繡)가 유표와 결탁해 허도를 공격했다가 항복을 한 적이 있었다. 그 일로 조조는 여러 인재를 얻는 기쁨을 누렸지만, 죽은 장제의 젊은 아내 추 씨를 탐하다가 수하에 들어왔던 장수의 습격을 받고 말았다. 그때 주공을 보호하려고 날아오는 화살 앞에 자기 몸을 던진 전위가 죽음을 맞아 조조는 크나큰 슬픔을 느껴야 했다. 그는 단지 아끼던 부하 전위뿐만 아니라 맏아들 조앙(曹昻)과 조카까지 잃어 후회가 막심했지만 돌이킬 수 없는 일이었다. 여색을 잘못 탐한 대가가 그야말로 혹독했던 것이다. 그 날 조조에게 뼈아픈 고통을 안긴 장수는 분노를 품은 채 형주의 유표에게 달아났다.

비굴하게 최후를 맞이한 여포

그 무렵 원술은 드넓은 회남 지역의 주인이 되었다. 그는 세력이 넓어지자 옥새를 만지작거리며 황제를 참칭하기 시작했다. 조정에서처럼 문무백관의 관부(官府)를 정한 것은 물론이고 자신의 처자를 황후와 황태자로 부르기까지 했던 것이다. 아울러 그는 혼맥(婚脈)으로 권력 지형을 넓히기 위해 여포의 딸을 황태자비로 삼으려는 시도도 했다. 하지만 여포가 그 제안을 거절하자 장훈(張勳)에게 20만 대군을 내주어 전쟁을 일으켰다. 자신도 분을 못 참고 3만의 군사를 이끌어 직접 그 뒤를 받쳤다.

원술의 대군이 쳐들어오자 서주의 진등이 여포에게 계책을 내놨다.

"지금 원술에게는 조조의 수하였던 한섬(韓暹)과 양봉(楊奉)이란 자가 있습니다. 그들은 원술이 기대만큼 대우해주지 않아 불만이 큰데, 잘 구슬리면 우리의 요구를 들어줄 것입니다."

여포는 진등의 말에 귀가 솔깃했다. 그는 한섬과 양봉에게 진등을 보내 회유하는 한편, 예주의 유비에게는 과거의 감정을 묻고 서로의 이익을 위해 협력하자는 서찰을 보냈다. 이번에도 관우와 장비는 내켜하지 않았으나, 유비는 앞날을 위해 실리를 쫓기로 했다.

한섬과 양봉의 배신으로 원술의 대군은 자중지란에 빠졌다. 그들이 장훈의 진영에 몰래 불을 놓아 혼란에 빠뜨린 것인데, 뒤이어 여포의 병사들이 달려들어 총공세를 펼쳤다. 뒤늦게 원술의 군사 3만이 지원했지만 전세를 뒤집기는 어려웠다. 더구나 유비가 여포에게 협력하기로 약속하고 보낸 관우가 원술의 패잔병들에게 최후의 일격을 가했다. 가까스로 줄행랑을 친 원술은 회남으로 돌아와 강동의 손책에게 군사를 빌려달라고 요청했다. 하지만 손책이 거들떠보지도 않아 그마저 뜻을 이루지 못했다.

"이놈들이 나를 우습게 여기다니, 도저히 화가 나서 못 참겠구나. 회남의 군사를 전부 소집해서라도 손책과 여포를 혼내줘야겠다!"

그러나 마음과 현실은 달랐다. 여포에게 패한 후유증이 너무 크다며 부하 장수들이 출병을 만류하고 나섰다. 자칫 과욕을 부리다가 더 큰 피해를 입을지도 모른다고 장수들이 판단했기 때문이다.

그런데 그때, 손책에게 황제의 칙령이 내려왔다. 손책을 회계 태수로 정식 임명할 테니 군사를 일으켜 황제를 참칭하는 원술을 공격하라는 내용이었다.

"이것은 대체 어떤 속셈이란 말인가?"

손책은 황제의 칙령을 따르지 않을 수 없었다. 하지만 그것에 조조의 계책이 깃든 것을 알았기에 이것저것 곰곰이 따져 보지 않을 수 없었다. 결국 손책은 고민 끝에 조조에게 협공을 펼치자는 서찰을 보냈다. 그것을 받아든 조조의 얼굴에 희미한 미소가 떠올랐다.

"역시 나이답지 않게 보통내기가 아니구나……."

조조는 손책의 제안을 받아들이기로 하고, 조인에게 허도의 방어를 맡긴 뒤 17만 대군을 이끌어 회남으로 진격했다.

조조는 유비와 여포를 합류시켜 원술을 공략할 계획을 세웠다. 눈앞에 이익이 있다면, 금세 적이 동지가 되고 동지가 적이 되기도 하는 시절이었다. 그는 유비의 군사를 오른쪽에, 여포의 군사를 왼쪽에 배치했다. 그리고 자신은 중앙을 맡아 하후돈과 우금을 선봉에 세운 다음 원술의 수춘성(壽春城)으로 돌격했다. 성의 서쪽을 치기로 한 손책의 군사는 이미 그곳에 진을 치고 있었다. 여포에게 당하고 얼마 지나지 않아 조조와 손책의 공격을 받게 된 원술은 이풍(李豊)과 양강(梁剛) 등에게 10만의 군사를 주어 수춘성을 방어하도록 했다. 그 사이 자신은 뒷문을 통해 회수(淮水)로 달아났다. 그 사실을 알지 못한 조조는 수춘성 앞에 진을 치고 수시로 공격을 감행했다. 하지만 차분히 방어 전략을 펼치는 이풍과 양강 때문에 한 달 넘게 지루한 대치가 이어졌다.

"저놈들이 끈질기게 저항하는구나. 더욱 강력한 공격을 퍼부어라!"

워낙 전력 차이가 커서 시간이 지나면 수춘성이 함락될 수밖에 없었다. 그런데 문제는 군량이었다. 처음에 예상했던 것보다 전투가 길어지는 바람에 조조가 준비해온 식량이 바닥을 드러냈던 것이다. 결국 어쩔 수 없이 병사들에게 지급하는 식량을 반으로 줄이게 되었고, 그것이 하루 이틀 이어지자 마침내 불만이 터져 나오기 시작했다.

"주공, 계속 이렇게 가다가는 병사들의 사기에 문제가 생길 것입니다."

"……."

조조는 말없이 생각에 잠겼다. 그리고는 한 가지 꾀를 생각해내, 다짜고짜 군량 책임자 왕후(王垕)를 불러 목을 쳤다.

그것을 본 순욱과 곽가는 단박에 주공의 뜻을 헤아렸다. 조조는 왕후의 머리를 긴 장대에 매달아 병사들이 볼 수 있는 곳에 세워두라고 말했다. 또한 그 아래에는 왕후가 곡식을 빼돌려 식량 배급이 줄어들 수밖에 없었다는 내용이 적힌 방을 붙이도록 했다. 결국 그것은 군량 책임자의 목을 베어 자신에게 향하는 병사들의 불만을 누그러뜨리려는 계략이었다. 그것이 효과를 보자, 조조는 순욱을 시켜 왕후의 집에 평생 쓰고도 남을 식량과 패물을 가져다주게 했다. 그리고 병사들 앞에 나서서 큰 소리로 총공세를 펼치라는 명령을 내렸다.

"모두 수춘성을 공격하라! 죽음이 두려워 몸을 사리는 자는 내가 목을 벨 것이다!"

그와 같은 조조의 엄포는 빈말이 아니었다. 실제로 조조는 한 장수가 이풍과 양강의 거센 반격에 머뭇거리며 뒷걸음질을 치자 거침없이 칼을 휘둘렀다. 그것을 본 병사들은 비 오듯 쏟아지는 화살과 돌멩이를 무릅쓰고 성을 향해 달려들었다. 어차피 살아남지 못할 바에는 적과 싸우다 죽어야 남겨진 식구들이라도 비난받지 않을 것이라고 판단했기 때문이다. 그처럼 죽기를 각오한 병사들을 누가 막아내겠는가. 결국 이틀 만에 수춘성은 함락되고 말았다.

그제야 조조는 이미 원술이 달아난 사실을 알고 부하들에게 추격을 명했다. 이번 기회에 황제를 참칭하는 원술의 뿌리를 완전히 뽑아내기로 마음먹은 것이다. 하지만 모사 순욱이 군량 문제를 들어 조조를 말렸다. 비록 수춘성을 함락시키기는 했지만, 군량이 여전히 모자랐기 때문이다. 게다가 그 무렵 유표에게 가 있던 장수가 다시 세력을 키워 허도에 눈독을 들인다는 정보가 전해졌다. 이런저런 사정이 복잡해지자 결국 조조도 생각을 바꿀 수밖에 없었다.

"원술의 목은 다음에 베기로 하고 허도로 돌아가자."

조조의 명령은 곧 모든 병사들에게 전해졌다. 그는 퇴각 준비를 하기 위해 장수들이 분주히 움직이는 것을 지켜보며 조용히 유비를 불렀다.

"소패의 백성들이 유공을 그리워한다는 말을 들었소. 내가 중재할 테니, 일단 여포 장군과 화해한 다음에 다시 그곳을 맡아주시오. 내가 진등에게 여러모로 유공을 도우라 일러두 었으니 아무 걱정 말구려."

그러면서 조조는 유비의 귀에 대고 무언가를 속삭였다. 입 모양으로 보아 여포에 관한 깊은 이야기인 것이 짐작될 뿐, 아무도 그 내용을 알지 못했다. 유비는 두어 번 고개를 끄덕이며 조조의 말에 공감했다.

그로부터 한 달 후, 허도로 돌아온 조조에게 원소의 서찰이 전해졌다. 한때 맹주로서 동탁을 물리치는 데 뜻을 같이했던 장군이었기에, 조조는 별 의심 없이 편지를 펼쳐 보았다. 그 내용은 자기가 공손찬을 치려고 하니 군사와 군량을 지원해 달라는 요구였다. 그런데 부탁이라고 하기에는 무례하기 짝이 없는 묘한 말투가 조조의 심기를 건드렸다.

"이 자가 정녕 나의 권세를 모른단 말이냐? 머리를 조아리며 간곡히 청을 해도 고민해볼 문제인데, 이토록 불손하게 구는 것을 보니 혼쭐을 내줘야겠다."

얼마나 불쾌했는지 조조는 당장이라도 군사를 일으킬 기세였다. 그러자 순욱과 곽가가 모사답게 조조의 흥분을 가라앉히기 위해 나섰다.

"주공, 원소가 괘씸하지만 지금은 자주 말썽을 일으키는 유표와 장수를 경계해야 할 때입니다. 게다가 서주의 여포 또한 언제 우리에게 창을 겨눌지 모릅니다."

"음, 듣고 보니 그렇구나. 그럼 원소에게 뭐라고 답하면 좋겠느냐?"

겨우 마음을 진정시킨 조조는 순욱과 곽가의 이야기에 귀를 기울였다.

"일단 원소에게는 공손찬을 칠 군사와 군량을 내주겠다고 말씀하십시오. 그리고 먼저 여포를 공격해서 커다란 골칫거리 하나를 없애는 편이 나을 것입니다."

"알겠다, 그리 하마. 서둘러 소패의 유공에게 함께 여포를 치자는 전갈을 넣어라."

유비는 조조의 서찰을 받자마자 여포를 치는 일에 적극 협력하겠다는 답장을 썼다. 그런데 허도로 그 편지를 가져가던 사자(使者)가 소패성을 염탐하던 진궁에게 사로잡혀 모든 일이 탄로 나고 말았다. 유비의 편지를 전해 받은 여포의 얼굴이 일그러졌다.

"나쁜 놈들! 내가 당장 유비부터 해치워주마!"

여포는 급히 군사를 일으켜 소패를 공격했다. 전혀 예상치 못했던 공격에 소패는 금세 쑥대밭으로 변했고, 유비를 비롯한 여러 장수들은 조조가 있는 곳으로 달아나는 신세가 되었다. 그제야 여포는 흡족한 미소를 지으며 고순과 장요(張遼)에게 소패성을 지키게 한 뒤 서주로 돌아갔다. 하지만 얼마 지나지 않아 조인이 이끄는 조조의 군사가 소패를 공격하는 바람에 여포는 다시 그곳으로 돌아오게 되었다. 여포는 진등의 보좌를 받으며 소패를 되찾으려는 조인에 맞서 치열한 전투를 벌였으나, 웬 일인지 번번이 싸움에서 지며 점점 수세에 몰렸다.

그런데 그때, 여포가 상상조차 하지 못한 일이 서주성에서 벌어지고 있었다. 진등의 아버지 진규(陳珪)가 여포의 뒤통수를 칠 음모를 현실에 옮기고 있었던 것이다.

"성문을 굳게 걸어 잠가라. 머지않아 여포가 돌아올 것인데, 절대로 성문을 열어주면 안 된다!"

도대체 이것이 어떻게 된 일인가?

사실 진등은 얼마 전부터 조조의 편에 서기로 마음을 굳혔다. 그래서 조조가 곧 서주성을 공격할 것이라는 소문을 퍼뜨리며, 여포가 자신의 식구들을 미리 하비성(下邳城)에 이주시키도록 유도했다. 그것은 서주성에서 여포의 가족과 심복들을 쫓아내려는 계략이었다. 그런 뒤 진등은 여포가 다시 소패로 떠나면 서주성의 성문을 굳게 잠그라고 아버지 진규에게 당부했던 것이다. 이미 유비의 사람이 된 미축 역시 진등과 진규가 여포의 무리를 내몰고 서주성을 장악하는 데 힘을 보탰다.

물론 여포가 조인을 물리치기 위해 소패로 향했을 때 진등이 보좌를 자임한 것도 다 사전에 계획된 일이었다. 진등은 그곳에서 여포의 작전을 조인에게 누설하며 전투의 승패를 좌우했다. 그와 같은 책략은 한 치의 오차도 없이 착착 진행되었고, 결국 소패를 빼앗긴 채 퇴각한 여포는 꿈에도 생각지 못했던 문전박대의 쓴맛을 보게 되었다. 진등은 이미 서주성으로 후퇴하는 여포의 행렬에서 빠져나와 조인이 점령한 소패성에 몸을 숨긴 상태였다. 그러니까 여포는 진규와 미축이 장악한 서주성과 조인과 진등이 점령한 소패성 사이에서 오갈 데 없는 처지가 되어버린 것이다.

"으, 분하다……. 내가 놈들에게 이토록 철저히 속아 넘어갈 줄이야……."

여포는 쓸쓸한 미소를 지으며 혼잣말을 내뱉었다. 이제 그가 갈 곳은 가족과 심복들이 있는 하비성뿐이었다. 진궁과 고순, 장요 정도를 제외하면 많은 장수들이 뿔뿔이 곁을 떠나 하비성으로 향하는 여포의 행렬이 무척 초라해 보였다.

그로부터 두어 달의 시간이 흘렀다. 여포는 하비성의 성문을 단단히 걸어 잠근 뒤 술과 여색에 빠져 세월을 탕진했다. 성문 밖에는 조조의 군사가 진을 치고 있었지만, 여포는 스스로 좁은 성 안에 자신을 가둔 채 부하들에게 아무런 희망도 제시하지 못했다. 조조가 곽가의 계략에 따라 수공을 펼쳤을 때도 술에 취해 병사들을 제대로 지휘할 수 없었다. 하비성이 대부분 물바다가 되어 동문 쪽만 멀쩡했는데, 늦게나마 정신을 차리는 대신 부하 장수들만 꾸짖으며 화풀이를 해댔던 것이다. 오히려 자기는 적토마가 있으니 성 전체가 물에 잠겨도 빠져나갈 수 있다는 망발을 해대기도 했다. 한때 누구도 감히 대적하지 못했던 용장이 뜻대로 일이 풀리지 않자 순식간에 한심한 존재가 되어버린 것이다. 그러다 보니 그를 따르던 심복들의 마음이 하나둘 멀어져갔다. 급기야 그들 가운데 후성(侯成)과 송헌(宋憲), 위속(魏續)이 배반을 모의하기 시작했다.

"여 장군을 이제 더 이상 우리의 주공으로 모실 수 없소. 그는 부하들의 생명조차 내팽개치는 무책임한 장수가 되어버렸단 말이오."

"내 생각도 같소. 이렇게 있다가 개죽음을 당할 바에는 결단을 내립시다."

그들이 말하는 결단이란 여포를 조조에게 넘기는 대가로 자신들의 목숨을 부지하는 것이었다. 며칠 후 조조의 군사가 다시 하비성을 공격했을 때, 그들은 마침내 거사를 실행에 옮겼다. 이른 아침부터 전투를 치르느라 피곤해진 여포가 양쪽 진영이 잠시 소강상태에 접어든 틈을 타 낮잠에 빠져들었다. 바로 그때를 놓치지 않고 후성과 송헌, 위속이 여포의 몸을 밧줄로 꽁꽁 묶은 것이다.

"이놈들, 이게 뭐 하는 짓이냐!"

그제야 잠에서 깨어난 여포가 밧줄을 풀려고 몸부림을 쳤지만 소용없는 일이었다. 방천화극은 이미 멀찍이 치워져 손이 닿지 않는 곳에 있었다.

후성과 송헌, 위속은 여포의 호통에 아랑곳하지 않고 다음 계획을 차례로 실행에 옮겼다. 먼저 굳게 닫아두었던 성문을 활짝 열어 조조의 병사들이 쉽게 성 안에 들어올 수 있게 했다. 그들은 얼마 전부터 조조 측과 내통하고 있었기 때문에, 성문이 열리자마자 하후연 장군이 이끄는 병사들이 물밀듯이 밀려들었다. 왜 그런 사태가 벌어졌는지 영문을 알 리 없는 고순과 장요가 죽기를 각오하고 맞서 싸웠지만 곧 포로로 붙잡히는 신세가 되었다. 고순과 장요처럼 마지막까지 저항했던 진궁 역시 수적 열세를 극복하지 못한 채 사로잡히고 말았다. 그렇게 하비성은 조조에게 함락되었다. 후성과 송헌, 위속은 밧줄에 묶인 여포를 조조 앞에 데려간 뒤 머리를 조아렸다.

"이제 장군께서 저희의 주공이십니다."

조조는 후성과 송헌, 위속을 비롯해 자신에게 투항한 여포의 사람들을 기꺼이 받아들였다. 조조의 곁에는 유비가 앉아 있었는데, 그 뒤에 관우와 장비가 두 눈을 부릅뜨고 서 있어 남다른 위용을 뽐냈다. 누가 보아도 유비의 입지가 매우 탄탄해진 것을 알 수 있었다.

그때, 여포가 예전의 기개를 찾아볼 수 없는 유약한 목소리로 입을 열었다.

"조 장군, 밧줄이 몸을 조여 아프니 약간만 느슨하게 해주시오."

그러자 조조의 입가에 옅은 미소가 떠올랐다.

"천하의 여포가 그런 부탁을 다 하는구나. 하지만 붙잡힌 호랑이라고 해서 마음을 놓아서는 안 되지. 미안하지만, 너의 청을 들어줄 수 없다."

여포의 뒤를 이어, 진궁도 조조 앞에 끌려왔다. 그는 여포와 같이 밧줄에 꽁꽁 묶인 처지였으나 눈빛만은 여전히 번뜩였다.

"너는 일찍이 내 사람이 될 기회가 있었다. 그것을 마다하고 여포에게 가더니 이런 꼴을 당하고 마는구나."

조조는 내심 진궁이 용서해달라며 매달리기를 바랐다. 그러면 자기 수하에 들일 용의가 있었던 것이다. 하지만 진궁은 고개를 숙이지 않았다.

"나는 그 날 당신을 떠난 것에 대해 절대 후회하지 않소. 슬기롭지 못한 주공을 모실 순 있어도, 음흉하고 포악한 자를 상전으로 떠받들 수는 없기 때문이오."

그 말에 조조는 진궁의 마음을 되돌릴 수 없다고 판단했다. 그래서 안타까움을 감춘 채 진궁의 목을 치라고 부하들에게 명했다. 그 광경을 본 여포가 갑자기 비굴한 목소리로 조조에게 애원했다.

"조 장군, 부디 목숨만 살려주시오. 부탁이오……."

그야말로 한심하기 짝이 없는 노릇이었다. 세상에서 둘째 가라면 서러워할 만큼 용맹했던 여포가 목숨을 구걸하는 모습을 보여줄 것을 누가 상상이나 했겠는가. 조조가 옆에 앉은 유비를 바라보며 물었다.

"이 자를 어쩌면 좋겠소, 유공?"

조조는 유비의 뜻대로 여포를 처리할 생각이었다. 유비가 다시 한 번 기회를 주자고 하면 못 이기는 척 그 의견을 따를 작정이었던 것이다. 하지만 유비는 단호했다.

"지난날 여포는 두 명의 양부를 배신한 전력이 있는 자입니다."

그 말은 여포를 살려두지 말라는 의미였다. 조조가 고개를 끄덕였다. 그러자 여포가 유비를 바라보며 원망을 쏟아냈다.

"유공이 어떻게 그럴 수 있소? 기령의 군사가 공을 공격해 왔을 때, 내가 기지를 발휘해 구해준 것을 잊었단 말이오?"

그때, 누군가 여포의 이름을 부르며 큰 소리로 꾸짖는 소리가 들려왔다.

"한심한 놈! 그깟 죽음이 두려워 그토록 비굴하게 목숨을 구걸하느냐!"

그 목소리의 주인공은 장요였다. 그는 조조의 심문을 받기 위해 끌려오다가, 때마침 목숨을 살려달라며 애원하는 여포의 모습을 보고 화가 치밀어 소리를 내질렀던 것이다. 여포는 부하 장수였던 장요를 돌아보며 아무 말도 하지 못했다.

결국 여포는 조조의 명에 따라 목이 베어지고 말았다. 천하의 영웅이 되기를 꿈꾸었던 호걸 하나가 또 그렇게 생을 마감하게 된 것이다. 그의 머리는 시장 거리에 효수되어 많은 사람들의 손가락질을 받는 비참한 신세가 되었다.

그 후에도 장요는 조조에게 굴복하지 않았다. 목숨을 구걸하기는커녕, 오히려 빨리 죽여 더 이상 치욕을 당하지 않게 해달라며 조조에게 당당히 요구했다. 그 모습을 본 유비가 조조의 귀에 속삭였다.

"장요는 아까운 인물입니다, 승상(丞相). 그를 살려 곁에 두시면 훗날 큰 도움이 될 것입니다."

이번에도 조조는 유비의 의견을 따랐다. 그래서 직접 장요의 몸을 묶은 밧줄을 풀어주며 손을 내밀었다. 장요는 진심으로 죽기를 각오했지만, 그와 같은 조조의 호의에 마음을 열 수밖에 없었다. 그는 뜨거운 눈물로 조조에게 충성을 다짐했다.

스스로 몸을 낮춘 유비의 책략

하비성을 점령하고 여포를 처단한 조조는 곧 허도로 향했다. 그의 곁에는 이번에도 유비가 자리했다. 조조의 행렬이 서주를 통과할 때 많은 사람들이 달려 나와 목청 높여 유비의 이름을 외쳤다. 그 광경을 지켜보는 조조의 얼굴이 순간 싸늘하게 굳었다.

유비를 향한 사람들의 관심은 허도에서도 계속됐다. 특히 헌제는 황족인 유비가 숙부뻘이 된다며 예의를 갖추기까지 하면서 의성정후(宜城亭侯)라는 작위와 함께 좌장군(左將軍)에 임명했다. 사실 조조는 유비를 자기 사람으로 만들기 위해 오랜 시간 온갖 노력을 기울여왔다. 하지만 많은 백성들이 유비에게 환호하고 황제마저 의지하려는 모습을 보이자, 조조는 점점 경계의 눈초리를 보내기 시작했다. 조조의 부하 장수들도 유비가 못마땅하기는 마찬가지였다.

그 무렵 중국 땅의 가장 막강한 세력은 여전히 조조가 차지하고 있었다. 그는 산동에서 섬서를 거쳐 황하 유역까지 손을 뻗친 상태였다. 무엇보다 황실의 권력을 움켜쥔 까닭에 그야말로 조조는 최고의 권력자라고 할 만했다. 하북의 원소, 강동의 손책, 회남의 원술, 형주의 유표 등이 나름의 세력을 형성했지만 아직은 그와 비교할 수준이 아니었다. 하지만 조조는 각지의 호걸들에게서 한시도 경계를 늦추지 않았다. 특히 유비는 원소나 손책, 원술만큼의 세력을 갖추지 못했지만 늘 예의주시하는 인물이었다. 누구나 인정할 만큼 완전한 자기 사람이 되면 모를까, 호랑이의 발톱을 감추고 고양이 행세를 하는 것으로 여겼던 것이다.

그러던 어느 날, 조조는 황제와 사냥을 나가면서 유비도 함께 갈 것을 권했다. 그 날의 행사는 10만의 병사가 동원되어 사냥감 몰이를 할 만큼 성대하게 치러졌는데, 황제보다 조조가 더 주인공 같았다. 그는 화려한 옷차림에 명마를 타고 수많은 부하 장수들을 거느려 황제 이상으로 위용을 뽐냈던 것이다.

얼마쯤 시간이 지났을까. 헌제가 커다란 수사슴을 발견하고 활을 쏘았다. 하지만 화살은 터무니없이 빗나가 수사슴이 자신을 공격하는 기척조차 느끼지 못했다. 그 모습을 지켜보며 조조가 웃음을 터뜨리는 바람에 헌제가 몹시 민망해했다.

"나는 사냥에 영 소질이 없나 보오. 이번에는 승상이 한번 해보시오."

헌제는 황제가 쓰는 보궁과 황금 촉이 달린 화살을 조조에게 건넸다. 그러자 조조는 사양하는 기색도 없이 그것을 받아들어 수사슴을 겨누었다.

"잘 보십시오, 폐하. 활은 이렇게 쏘는 것입니다."

조조가 쏜 화살은 바람소리를 내며 날아가 커다란 수사슴의 머리를 꿰뚫었다. 그 자리에 풀썩 쓰러진 수사슴은 비명소리조차 내지 못한 채 숨통이 끊어졌다. 그것을 본 병사들이 두 팔을 치켜들며 환호했다.

"황제 폐하 만세! 황제 폐하 만세!"

병사들은 황금 촉이 달린 화살을 보고 헌제가 활을 쏜 것이라 착각했던 것이다. 그런데 조조가 보인 행동이 더 가관이었다. 그는 마치 자신이 황제라도 되는 양 병사들 앞으로 나아가 손을 흔들면서 환호에 답했다.

"내가 저 자를 당장⋯⋯."

황제 앞에서 안하무인으로 행동하는 조조를 지켜보던 관우가 청룡언월도를 움켜쥐었다. 순간 유비가 그의 팔을 잡으며 만류했다.

"참아라, 관우야. 지금은 승상의 세상이 아니더냐."

그 날의 사냥 행사는 오직 조조를 위한 것이나 다름없었다.

많은 사람들이 그의 눈치를 살피며 토끼 한 마리만 잡아도 우레와 같은 박수를 쳐댔다. 날이 저물어 궁으로 돌아오는 헌제의 낯빛이 여느 때보다 더 어두웠다. 유비와 두 아우는 아무 말 없이 말을 몰며 가슴속의 분노를 달랬다.

그 날 밤, 조정의 한 대신이 유비를 찾아왔다. 그는 헌제의 후궁인 동귀비(董貴妃)의 아버지 동승(董承)이었다. 동승은 유비와 단 둘이 자리한 뒤, 주위를 몹시 경계하며 품속에서 황제의 칙서를 꺼내놓았다.

"아니, 이것은……."

유비가 깜짝 놀라며 펼쳐든 칙서는 헌제가 손가락을 깨물어 적은 혈서였다. 그 내용은 '충신들이 힘을 모아 조정의 간신배들을 몰아내달라.'는 간곡한 당부였다. 문득 가슴이 뭉클해져 아무 말도 못하는 유비에게 동승이 목소리를 낮춰 속삭였다.

"유공께서도 오늘 낮 사냥터에서 있었던 조조의 무례를 지켜보셨을 것입니다. 그동안 황제 폐하께서는 목불인견이라 할 조조의 행동에 상심이 크셨지요. 일찍이 황제 폐하께서 먼저 조조에게 손을 내미셨던 터라 어지간하면 참으려고 했으나 도가 지나쳐도 한참 지나칩니다. 그러니 이제 유공께서 나서서 황실을 지켜주셔야 합니다."

그러면서 동승은 품속에서 또 다른 종이 한 장을 꺼내놓았다. 그것은 조조를 물리치는 데 동의한 대신들과 장수들의 서약서였다. 유비는 기꺼이 그 종이에 자신의 이름과 관직을 적었다. 그렇지 않아도 유비는 조조에게 기만당하는 황제를 떠올릴 적마다 가슴이 찢어질 듯 아팠다. 언제든 때가 되면 목숨을 걸고 엉망이 된 종묘사직을 바로잡고 싶었는데, 마침내 기회가 찾아온 것이었다.

그 날 이후 유비는 더욱 자세를 낮추며 문젯거리를 만들지 않기 위해 노력했다. 거사를 치르기도 전에 의심의 눈초리를 받게 되면 큰일이었기 때문이다. 게다가 날이 갈수록 유비를 견제하는 조조의 감시가 예사롭지 않았다. 심지어 모사 순욱과 곽가는 유비를 죽여 후한을 없애라는 청을 틈틈이 조조에게 올리고 있었다. 그런 상황을 간파한 유비는 일 없이 궁궐에 들어가는 것을 삼가며 똥지게를 지고 텃밭을 일구는 데 정성을 쏟았다. 관우와 장비는 그 마음을 헤아리지 못해 답답했지만, 늘 그랬듯 유비에게 다른 뜻이 있으리라 짐작하며 조용히 지켜보기만 했다.

그러던 어느 날, 조조가 승상부(丞相府)로 유비를 불러들여 술상을 내놓았다. 허구헌날 농사일에만 빠져 있다는 유비의 속마음을 살펴볼 속셈이었던 것이다.

"요즘 좌장군이 똥지게를 진다고 들었소. 유공 같은 인물이 왜 그렇게 하찮은 일로 시간을 낭비하는 거요?"

"승상 덕분에 세상이 태평하니 제가 할 일이 별로 없더군요. 하여 소일거리 삼아 텃밭을 일구는 것입니다."

유비는 말 한마디 한마디에 신경을 써서 대답했다. 조조가 왜 자신과 술자리를 갖는지 잘 알고 있었기 때문이다. 조조는 짐짓 원술과 손책, 원소 등의 이름을 들먹이며 유비의 생각을 떠보았다. 그들처럼 유비도 자기의 세력을 키우고 싶지 않은지 궁금했던 것이다. 유비는 그때마다 조조를 높이고 다른 호걸들을 낮추며 분위기를 부드럽게 만들었다. 유비가 다른 호걸들보다도 자기 자신을 더 낮춘 것은 두 말 할 나위 없었다.

그때였다. 갑자기 하늘에 시커먼 먹구름이 밀려오는가 싶더니 요란하게 천둥이 울렸다. 그야말로 마른하늘에 벼락이 치면서 태산이 쪼개지듯 엄청난 굉음이 울려 퍼진 것이다. 그 순간 유비가 소스라치게 놀라며 손에 들고 있던 술잔을 놓쳤다. 그 바람에 탁자에 술이 쏟아져 조조의 옷자락 한쪽이 젖는 일이 벌어졌다.

"아이고, 송구합니다. 제 실수로 승상께 무례를 범한 것을 용서하십시오."

유비는 넙죽 고개를 숙이며 사과했다. 그러자 조조가 손사래를 치며 껄껄 웃었다.

"괜찮소, 유공. 신경쓰지 마시오. 한데 천둥소리가 그리 무섭소?"

"네……. 어릴 적부터 제가 유난히 천둥 치는 것을 싫어해서요……."

그 말에 조조는 괜히 유비를 두려워했다는 생각이 들었다. 그깟 천둥소리조차 무서워하는 인물이 천하를 호령할 수는 없다고 판단했던 것이다. 그것이 자신에 대한 경계를 없애려는 유비의 꾀인 줄, 조조는 꿈에도 생각지 못했다.

그 일이 있고 나서 며칠 후, 조조가 다시 유비를 승상부로 불러들였다. 이번에는 경계심 때문이 아니라, 몇 가지 상의할 일이 있어 술자리를 마련했던 것이다. 둘 사이에 술잔이 두어 번 돌았을 때, 하북의 원소를 염탐하던 정찰병이 돌아와 조조 앞에 무릎을 꿇고 급히 보고를 올렸다.

"원소와 맞붙었던 공손찬이 패퇴한 뒤 자결했습니다. 게다가 민심을 잃은 원술이 조만간 화북으로 원소를 찾아가 옥새를 바칠 것이라는 정보가 있습니다. 사촌지간인 원소와 원술이 힘을 합치면 그 세력이 엄청나게 커져 우리에게 큰 위협이 될 것입니다."

뜻밖에 공손찬의 안타까운 소식을 들은 유비는 슬픔에 잠겼다. 그러나 한편으로는 조조의 그늘에서 벗어날 수 있는 좋은 기회라는 생각이 들었다. 유비가 조조를 향해 진지하게 말했다.

"제 생각에도 원소와 원술의 동맹은 그 위력이 대단할 것입니다. 원술이 화북으로 가려면 서주를 통과해야 하니, 제게 군사를 내주시면 그를 쳐서 화근을 없애겠습니다."

조조가 듣기에 유비의 말에 일리가 있었다. 그래서 원술을 격퇴하라며 선뜻 5만의 군사를 내주었다. 유비는 두 아우에게 사정을 설명한 뒤, 서둘러 허도를 떠나 서주를 향해 말을 달렸다. 그 모습에 어찌나 활력이 넘치는지 마치 새장 속의 새가 자유를 얻은 듯했다. 관우와 장비도 오랜만에 병사들을 지휘하며 장수다운 기개를 떨쳤다. 삼형제는 지난날 스스로 조조를 찾아가 몸을 의탁했지만, 이제 다시 천하로 나설 때가 되었다고 생각했다.

한편 유비가 군사를 이끌고 급히 서주로 떠난 뒤, 그 사실을 알게 된 모사 곽가와 정욱(程昱)이 조조를 찾아와 말했다.

"승상께서 유비에게 군사를 맡기신 것은 잘못된 일입니다. 그것은 사로잡은 호랑이를 산으로 돌려보내는 것과 다르지 않으니, 어서 되돌아오라 명하십시오."

그제야 조조는 자신이 유비에 대한 경계를 너무 늦추었다는 생각이 들었다. 그는 급히 허저에게 군사 500을 내주며 유비를 쫓아가 허도로 데려오게 했다. 하지만 얼마 뒤 허저와 만난 유비는 그 말을 듣지 않았다.

"나는 승상의 명으로 오만 대군을 이끌고 출정한 몸이다. 황제 폐하의 재가까지 받은 것으로 아는데, 이제 와서 아무런 성과 없이 돌아갈 수는 없다."

허저가 몇 번이나 말머리를 돌리라고 말했으나, 유비는 따르지 않았다. 홀로 돌아온 허저를 보며 조조는 어금니를 깨물었다.

얼마 후 서주에 다다른 유비는 성을 지키고 있던 차주(車胄)로부터 영접을 받았다. 한동안 만나지 못했던 식구들을 비롯해 손건과 미축도 잇따라 달려나와 유비를 반겼다. 그들뿐만 아니라 평범한 서주 백성들도 여전히 유비를 흠모하고 있었다. 그로부터 며칠이 지나지 않아, 예상대로 화북에 가는 원술 일행이 서주를 지나게 되었다.

"황제 폐하를 참칭한 역적 원술은 나의 칼을 받아라! 만약 항복한다면 목숨을 살려줄 것이나, 어리석게도 우리에게 맞선다면 죽음을 면치 못할 것이다!"

유비는 관우와 장비의 호위를 받으며 우렁차게 소리쳤다. 하지만 호락호락 물러설 원술이 아니었다. 양쪽의 병사들은 치열하게 전투를 벌였고, 머지않아 관우와 장비의 활약을 앞세운 유비 쪽으로 승세가 기울었다.

"아, 서주에서 유비가 공격해올 줄이야……."

유비의 군사에게 쫓긴 원술은 얼마 남지 않은 패잔병을 이끌고 달아나기 시작했다. 하북으로 가기가 어려워진데다, 그렇다고 회남으로 돌아갈 수도 없어 원술은 갈피를 잡지 못했다. 그런 상황에서도 원술은 부하들과 동고동락하지 않고 항상 특별한 대우를 받고 싶어 했다. 군량도 거의 없는 마당에 이것저것 갖다 바치라는 것이 끊이지 않았다. 하루는 산길을 헤매다가 꿀물을 가져오라며 부하 장수를 닦달하기까지 했다.

"주공, 산중에서 꿀물을 찾으시다니 가당키나 합니까?"

"뭐라고? 너의 말투가 불손하기 짝이 없구나!"

원술은 당장 칼을 빼들어 부하의 목을 베려고 했다. 그러자 옆에 있던 다른 장수들이 일제히 원술에게 목소리를 높였다.

"칼을 거두시오! 우리는 이제 당신을 주공으로 섬기지 않겠소. 전투에 진 것도 모자라 부하들까지 함부로 대하다니, 더는 참지 않겠단 말이오."

오랜 시간 생사의 경계를 함께 넘나들었던 부하 장수들의 반발에 원술은 화들짝 놀라 양손으로 뒷골을 움켜쥐었다. 그리고는 이내 땅바닥에 고꾸라져 숨이 멎었다. 황제의 자리까지 넘보았던 호걸이 그렇게 허무하게 최후를 맞이한 것이다.

원술의 부하 장수들은 갑작스런 사태에 당황했지만 옛정을 생각해 간단히 장례를 치러주었다. 그 사이 원술의 조카 원윤(袁胤)이 옥새를 빼돌려 달아났는데, 그마저 광릉을 지나다가 서구(徐璆)라는 자에게 죽임을 당하고 말았다. 옥새를 차지한 서구는 그것을 들고 허도로 가서 조조에게 바친 뒤 광릉 태수

자리를 대가로 얻었다. 마침내 옥새까지 손에 넣은 조조는 천하를 가진 듯 흡족한 표정을 지었다.

그 시각, 유비는 원술을 물리치고도 허도로 돌아가지 않았다. 그것을 괘씸하게 여긴 조조가 차주에게 밀서를 보냈다. 편지에는 유비를 죽여 충성심을 보이면 큰 상을 내리겠다는 내용이 담겨 있었다. 차주는 평소 가까이 지내던 소패의 진등을 불러 그 사실을 털어놓고 유비를 살해할 방법을 의논했다.

"지금 유비는 성 밖에 나가 백성들을 살피고 있으니, 군사를 매복시켜두었다가 그가 돌아올 때 목을 베면 될 것이네."

진등의 말에 차주는 고개를 끄덕였다. 하지만 진등은 이미 유비의 인품에 마음을 빼앗긴 인물이었다. 그는 서주성에서 나오자마자 말을 몰아 관우와 장비에게 가서 차주의 흑심을 알려주었다. 그 말을 들은 장비가 장팔사모를 움켜쥐고 서주성으로 달려가려 하자, 관우가 막아서며 침착하게 말했다.

"차주가 벌써 성문 근처에 병사들을 매복시켰을 것이네. 무작정 쳐들어가다가는 오히려 우리가 당할 수 있어."

"그럼 어떻게 하겠다는 거요?"

장비가 답답해하자 관우가 한 가지 계략을 이야기했다.

"일단 차주를 성 밖으로 끌어내야 우리에게 유리하네. 이따가 해질녘이 되면 병사들을 조조 군으로 변복시켜 서주성으로 가세. 그러면 차주가 영접을 하러 달려 나오지 않겠나."

"좋소, 형님말대로 해봅시다."

관우의 계략은 효과가 있었다. 조조 군의 깃발과 복장을 본 차주가 아무 의심 없이 성문을 열고 밖으로 나온 것이다. 그 기회를 놓치지 않고 관우가 청룡언월도를 휘둘러 차주의 목을 베어 버렸다. 장비는 냅다 성 안으로 달려 들어가 차주의 가족과 심복들을 전부 해치웠다.

백성들의 삶을 살피느라 뒤늦게 성으로 돌아온 유비가 모든 사실을 전해 듣고 장비를 나무랐다.

"차주는 죽어 마땅했으나 그 식솔들까지 몰살시킬 필요가 있었느냐? 그렇게 행동하다가는 언젠가 민심을 잃게 될 것이다."

장비는 유비의 꾸지람에 아무런 대꾸도 하지 못했다. 그때 진등이 유비에게 다가와 말문을 열었다.

"조조가 밀서를 보낸 것이 탄로 났으니 언제 군사를 일으켜 우리를 공격할지 모릅니다. 제 생각에는, 백만 대군을 거느리고 있는 원소에게 도움을 청하는 것이 바람직할 듯합니다. 하북의 원소라면 조조도 만만히 보지 못할 것입니다."

"자네도 알다시피 내가 얼마 전에 사촌지간인 원술을 쳤는데, 그가 나를 돕겠는가?"

그러자 진등이 정현의 이름을 언급했다. 그는 유비의 스승 중 한 사람인데, 일찍이 원소의 가문과도 친분이 깊어 둘 사이에 다리를 놓는 일에 안성맞춤인 인물이었다. 유비가 진등과 함께 오랜만에 스승을 찾아가 정중히 예를 올리자, 정현은 기꺼이 제자의 청을 받아들여 한 통의 서찰을 써주었다. 그것은 곧장 원소에게 보내졌는데, 유비를 도와 국정을 농단하는 조조를 몰아내라는 당부가 적혀 있었다.

"정현 선생의 말씀을 거역할 수 없고, 동생을 죽게 한 유비를 도울 수도 없으니 어떻게 하면 좋겠느냐?"

원소는 정현의 서찰을 앞에 두고 고민에 빠졌다. 그때 모사 허유(許攸)와 순심(荀諶)이 진언했다.

"주공, 이번이야말로 조조를 칠 적기입니다. 유비에게는 뛰어난 장수들이 많으니, 사적인 감정은 버리시고 그와 협력해 조정의 권세를 얻으십시오."

평소 아끼는 모사들의 진언에 원소는 유비의 요청에 따라 군사를 출병시키기로 결정했다. 그 규모가 기병과 보병 각 15만씩, 30만에 이르는 대군이었다.

며칠 만에 출전 준비가 마무리되자, 원소는 또 다른 모사 곽도(郭圖)의 말에 따라 문장가 진림(陳琳)을 시켜 격문을 짓게 했다. 그것은 상대를 공격하는 당위성을 담은 선전포고문 같은 글이었다. 모두 1천500자에 달하는 격문에는 환관이었던 할아버지 때부터, 출세를 위해 그의 양자로 들어간 아버지를 거쳐, 조조에 이르기까지 얼마나 졸렬한 삶을 살아온 가문인지 그 내력이 유장하게 설명되어 있었다.

"격문의 문장력은 감탄을 금치 못하겠으나, 원소를 용서할 수는 없다. 내가 그의 목을 베어 이 수모를 갚아줄 것이다!"

조조는 직접 20만의 군사를 일으켜 여양(黎陽)에 진지를 구축한 원소를 치기 위해 달려갔다. 아울러 유대(劉岱)와 왕충(王忠)에게 5만의 군사를 내주어 서주의 유비를 공격하라고 명했다. 하지만 워낙 많은 병사들이 집결한 탓인지 여양에서는 두 진영 사이에 치열한 기 싸움만 벌어진 채 두 달의 시간이 훌쩍 지나버렸다. 먼저 충돌이 빚어진 곳은 서주였다. 관우와 왕충이, 장비와 유대가 맞붙었는데 승자는 모두 유비의 병사들이었다.

관우와 장비는 두 적장을 사로잡아 유비 앞에 끌고 왔다. 언제 목이 베일지 모르는 두려움에 유대와 왕충은 바짝 긴장한 모습이었다. 그런데 무슨 생각인지 유비가 그들에게 호의를 베풀었다.

"나는 너희를 죽이지 않을 것이다. 그 대신 승상에게 돌아가서, 일찍이 큰 은혜를 입은 것을 잊지 않은 내가 화해를 청한다고 전하라."

"알겠습니다, 유공. 목숨을 살려주셔서 감사합니다."

유대와 왕충은 그 길로 허도에 달려와 조조를 만났다. 마침 조조는 지루하게 대치가 이어지던 여양에서 군사를 돌려 조

정으로 돌아와 있었다. 두 장수가 유비의 뜻을 전하자, 조조
는 칼을 빼들어 그들의 목을 베려고 했다.

"전투에서 진 것도 용서받지 못할 일이거늘, 적장의 수작에
넘어가 나한테 헛소리를 지껄인단 말이냐!"

그때 곁에 있던 공융이 조조를 말렸다. 유대와 왕충을 죽여
봤자 장수들의 불평이나 듣게 될 뿐 얻을 것이 없다고 판단했
기 때문이다. 나아가 공융은 유표와 장수를 잘 구슬려 연합
전선을 펼치는 것이 필요하다고 말했다. 만약 그들마저 조조
에게 맞서면 더욱 어려운 상황이 펼쳐질 수 있다고 생각했던
것이다. 얼마 뒤 장수는 조조의 회유에 넘어가 가후(賈詡) 등
을 데리고 허도로 와서 몸을 의탁했다. 지난날 자신의 맏아들
과 조카를 비롯해 아끼던 전위까지 죽음으로 내몬 장수를 조
조는 아무렇지 않게 받아들였다. 물론 마음속의 분노가 완전
히 사라진 것은 아니었지만, 대업을 위해 사사로운 감정에는
눈을 감은 지 오래였다.

11

서로 다른 길을 가게 된 삼형제

그 무렵 궁궐에서 조조를 몰아낼 기회만 엿보던 동승이 자리에 몸져눕고 말았다. 헌제가 혈서로써 당부한 것을 이루지 못해 마음고생이 심한 탓이었다. 게다가 유비까지 허도를 떠나 속내를 나눌 사람조차 거의 없었다. 그 사실을 전해들은 헌제가 황궁시의(皇宮侍醫) 길평(吉平)을 보내 동승의 건강을 살피게 했다. 그런데 그것이 인연이 되어 깊은 친분을 맺은 동승과 길평이 조조를 없앨 묘책을 함께 짜내게 되었다.

"조조는 가끔 두통에 시달립니다. 제가 그 자의 약을 조제할 때 독을 넣으면 별 어려움 없이 거사를 치를 수 있을 것입니다."

평소 길평은 허수아비나 다름없는 헌제의 신세가 너무나 안타까웠다. 그러던 중 황제와 동승의 생각을 알게 됐고, 유비가 그랬듯 서약서에 이름까지 올리게 되었던 것이다. 그러나 낮말은 새가 듣고 밤말은 쥐가 듣는다고 했던가. 길평의 시중을 드는 소년이 그들의 이야기를 엿듣고 재물을 한몫 챙길 수 있으리라는 욕심에 조조에게 일러바치는 일이 벌어지고 말았다. 그 바람에 조정에는 한바탕 피바람이 휘몰아쳤다.

"동승과 연루된 자들은 한 놈도 남김없이 목을 쳐라!"

조조는 동승을 죽인 뒤 그의 집을 샅샅이 뒤져 서약서를 찾아냈다. 그 안에 이름을 적은 대신들과 길평이 가장 먼저 처형되었고, 동귀비도 성 밖으로 끌려 나가 처참히 죽임을 당했다. 그 사건으로 무려 800여 명이 참살되어, 아직 목을 베지 못한 자는 서주의 유비와 서량의 마등뿐이었다.

"서주의 마등은 천천히 죗값을 물어도 된다. 하지만 유비는 책략이 풍부해 언제 우리를 어려움에 빠뜨릴지 모르니 당장 요절을 내버려야 후한이 없을 것이다."

"그렇습니다, 승상. 유비가 군사를 정비하기 전에 공격을 감행해야 합니다."

곽가가 조조의 생각을 거들고 나섰다.

조조는 그 길로 군사 20만을 이끌어 서주로 향했다. 그 소식을 전해들은 유비는 재빨리 손건을 원소에게 보내 도움을 청했다. 하지만 원소는 총애하는 아들 하나가 몹시 아파 군사를 일으킬 마음의 여유가 없다며 거절 의사를 밝혔다. 손건의 보고를 받은 유비는 애써 당혹감을 감추며 서둘러 군사를 3

개의 부대로 나누었다. 우선 관우가 식구들을 데리고 하비성으로 가게 했고, 서주성은 미축과 간옹(簡雍)이 지키게 했다. 그리고 자신은 장비와 함께 소패성으로 들어가서 조조의 군사가 오기를 기다렸다. 이제 삼형제는 백척간두에 처한 위태로운 운명을 스스로 지켜내야 했다.

조조는 유비가 소패성에 있는 것을 알고 그곳을 먼저 공격했다. 유비와 장비가 마주앉아 그들을 막아낼 계책을 상의했다.

"오늘 밤에는 먼 길을 달려온 적들이 지쳐 우리를 공격하지 않을 것이다. 잘 먹고 푹 쉰 다음에 내일 일찌감치 총공세를 펼치겠지. 그러니 야밤에 우리가 기습 공격을 펼치면 충분히 승산이 있다."

"형님 말이 맞소. 적은 수로 많은 상대를 이기려면 기습이 최선이요."

그 날 밤, 장비는 몸이 날랜 기병들을 이끌고 적진에 숨어들었다. 그런데 경계가 허술해도 너무 허술해 이상한 생각이 들었다. 아니나 다를까, 장비가 조조의 진지 한가운데까지 들어갔을 때 사방에서 화살이 날아들었다. 곧이어 대낮처럼 횃불이 밝혀지더니 매복해 있던 조조의 병사들이 우르르 달려들었다. 사실 조조는 유비와 장비의 기습 공격을 예상하고 있었다. 여러 모사들이 유비의 책략을 가정해 다양한 방어 전술을 준비해두었던 것이다. 순식간에 기습 공격을 펼쳤던 장비와 기병들이 함정에 갇힌 신세가 되고 말았다. 장요와 허저, 이전과 악진, 하후돈과 하후연 등이 한꺼번에 공세를 펼쳐 기병들을 몰살시켰다. 장비 혼자 여러 명을 해치우며 고군분투했으나, 결국 그 역시 망탕산(茫蕩山)으로 줄행랑을 칠 수밖에 없었다.

기세가 오른 조조의 군사는 곧장 소패성으로 진격했다. 전혀 예상치 못했던 상황에 유비의 병사들은 속수무책으로 쓰러졌다. 결국 30여 명만 남은 군사를 이끌고, 유비는 할 수 없이 원소가 있는 곳으로 말을 몰았다. 처음에는 하비성으로 가려고 했으나 조조가 미리 길목을 막아버려 빠져나갈 방법이 없었다. 그래서 아들이 아프다며 지원 요청을 거절하기는 했어도, 한때 힘을 합쳐 조조와 맞서 싸웠던 원소를 믿어볼 수밖에 없었던 것이다. 다행히 그런 기대대로 원소는 조조에게 쫓겨 온 유비를 흔쾌히 받아들였다.

이튿날 날이 밝자마자, 조조의 군사는 다시 서주성을 공격했다. 사기가 오를 대로 오른 조조의 군사를 미축과 간옹은 당해내지 못했다. 이제 남은 것은 관우가 지키고 있는 하비성뿐이었다. 조조가 부하들과 함께 하비성을 함락시킬 전략을 짰다.

"관우만 성 밖으로 유인해내면 하비성을 손쉽게 점령할 수 있을 것입니다."

정욱이 먼저 의견을 냈다.

"저의 생각도 같습니다. 관우만 해치우면 다른 장수들은 우리의 상대가 되지 못합니다."

순욱이 그 작전에 동의했다.

그때 부하들의 의견을 조용히 듣고만 있던 조조가 말문을 열었다.

"나는 오래 전부터 관운장을 내 사람으로 만들고 싶었다. 이번 기회에 그를 생포하여 마음을 돌리게 하면 더 바랄 나위가 없을 것이다."

"승상, 관우는 의리를 중히 여기는 자라 차라리 죽기를 자청할 것입니다."

곽가가 조조에게 괜한 바람을 갖지 말라고 말했다. 그러자 장요가 관우를 한번 설득해보겠다고 나섰다. 장요는 여포의 수하에 있다가 죽음의 문턱에서 유비 덕분에 목숨을 구한 뒤, 관우와 몇 번 이야기를 나눠본 적이 있었다. 둘은 모두 강직한 성품이라 통하는 구석이 많았다. 따라서 지금은 비록 적이 되어 서로 창을 겨누고 있지만, 상대를 존중하는 것만큼은 변함이 없었다.

곽가가 장요에게 한 가지 계략을 조언했다.

"그냥 관우를 만나서는 설득하기 어려울 것이오. 일단 그를 성 밖으로 유인한 뒤 하비성을 빼앗고 나서 이야기해보면 혹시 마음을 돌릴지 모르겠소. 그도 돌아갈 곳이 없으면 생각이 달라질 것이니 말이오. 이미 유비와 장비가 이곳을 떠났다는 사실도 도움이 될 것이오."

얼마 후, 조조의 군사는 하비성에 총공세를 펼쳤다. 치열한 싸움이 잠시 소강상태에 접어들 무렵, 장요가 관우를 향해 소리쳤다.

"관운장, 나랑 한번 일 대 일로 싸워봅시다!"

"좋소! 나도 꼭 한번 그대를 상대해보고 싶었소."

관우는 망설임 없이 성 밖으로 달려 나왔다. 그런데 장요는 몇 합 겨루는 시늉을 하다가 슬그머니 뒷걸음질을 쳤다. 관우는 앞뒤 사정을 살피지 않고 그를 쫓았다. 그 사이 조조의 병사들이 다시 한 번 총공세를 펼쳐 순식간에 하비성을 함락시켰다. 관우가 뒤를 돌아보며 후회했을 때는 이미 돌이킬 수 없는 상황이었다.

그 순간, 관우와 맞서던 장요가 땅바닥에 칼을 내던졌다.

"관공, 나는 애당초 그대와 싸울 생각이 없었소. 이미 하비성은 함락되었고, 의형제를 맺은 형님과 아우는 뿔뿔이 흩어졌으니 나와 함께 허도로 갑시다."

그러자 관우 역시 청룡언월도를 움켜진 손에서 힘을 풀며 장요의 말에 대꾸했다.

"지금 나에게 항복하라고 말하는 거요? 그럴 바에야 여기서 최후를 맞겠소."

"역시 관공답구려. 하지만 귀한 목숨을 왜 헛되이 버리려 합니까? 승상께서는 유공의 식구들과 하비성의 백성들을 안전하게 지켜주기로 약속하셨소. 더구나 관공이 여기서 최후를 맞는다면 형제들과 같은 날 죽기로 한 맹세도 어기게 되는 것이오."

장요의 권유가 워낙 간곡한 터라 관우의 마음도 점차 흔들렸다. 결국 관우는 세 가지 전제조건을 받아들여준다면 조조에게 몸을 의탁하겠다고 말했다. 그 중 하나는 자신이 황제에게 항복하는 것이지 조조 개인에게 항복하는 것이 아니라는 명분이었고, 앞으로 유비의 가족이 무탈하게 살아갈 수 있도록 보호해달라는 것이었다. 마지막 하나는 유비의 행방이 밝혀지면 언제라도 만날 수 있게 해달라는 요구였다.

장요로부터 관우의 이야기를 전해들은 조조는 흔쾌히 세 가지 전제 조건을 받아들였다. 그러자 몇몇 사람들이 그 결정에 우려를 나타냈다.

"승상, 관우는 결국 유비에게 돌아갈 자입니다. 아무리 잘해줘도 속마음까지 바꿀 리는 없습니다."

하지만 조조는 여전히 관우에 대한 미련을 버리지 못했다.

"사람 일을 어찌 알겠느냐. 내가 유비보다 더 좋은 대우를 해준다면 언젠가는 진심으로 마음을 열 것이다."

실제로 조조는 장요가 관우를 데려오자 버선발로 달려 나가 반갑게 맞이했다. 허도로 돌아와서는 으리으리한 집 한 채를 마련해주고 시중을 들 하녀들을 여럿 보냈으며, 한수정후(漢壽亭侯)라는 벼슬과 함께 온갖 금은보화도 하사했다. 하지만 관우는 조조가 준 것들을 탐하지 않았다. 그의 관심은 다시 삼형제가 만나는 날까지 유비의 가족을 잘 보살피는 것뿐이었다. 그런 관우를 지켜보며 조조는 애가 달았다. 그러던 어느 날, 관우가 타고 다니는 비루한 말이 조조의 눈에 들어왔다.

'옳거니! 내게 여포의 적토마가 있으니 그것으로 환심을 사야겠다.'

조조는 귀한 적토마를 망설임 없이 관우에게 선물했다. 그러자 이번에는 관우도 기쁨을 감추지 않았다.

"정말 고맙습니다. 언젠가 유비 형님에게 돌아가기 전에 반드시 승상의 은혜에 보답하겠습니다."

관우의 말에 조조는 안타까움을 느꼈다. 자기가 아무리 노력해도 관우가 마음을 돌리지 않는 것을 확인했기 때문이다. 막강한 권세로도 요지부동인 사람의 마음은 어떻게 할 도리가 없었다.

그 무렵, 원소에게 몸을 의탁한 유비는 깊은 시름에 잠기는 날이 많았다. 하루는 원소가 그 까닭을 물었다.

"유공, 왜 이렇게 안색이 어둡소?"

"두 아우의 소식을 오랫동안 듣지 못해 그렇습니다. 더구나 식솔들의 생사가 조조에게 달렸는데 아무 일도 할 수 없는 제 처지가 너무 한심하게 느껴지는 탓입니다."

"그렇구려. 나 역시 조조의 행태가 눈꼴사나워 더는 지켜보지 못하겠소. 봄이 되면 허도를 칠 계획이었는데, 마침 날이 풀렸으니 군사를 일으킬까 하오."

그 말에 유비의 낯빛이 환해졌다.

"정말 잘 생각하셨습니다. 황제 폐하를 기만하는 조조를 물리치신다면 만백성이 장군을 우러러볼 것입니다. 저도 미력이나마 보태 도움이 되겠습니다."

유비의 맞장구에 원소는 기분이 매우 좋아졌다. 모사 전풍(田豊)이 그 일을 알고 무모한 출병이라며 반대했으나 원소는 듣지 않았다. 오히려 고집을 꺾지 않는 전풍을 괘씸하게 여겨 옥에 가두기까지 했다.

그렇게 원소는 허도를 치기 위해 군사를 일으켰다. 안량(顔良)을 선봉에 세운 10만의 군사가 백마현(白馬縣)으로 진격했던 것이다. 그 소식을 들은 조조는 15만의 군사를 이끌고 몸소 전장으로 달려갔다. 얼마 후, 양쪽 모두 10만이 넘는 대군이 백마현의 너른 들판에 진을 치고 대립하게 되었다. 조조는 기선을 제압하기 위해 송헌과 위속을 먼저 내보냈다.

"너희가 가서 안량의 목을 가져오너라."

하지만 그들은 안량의 상대가 되지 못했다. 송헌과 위속의 머리가 잇달아 땅바닥에 나뒹굴었다. 그 뒤를 이어 기세 좋게 달려 나간 장수는 서황(徐晃)이었다. 그 역시 안량의 힘을 당해내지 못하고 10여 합만에 후퇴하고 말았다. 자존심이 상한 조조의 낯빛이 벌겋게 달아오르자 곁에 있던 정욱이 말했다.

"저 자를 처치할 위인은 관우 장군뿐입니다."

조조 역시 진작 관우를 떠올리고 있었다. 그러나 그가 안량을 죽여 공을 세우게 되면 자신을 떠날 명분을 주는 것이 아닐까 고민하는 중이었다. 그것을 눈치챈 정욱이 말을 이었다.

"저는 유비가 죽었다는 소문을 듣지 못했습니다. 그렇다면 아마도 그는 원소에게 몸을 의탁하고 있을 것입니다. 지금 관우 장군을 보내 적장의 목을 베면 원소가 그 분풀이로 유비를 죽여 버릴 가능성이 높습니다. 그러면 관우 장군이 굳이 승상 곁을 떠나려 하지 않을 것입니다."

그 이야기에 조조의 눈빛이 반짝였다. 그는 당장 관우를 불러 투쟁심을 자극했다.

"비록 적장이지만 안량의 무예 솜씨가 대단하지 않은가?"

그러자 관우가 청룡언월도를 움켜쥐며 단호하게 대답했다.

"제 눈에는 그저 그런 평범한 장수로 보일 뿐입니다."

"그럼 자네가 저 자를 상대할 수 있겠는가?"

"물론입니다. 맡겨만 주십시오."

조조가 슬며시 미소를 지으며 고개를 끄덕이자, 관우는 곧 청룡언월도를 치켜든 채 적진을 향해 적토마를 달렸다. 안량도 물러서지 않고 기세 좋게 달려 나왔으나 단 3합 만에 목이 달아나고 말았다. 관우는 말에서 내려 안량의 머리를 집어 들더니 안장 한쪽에 비끄러맸다. 그 광경을 지켜보던 원소의 병사들은 좀처럼 놀란 입을 다물지 못했다. 군사의 사기란 것이 한순간에 충천했다가 금세 가라앉기도 하는 법, 하북에서 온 병사들은 장수를 잃고 허둥대기 시작했다. 바로 그때를 놓치지 않고 조조의 군사가 일제히 달려들어 상대를 격퇴했다.

잠시 후, 허도에서 달려온 병사들이 신나게 승전고를 울렸다. 관우는 조조 앞으로 가서 예를 갖춘 뒤 안량의 머리를 내려놓았다.

"수고했네, 관운장. 자네야말로 천하제일의 장수일세그려."

전투에서 승리한 조조는 세상 부러울 것 없는 표정으로 관우를 칭찬했다. 하지만 관우는 겸손함을 잃지 않았다.

"저의 아우 장비는 저보다 무예 솜씨가 더 뛰어납니다. 그가 있었다면 안량 같은 장수 열 명이 달려들어도 감당하지 못했을 것입니다."

관우는 유비 못지않게 장비도 그리워했다. 삼형제의 끈끈한 의리를 확인한 조조는 내심 부러운 마음이 들었다. 그런 것은 권세로도 사지 못하는 것이었기 때문이다.

한편, 백마현에서 겨우 목숨을 부지하고 달아난 패잔병들이 원소 앞에 머리를 조아렸다. 그들은 여전히 겁에 질린 목소리로 안량의 최후에 대해 설명했다.

"도대체 대춧빛 얼굴에 수염이 두 자나 되는 적장이 누구란 말이냐?"

원소는 선뜻 관우를 떠올리지 못했다. 그의 곁에 있던 모사 저수(沮授)가 아는 체를 했다.

"그 자는 유공의 아우 관우가 틀림없습니다."

"뭐라고? 유공의 아우가 우리를 공격했단 말이냐!"

몹시 화가 치민 원소는 당장 유비를 불러 따져 물었다.

"대춧빛 얼굴에 수염이 두 자나 되는 장수가 안량의 목을 베었다는구려. 그 자가 유공의 아우라는데 맞는 말이오?"

순간 유비는 관우가 살아 있다는 생각에 안도의 한숨을 쉬었다. 하지만 겉으로는 그런 내색을 하지 않은 채 시치미를 뗐다.

"세상에 얼굴이 붉고 수염이 기다란 장수가 한둘이겠습니까? 저는 소패성 전투에서 패한 뒤 아우들의 생사조차 모르고 있습니다."

원소가 듣기에 유비의 이야기에는 전혀 의심할 바가 없었다. 오히려 저수가 섣부르게 판단해 자신을 곤란하게 만들었다는 생각이 들었다. 그때 한 장수가 다가와 원소 앞에 한쪽 무릎을 꿇으며 말했다.

"승상, 저는 안량과 막역한 친구 사이입니다. 그의 복수를 할 수 있도록 허락해주십시오."

그 장수는 하북의 손꼽히는 명장 문추였다. 원소도 패배의 아픔을 되갚아줄 작정이었기 때문에 출병을 마다할 이유가 없어 7만의 군사를 내주기로 했다. 그러자 유비가 자신에게도 군사를 주면 문추와 함께 조조를 공격하겠다고 말했다. 원소는 유비의 자원에 매우 흡족해하며 3만의 군사를 데려가 문추의 후방을 지원하도록 했다. 원소가 다시 군사를 보냈다는 소식은 금방 조조의 귀에 전해졌다.

"이번에는 우리가 선제공격을 해서 기선을 제압해야겠다."

조조는 곧 모사들과 머리를 맞대 새로운 전략을 짰다. 문추의 군사가 지나는 협곡에 병사들을 매복시켜 기습적인 공격을 펼치기로 결정한 것이다. 그 작전은 대단히 효과가 있어 문추가 이끄는 7만의 군사를 일순간 혼란에 빠뜨렸다. 적지 않은 피해를 입고 허겁지겁 후퇴한 하북의 병사들은 다시 전열을 정비하느라 분주했다. 그때 조조의 진영에서 장요와 서황이 말을 달려 나오며 소리쳤다.

"문추는 어서 항복하라!"

하지만 하북의 명장 문추가 그렇게 호락호락한 장수는 아니었다. 그는 선제공격을 받아 어수선한 가운데에도 홀로 장요와 서황을 상대했다. 문추는 먼저 장요에게 활을 겨누어 왼쪽 뺨을 명중시켰다. 그 충격으로 장요는 피를 흘리며 땅바닥에 나뒹굴었고, 깜짝 놀란 서황은 재빨리 꽁무니를 뺐다. 그러자 그 광경을 지켜보던 관우가 청룡언월도를 휘두르며 천리마를 타고 달려와 문추 앞을 가로막았다.

"너는 내가 상대하마! 덤벼라!"

문추는 관우를 보자마자 안량을 죽인 장수라는 것을 직감했다. 둘의 대결은 그야말로 용호상박이었다. 그러나 어떤 싸움이든 한쪽이 달아나지 않는 한 끝장을 보게 마련이었다. 결국 관우의 청룡언월도가 문추의 목을 베는 것으로 승패가 판가름 났다. 허도의 군사는 환호했고, 하북의 군사는 완전히 기가 죽어 달아나기 바빴다.

문추가 죽었다는 소식을 들은 원소는 당장 유비를 불러들이게 했다. 이번에는 관우가 선봉에 선 탓에 '한서정후 관운장'이라는 깃발이 맨 앞에 펄럭였고, 그것을 본 하북의 병사들이 문추를 죽인 장수가 관우라는 것을 알렸기 때문이다. 하북의 두 용장이 관우 때문에 목숨을 잃었다는 사실이 밝혀진 것이다.

"유공의 아우가 우리의 장수들을 죽였소. 내게 목을 내놓아 그 대가를 치르시오."

원소는 당장이라도 칼을 빼들어 유비를 내려칠 기세였다. 그러나 유비는 침착한 태도로 원소를 설득했다.

"저도 두 장수의 목을 벤 이가 관우라는 말을 들었습니다. 그러나 그것은 모두 저와 원 장군의 사이를 갈라놓으려는 조조의 술책입니다. 만약 장군께서 저의 목을 치신다면 그의 계략에 말려드는 셈이지요. 지금 관우는 제가 이곳에 있다는 것을 모릅니다. 그 사실을 알게 되면 자다가도 벌떡 일어나 하북으로 와서 저와 장군을 도울 것이 틀림없습니다."

유비의 임기응변에 원소는 칼을 거두었다. 곰곰이 생각해 보니, 유비와 더불어 관우까지 자신에게 힘을 보태면 누구도 두렵지 않을 것 같았다.

그로부터 얼마 후, 유비가 하북에 있다는 말이 허도에 돌기 시작했다. 유비 같은 인물의 행방이 그제야 알려진 것이 어쩌면 이상한 일이었다. 조조와 관우도 그 사실을 전해 들었는데, 둘의 생각은 사뭇 달랐다. 관우는 하루빨리 유비를 찾아가고 싶었고, 조조는 그런 일이 벌어질까봐 노심초사했다.

그러던 어느 날, 마침내 관우는 허도를 떠나기로 결심하고 조조를 만나러 승상부로 갔다. 그 즈음 유비의 식구들을 태우고 갈 마차를 구했기 때문에 작별 인사를 건네려고 했던 것이다. 하지만 조조는 일부러 관우를 피했다. 다음날에도, 그 다음날에도 이런저런 핑계를 대며 관우를 만나주지 않았다. 그러자 관우는 편지 한 통과 함께 조조로부터 받은 모든 재물을 돌려보낸 뒤 유비의 식구들을 데리고 길을 떠났다. 적토마를 타고 청룡언월도를 든 관우는 사방을 경계하며 유비의 식구가 탄 마차를 보호했다.

조조는 관우가 허도를 떠났다는 소식을 곧바로 전해 들었다. 순간 그의 얼굴에 아쉬운 기색이 가득했다.

"아, 그가 결국 내 곁을 떠났구나."

그러나 조조의 심복들은 관우를 비난하기 바빴다. 그때마다 조조가 관우를 옹호하며 반박했다.

"승상께서 그토록 호의를 베풀었는데 떠나버리다니 배신자나 다름없습니다."

"아니다. 부귀영화 앞에서도 의리를 지키는 그가 왜 배신자란 말이냐?"

그러면서 조조는 장요를 불러 관우를 쫓아가 잠깐 멈추게 하라는 명을 내렸다. 장요는 왼쪽 뺨에 화살을 맞고도 상처가 채 아물기도 전에 조조를 보좌했다. 관우를 설득해 허도로 데려왔던 장요가 이번에는 조조의 또 다른 명을 받아 말을 달렸다. 그리고 얼마 지나지 않아 맨 앞에서 마차의 행렬을 이끄는 관우를 따라잡았다. 평소 같으면 천리마를 탄 관우가 이미 멀찍이 가버렸을 테지만, 유비의 식구들을 태운 마차를 조심스럽게 인도하느라 생각만큼 빨리 가지 못했던 것이다.

"관공, 승상께서 하실 말씀이 있으시다니 잠깐 멈추시오."

관우는 다른 음모가 있는 것은 아닐까 싶어 망설였지만 이내 천리마를 멈춰 세웠다. 장요를 믿었고, 조조에게 직접 작별 인사를 하지 않아 마음 한쪽이 무거웠기 때문이다.

얼마 지나지 않아 멀리서 달려오는 조조의 행렬이 보였다. 허저와 이전 등이 이끄는 수십 명의 기병이 조조의 뒤를 따르고 있었다. 그들은 관우가 있는 곳에 이르러 일제히 발걸음을 멈추었다. 관우는 말에서 내려 조조에게 고개를 숙였다.

"관운장, 왜 이리 급하게 떠나는 건가?"

"마차만 준비되었다면 더 일찍 떠났을 것입니다. 애초에 형님의 행방을 알게 되면 만나러 갈 것이라 말씀드리지 않았습니까? 그동안 베풀어주신 호의는 잊지 않겠습니다."

관우는 깍듯하게 조조를 대했지만 마음을 돌릴 여지는 전혀 내보이지 않았다. 조조는 아쉬움을 감추며 허저에게서 금화 한 주머니와 비단옷을 건네받아 관우에게 내밀었다.

"이 비단옷은 나의 작별 선물이오. 그리고 금화는 여비로 쓰시오. 내가 주었던 재물을 모두 돌려보냈으니 빈털터리일 것 아니오?"

하지만 관우는 금화가 든 주머니를 받지 않았다. 단지 비단옷만은 조조의 성의를 생각해 감사히 받아들였다. 관우는 곧 조조에게 다시 한 번 인사를 올리고 말머리를 돌렸다. 점점 멀어져가는 관우의 뒷모습에서 조조는 한동안 눈을 떼지 못했다.

허도에서 하북으로 가는 길에는 다섯 개의 관문을 지나야 했다. 한참 말을 몰던 관우는 문득 조조의 관인이 찍힌 통행증을 받지 않았다는 데 생각이 미쳤다. 오랜만에 유비를 만난다는 들뜬 기분에 미처 그것을 요구하지 않았던 것이다. 게다가 조조의 뜻과 달리 지방 관리들 중에는 작은 꼬투리라도 잡아 관우를 해치려는 이들이 적지 않았다.

허도를 떠난 첫날 밤, 관우는 유비의 식구들과 한 민간에서 묵게 되었다. 그런데 집주인인 신기료장수 노인이 범상치 않은 관우를 한눈에 알아보았다.

"수염이 두 자는 되는 것으로 보아, 관운장이 아니신지요?"

"나를 아시오?"

"그럼요. 제 아들 호반(胡班)이 형양(衡陽) 태수 밑에서 속관(屬官)으로 지내고 있는데, 관운장의 무용담을 여러 차례 들려주었습니다. 이렇게 모시게 되어 영광입니다."

노인은 관우 일행을 극진히 대접했다. 그리고 이튿날 아침 다시 길을 떠나려는 관우를 배웅하며, 형양을 지날 때 아들에게 전해달라면서 편지 한 통을 내밀었다. 관우는 노인의 정성에 보답하는 의미로 기꺼이 그 편지를 받아들었다.

하북으로 가는 다섯 개의 관문 중 첫 번째는 동령관(東嶺關)이었다. 그곳의 관리는 500명의 군사를 거느린 공수(孔秀)였다. 그는 통행증을 빌미로 관우를 막아섰다.

"누구도 내 허락 없이 이곳을 지날 수는 없소. 허도로 돌아가서 통행증을 받아오시오."

"나는 승상에게 이미 허락을 받았소. 여기 보이는 이 비단옷이 작별 선물이오. 그대도 나에 대한 이야기를 들었을 터인데, 왜 이리 트집을 잡는 거요?"

그러자 공수가 낯빛을 싹 바꾸며 병사들을 불러들였다. 창을 치켜든 500명의 군사가 순식간에 관우를 에워쌌다.

"저 자를 죽여라! 승상의 총애를 받았다고 기고만장해하는 꼴을 두고 보지 못하겠구나."

하지만 그것은 공수의 돌이킬 수 없는 실수였다. 500의 군사가 한 사람의 청룡언월도를 감당하지 못했다. 관우가 달려드는 병사들을 뿌리치며 공수에게 다가가 목을 베어 버렸다. 그것을 본 병사들은 무기를 내던지며 앞다투어 무릎을 꿇었다. 관우는 더 이상 살생을 하지 않고 얼른 길을 재촉했다.

두 번째 관문은 당시 낙양 태수였던 한복이 지키고 있었다. 그는 때마침 동령관에 다녀온 부하를 통해 관우가 공수를 죽였다는 이야기를 들었다. 한복은 서둘러 장수들을 소집해 대책을 의논했는데, 맹탄(孟坦)이 한 가지 계략을 내놓았다.

"제가 관우를 유인해 관문 밖에서 싸움을 벌이겠습니다. 그때 태수께서 활을 쏘아 그 자를 죽이십시오."

"알겠다. 관우의 머리를 승상께 보내면 큰 상을 내리실 것이다."

한복은 조조가 관우를 아끼는 마음을 몰랐다. 그리고 그에게 맞서 싸운다는 것이 얼마나 위험한 일인지도 알지 못했다.

잠시 후, 관우와 유비의 식구들이 탄 마차가 낙양에 다다랐다. 맹탄은 쌍칼을 집어 들고 관우에게 달려가 자신의 계략대로 싸움을 걸었다.

"통행증도 없는 자가 원소에게 가고 있다더니, 바로 너로구나. 어서 허도로 돌아가서 통행증을 받아오지 않으면 나의 칼에 목이 베어 머리통만 하북으로 던져질 것이다!"

그런 말을 듣고 참고 있을 관우가 아니었다. 그는 즉각 맹탄에게 달려들어 청룡언월도를 휘둘렀다. 그 힘이 얼마나 셌는지 맹탄의 몸이 단칼에 두 동강 나고 말았다. 너무나 순식간에 벌어진 일이라 몸을 숨기고 있던 한복은 활을 정확히 겨눌 새도 황급히 시위를 당겼다. 그것이 관우의 왼쪽 팔꿈치에 꽂혔다.

"이놈, 가만 두지 않겠다!"

관우는 입 밖으로 비명조차 내지 않은 채 팔꿈치에 꽂힌 화살을 입으로 물어 뽑아냈다. 그리고는 성큼성큼 한복에게 다가가 거침없이 목을 베어 버렸다. 관문을 지키는 병사들이 뒤늦게 달려왔지만 그 광경을 보고 제자리에 우뚝 멈춰 섰다. 관우는 옷자락을 찢어 피가 흐르는 팔꿈치에 동여매고는 병사들을 밀어젖히며 마차가 있는 곳으로 걸어갔다. 그때도 관문의 병사들은 그를 공격할 엄두를 내지 못했다. 관우는 유비 식구들의 안전을 확인한 뒤 곧장 기수관(沂水關)으로 말을 몰았다.

기수관을 지키는 관리는 변희(卞喜)였다. 그 역시 공수와 한복이 당한 일에 대해 급보를 받아 알고 있었다. 아무래도 마차와 함께 움직이다 보니 관문 간의 연락이 관우의 걸음보다 빨랐던 것이다.

변희는 일단 관우를 잘 대접하며 경계심을 무너뜨릴 계획을 세웠다. 그리고 금방 밤이 깊은 시각이었기에, 그 날 묵어 갈 진국사에 200명의 군사를 매복시켜 두었다가 관우를 처치할 생각이었다. 잠시 뒤 관우가 나타나자, 변희는 호들갑스러울 만큼 그를 반겼다.

"어서 오십시오, 관운장. 장군의 명성은 익히 들어 알고 있습니다."

"그대도 내게 통행증을 요구할 것인가?"

관우는 대뜸 통행증 이야기를 꺼냈다. 하지만 변희는 아무

것도 모르는 척 손사래를 치며 시치미를 뗐다.

"장군에게 그런 종이 쪼가리가 왜 필요하겠습니까? 장군의
얼굴이 무엇보다 확실한 통행증인데 말입니다."

그러면서 변희는 술상과 잠자리를 내주겠다며 관우를 진국
사로 안내했다. 이미 그곳에는 병사들을 매복시켜두었고, 승
려들에게는 그 일을 비밀에 부치라며 입단속을 해둔 상태였
다. 하지만 보정(普淨)이라는 승려가 관우를 보더니 반색했
다. 그는 관우와 같은 고향 사람으로 어린 시절을 함께 보낸
인연이 있었다. 그는 술잔을 기울이다가 볼일을 보러 뒷간에
가는 관우에게 다가가 변희의 속셈을 귀띔해주었다. 그제야
위험을 알아차린 관우는 다시 술상에 앉자마자 변희에게 으
름장을 놓았다.

"네가 감히 나를 속이려 드느냐? 내가 술에 취해 잠들면 무
슨 일을 벌이려고 했느냔 말이다!"

관우의 추궁에 변희는 안색을 바꾸더니, 큰 소리로 매복해
있던 병사들을 불렀다. 하지만 200명의 병사들도 제법 술이
오른 관우를 당해내지 못했다. 관우는 상황이 여의치 않자 줄
행랑을 치는 변희를 쫓아가 청룡언월도를 휘둘렀다. 순간 붉
은 핏줄기가 하늘로 치솟았고, 변희는 단말마를 내지르며 숨
통이 끊어졌다.

진국사에서 쉴 수 없게 된 관우는 보정에게 인사를 전한 뒤

마차를 이끌어 밤새 형양(滎陽)으로 향했다. 그 관문에는 형양 태수 왕식(王植)이 관우를 기다리고 있었다. 그 역시 변희처럼 관우를 반겼다.

"어서 오시오, 관운장. 이곳에는 깨끗한 역관이 마련되어 있으니 하룻밤 묵어가도 괜찮소."

"고맙구려. 한데 내일 아침에 하북으로 떠나려면 통행증을 보여 달라는 것 아니오?"

"하하, 그럴 리가 있겠소. 오늘 밤에는 마음 놓고 푹 주무시기나 하시오."

간밤에 잠을 못 잔 관우는 왕식의 호의가 고마웠다. 그래서 일찌감치 역관에 들어 유비의 가족이 편히 쉴 수 있게 자리를 봐주었다. 그 사실을 전해들은 왕식은 회심의 미소를 띠며 속관인 호반을 불러 자신의 계략을 이야기했다.

"너는 속히 천 명의 군사를 불러 역관 주변에 마른 장작을 쌓아두게 하라. 그리고 관우가 잠들면 불을 놓아 모두 불태우고, 혹시 잠이 깨 밖으로 달려 나오는 이가 있으면 남김없이 목을 베라고 일러두어라."

호반은 지체 없이 왕식의 명을 따랐다. 그런데 역관에서 허드렛일을 하는 하인 하나가 호반에게 와서 관우가 찾는다는 말을 전했다. 자신을 알 리 없는데 왜 그러는 것인지, 호반은 고개를 갸웃거리며 역관으로 들어가 보았다.

"자네가 호반인가?"

"네, 그렇습니다."

"내가 며칠 전 자네의 아버지 집에서 신세를 진 일이 있었네. 그때 부친께서 편지 한 통을 써주면서 자네에게 가져다주라 하시더군."

그 자리에서 관우는 품속에 넣어두었던 편지를 꺼내 호반에게 건넸다. 그런데 웬 일인지 그것을 받아 읽는 호반의 표정이 점점 심각해졌다. 그 안에는 일상적인 안부와 함께 관우같이 훌륭한 위인을 잘 모셔 보람을 얻으라는 내용이 적혀 있었다. 아버지의 당부에 호반은 문득 자신의 잘못을 뉘우치며, 관우 앞에 무릎을 꿇고 왕식의 계략을 털어놓았다.

"네가 아니었으면 형님의 가족이 큰 화를 입을 뻔했구나."

관우는 그 길로 유비의 가족을 데리고 역관을 빠져나왔다. 뒤늦게 그 사실을 알아챈 왕식이 1천이나 되는 군사를 이끌고 관우를 쫓아왔지만, 그것은 제 발로 비극적인 최후를 맞이한 것이나 다름없었다. 관우의 청룡언월도가 춤을 출 적마다 군졸들이 줄줄이 쓰러졌고, 왕식은 머리가 반으로 쪼개지는 처참한 몰골로 숨을 거두고 말았다.

이제 마지막 관문은 활주(滑州)였다. 그곳은 태수 유연(劉延)이 지키고 있었는데, 다행히 관우와 몇 번 마주해 서로 좋은 감정을 가진 사이였다. 그는 관문을 통과하려는 관우에게 흔쾌히 길을 비켜주었다. 그러나 그의 권한이 미치지 않는 곳이 있었으니, 활주의 황하 나루였다. 그쪽으로 강을 건너려면 배가 필요했는데, 하후돈의 부하 진기(秦期)가 그 일을 관장하고 있었다.

"유 태수가 배를 내주라고 얘기해주면 안 되겠소?"

"미안하오, 관공. 진기라는 자는 내 말을 듣지 않는 인물이오."

선뜻 관문을 열어주기는 했어도, 유연은 관우가 하북으로 가는 일에 깊이 관여하지 않으려고 했다. 그런 까닭에 함께 황하 나루에 가서 배를 구해달라는 관우의 청을 완곡히 거절했던 것이다. 관우는 어쩔 수 없이 혼자 마차를 이끌어 황하 나루로 갔다.

"댁은 뉘시오?"

강을 건너게 배를 내달라는 관우를 훑어보며 진기가 물었다.

"나는 관우라고 하오. 하북으로 가는 길이니 좀 도와주시오."

"뭐, 하북이라고! 그렇다면 원소에게 가겠다는 말 아닌가?"

"원소에게 가는 것이 아니라, 그곳에 계신 형님을 만나러 가는 것이오."

관우는 무례하게 구는 진기 앞에서 애써 감정을 다스렸다.

"그렇다면 승상께 받은 통행증을 꺼내놓아라. 그것이 없으면 배를 내줄 수 없다!"

진기가 통행증 운운하자 관우는 더 이상 말이 통하지 않는다고 생각해 버럭 소리를 내질렀다.

"너도 나의 길을 가로막다가 목이 베이고 싶은 것이냐?"

하지만 진기도 쉽게 물러서지 않았다.

"이 자가 말을 함부로 하는구나! 너에게 목숨을 빼앗긴 자들과 나는 다르다. 어디 한번 붙어보자!"

진기는 냅다 칼을 빼들어 관우에게 달려들었다. 하지만 그처럼 무모한 일이 어디 있단 말인가. 그는 하북으로 가는 다섯 번째 관문에서 또다시 목숨을 잃은 여섯 번째 장수가 되었다. 진기의 죽음을 목격한 황하 나루의 병사들은 서둘러 관우 앞으로 배를 몰아 왔다. 황하를 건너면 이제 그곳은 원소의 땅이었다.

다시 만난 도원의 삼형제

관우는 곧 유비를 만날 수 있다는 기대감에 가슴이 벅찼다. 그런데 얼마쯤 길을 갔을까, 저 멀리서 말을 달려 다가오는 한 장수가 있었다. 자세히 보니 그는 손건이었다.

"반갑소, 손 장군. 이게 얼마 만이오?"

"그동안 어떻게 지내셨습니까, 관운장?"

손건은 소패성과 서주성, 하비성이 잇달아 함락된 뒤 마땅한 거처를 찾지 못해 이곳저곳 떠돌다 유비가 있다는 소문을 듣고 원소를 찾아갔다고 설명했다. 그런데 얼마 전 유비가 원소 곁에서 물러나 여남(汝南)으로 떠났고, 자기가 그 사실을 알리기 위해 달려온 것이라고 말했다. 그는 이미 관우가 허도에서 나와 하북에 들어선 것을 알고 있었다. 원소가 내심 관우를 기다리고 있었기에, 그의 움직임이 낱낱이 하북 땅으로 전해지고 있었던 것이다. 하지만 원소는 기다리던 관우를 만나지 못했다. 왜냐 하면 손건의 이야기를 들은 관우가 여남으로 말머리를 돌렸기 때문이다.

몇 날 며칠 여남으로 향하던 관우는 또 하나의 인연과 맞닥뜨렸다. 와우산(臥牛山)을 지나다가 황건적의 잔당을 이끌고 있는 주창(周倉)과 배원소(裵元紹)를 만났는데, 그들이 스스로 졸개들과 함께 관우의 수하에 들어오기를 갈망했다. 하지만 관우는 식량도 부족한 마당에 그들을 전부 받아들일 수 없어 일단 주창만 데려가기로 하고 나머지 사람들은 훗날을 기약했다.

그리고 또 얼마나 산길을 걸었을까? 관우 일행의 눈앞에 오래된 성 하나가 모습을 드러냈다. 주창이 마을로 내려가 성의 주인을 알아왔는데, 놀랍게도 장비가 그곳에서 수천의 군사를 거느리고 있다는 말을 전해주었다. 관우와 손건은 반가운 마음에 급히 성 앞으로 달려가 장비를 불렀다. 그런데 이게 웬 일인가! 장비가 의형제인 관우를 반기기는커녕 눈을 부릅뜨고 달려 나와 벼락같이 소리를 내질렀다.

"의리 없는 놈이 염치도 없구나! 뭐 하러 나를 찾아왔느냐?"

갑작스런 상황에 관우는 눈을 동그랗게 뜨고 되물었다.

"장비야, 왜 그러느냐? 내가 의리가 없다니 무슨 말인지 모르겠구나."

"흥, 형님과 나를 버리고 조조에게 항복하여 호의호식한 자가 뻔뻔하기 짝이 없구나. 내가 당장 배신자를 혼내줄 테니 덤벼라!"

장비는 화가 나 붉어진 얼굴로 장팔사모를 치켜들었다. 그러자 관우가 마차를 가리키며 다급히 말했다.

"저 안에 형수님이 계시다. 지난 일을 여쭤보면 나의 진심을 알 것 아니냐?"

그때 마차 안에서 유비의 부인이 고개를 내밀어 장비와 인사를 나누었다. 그리고는 지금까지 있었던 일을 모두 이야기해주었다. 그제야 장비는 오해를 풀었으나, 그동안 홀로 고생한 설움이 깊었는지 관우를 쉽게 믿지 않았다.

"어쨌든 형님이 조조의 수하에 들어가 벼슬까지 받은 것은 사실이잖소. 나는 혼자 힘으로 이런 성이나마 손에 넣으려고 얼마나 애를 썼는데……."

그때였다. 멀리서 한 무리의 군사가 흙먼지를 일으키며 달려오고 있었다. 채양(蔡陽)이 조카 진기의 죽음을 알게 되어 수백의 군사를 이끌고 관우를 쫓아오는 중이었다. 그것을 본 장비가 관우에게 말했다.

"저들의 깃발을 보니 조조의 군사구려. 형님이 적장을 해치운다면 조조를 떠났다는 것을 믿겠소."

장비의 이야기에 관우는 조용히 청룡언월도를 들고 적토마

를 달렸다. 채양의 머리가 땅바닥에 나뒹구는 데는 긴 시간이
필요하지 않았다. 그때서야 비로소 장비는 옛날의 듬직한 아
우로 돌아갔다.

"미안하게 됐소, 관우 형님. 형님이 조조에게 갔다는 사실
에 너무 충격을 받아 그랬던 것이니 이해해주시오."

진심으로 사과하는 장비의 어깨를 관우가 따뜻하게 토닥여
주었다. 그 모습을 지켜보는 손건도 안도의 한숨을 내쉬었다.
잠시 후 관우와 손건이 성 안으로 들어가 보니 또 다른 반가
운 이가 있었다. 그는 다름 아닌 미축이었는데, 서주성이 함
락된 뒤 유비의 행방을 찾다가 우연히 장비에 대한 소문을 듣
고 한달음에 달려왔던 것이다.

그 날 밤 관우는 오랜만에 만난 장비와 술잔을 기울이며 회
포를 풀었다. 그리고 이튿날 동이 트자마자 손건을 비롯해 주
창과 군사 500을 데리고 유비를 만나러 여남으로 향했다. 장
비는 성에서 유비의 가족을 보호하며 형제들을 기다리기로
했다.

그런데 여남에 다다라 보니 그곳에 유비가 없었다. 손건이
떠난 후 원소의 부름을 받은 유비가 다시 하북으로 갔는데 그
사실을 몰랐던 것이다. 관우가 곧장 하북으로 가기 위해 말에
오르자 손건이 말했다.

"아무래도 장군께서 안량과 문추를 죽인 것이 마음에 걸립

니다. 원소가 비록 관운장을 수하에 들이고 싶어 하나, 여차하면 자신의 부하들을 죽인 것을 빌미로 험한 짓을 벌일지 모릅니다. 그러니 일단 저 혼자 원소가 머물고 있는 기주성(冀州城)으로 가서 유공을 모시고 나오는 편이 나을 듯합니다."

관우가 듣기에도 그 말에 일리가 있었다. 그래서 손건 혼자 하북으로 떠나고, 주창은 병사들과 함께 배원소가 기다리고 있는 와우산으로 가도록 했다. 관우 자신은 손건이 돌아올 때까지 관정(關定)이라는 노인의 집에서 지내게 되었다.

얼마 후, 손건을 만나 관우와 장비에 대한 이야기를 들은 유비는 감격을 금치 못했다. 마음 같아서는 당장이라도 기주성을 나가 아우들을 만나고 싶었다. 하지만 두 아우를 데려오는 대신 무작정 그곳을 떠났다가는 원소의 원망을 살 것이 틀림없었다. 그때 기주성에는 유비와 함께 간옹도 몸을 의탁하고 있었다. 그가 유비의 걱정을 듣고 한 가지 꾀를 냈다.

"유표를 찾아가서 협력을 이끌어내겠다고 원소에게 말씀하십시오. 지금 유표의 세력이 만만치 않으니, 원소도 그와 연합해 조조를 치고 싶어 할 것입니다."

유비는 곧장 원소를 만나 간옹이 들려준 계략을 이야기했다. 그 말을 들은 원소의 눈빛이 반짝였다. 그렇지 않아도 유표와 동맹을 맺고 싶던 참에, 유비라면 종친이기도 하니 그 일을 수월하게 해낼 것이라고 믿었던 것이다. 유비는 괜히 군사를 이끌어 유표를 자극하느니 간옹과 단 둘이 가서 조용히 원소의 뜻을 전하겠다고 말했다. 하루빨리 유표와 연합해 조조를 공격하고 싶은 마음이 컸기에, 원소는 별 의심 없이 그 말을 따르기로 했다.

그때 곁에 있던 모사 곽도가 원소에게 귀엣말을 건넸다.

"주공, 아무래도 느낌이 이상합니다. 간옹과 단 둘이 가겠다는 것도 그렇고, 유비에게 다른 꿍꿍이가 있는 듯합니다."

"아니다, 그렇다면 오히려 군사를 내달라고 하지 않겠느냐?"

원소는 곽도가 과민해서 쓸데없는 걱정을 하는 것이라고 치부했다. 그렇게 기주성을 벗어나게 된 유비는 설레는 마음으로 관우가 기다리고 있는 관정의 집에 다다랐다. 그 시각 손건도 원소의 눈을 피해 장비의 고성(古城)으로 말을 달리기 시작했다.

오랜만에 유비를 만난 관우는 다짜고짜 무릎을 꿇고 큰절부터 올렸다.

"형님, 그동안 무탈하셨는지요? 제가 제대로 모시지 못해 송구합니다."

유비는 그런 관우의 몸을 일으키며 눈물을 글썽였다.

"아니다, 관우야. 아우를 지키지 못한 나의 책임이 훨씬 크다. 정말 미안하구나."

"이제 절대 형님 곁을 떠나지 않겠습니다."

"그러자꾸나. 나도 다시는 너와 장비의 손을 놓지 않으마."

그 날 두 형제는 밤이 깊도록 형제의 정을 나누었다. 유비는 위험을 무릅쓰고 자신의 가족을 보호해준 관우에게 특별히 감사의 말을 전했다.

이튿날, 유비와 관우는 일단 와우산으로 말을 몰았다. 간옹과 한 청년이 그들의 뒤를 따랐다. 청년은 관정의 아들 관평(關平)으로, 아버지의 뜻에 따라 관우의 양자가 되어 길을 따라 나섰던 것이다. 그러니까 이제는 관우가 관평의 아버지였고, 유비가 큰아버지인 셈이었다. 관우는 외우산에 가서 주창에게 딸려 보낸 500명의 군사를 비롯해 배원소의 부하들을 모두 장비의 고성으로 데려갈 생각이었다. 장비가 거느리고 있는 수천의 군사에 그들을 더하면 유비도 만만치 않은 세력을 갖게 되기 때문이었다.

그런데 얼마쯤 길을 가다가 몇 군데나 부상을 입고 힘겹게 말을 달려오는 주창과 맞닥뜨렸다.

"이게 어떻게 된 일이냐?"

관우가 다급하게 물었다.

"배원소가 와우산에 들어온 웬 장수에게 시비를 걸다가 죽임을 당했습니다. 제가 복수를 하려고 수십 명의 병사들을 데려가 맞붙어 싸웠지만, 그의 무예 솜씨가 어찌나 출중한지 이 꼴이 되고 말았지요. 송구합니다, 장군……."

"그 자가 대체 누구란 말이냐?"

관우가 못내 궁금한 표정으로 다시 물었다.

그때 와우산 쪽에서 한 장수가 맹렬히 말을 몰아 달려왔다. 그는 유비를 보더니 말에서 내려 넙죽 절을 올렸다.

"멀리서 황숙(皇叔)의 모습을 발견하고 한달음에 산을 내려 왔습니다. 저는 조운입니다."

조운은 헌제의 숙부뻘인 유비를 황숙이라고 부르며 최대한 의 예의를 갖췄다. 말하나 마나 유비도 그의 얼굴을 한눈에 알아봤다. 유비는 일찍이 조운의 성숙한 인품과 탁월한 무예 솜씨에 호감을 느끼고 있었다.

"조 장군, 공손찬 사형의 자결 소식은 들었소. 그 슬픔을 어찌 말로 다하겠소만, 이렇게 장군을 만나게 되니 조금은 위 로가 되는구려."

"저는 공손찬 장군의 수하에 있었으나 그 후에 믿고 따를 만한 주공을 만나지 못했습니다. 황숙께 몸을 의탁해도 되겠 는지요?"

스스로 자신을 찾아온 조운의 말에 유비는 한량없이 기뻤 다. 누구보다 탐을 냈던 인물과 그렇게 인연이 이어져 가슴이 벅찼던 것이다. 그야말로 유비는 천군만마를 얻은 기분이었 다. 영웅은 영웅을 알아본다고 했던가, 관우도 진심으로 조운을 반겼다. 유비는 관우와 조운의 보좌를 받으며 배원소의 부하들까지 전부 이끌고 장비의 고성으로 향했다.

얼마 후, 이런저런 우여곡절 끝에 다시 유비를 만난 장비는 큰 소리로 울음까지 터뜨리며 반가워했다. 다른 이들이 지켜보는 것쯤은 전혀 개의치 않는 모습이었다.

"형님, 잘 오셨소. 정말 잘 오셨소. 이제 이 장비가 목숨 바쳐 형님을 지킬 거요."

그 날 장비의 고성에서는 크게 잔치가 벌어졌다. 비록 복사나무가 보이지는 않았으나, 마치 삼형제의 도원결의가 새롭게 이루어지는 듯했다.

유비가 문득 술잔을 내려놓고 주위를 둘러보며 흐뭇한 미소를 지었다. 그도 그럴 것이 유비를 따르는 장수들의 면모가 어디에 내놓아도 손색이 없을 만큼 화려했다. 장부가 대업을 이루는 데 뜻을 함께하는 인물보다 중요한 것이 무엇이겠는가.

이제 유비에게는 관우, 장비, 조운, 손건, 미축, 간옹, 주창, 관평을 비롯해 5천에 달하는 군사가 있었다. 그것을 바탕으로 힘을 키우면 곧 누구도 만만히 보지 못할 진용을 갖출 것이 틀림없었다. 실제로 유비는 얼마 지나지 않아 장비의 오래된 성을 나와서 여남으로 세력을 뻗쳤다. 호랑이가 서서히 발톱을 드러내기 시작한 것이다.

그 무렵, 강동의 손책은 파죽지세로 영토를 넓히고 있었다. 불과 26살의 나이에 갖게 된 막강한 군사와 풍부한 군량, 뛰어난 인재들이 그의 야심을 뒷받침했다.

그러던 어느 날, 손책은 장굉을 허도로 보내 여강과 예장(豫章)까지 점령한 사실을 조정에 알리며 황제의 정식 칙령을 요구했다. 허도의 권세를 쥐고 있는 조조의 입장에서 손책은 눈엣가시나 다름없는 존재였다. 그래서 손책에 대한 경고의 의미로 전굉을 허도에 붙잡아두고 강동으로 돌아가지 못하게 했다. 그 소식을 전해들은 손책은 마음속으로 칼을 갈며 조조를 공격할 때가 오기를 기다렸다.

그런 소망이 하늘에 닿았을까? 몇 달 후, 원소가 보낸 사자가 강동에 다다라 서찰을 꺼내놓았다. 그것을 펼쳐 읽은 손책의 입가에 미소가 번졌다.

"그래, 우리와 연합해 조조를 치자는 원 장군의 말씀이 진심이겠지?"

"그렇습니다. 저희 주공께서는 무자비하게 권세를 휘두르며 조정의 질서를 어지럽히는 조조를 꼭 벌하고 싶어 하십니다."

하북에서 온 사신의 말에 손책은 기분이 무척 좋아졌다. 그래서 장수들을 불러 성대하게 연회를 베풀며 조조와 맞붙을 결전의 날을 기대했다. 그런데 웬 일인지 장수들이 하나둘 자리를 비우는 것이 아닌가. 그 이유가 궁금해진 손책이 곁에 있던 부하 장수에게 물었다.

"술을 마시다 말고 다들 어디로 간 것이냐?"

"방금 전 저잣거리에 우길(于吉) 선인(仙人)이 나타났다는 전갈이 왔습니다. 장수들은 물론이고 백성들 모두 그를 존경하여 앞다투어 예를 올리고 있다 합니다."

그 말을 들은 손책의 표정이 심각하게 굳었다. 그는 당장 우길 선인을 잡아들여 목을 베라는 명을 내렸다.

"누구든 혹세무민하는 자는 용서치 않을 것이다. 백성들의 마음을 어지럽히면 어떻게 되는지 똑똑히 보여주마!"

많은 장수들이 그 결정을 만류했지만, 손책은 귓등으로도 듣지 않았다. 그런데 그것이 불운의 씨앗이 됐을까? 우길 선인의 목숨을 빼앗은 뒤부터 손책이 시름시름 앓기 시작했다. 처음에는 신열에 시달리며 헛것을 보더니, 급기야 어느 의원도 손을 쓰지 못할 만큼 병세가 심각해져 죽음의 문턱에 다다르고 말았다. 자신의 명이 다해가는 것을 느낀 손책이 아우 손권을 불러 유언을 전했다.

"이제 네가 아버님에서 나로 이어진 강동의 권세를 물려받을 때가 되었구나. 모쪼록 부하 장수들과 잘 화합해 대업을 이루도록 해라. 어떤 어려움에 맞닥뜨릴 경우, 나라 안의 일은 장소에게 묻고 나라 밖의 일은 주유에게 물어 그 해답을 찾을 수 있을 것이다."

"형님, 희망을 잃지 마십시오. 이렇게 떠나시면 안 됩니다……."

손권은 형의 곁을 지키며 안타까움에 눈물을 흘렸다. 며칠이 지나지 않아 손책이 26살의 나이로 숨을 거두었고, 강동의 모든 권세를 손권이 물려받았다. 그때 그의 나이 18살에 불과했다. 그래도 손권은 인재를 알아보는 눈이 있어 나랏일을 살피는 데 큰 도움을 받았다. 손책의 의형제이자 동서지간이기도 했던 주유를 비롯해 노숙(魯肅)과 제갈근(諸葛瑾) 등을 중용하여 자신의 경험 부족을 슬기롭게 보완했던 것이다. 그들은 손권에게 원소를 멀리하고 조조와 가깝게 지낼 것을 권했다.

"하북의 원소가 백만 대군을 거느리고 있다고는 하나 그릇이 크지 못한 인물입니다. 그가 허도의 권세를 넘보다가는 조조에게 큰 화를 입을 것이 틀림없습니다. 그러니 주공께서는 조조에게 유화책을 써서 원소부터 제거하는 편이 나을 것입니다."

손권은 모사들의 이야기에 진지하게 귀를 기울이며 고개를 끄덕였다.

그렇게 손책이 살아 있을 때는 전쟁도 불사할 듯했던 허도와 강동의 관계가 빠르게 좋아졌다. 조조는 자신에게 호의적으로 나오는 손권에게 화답하는 의미로 오랫동안 구금시켜놓았던 장굉을 돌려보냈다. 그와 같은 변화를 바탕으로 손권의 강동 지배는 빠르게 안정을 찾아갔다.

원소의 몰락과 유비의 기사회생

조조와 손건의 화해는 원소의 화를 돋우는 일이었다. 강동의 협력을 이끌어내기 어렵게 됐다고 판단한 원소가 단독으로 조조를 칠 마음을 먹었다. 그러자 심복들이 출병을 반대했다.

"아직은 때가 아닙니다, 주공. 섣불리 허도를 공격했다가는 낭패를 볼 것입니다."

모사 전풍이 충심으로 진언했다. 하지만 원소는 그 말을 듣기는커녕 다짜고짜 전풍을 옥에 가두게 했다. 더 이상 출병을 말릴 수 없다는 생각에 저수는 다른 의견을 내놓았다.

"주공, 조조를 치더라도 지공(遲攻)을 펼쳐야 합니다. 급히 서둘렀다가는 조조 군에게 역공을 당할 위험이 큽니다."

그러나 이번에도 원소는 저수의 간곡한 충언을 듣지 않고 옥에 가둬버렸다. 그도 그럴 것이 70만에 달하는 대군을 일으켜 허도를 공격할 생각이었으므로 단박에 적을 섬멸할 자신이 있었기 때문이다. 원소는 허도를 장악하고 돌아와서 전풍과 저수에게 큰 벌을 내리기로 마음먹었다. 그런 상황이 되자 더는 누구도 원소에게 쓴소리를 하지 못했다.

원소의 출병 소식을 들은 조조는 순욱에게 허도를 지키게 한 뒤, 직접 7만의 군사를 지휘해 전장으로 달려 나갔다. 비록 원소에 비해 군사의 수가 적었으나 모두 정예병이었으므로 사기만큼은 누구에게도 뒤지지 않았다. 그들은 얼마 후 관도(官渡)에서 대치하게 되었다.

조조는 진영을 갖추고 나서 부하 장수들과 전략 회의를 열었다.

"상대의 수가 우리보다 월등히 많다. 속전속결로 승부를 보아야 승산이 있을 것이다."

"그렇습니다, 주공. 적의 수가 많기는 하나 우리의 정예병에 비한다면 오합지졸이니 두려워할 이유가 없습니다."

조조의 말에 순유(荀攸)를 비롯한 모사들의 동감을 표했다.

곧 양쪽 진영에 전운이 감돌기 시작했다. 먼저 조조와 원소 사이에 신경전이 벌어졌다.

"원소야, 네가 나를 공격하는 것은 황제에게 반역의 칼을 들이미는 것이나 다름없다. 내가 이번 기회에 너의 무례를 벌해 천하의 법도를 바로세울 것이다!"

조조의 엄포에 원소도 전혀 물러서지 않았다.

"너는 동탁보다 더한 모리배인 것을 모르느냐? 내가 너의 목을 베어 도탄에 빠진 황실의 위엄을 되찾을 것이다!"

양쪽 진영에서는 본격적인 전투에 앞서 기선을 제압하기 위한 몇몇 장수들의 결투가 벌어졌다. 장요와 장합(張郃)이 맞붙었고, 허저와 고람(高覽)이 우열을 겨루었다. 그러다가 조조의 하후돈과 조홍이 병사들을 이끌고 상대의 본진으로 진격하자, 원소 쪽에서는 심배(審配)가 쇠뇌로 화살을 퍼부으며 반격했다. 이튿날 조조 쪽에서 흙산을 쌓아 방어 전술을 펼치면, 원소 쪽에서는 땅굴을 파고들어가 공격하다가 역습을 당하는 식으로 일진일퇴가 거듭되었다. 그렇게 조조와 원소의 전투는 한 달 남짓 계속되었다.

그런데 예상했던 것보다 전투가 길게 이어지는 바람에 조조 쪽에서 문제가 발생했다. 군량이 바닥을 드러내기 시작했던 것이다. 조조는 진지하게 후퇴를 고민해봤으나, 그랬다가는 원소에게 주도권을 완전히 빼앗길 것 같았다. 그래서 모사들과 책략을 토의한 끝에, 서황을 몰래 하북으로 보내 원소의 군량 보급 부대에 불을 질렀다. 그 결과 조조와 원소 모두 군량이 부족해 어려움을 겪게 되었다.

그러던 어느 날, 뜻밖의 사건이 벌어져 전세가 급격히 조조 쪽으로 기울게 되었다. 원소의 수하에 있던 모사 허유가 몇몇 부하들과 함께 조조의 진영으로 넘어왔던 것이다. 원소의 사정을 훤히 알고 있는 허유는 안성맞춤의 계략을 내놓았고, 그것을 따른 조조의 군사는 승전을 거듭하게 되었다.

그와 달리 원소는 시간이 흐를수록 부하 장수들의 신뢰를 점점 잃어갔다. 장합과 고람마저 적에게 항복해 스스로 조조의 수하에 들어가기를 청하더니, 급기야 원소의 진영을 공격하는 선봉에 서기까지 했다. 전황이 그렇다 보니 원소는 결국 허겁지겁 말머리를 돌려 하북으로 돌아갈 수밖에 없었다.

"으, 분하다! 이 치욕을 반드시 되갚아주마······."

원소는 패배의 아픔을 곱씹으며 전열을 정비했다. 그리고 장남 원담(袁譚), 차남 원희(袁熙), 삼남 원상(袁尚)과 더불어 조카 고간(高幹)까지 자신들의 군사를 이끌어 합류하도록 했다.

곧 조조 군과 다시 격돌한 하북의 병사들은 전투 초반에 확실한 승기를 잡았다. 병사들의 수가 많은데다 원소의 의지가 어느 때보다 굳건했기 때문이다. 하지만 쉽게 물러설 조조가 아니었다. 허도의 병사들은 황하 유역까지 밀리는가 싶더니, 그곳에서 배수진을 치고 원소 군과 맞섰다. 뒤쪽은 드넓은 강이라 더 이상 달아날 수도 없어 조조 군은 죽기를 각오하고 싸웠다. 게다가 모사 정욱의 책략에 따라 매복 작전을 펼쳐 원소 군에게 크나큰 피해를 입히기도 했다. 초반의 승기는 분명 원소가 잡았으나, 시간이 흐를수록 승전을 거듭하는 쪽은 조조 군이었다.

급기야 원소는 아들 삼형제의 호위를 받으며 줄행랑을 치는 신세가 되고 말았다. 그나마 얼마 달아나지도 못한 채 서황과 우금의 병사들을 만나 함께 퇴각하던 수많은 병사를 잃게 되었다. 여러 차례의 죽을 고비를 간신히 넘긴 뒤 창정(倉亭)에 다다랐을 때는 하후돈과 조홍의 공격에 일격을 당하기도 했다. 그렇게 정신없이 쫓기고 깨지다 보니, 어느새 원소의 군사는 그 수가 1만도 되지 않게 줄어들었다. 더구나 병사들의 사기까지 형편없어져 하북을 주름잡는 원소의 군사라고 하기에 민망할 지경이었다.

그런데 머지않아 그보다 더 충격적인 사건이 벌어졌다. 맨 앞에서 말을 달리던 원담이 문득 이상한 느낌이 들어 뒤를 돌아보니, 원소가 말안장에 엎드려 괴로워하고 있지 않은가. 원담이 자기 곁에서 말을 달리던 형제들을 바라보며 소리쳤다.

"아우들아, 아버님에게 변고가 생긴 듯하다. 말을 멈추어라!"

삼형제는 걱정스런 낯빛으로 곧장 원소에게 다가가 상태를 살폈다. 아니나 다를까, 원소의 입에서 피가 흘러나오고 있다.

"아버님, 이것이 대체 어찌 된 일입니까?"

원상이 두 손으로 원소의 얼굴을 감싸며 물었다.

"실은 근래 들어 몸이 좋지 않았다. 그런데다 조조에게 패퇴하는 바람에 기력이 급격히 쇠약해진 듯하구나······."

아무래도 그 상태로는 원소가 계속 말을 달리는 것이 불가능해 보였다. 비록 적에게 쫓기는 처지였지만, 삼형제는 그곳에 임시로 진을 치고 잠시 쉬어가기로 결정했다.

잠시 후, 천막 안에 몸을 누인 원소가 삼형제를 불렀다.

"내 몸이 이제 천수를 다 누린 듯하구나. 원담아, 원희야, 원상아, 너희들은 조조에게 당한 수모를 결코 잊지 말고 군사를 잘 단련시키도록 해라. 그리고 훗날 때가 되면 이 아비가 못 다 이룬 꿈을 꼭 실현하기 바란다."

아들들에게 유언을 전하며 원소의 호흡이 점점 거칠어졌다. 삼형제는 눈물을 훔치면서 아버지 원소의 마지막을 지켜보았다. 명문가의 후손이자 용장이었던 원소가 그렇게 생을 마감했던 것이다.

사실 원소는 후처 소생인 셋째아들 원상을 총애해 일찌감치 후계자로 내정하고 있었다. 그것을 잘 아는 원담과 원희는 하북으로 돌아온 뒤, 일단 자신들의 임지인 청주(靑州)와 유주로 가서 몸을 낮추었다. 하지만 얼마 후 결국 맏아들 원담이 원상과 골육상쟁을 벌이는데, 원담은 오직 권력을 차지하기 위해 아버지의 원수나 다름없는 조조와 연합을 맺는 일까지 벌이게 된다. 그러자 원상은 유주로 달아나 원희에게 몸을 맡기고, 그때서야 조조와 연합을 파기해 싸움을 벌인 원담은 조홍의 칼에 죽임을 당하고 만다. 그 뒤 생명의 위협을 느낀 원상과 원희 역시 요동(遼東)으로 가서 도움을 청하는데, 태수 공손강(公孫康)이 오히려 그들의 목을 베어 조조에게 갖다 바치는 어처구니없는 일이 벌어진다.

한편 조조는 원소의 군사를 물리치고 기주로 진격했다. 한번 기회를 잡은 김에 기주를 시작으로 하북을 아예 손에 넣으려는 생각이었다. 그때 곽가가 조조에게 진언했다.

"주공, 지금은 추수철입니다. 이런 시기에 군사를 이끌면 말발굽에 짓밟혀 논밭이 엉망이 되어버릴 것입니다. 그렇게 되면 백성들의 원망이 깊어질 터이니, 주공께서 하북을 다스리실 때 장애가 될 수 있습니다."

"음, 일리 있는 말이로구나."

조조는 곽가의 진언을 받아들여 허도로 군사를 돌리도록 했다. 어차피 하북의 맹주였던 원소의 재기가 불가능해진 마당에 굳이 서두를 필요가 없는 일이라고 판단했던 것이다.

그런데 허도로 돌아오는 길에, 순욱이 보낸 급보가 조조에게 전해졌다. 여남에서 자신을 따르던 유벽(劉辟)과 공도(龔都)의 도움을 받아 수만의 군사를 갖게 된 유비가 허도로 출병했다는 소식이었다. 조조는 오래 전부터 염려 했던 일이 현실이 됐다는 생각에 화가 머리끝까지 치밀었다.

"결국 이 자가 발톱을 드러내는구나. 내가 유비를 용서하지 않을 것이다!"

조조는 급히 유비의 동선을 파악해 부하들을 이끌었다. 그렇게 양쪽 군대가 양산(穰山) 근처에서 맞닥뜨렸다.

"그간 몇 번이나 너를 귀한 손님으로 여겨 극진히 대접했거늘, 그 은혜를 잊고 감히 나의 뒤통수를 치려 드느냐?"

먼저 조조가 큰 소리로 유비를 꾸짖었다.

"한때 내가 너를 승상이라 부르며 몸을 의탁했던 것은 사실이다. 하지만 가까이에서 살펴본 너의 모습은 역적이나 다름없더구나. 황실의 종친인 내가 황제 폐하를 대신해 너를 응징할 것이다!"

유비는 조조와 기 싸움을 벌이다가 품속에서 무언가를 꺼내 엄숙한 목소리로 읽어 내려갔다. 그것은 헌제가 동승에게 건넸던 혈서였다. '충신들이 힘을 모아 조정의 간신배들을 몰아내달라.'는 그 칙서의 내용을 듣고 조조의 낯빛이 붉게 달아올랐다.

"지난번에는 원소 때문에 유비를 없애지 못했으나, 이번에는 반드시 끝장을 보고 말 것이다. 누가 나가서 저 자의 목을 베고 큰 귀가 달린 머리통을 가져오겠느냐?"

조조의 말에 허저가 앞으로 나섰다.

"승상, 제가 놈을 죽이겠습니다!"

그러자 유비의 진영에서는 조운이 달려 나왔다. 둘은 치열하게 수십 합이나 맞서 싸웠지만 좀처럼 승부가 나지 않았다. 그때 관우가 병사들을 이끌고 나가 조조의 부하들과 본격적인 백병전을 펼치기 시작했다. 그뿐 아니라 장비도 재빨리 조조 진영의 다른 쪽을 공격했다. 그와 같은 전술은 유비의 책략이었는데, 오랜 시간 하북의 군사와 맞서 싸우느라 몸과 마음이 지친 조조의 병사들로서는 감당하기 어려운 공세였다.

"음, 제법이로구나. 일단 뒤로 물러나서 전열을 정비해야겠다."

조조는 자신의 병사들이 치명타를 입기 전에 작전상 후퇴를 명령했다. 그리고 보름가량 진지를 방어하며 섣부른 공격을 자제했다. 유비가 몇 차례 공세를 펼쳤으나 잔뜩 웅크리고 있는 상대를 섬멸하기는 쉽지 않았다. 그러던 어느 날, 유비에게 뜻밖의 보고가 올라왔다.

"주공, 여남에서 군량을 싣고 오던 공도가 매복해 있던 조조 군에게 포위당했다고 합니다."

그것은 조조의 책략이었다. 유비는 깜짝 놀라며 공도를 구하기 위해 급히 장비를 보냈다. 그런데 금세 또 다른 보고가 올라왔다.

"적장 하우돈이 우리의 뒤쪽으로 몰래 돌아가 여남을 공격하고 있다는 전갈입니다!"

그 또한 조조의 책략이었다. 눈앞의 적을 신경쓰느라 방심한 탓에 후방이 공략당할 위기에 처한 것이었다. 유비는 서둘러 관우를 여남으로 보냈다. 하지만 한나절도 지나지 않아 또다른 보고들이 잇달아 전해졌다.

"여남성이 하후돈에게 함락당했습니다! 성을 지키던 유벽은 몸을 피했고, 관우 장군도 적에게 포위되어 힘겨운 싸움을 벌이고 있다 합니다."

"공도를 구하러 간 장비 장군도 어려움에 처해 있다는 전갈입니다. 조조 군의 저항이 생각보다 훨씬 거세 군량을 지키기가 여의치 않다고 합니다."

갑자기 정신없이 쏟아지는 다급한 보고들에 유비는 당황했다. 그대로 진지를 지키고 있다가는 언제 조조 쪽에서 총공격을 감행할지 모를 일이었다. 유비는 밤이 되기를 기다려 조조 군이 눈치채지 못하게 발소리를 죽여 가며 진지를 빠져나왔다. 하지만 산모퉁이를 돌자마자 예상치 못한 상황에 맞닥뜨리고 말았다. 수많은 횃불들이 불타오르더니 누군가의 고함소리가 들려왔다.

"유비야, 어디로 도망가느냐? 그럴 줄 알고 우리가 길목을 지키고 있었다!"

어둠이 짙어 정확히 알 수는 없었지만, 그것은 조조의 목소리와 비슷했다. 유비가 어떻게 해야 할지 몰라 머뭇거리자,

그를 호위하던 조운이 말했다.

"걱정 마십시오, 주공. 제가 길을 열겠습니다."

조운은 곧장 창을 치켜들고 말을 달리며 앞을 막아선 적들을 양쪽으로 갈랐다. 유비도 쌍고검을 휘두르며 조운의 뒤를 따랐다. 하지만 그 모습을 본 조조의 장수들이 가만있지 않았다. 허저에 이어 우금과 이전이 조운에게 달려들어 협공을 펼쳤다.

"이곳은 제가 맡을 테니 주공께서는 어서 몸을 피하십시오."

유비는 조운의 말을 듣고 잠시 망설였지만 이내 혼자 숲속으로 몸을 감췄다. 그렇게 얼마나 달렸을까. 어느새 먼동이 틀 무렵, 눈앞에 한 무리의 군사가 나타났다. 유비가 얼른 커다란 바위에 몸을 숨기고 살펴보니, 다행히 그들은 모두 아군이었다. 여남성(汝南城)을 지키지 못한 유벽이 손건, 간옹과 함께 유비의 가족을 보호하며 양산으로 오는 중이었다. 그들은 뜻밖에 유비를 만나 자초지종을 듣고는 앞일을 걱정했다. 그런 염려는 괜한 것이 아니어서, 유비 일행은 얼마 가지 않아 장합과 고람의 병사들에게 포위당하고 말았다.

"아, 내 명이 여기서 다하는 것인가?"

좀처럼 출구가 보이지 않는 위기 상황에 유비는 크게 낙담했다. 그때 기적처럼, 어디선가 조운이 말을 달려 나타났다.

장합과 고람이 즉시 조운을 공격했으나 둘 다 상대가 되지 못했다. 고람은 단박에 창에 찔려 죽었고, 장합은 몇 번 겨뤄 보더니 줄행랑을 치기 바빴다. 그와 동시에 관우가 수백의 군사를 데리고 나타나 장합과 고람의 병사들을 무찔렀다. 하후돈과 맞서 싸우던 관우가 유비의 사정을 전해 듣고 관평, 주창과 함께 달려온 것이었다. 곧이어 공도를 구하러 갔던 장비도 가까스로 전장을 빠져나와 유비 일행에 합류했다. 하지만 모두 처음에 허도로 향했던 기세를 잃어버리고 잔뜩 상심한 모습이었다. 유비는 패잔병이나 다름없는 병사들을 이끌고 한강(漢江)까지 물러난 뒤 비로소 몸을 쉬기로 했다.

유비가 두 아우와 부하 장수들을 바라보며 한탄했다.

"너희들 모두 훌륭한 인재들인데 못난 나를 만나 고생이 많구나. 이제 내게는 손바닥만한 땅도 남지 않았으니 곁을 떠난다 한들 원망하지 않겠다. 하루빨리 나보다 능력 있는 주공을 섬겨 공명을 떨칠 기회를 갖도록 하라."

그러자 관우가 유비의 말을 가로막았다.

"무슨 말씀을 그리 서운하게 하십니까, 형님? 항우와 겨뤄 번번이 패하다가 마지막에 승리해 한나라 사백 년의 기반을 닦은 한고조의 일화를 형님도 잘 알고 계시지 않습니까? 무릇 병가지상사라 했거늘, 한두 번 전투에서 졌다고 큰 뜻을 버리는 것은 사내대장부로서 부끄러운 일입니다."

"나라고 왜 그것을 모르겠느냐? 다만 나 때문에 상심하는 너희들을 보기가 미안해서 그런 것이다."

다른 장수들도 유비를 위로하며 끝까지 운명을 같이하기로 맹세했다. 그때 손건이 고난의 시기를 견뎌낼 묘책에 대해 이야기했다.

"여기서 형주가 멀지 않습니다. 그곳의 유표 장군에게 잠시 몸을 의탁하는 것이 어떻겠는지요? 그 역시 황실의 후손인데다, 지금 강력한 군사를 거느리고 군량도 넉넉해 주공을 내치지 않을 것입니다."

그 말에 유비는 귀가 솔깃했다. 그는 곧장 손건을 유표에게 보내 자신과 부하들을 받아줄 수 있는지 의사를 타진했다.

"유공이 진정 내게로 오겠다는 것이오?"

유표가 손건에게 물었다.

"그렇습니다. 이번 기회에 유비 장군을 품으시면, 장차 명공(名公)이 허도에서 조조를 내쫓고 사직을 바로잡으실 때 큰 힘이 되어드릴 것입니다."

손건은 한껏 유표를 띄워주며 자신의 주공이 머물 곳을 찾기 위해 노력했다. 그러자 유표의 처남 채모(蔡瑁)가 유비는 한때 가까이 지냈던 여포와 조조, 원소를 모두 배신했다며 반대했다. 차라리 유비를 죽여 조조 편에 서는 것이 형주를 위해 도움이 될 것이라는 말까지 덧붙였다. 그럼에도 유표는 곰곰이 따져본 끝에 유비 일행을 받아들이기로 결정했다.

"다행히 하늘이 아직 나를 버리지 않았구나. 형주로 가서 몸을 추스르며 훗날을 기약하도록 하자."

형주에 갔던 손건이 돌아와 유표의 결심을 전하자 유비는 안도의 한숨을 내쉬었다.

그 소식은 곧 조조에게도 전해졌다. 원소와 유비를 잇달아 물리친 뒤 허도로 돌아와 있던 조조는 다시 군사를 일으켜 형주까지 치고 싶었다. 하지만 그때만 해도 원소의 아들들이 건재했기에 일단 그들을 짓밟아 후환을 남기지 않기로 마음먹었다. 그 무렵 운 좋게 원담과 원상의 골육상쟁이 벌어졌고, 조조는 권력에 눈이 멀어 먼저 자신에게 손을 내민 원담을 이용해 원소의 아들들을 하나둘 죽음으로 내몰았다. 앞서 설명했던 대로 부하 장수 조홍이 원담의 목을 벴고, 조조에게 잘 보이고 싶었던 요동 태수 공손강이 원상과 원희의 목을 갖다 바친 것이다.

그 후 조조는 원소의 부하들 중 일부는 죽이고, 일부는 설득해 자신의 편으로 만들었다. 끝내 전향을 거부했던 심배 등이 앞의 경우이고, 한때 자신을 비하하는 격문을 쓰기도 했던 진림은 그 재능을 높이 사 종사(從事)로 삼았다. 그렇게 원소의 흔적은 자취도 없이 사라져갔고, 조조는 더욱 굳건하게 권세를 누렸다.

삼고초려

유표에게 몸을 의탁한 유비는 신야현(新野縣)에서 지냈다. 그러던 어느 날 형주 땅에 반란이 일어나자 유비는 스스로 나서서 유표를 도왔다. 그때 조운이 적장을 죽이고 명마인 적로마(的盧馬)를 가져와 유비에게 바치기도 했다. 얼마 뒤에는 유비의 정실인 감부인(甘夫人)이 늦둥이 아들 유선(劉禪)을 낳아 유 씨 집안에 큰 기쁨을 안겼다. 그런대로 평온한 날이 이어지는 가운데, 유비는 자신의 군사를 재정비하는 시간을 가질 수 있었다.

하지만 채모는 그때까지도 유비를 탐탁지 않게 여겼다.

"저 자를 살려두면 언젠가 형주를 집어삼키려 들 것입니다. 지금이라도 내치셔야 합니다."

채모는 몇 번이나 유비를 조심하라며 유표에게 경고했다. 그럼에도 유표가 말을 듣지 않자, 그는 스스로 형주성(荊州

城)에 병사들을 매복시켜놓고 유비를 초대해 살해하려는 음모를 꾸미기까지 했다. 다행히 그것을 눈치챈 유비가 홀로 적로마를 타고 남장(南漳) 땅까지 달아나 참사는 일어나지 않았다. 그런데 그 날 유비는 그곳에서 수경선생(水鏡先生)이라고 불리는 사마휘(司馬徽)를 만나게 되었다.

"선생의 명성을 들은 적이 있습니다. 저에게 가르침을 주십시오."

유비는 사마휘에게 자신을 소개하며 몸을 낮췄다. 사마휘역시 많은 사람들이 따르는 유비를 보자마자 그가 누구라는 것을 단박에 알아차렸다.

"저도 공의 존함을 들어 알고 있습니다. 아직 곁에 뛰어난인재가 없어 천하를 얻지 못하신 분이지요."

"제가 말입니까? 제 곁에는 장수로 관우와 장비, 조운이 있고 문사(文士)로는 손건과 미축, 간옹 등이 있습니다. 한데 어찌 인재가 없다고 하시는지요?"

유비는 사마휘의 이야기가 선뜻 이해되지 않았다. 그의 물음에 사마휘가 말을 이었다.

"관우와 장비, 조운은 홀로 일만 명을 대적할 용장이 맞습니다. 그러나 효율적인 책략으로 그들을 이끌 사람이 보이지않지요. 아울러 손건과 미축, 간옹은 백면서생일 뿐 대업을이룰 큰 그릇으로 쓰기에는 부족함이 있는 인물들입니다."

"그렇다면 제게 어떤 인재가 필요하단 말씀입니까?"

일찍이 생각해보지 못했던 문제에 유비는 궁금증이 더했다. 사마휘의 입에서 두 사람의 이름이 언급되었다. "복룡(伏龍)과 봉추(鳳雛), 그들 중 한 사람만 곁에 두어도 천하를 얻는 데 큰 힘이 될 것입니다."

"그분들을 어디에 가면 만날 수 있습니까?"

그러나 사마휘는 결정적인 질문에 입을 닫고 빙그레 미소를 지을 뿐이었다. 유비는 당장 답을 얻는 것을 포기하고, 사마휘에게 자신과 함께 신야현으로 가서 군사(軍師)가 되어달라고 청했다. 그 부탁에 사마휘가 다시 말문을 열었다.

"유공께서는 곧 군사로 쓸 훌륭한 인물을 만나시게 될 것입니다."

그때 유비를 찾는 조운의 목소리가 들려왔다. 주공이 사라진 것을 알고 조운이 군사를 이끌어 수색에 나섰던 것이다. 유비는 사마휘에게 아쉬운 작별 인사를 전한 다음 신야현으로 돌아왔다. 그리고 며칠 뒤, 사마휘의 예언처럼 군사로 삼아도 손색이 없을 만큼 인품과 학식이 뛰어난 인물을 우연히 만나게 되었다. 그는 단복(單福)이라는 사람이었는데, 군사가 되어달라는 유비의 청을 흔쾌히 받아들였다.

한편 그 무렵, 원소의 그림자까지 지워내 홀가분해진 조조는 본격적으로 형주에 눈독을 들이기 시작했다. 조조는 우선 조인을 번성(樊城)에 보내 형주의 사정을 살폈다. 그로 인해 신야현에서 군사를 키우고 있는 유비의 소식이 허도에 전해졌다.

"유비, 이 자를 그냥 두어서는 안 된다. 당장 그의 본거지를 쳐부숴라!"

조조의 명을 받은 조인은 5천의 군사를 이끌고 신야현으로 쳐들어갔다. 하지만 너무 섣불리 공격을 감행했다가 단복의 작전에 말려 패퇴했다. 바싹 약이 오른 조인은 이전의 도움을 받아 2만5천의 군사와 함께 다시 신야현으로 향했다. 이번에는 조인이 무작정 공격을 퍼붓는 대신 웅장한 모습으로 진을 쳐서 상대의 기부터 꺾으려고 했다.

단복이 유비를 데리고 높은 곳으로 올라가 조인의 진영을 살펴보며 말했다.

"저것을 팔문금쇄진(八門金鎖陣)이라고 합니다. 자칫 양쪽 측면을 공격했다가는 반격을 받아 몰살당하기 십상이지요. 하지만 저런 형태는 중앙에 허점이 있습니다. 일단 남동쪽으로 쳐들어가서 진영의 한가운데를 휘저은 다음에 서쪽으로 빠져나오면 쉽게 허물어뜨릴 수 있는 구조입니다."

유비는 바로 조운을 불러 그 말대로 적을 치게 했다. 조운이 날랜 기병 단 500명으로 단복의 책략을 따랐을 뿐인데, 조인의 군사는 허둥지둥 혼란스러워하다가 번성으로 후퇴하고 말았다. 화가 머리끝까지 치민 조인이 평정심을 잃고 그 날 밤 유비의 진영을 급습했지만, 그 또한 단복이 미리 알고 있어 성공하지 못했다. 결국 조인은 유비에게 번성까지 빼앗기는 참패를 당한 뒤 허도로 달아났다.

"유비를 보좌하는 단복의 계략에 당하고 말았습니다. 저를 죽여주십시오, 승상!"

조인은 참담한 표정으로 조조 앞에 머리를 조아렸다.

"단복이란 자가 대체 누구냐?"

조조가 궁금해 하며 물었다. 그러자 정욱이 나서 그에 대해 설명했다.

"단복의 본래 이름은 서서(徐庶)입니다. 사마휘와 가까운 자인데, 어지간한 모사 열 명의 몫을 해내는 것으로 유명합니다."

그러면서 정욱은 서서의 어머니가 허도에 머물고 있으니 그 점을 이용하면 될 것이라고 말했다. 어머니를 구슬려 허도로 오라는 편지를 보내면, 효심 깊은 서서가 뿌리치지 못할 것이라는 얕은 꾀였다. 조조는 뛰어난 인재를 자기 수하로 들이고 싶은 욕심에 정욱의 말을 따랐다. 하지만 서서의 어머니는 수더분한 겉모습과 달리 범상치 않은 강단을 지닌 이였다. 조조가 편지를 쓰라고 명하는 자리에서 서서의 어머니는 벼루를 집어던지며 소리쳤다.

"역적 조조야! 네가 나의 아들까지 모리배로 만들 작정인 것이냐?"

조조는 당장이라도 그녀의 목을 베고 싶었으나 뒷일을 생각해 꾹 참았다. 그리고 어머니의 필체를 위조해 서서에게 편지를 보냈다. 아들 서서가 허도로 오지 않으면 어머니가 죽임을 당할지 모른다는 내용이었다. 그 편지를 받은 서서는 몇날 며칠 고민하다가 유비에게 작별을 고했다.

"저는 천하를 다스리는 것보다 어머니의 생명을 구하는 것이 더욱 중요하다고 믿습니다. 유공을 만나 큰 뜻을 이루려 했는데, 안타깝지만 훗날을 기약해야 될 듯합니다."

단복으로부터 사정을 전해들은 유비는 조조가 원망스러웠다. 다른 이유라면 몰라도, 어머니의 목숨을 구하러 떠나겠다는 것을 말릴 수는 없었다. 유비는 단복의 손을 맞잡으며 아쉬움의 눈물을 흘렸다. 그러자 단복이 뜻밖의 말을 꺼냈다.

"융중(隆中)이란 곳에서 은둔하는 선비가 있습니다. 자는 공명(孔明), 제갈량(諸葛亮)이라고 하는 인물로 저보다 훨씬 학식이 깊은 분이지요. 흔히 그를 와룡선생(臥龍先生)이라고도 일컫는데, 유공께서 품에 안을 수만 있다면 천하를 얻는 지름길이 될 것입니다."

"얼마 전에 수경선생이 하신 말씀과 연관이 있는 사람 같구려. 혹시 그가 복룡이나 봉추로 불리는 분이오?"

한동안 풀리지 않던 궁금증이 실마리를 찾는 듯해 유비의 눈이 반짝거렸다.

"네, 그가 복룡으로 불리는 제갈공명입니다. 봉추는 방통(龐統)을 일컫지요."

그렇게 유비에게 중요한 정보를 알려준 뒤 서서는 허도로 향했다. 유비는 여전히 서운한 마음이 커서 그의 뒷모습이 보이지 않을 때까지 쉽게 눈을 떼지 못했다.

하지만 허도로 돌아온 서서에게는 가혹한 운명이 기다리고 있었다. 그를 만난 어머니는 반가운 마음을 드러내는 대신 조조에게 속은 아들을 꾸짖었다. 서서가 자신의 어리석음을 자책하며 괴로워할 때, 어머니는 산으로 올라가 목을 매는 극단적인 선택을 하고 말았다. 서서의 어머니는 아들에게 걸림돌이 되지 않기 위해 스스로 죽음의 길에 들어섰던 것이다. 그 사실을 알게 된 서서는 통곡하며 장례를 치르고 나서 집 안에 틀어박혀 오랫동안 두문불출했다.

며칠 후, 유비는 두 아우와 몇몇 부하 장수들을 데리고 융중의 허름한 초가집으로 향했다. 그곳은 다름 아닌 공명의 거처였다. 유비는 아랫사람을 보내는 대신 말에서 내려 직접 초가집의 사립문으로 다가갔다. 마침 사립문 안쪽에서 그 모습을 본 동자가 물었다.

"누구십니까?"

"나는 신야현에 사는 유현덕이라 한다. 와룡선생을 만나 뵈러 왔느니라."

유비는 허드렛일을 하고 있던 어린 동자를 함부로 대하지 않았다. 동자 역시 유비의 사람 됨됨이를 알아보고 공손히 대답했다.

"선생님께서는 지금 출타 중이십니다."

"그렇구나. 그럼 언제 다시 오면 뵐 수 있겠느냐?"

"그것은 저도 잘 모릅니다. 하루 이틀 만에 오실 수도 있고, 가끔은 한두 달쯤 지나야 돌아오시기도 합니다."

동자의 말에 유비는 큰 실망감을 느꼈다. 유비의 말고삐를 쥐고 곁에 서 있던 관우가 말했다.

"형님, 그만 말에 오르십시오. 언제 올지도 모를 사람을 마냥 기다릴 순 없지 않습니까?"

장비도 얼굴을 찡그리며 신야현으로 돌아가자고 재촉했다. 그처럼 뭐 하나 특별한 것 없는 곳에 사는 촌부를 만나려는 유비가 이해되지 않았기 때문이다. 유비는 할 수 없이 아쉬운 마음을 뒤로 한 채 발걸음을 돌리며, 동자에게 며칠 후 다시 오겠다는 말을 남겼다.

그런데 유비가 신야현으로 돌아오고 나서 강추위가 몰려왔다. 밤낮없이 북풍이 휘몰아치며 눈발이 흩날렸던 것이다. 온 세상이 꽁꽁 얼어붙어 문 밖을 나서기조차 망설여질 정도였다. 그럼에도 유비는 다시 융중으로 떠날 채비를 했다.

"형님, 이렇게 추운 날씨에 거기를 꼭 가야 합니까? 괜히 허탕 치지 말고 사람을 먼저 보내보시지요."

장비가 차가운 바람에 몸을 움츠리며 투덜거렸다.

"셋째는 말을 삼가라. 귀인을 얻으려면 나의 진심부터 보여야 하지 않겠느냐?"

관우도 유비를 말리고 싶었지만 어쩔 수 없는 상황인 것을 알아 입을 다물었다. 그 대신 유비를 호위하기 위해 서둘러 짐을 꾸렸다. 장비 역시 두 형을 모른 척할 수 없어 길을 따라나섰다.

한참 만에 유비 삼형제는 허름한 초가집의 사립문 앞에 다다랐다. 워낙 날씨가 좋지 않아 평소보다 두 배나 더 시간이 걸렸던 것이다. 세 사람의 뺨이 매서운 북풍 탓에 새빨갛게 얼어붙고, 수염에는 하얀 눈꽃이 피었다. 그 모습만 봐도 융중으로 오는 길이 얼마나 고생스러웠는지 충분히 짐작할 수 있었다. 그런데 아무리 인기척을 내도 밖으로 나와 보는 사람이 없었다.

"쳇, 이번에는 동자 놈도 보이지 않는구먼."

여전히 못마땅한 표정의 장비가 혼잣말을 중얼거렸다.

"동자가 없는 것을 보니, 아마도 와룡선생을 모시고 볼일을 보러 간 것이 아니겠느냐? 금방 돌아오실지 모르니 기다려보도록 하자."

유비는 아우들을 다독인 뒤, 말에 올라탄 채 사립문 앞에서 제갈량을 기다렸다. 북풍의 강도는 점점 더 거세져 얼굴을 들고 있기도 어려웠다. 마치 채찍으로 얼어붙은 몸을 내려치는 듯 날카로운 통증이 느껴지기도 했다. 그럼에도 유비는 꼼짝하지 않았다. 그대로 얼음이 되어버린 것은 아닐까 오해받을 만큼 미동조차 하지 않았던 것이다. 그렇게 시간이 좀 더 흐르자, 더 이상 참지 못한 장비가 다시 불만을 털어놓았다.

"그만 돌아갑시다, 형님! 이 자가 학식이 변변치 않다 보니 일부러 형님을 피하는 것이 틀림없소. 관우 형님도 나와 같은 생각 아니요?"

장비의 말에 관우도 조심스럽게 유비를 설득했다.

"형님, 이곳에 계속 머무시다가는 건강을 해치실까 걱정입니다. 오늘은 신야현으로 돌아갔다가 다음에 다시 와보는 편이 나을 것입니다."

그러나 유비는 아무런 대꾸를 하지 않았다. 그저 사립문 안쪽에 제갈량이 기거하는 방을 바라보며 입술을 굳게 다물고 있을 뿐이었다. 그 사이 짧은 겨울해가 빠르게 저물어 주변이 어둑해졌다. 그제야 유비도 더는 아우들의 청을 거절할 수 없었다.

"오늘 와룡선생을 만나기는 어려울 듯하구나. 아직 나의 정

266

성이 부족하여 하늘의 연이 닿지 않는 것일 테니 훗날을 기약해야겠다."

그러면서 유비는 마지못해 말머리를 돌렸다. 어느새 눈발이 굵어져 온 산천이 하얗게 변해 있었다. 삼형제를 태운 말들의 발굽이 수북이 쌓인 눈 속에 푹푹 잠겼다. 제갈량을 만나지 못하고 돌아가는 유비의 뒷모습이 유난히 쓸쓸해 보였다.

그로부터 얼마 후, 유난히 추웠던 겨울이 지나고 새봄이 찾아왔다. 삭막하기 짝이 없던 산과 들에 새싹이 돋아 하루가 다르게 푸르러졌다. 유비는 겨우내 마음속에 담아 두었던 일을 다시 하기로 결심했다. 그것은 말하나 마나 제갈량을 만나러 가는 것이었다.

"아우들아, 나는 와룡선생을 뵈러 융중에 갈 것이다. 너희도 함께 가겠느냐?"

그 말에 평소 입이 무거운 관우가 반대하고 나섰다.

"형님께서는 이미 두 번이나 그를 만나러 융중에 가셨습니다. 그가 정녕 인품과 학식이 뛰어난 선비라면, 마땅히 스스로 형님을 찾아와 인사를 올려야 할 것입니다. 저는 형님이 그곳에 가시지 않으면 좋겠습니다."

그러자 장비도 거들고 나섰다.

"관우 형님 말씀이 옳아요. 그래도 큰형님께서 그를 꼭 만나러 가시겠다면, 차라리 제가 혼자 융중으로 가서 그 자를 밧줄로 꽁꽁 묶어 데려오겠습니다."

"거참, 셋째의 말이 지나치구나. 귀인을 품에 안으려면 정성을 보여야지 힘으로 마음을 살 수 있겠느냐?"

유비는 장비의 생각이 못마땅했다. 그래서 여느 때와 달리 엄한 표정으로 장비를 꾸짖었다. 관우와 장비는 결코 유비의 발걸음을 막을 수 없다는 사실을 깨달아 함께 길을 떠날 채비를 시작했다. 비록 유비의 깊은 뜻을 헤아리기는 어려웠지만, 생사를 같이하기로 다짐한 의형제였기에 큰형 혼자 먼 길을 가도록 내버려둘 수는 없었다.

얼마 후, 세 사람은 또다시 허름한 초가집의 사립문 앞에 걸음을 멈추었다. 장비가 인기척을 내자 전에 보았던 동자가 마당을 가로질러 다가왔다.

"선생님께서는 지금 낮잠을 주무시고 계십니다."

"그래? 그럼 여기서 조용히 기다리고 있으마."

유비는 제갈량이 낮잠을 자는 데 방해가 될까봐 목소리를 낮추었다. 그리고는 사립문 밖에 아우들을 남겨둔 채 발소리를 죽이며 마당에 들어서서 공손한 자세로 시간이 흐르기를 기다렸다. 그런 정성을 아는지 모르는지 제갈량은 좀처럼 잠에서 깨어나지 않았다.

"아이고, 도저히 못 참겠네! 내가 당장 방으로 달려 들어가서 저 자의 목을 비틀어 잠을 깨워야겠소. 우리 큰형님이 저런 수모를 당하게 하다니, 얼마나 잘난 낯짝인지 나도 한번 봐야겠단 말이오!"

사립문 밖에서 하염없이 기다리던 장비가 벌컥 화를 내며 안으로 달려들려고 했다. 관우가 재빨리 막아서지 않았더라면 큰 사달이 날 상황이었다. 그러고 나서도 제법 시간이 흐른 뒤에야 제갈량은 잠에서 깨어나 동자를 찾았다.

"내가 잠든 사이에 손님이 오시지 않았느냐?"

"네, 선생님. 유현덕이란 분이 뵙기를 청하며 오랫동안 기다리셨습니다."

"허허, 그럼 나를 깨웠어야지. 옷매무새를 가다듬고 나갈 테니 조금만 더 기다리시라고 정중히 양해를 구해라."

그렇게 잠시 뒤, 유비는 세 번이나 융중을 방문한 끝에 마침내 제갈량을 만나게 되었다. 두 사람은 누가 먼저라고 할 것도 없이 공손히 허리를 숙여 서로에게 예를 올렸다. 가까이에서 보니, 제갈량은 키가 8척에 이르는데다 하얀 얼굴이 관옥(冠玉) 같고 머리에 건을 써서 고매한 선비의 풍모를 갖추고 있었다. 또한 학창의(鶴氅衣)를 입고 있어서인지, 어떻게 보면 신선처럼 신비한 분위기를 내비치기도 했다.

유비가 먼저 말문을 열었다.

"저는 천하의 어지러움을 바로잡고 싶으나 재주가 미약하

여 허송세월을 보내고 있습니다. 선생께서 이 유비에게 가르
침을 주십시오."

제갈량이 부드럽게 미소를 지으며 말을 받았다.

"오래 전부터 저는 유황숙의 넓은 학식과 너그러운 인품에
대해 들어왔습니다. 아울러 누구보다 이 나라의 어지러움을
안타까워하시는 것도 잘 알고 있지요. 하지만 촌부나 다름없
는 제가 무슨 도움을 드릴 수 있겠는지요."

제갈량은 겸손한 자세로 유비의 청을 선뜻 받아들이지 않
았다. 그러자 유비가 다시 한 번 머리를 숙이며 간곡히 부탁
했다.

"만약 선생께서 궁벽한 시골에 파묻혀 도탄에 빠진 백성들
을 모른 척하신다면 남다른 재주를 내리신 하늘의 뜻을 거역
하는 것입니다. 부디 미욱한 이 유비를 도와 천하의 질서를
바로잡아 주십시오."

얼마나 간절한 마음이었는지, 유비의 눈에는 눈물이 고였
다. 유비는 거듭 황실을 기만하는 역적들에 대해 이야기하며
울분을 토했고, 한나라의 어두운 앞날을 진심으로 걱정했다.
그것을 본 제갈량도 더는 야박하게 손사래를 치지 못했다.

"유황숙의 바람이 정 그러시다면 어쩔 수 없지요. 어떠한
경우에도 저를 내치지 않으시겠다면, 유황숙을 주공으로 섬
기겠습니다."

"이것이 꿈입니까, 생시입니까? 고맙습니다, 선생. 제가 죽는 날까지 곁에 있어주십시오."

제갈량의 말에 유비는 천하를 얻은 듯 기뻤다. 유비는 사립문 밖에 있던 아우들을 불러들여 제갈량에게 인사를 올리도록 했다. 관우와 장비도 몇 마디 이야기를 나누고 나서는 제갈량이 보통 인물이 아니라는 것을 충분히 헤아릴 수 있었다. 삼형제는 제갈량을 공명이라고 부르며 동지의 인연을 굳게 다짐했다. 이때가 서기 207년으로 유비의 나이 49살이었고, 제갈량은 27살이었다. 유비가 제갈량을 품에 안기 위해 삼고초려(三顧草廬)를 했을 만큼, 천하의 대업을 도모하는 데 나이로 위세를 부리는 것은 영웅호걸이 가질 자세가 아니었다.

그런 우여곡절 끝에 신야현으로 온 제갈량은 유비의 세력이 아직 변변치 않은 것을 확인하고 책략을 내놓기 위해 자리를 마련했다. 그는 우선 유비에게 주변 정세에 대한 자신의 생각을 전했다.

"지금 조조의 힘은 누구도 대적하기 어려우니 충돌을 피해야 합니다. 조조와 유화적인 강동의 손권과도 일단 좋은 관계를 유지하시는 편이 나을 것입니다. 주공께서 먼저 관심을 기울여야 할 곳은 형주입니다. 유표의 나이가 많아 곧 죽음을 맞을 것으로 보이니 만반의 준비를 하고 있다가 반드시 형주를 차지하셔야 합니다. 그 다음에 익주(益州)까지 영토를 넓히시면 새로운 나라를 건국할 기반이 될 것입니다. 그러면 드 넓은 중국 땅이 북쪽에는 조조, 남쪽에는 손권, 서쪽에는 유 황숙의 세력으로 나뉘게 되는 것이지요. 그 후 시간이 좀 더 지나면 마침내 주공께서 천하를 통일할 기운을 얻게 되시리 라 믿습니다."

"공명의 말씀이 옳습니다. 명심하지요."

유비는 제갈량의 충언에 고개를 끄덕였다. 곁에 있던 관우 와 장비도 제갈량의 혜안에 감탄했다. 더구나 유비가 천하를 통일할 기운을 얻게 된다는 예언은 삼형제에게 큰 힘이 되는 말이었다.

제갈량이 본격적으로 당장의 책략을 이야기했다.

"제가 이곳의 형편을 살펴보니 군사의 수가 아직 수천에 불 과하더군요. 군량도 넉넉지 않고요. 형주가 원래 인구가 적 어 병사들을 구하기 쉽지 않은 것으로 알고 있습니다. 그러니 주공께서 유표에게 호적부를 정리하라고 권하십시오. 제대로 호적부에 이름을 올리지 않은 백성들만 가려내도 유사시 병 력으로 동원하는 데 도움이 될 것입니다. 또한 부족한 군량은 저와 친분이 깊은 남양의 부호 민 씨에게 연통해 금 일천 관 을 꾸어 마련해보겠습니다. 그 역시 주공의 앞날을 낙관하는 터라 기꺼이 저의 부탁을 들어줄 것입니다."

그야말로 제갈량은 최고의 책사(策士)였다. 유비는 그의 비범함에 탄복하며 가슴이 벅차오르는 감정을 느꼈다. 유비는 제갈량의 책략대로 유표에게 청하여 호적부를 정리하게 했다. 그로 인해 신야현의 병사 수를 크게 늘릴 수 있었고, 제갈량이 따로 3천 명의 농민군까지 조직해 군사력을 키웠다. 제갈량은 병법과 더불어 군사 훈련에도 능해 병사들의 무예 솜씨가 일취월장했다.

제갈공명의 눈부신 활약

제갈량에 대한 유비의 믿음은 점점 강해졌다. 삼고초려 때 그랬듯이, 스무 살이 넘는 나이 차이에도 유비는 제갈량을 대할 때마다 항상 정중했다. 관우와 장비가 보기에는 지나친 면이 없지 않았으나 의형제로서 맏형의 판단을 존중할 수밖에 없었다.

그러던 어느 날, 조조가 하후돈에게 10만의 군사를 내주어 신야현을 공격하게 했다. 그곳에서 유비가 세력을 키운다는 소식이 들려왔기 때문이다. 뜻밖의 사태에 맞닥뜨린 유비가 부하 장수들과 함께 제갈량 주변에 모여 앉아 대책을 논의했다. 본격적으로 책략을 이야기하기 전에, 제갈량이 엄숙한 표정으로 유비에게 말했다.

"주공, 저는 아직 나이가 젊고 이렇다 할 공을 세운 것도 없습니다. 막상 전투가 벌어지면 장수들이 저의 지시를 따르지 않을까 염려됩니다."

"그럼 어떻게 해야 되겠습니까?"

유비가 무슨 말이든 주저 없이 해보라고 덧붙였다. 주공의 아량에 제갈량이 자신의 뜻을 솔직히 이야기했다.

"제게 주공의 관인과 칼을 내주십시오. 관인은 제가 내리는 명이 주공의 명과 같다는 사실을 증명하는 것이고, 칼은 그 명을 거역하는 장수를 벌할 때 쓰일 것입니다."

만약 제갈량에 대한 믿음이 부족했다면 유비는 그 청을 들어주지 않았을 것이다. 하지만 의형제만큼이나 신뢰하는 책사였기에 흔쾌히 제갈량의 요구를 들어주었다. 이제 어떤 장수라도 제갈량의 책략을 가볍게 여겨 따르지 않을 수가 없었다.

그제야 제갈량은 장수들을 둘러보며 하후돈의 공격을 막아낼 책략을 이야기했다.

"신야현 부근인 박망파(博望坡)의 왼편에는 산이 있고 오른편에는 숲이 있어 매복하기 안성맞춤입니다. 관운장은 군사 일천을 이끌어 왼편 산에 숨어 있다가 하후돈의 본대를 그냥 보낸 다음, 남쪽에서 불길이 치솟으면 즉시 후방의 물자 이송 부대를 기습하여 군량을 불태우십시오. 장비 장군도 오른편 숲에 숨어 있다가 관운장의 기습을 신호로 공격에 가세하면 됩니다."

제갈량의 책략은 거침없이 이어졌다. 그의 눈길이 조운과 관우의 양자 관평에게 향했다.

"조운 장군은 선봉장으로 나가 적과 맞붙어 싸우다가 일부러 못 이기는 척 뒷걸음을 쳐 박망성(博望城)으로 유인하십시오. 그리고 관평은 오백 명의 군사를 데리고 박망성 근처에 숨어 있다가 적이 오면 불을 질러 공격이 시작되는 것을 알려라."

그리고 마지막으로 유비에게도 당부의 말이 전해졌다.

"주공께서는 박망파 기슭에서 기다리다가 적이 오면 진지를 버리고 도망치십시오. 그러다가 불길이 치솟으면 바로 말머리를 돌려 공격을 시작하시면 됩니다. 저는 미축 등과 성을 지키겠습니다."

박망파에서 조조 군과 맞서는 전투는 제갈량이 유비의 수하에 들어와 처음으로 참여하는 싸움이었다. 얼마 지나지 않아 하후돈이 이끄는 정예 기병이 먼저 박망파에 이르렀다. 나머지 군사는 군량을 실은 수레를 호위하며 천천히 따라오고 있었다. 하후돈을 발견한 조운이 용감히 달려 나가 몇 차례 싸우는 듯싶더니 제갈량의 책략대로 뒷걸음질을 쳤다. 곧이어 진을 치고 있던 유비도 하후돈의 기세에 눌린 듯 후퇴하기 시작했다. 하후돈이 자신의 병사들을 독려했다.

"오늘 안에 박망성을 함락시키고 신야현을 점령하자! 그때까지 우리에게는 전진만 있을 뿐이다!"

그런데 유비와 조운의 뒤를 쫓을수록 길이 점점 좁아지더니 양쪽에 갈대밭이 나타났다. 하후돈이 뭔가 수상한 낌새를 느꼈을 때는 이미 돌이킬 수 없는 사태가 벌어지고 말았다. 관평이 지휘하는 병사들의 함성이 들리더니 불길이 치솟은 것이다. 거센 바람 탓에 순식간에 사방이 불바다로 변했다. 그와 동시에 달아나던 유비와 조운이 말머리를 돌려 하후돈의 군사를 공격했다. 또한 군량을 실은 수레를 호위하며 뒤따라오던 병사들도 매복해 있던 관우와 장비의 공격을 받아 죽음을 면치 못했다. 하후돈은 겨우 목숨을 건져 도망쳤지만 부하들은 불길 속에서 몰살을 당한 것이다. 제갈량이 박망성 위에서 그 광경을 지켜보며 의미심장한 미소를 지었다.

얼마 후 불길이 잦아들자, 장비가 관우의 얼굴을 바라보며 말했다.

"공명이란 자의 책략이 놀랍구려. 형님께서 삼고초려를 하신 데는 그만한 이유가 있었소."

관우도 직접 전투를 벌여보고 나서야 제갈량의 뛰어난 재능을 실감했다. 그 날 이후 제갈량을 대하는 두 사람의 태도가 이전과 무척 달라졌다. 그런데 제갈량은 승리에 도취되지 않았다. 오히려 그는 더욱 물 샐 틈 없는 경계를 해야 된다고 유비에게 진언했다.

"머지않아 하후돈의 패퇴에 격분한 조조가 대군을 이끌고 공격해올 것입니다."

그와 같은 제갈량의 예상은 곧 현실이 되었다. 조조가 형주는 물론이고 강동까지 치기 위해 50만 대군을 일으킨 것이다. 그런데 그 무렵 유표의 노환이 심각해졌다. 유표는 병문안을 온 유비에게 형주를 맡아달라고 당부했다. 그동안 유표는 신야현에서 생활하는 유비를 지켜보며 자신이 세상을 떠난 후 형주의 백성들을 맡아줄 만한 적임자라고 생각했다. 유비 입장에서는 아무런 출혈 없이 형주를 손에 넣을 수 있는 천운이 따른 것이다. 그럼에도 유비는 섣불리 욕심을 부리지 않았다.

"자사님께는 총명한 맏아들 유기(劉琦)가 있지 않습니까? 제가 그를 돕겠습니다."

하지만 유비의 선의는 빛을 보지 못했다. 유비가 신야현으로 돌아가고 강하(江夏)에 있던 유기가 형주로 오기 전에 유표가 숨을 거두자, 그 틈을 놓치지 않은 채모가 부인과 짜고 자신들의 차남인 유종(劉琮)을 후계자로 만들었다. 유비와 맏아들에게 형주의 통치를 맡긴다는 유표의 유언장을 위조했던 것이다. 게다가 그들은 조조 군과 싸움을 벌이기도 전에 유종을 앞세워 항복하기로 결정했다. 그들이 생각하기에는 조조보다 유비가 두려웠고, 형주 양양(襄陽)의 9개 군을 바치면 조조가 유종을 잘 대우해줄 것이라고 믿었기 때문이다.

그런데 유종의 항복에도 불구하고 조조는 진군을 멈추지 않았다. 유비가 자기 앞에 무릎을 꿇겠다는 소식은 들려오지 않아 신야현을 초토화시키기로 마음먹었던 것이다. 조조 군이 박망파로 온다는 보고를 받고 유비가 제갈량에게 대책을 물었다. 제갈량은 신야성 일대가 세력을 넓히기에는 비좁은 지역이라고 말하며, 이번 기회에 백성들을 번성으로 피난시키자고 진언했다. 그리고 장수들을 불러 모아 책략을 이야기했다.

"곧 백성들이 이곳을 떠나면 신야성을 텅 비워둘 것입니다. 조운 장군은 성문 세 곳에 군사를 오백씩 매복시키고 근처 지붕에 마른 풀을 쌓아둔 뒤, 조조 군이 들어와 쉬려고 하면 불화살을 날려 불을 일으키십시오. 다만 성문 중 동문은 비워두어 그곳으로 적이 달아나게 유도해야 됩니다. 동문 근처에는 그들에게 일격을 가할 일천오백의 군사를 미리 매복시켜두십시오. 관운장은 백하(白河) 상류로 군사 일천을 데려가 포대에 흙과 모래를 담아서 강물을 막은 다음 그곳에 매복하십시오. 다음날 강 하류 쪽에서 병사들의 소리가 크게 들리면 쌓아두었던 포대를 한꺼번에 허물어 물길을 트면 됩니다. 장비 장군은 군사 일천과 박릉(博陵) 나루터에 숨어 있다가 백하 상류에서 쏟아지는 물살을 피해 적이 나타나면 공격하십시오. 박릉 나루터는 물살이 약해 반드시 그곳으로 적이 올 것입니다."

제갈량의 작전 지시를 받은 장수들은 고개를 끄덕이며 서둘러 각자의 자리로 향했다.

얼마 뒤, 조조 군이 박망파에 다다랐다. 허저가 기병 3천을 이끌어 선두에 섰으며, 조인과 조홍이 10만의 군사로 뒤를 따랐다. 그런데 웬 일인지 유비 쪽에서 이렇다 할 공격을 해오지 않았다. 미축의 아우 미방(糜芳)과 유비의 수양아들 유봉(劉封)이 수천의 군사로 푸른 깃발과 붉은 깃발을 뒤섞어 흔들며 정신을 어지럽게 만든 것이 전부였다. 그것은 상대에게 자신의 세를 실제보다 커 보이게 해 혼란을 키우려는 전략이었다.

"유비에게 신출귀몰한 책사가 있다더니 별 것 아니구나. 저렇게 한다고 우리가 지레 겁을 먹을 줄 알았단 말이냐?"

허저는 제갈량의 속임수에 자신이 넘어가지 않았다고 생각하며 자신만만한 표정을 지었다. 하지만 지나친 자심감은 독이나 다름없었다. 허저와 조인, 조홍은 그대로 신야성까지 진격해 아예 유비의 본거지를 짓밟기로 작정했다.

그런데 신야성은 텅 비어 있었다. 병사들의 공격이 없는 것은 물론이고 백성들의 그림자도 보이지 않았다.

"이 자들이 우리를 피해 모두 달아났나보군. 일단 병사들이 여기서 식사를 하며 좀 쉬도록 하라. 그 다음에 도망가는 적들을 쫓을 것이다."

오랜 시간 행군하느라 지친 병사들은 허저의 명에 너나없이 무기를 던져두고 그 자리에 털썩 주저앉았다. 워낙 배가 고팠던 터라 군량이 지급되자 씹는 둥 마는 둥 허겁지겁 집어삼키기에 바빴다.

바로 그때, 조운의 공격이 시작되었다. 어디 숨어 있었는지 수백의 병사들이 일제히 나타나 불화살을 쏘는 바람에 성 안이 금방 불바다로 변했다. 그들이 달아날 곳은 동문뿐이었으나, 그곳에도 군사가 매복하고 있어 조조 군은 꼼짝없이 죽임을 당했다. 어느새 깃발을 흔들며 정신을 사납게 했던 미방과 유봉의 군사까지 가세해 피해가 더욱 커졌다.

새벽녘이 되어서야 가까스로 성을 빠져나온 허저와 조인, 조홍의 군사는 백하로 향했다. 허저가 뒤를 돌아보니 10만이 넘던 군사가 눈에 띄게 줄어 있었다. 다행히 백하의 수심이 얕아 심한 갈증을 느낀 병사들이 강물로 뛰어들어 물을 들이켰다. 그렇게 수만의 군사가 아우성을 치다 보니 상류까지 그 소란이 전해졌고, 관우의 공격이 시작되었다. 강물을 막아두었던 포대를 치우자 거센 물살이 한꺼번에 하류로 쏟아져 내린 것이다. 그와 같은 기발한 수공으로 화공에 시달리다가 간신히 목숨을 건진 조조 군이 또다시 엄청난 피해를 입게 되었다. 그나마 일부가 몸을 피해 물살이 약한 박릉 나루터로 달아났지만, 그곳에는 장비가 기다리고 있었다. 장비의 장팔사모가 춤을 출 적마다 수많은 조조 군의 목이 베어졌다. 허저와 조인, 조홍은 도저히 어떻게 할 방법을 찾지 못해 허둥지둥 꽁무니를 빼기 바빴다.

그 사이 유비와 제갈량은 백성들과 함께 번성에 안착했다. 그와 비슷한 시각에 허저를 비롯해 조인과 조홍의 패전 소식이 조조에게 전해졌다.

"음, 분하구나……. 유비를 결코 살려두지 않겠다. 나머지 군사를 여덟 갈래로 나누어 번성을 총공격하라!"

조조는 무척 자존심이 상해 낯빛이 붉어졌다.

제갈량이 조조의 진군 소식을 듣고 유비에게 말했다.

"조조가 이렇게 빨리 반격할 것이라고는 생각하지 못했습니다. 아마도 매우 흥분한 듯하군요. 우선 관운장을 강하의 유기 태수에게 보내 도움을 청하십시오. 그리고 적의 대군을 막아내려면 번성보다 양양으로 가서 진을 치는 편이 낫습니다."

그때까지 유비와 제갈량은 유종이 조조에게 항복한 것을 몰랐다. 유비가 다시 길을 나서자, 이번에도 수많은 백성들이 그의 뒤를 따랐다. 그것을 본 여러 장수들이 백성들은 번성에 남겨두라고 했으나 유비가 받아들이지 않았다.

"백성들이 스스로 살 길을 찾아 떠나는 것을, 내가 어떻게 막을 수 있겠느냐? 더구나 미욱한 나에게 의지하겠다는데 그 마음만으로도 고마울 따름이다."

그렇게 유비는 자신을 따르는 수만의 군사와 백성들을 데리고 양양으로 향했다. 노약자가 있고 작은 수레들까지 끄느라 그들의 발걸음은 하루에 10리를 가기도 힘들었다. 갖은 고생 끝에 양양에 다다랐을 때는 황당한 사건까지 기다리고 있었다. 유종이 성문을 열어주기는커녕 성루에서 화살을 쏟아부으며 유비 일행을 쫓으려고 했던 것이다. 장비가 화를 내며 유비에게 말했다.

"형님, 저 자들이 일찌감치 조조 편에 선 듯합니다. 우리도 공세를 펼쳐 아예 성을 빼앗아버립시다."

"안 된다, 장비야. 지금 전투를 벌였다가는 우리를 따르는 백성들이 다치게 된다."

결국 유비는 양양에 들어서는 것을 포기하고, 제갈량의 조언에 따라 강릉(江陵)을 향해 발걸음을 돌리기로 했다. 강릉은 형주에서 손꼽히는 요새로 군량도 넉넉한 지역이었다. 그런데 유기에게 보낸 관우가 때가 돼도 돌아오지 않자, 제갈량이 직접 강하에 가보겠다며 길을 떠났다. 자신의 책략 때문에 관우가 어려움에 처한 것은 아닐까 걱정이 되었던 것이다.

얼마 뒤, 조조는 군사를 이끌고 번성에 무혈 입성했다. 그에게 유비가 양양에 진을 치지 못하고 강릉으로 향했다는 소식이 전해졌다.

"유비는 지금 백성들을 데려가느라 발걸음이 빠르지 못할 것이다. 기병 오천을 보내 그들을 쫓도록 하라!"

그 명령을 받아 선봉에 선 장수는 문빙(文聘)이었다. 그는 원래 유표의 수하에 있었는데, 유종이 항복하자 조조에게 충성을 맹세한 인물이었다.

문빙이 떠난 뒤, 조조는 따로 심복을 불러 귓속말을 나누었다. 자신에게 항복한 유종을 청주 자사로 임명해 양양을 떠나게 하라는 것이었다. 그러면 조정의 요직을 바라고 양양을 넘긴 유종이 크게 실망할 것이라며, 마지못해 청주로 가게 될 그를 한적한 곳에서 죽이라는 계략이었다. 조조는 유종이 부모와 짜고 형주의 권세를 찬탈했다는 사실을 전해 듣고 있었다. 게다가 자기한테 항복하여 사사로운 잇속을 챙기려 든다는 것도 일찌감치 눈치챘다. 조조는 그와 같이 졸렬한 인물을 곁에 두었다가는 언제 자기한테 해를 입힐지 모른다는 판단을 했던 것이다.

한편 유비는 당양현(當陽縣) 경산(景山)에 이르러 하룻밤 여장을 풀었다. 그런데 희붐히 날이 밝아올 무렵 벼락같은 함성이 들리더니 조조 군이 들이닥쳤다. 그때 정예병 2천을 데리고 있던 유비는 재빨리 방어 태세를 취해 적에 맞섰다. 무엇보다 백성들에게 피해가 가지 않도록 하기 위해 죽기 살기로 싸웠는데, 시간이 흐를수록 점점 수세에 몰리게 되었다. 그러던 중 다행히 후방을 경계하며 뒤따르던 장비가 병사들을 이끌고 달려와 가까스로 위기를 벗어났다. 잠시 뒤 날이 완전히 밝자 유비가 걸음을 멈추고 조운을 찾았다.

"조 장군, 어디 있소?"

그런데 어디에서도 조운의 모습이 보이지 않았다. 그때 미방이 다가와 조심스럽게 말문을 열었다.

"아까 경산에서 조운 장군이 조조의 진영 쪽으로 말을 달려가는 것을 보았습니다."

"뭐라고! 혹시 조조의 꾐에 빠져 형님을 배신한 것인가?"

장비가 미방의 말을 듣고 경거망동하자 유비가 꾸짖었다.

"그런 말 함부로 하지 마라. 자룡은 부귀를 쫓는 가벼운 사람이 아니다"

유비는 무슨 사정이 있어 조운이 사라진 것이라고 철석같이 믿었다. 그래서 조운에게 어떤 일이 벌어졌을까 걱정하며, 장비에게 20명의 날랜 기병을 내주어 장판교(長坂橋)에 나가 보도록 했다. 그것은 혹시 있을지 모를 조조 군의 추격을 막는 효과도 있었다. 장판교에 다다른 장비는 일부러 흙먼지를 피워 올려 대군이 진을 치고 있는 것처럼 위장했다.

그 시각 조운은 유비의 정실인 감부인과 아들 유선, 후실인 미부인(麋夫人)을 구하기 위해 사방으로 헤매 다니고 있었다. 새벽녘에 조조가 보낸 군사와 정신없이 싸우다 보니 유비의 가족이 어디론가 사라져 보이지 않았던 것이다. 조운이 경산을 지나 번성 근처까지 샅샅이 뒤져보았지만 그들의 모습은 좀처럼 눈에 띄지 않았다. 그 사이 미처 유비의 뒤를 따르지 못한 백성들이 조조 군의 칼에 베어 피투성이가 된 채 쓰러져 있는 처참한 광경만 목격했을 뿐이다. 그때 한 백성이 조운을 알아보고 중요한 정보를 알려주었다.

"장군님, 유황숙의 가족을 찾고 계신지요? 제가 그분의 아드님과 마님들을 보았습니다."

"그게 정말이냐! 모두 어디로 가셨느냐?"

조운이 눈빛을 반짝이며 묻자 그는 남쪽을 가리켰다. 다시 말에 올라탄 조운은 쏜살같이 달려 한 무리의 피난민들을 따라잡았다. 그 속에서 흙투성이가 된 옷차림으로 지친 발을 끌고 있는 감부인을 찾아낼 수 있었다.

"부인! 저, 조운입니다."

"아, 조 장군……. 이렇게 나를 구하러 와줘서 고맙습니다. 한데 선이 미부인과 함께 사라졌는데 도무지 행방을 모르겠네요. 이 노릇을 어떡하면 좋단 말입니까?"

감부인은 조운을 만나자 눈물을 흘리며 유선의 안위를 걱정했다. 조운은 그런 감부인을 말에 태워 유비가 있는 방향으로 내달렸다. 그러다가 장판교에서 장비와 맞닥뜨렸다.

"아니, 형수님 아닙니까? 조 장군, 이게 어떻게 된 일이오?"

장비는 초췌해진 감부인을 보고 화들짝 놀랐다.

"제가 주공의 가족을 제대로 보호하지 못해 이런 일이 벌어졌습니다. 아직 유선 도련님과 미부인 마님을 찾아야 하니 저는 다시 적진으로 가보겠습니다."

조운은 감부인을 장비에게 맡기고 다시 말머리를 돌렸다. 그 뒷모습을 쳐다보며 장비는 괜히 조운을 의심했다는 생각에 쥐구멍이라도 찾고 싶은 심정이었다.

얼마나 그 일대를 헤매고 다녔을까? 조운의 발길이 닿는 곳마다 조조의 군사가 진을 치고 있었다. 그야말로 위험천만한 상황이었는데, 적장 하나가 조운을 발견하고 달려왔다.

"네 이놈! 여기가 어디라고 얼씬거리느냐?"

그 장수는 조조의 신임이 두터운 하후은(夏侯恩)이었다. 하지만 그가 조운의 상대는 되지 못해 단칼에 목이 베이고 말았다. 조운은 그의 청홍검을 전리품으로 챙겼다. 그 후에도 조조 군과 마주칠 때마다 조운은 필살의 싸움을 벌였다. 한시라도 시간을 아껴 유선과 미부인을 찾아야 했기 때문이다.

그런 정성에 하늘이 탄복했을까? 조운이 이곳저곳 한참 헤매다 보니 다 쓰러져가는 토담 밑에 쓰러져 있는 미부인이 눈에 들어왔다. 미부인은 꽤 심각한 상처를 입어 신음하는 중에도 유선을 품에 꼭 안고 있었다.

"아, 조 장군이 나를 찾아와줬군요……. 선을 잘 부탁합니다……."

미부인은 자신의 명이 다한 것을 직감했다. 그녀는 괜히 조운에게 다친 몸을 맡겼다가 유선의 안전도 보장할 수 없다는 데 생각이 미쳤다. 미부인은 조운이 유선을 살피는 틈을 타 곁에 있던 우물로 몸을 던져 스스로 목숨을 끊었다. 조운은 안타까운 마음을 뒤로 하고 갑옷을 헤쳐 유선을 품에 안았다.

그때 하후은과 병사들이 누군가에게 잇달아 죽임을 당했다는 소식을 듣고 조조 군이 우르르 몰려왔다. 무사히 장판교로 가려면 조운 홀로 그들을 해치워야 할 어려운 상황이었다. 그렇지만 조운, 조자룡이 누군가. 그는 아이까지 품에 안은 채 신기를 뽐냈다. 조운이 칼을 휘두를 때마다 조조 군의 맹장 장합을 비롯해 여러 장수들의 머리가 땅바닥에 나뒹굴었다.

"적장이지만 대단하군. 저 장수가 대체 누구인가?"

그 시각, 조조는 번성과 양양을 거쳐 경산에 올라와 있었다. 그곳에서 조운의 활약을 지켜보다가 곁에 있던 조홍에게 물은 것이다.

"제가 알기로 저 자는 상산 진정 태생의 조운입니다."

"조운이라면, 조자룡을 일컫는 것이냐?"

조홍의 말에 조조의 눈이 동그래졌다. 조조도 일찍이 조운의 명성을 들어 알고 있었던 것이다. 그의 감탄이 이어졌다.

"조운의 무예가 정말 출중하구나. 저 자를 내 수하에 들일 수만 있다면 얼마나 좋겠느냐? 당장 군졸들에게 활을 쏘지 말라고 명하라. 조운을 사로잡아 나를 따르게 할 것이다."

그것은 조운과 유선 모두에게 큰 행운이었다. 아무리 신출귀몰한 장수라도 어디에서 날아올지 모를 화살을 막아내기는 어려웠기 때문이다.

조조가 활을 쏘지 못하게 한 덕분에 조운은 적장의 목을 잇달아 베며 장판교에 다다를 수 있었다. 그때까지 조운의 칼에 죽임을 당한 적장의 수가 무려 50명에 달했다. 그러고도 다시 문빙이 부하들을 이끌고 조운의 뒤를 쫓았다. 유선을 구해 힘겹게 장판교까지 달려온 조운을 향해 장비가 소리쳤다.

"조 장군, 수고했소! 뒷일은 내게 맡기고 어서 형님께 가보시오!"

장비의 등장에 조운은 비로소 크게 한숨을 내쉬었다. 그는 유선을 다시 한 번 꼭 안은 채 유비가 있는 곳으로 말을 내달렸다.

잠시 뒤 문빙의 군사가 장판교에 모습을 드러내자 장비의 장팔사모가 번개처럼 허공을 갈랐다. 그때마다 적의 목이 수십 개씩 날아가는 놀라운 일이 벌어졌다. 곧이어 조조와 그를 호위하는 장수들도 장판교에 도착했지만 섣불리 전진하기가 어려웠다. 장비의 무예 솜씨가 워낙 탁월한데다, 뒤쪽에서 흙먼지가 잔뜩 피어오르는 것으로 보아 많은 수의 군사가 매복해 있는 것으로 보였기 때문이다.

"누구든 나와라! 장비 장군께서 버르장머리를 고쳐놓겠다!"

장비의 목소리가 어찌나 우렁찼던지 가까이 있던 조조의 병사들은 귀를 틀어막아야 될 지경이었다. 하후걸(夏侯傑)이 탄 말은 깜짝 놀라 요동을 치는 바람에 주인이 땅바닥에 나뒹구는 사태까지 벌어졌다. 조조는 오래 전에 관우가 자신보다 장비가 더 뛰어난 실력을 지닌 장수라고 했던 말이 떠올랐다.

"역시 듣던 대로구나. 저 자가 지키고 있는 한 무작정 진격하기는 어렵겠다."

조조는 일단 퇴각하기로 결심했다. 비록 유비의 세력이 막강하지는 않아도, 그의 수하에 있는 인재들의 역량이 내심 두려웠던 것이다. 제갈량과 관우, 장비에 조운까지 품에 안은 유비는 누구도 함부로 대할 수 없는 상대가 되어 있었다. 조조가 후퇴하는 것을 지켜본 장비는 의기양양하여 큰 소리로 웃음을 터뜨렸다. 그리고는 장판교를 무너뜨려 조조 군이 금방 추격해올 수 없도록 만들었다.

한편 조운은 지친 말을 몰아 나무 그늘 아래에서 쉬고 있는 유비를 만났다. 이런저런 생각에 잠겨 있던 유비는 자리에서 벌떡 일어나 아끼는 부하 장수를 반겼다.

"아! 살아 있었구려, 조 장군!"

"용서하십시오, 주공. 제가 어리석어 미부인께서 돌아가시고 말았습니다."

조운은 유비 앞에 무릎을 꿇고 지난 일들을 이야기했다. 그리고 갑옷을 풀어 품속에 있던 유선을 내놓았다.

"다행이 도련님은 무사하십니다."

유비는 조운이 건네는 아이를 받아들고 뺨에 얼굴을 비볐다. 오랜만의 아들을 만난 것이라 감격스러웠던 것이다. 그런데 무슨 생각을 했는지, 유비가 갑자기 아이를 거칠게 바닥에 내려놓았다.

"이놈 때문에 조 장군이 목숨을 잃을 뻔했구려. 아이는 다시 얻으면 되지만, 조운 장군 같은 이를 어디서 또 만난단 말이오?"

"주공, 그런 말씀 마십시오. 저는 유선 도련님을 무사히 모셔올 수 있게 되어 영광스럽기 짝이 없습니다."

조운은 얼른 아이를 안아 올려 다시 유비의 팔에 안겨주었다. 그리고 거듭 유비에게 머리를 조아렸다. 자식보다 자신을 더 아끼는 주공의 마음에 몸 둘 바를 몰랐던 것이다.

그때 장비가 그곳으로 돌아와 지난 일을 자랑스럽게 떠벌였다. 조용히 아우의 이야기에 귀를 기울이던 유비의 낯빛이 갑자기 어두워졌다.

"네가 조조 군을 물리친 것은 박수를 받아 마땅하나 장판교를 허문 것은 잘못했구나."

"그게 무슨 말씀이오, 형님?"

장비는 유비의 말이 선뜻 이해되지 않았다.

"만약 장판교를 그대로 두었다면 네가 병사들을 매복시켰다고 생각해 조조 군이 추격을 주저했을 것이다. 하지만 다리를 부숴버렸으니, 오히려 우리가 추격을 두려워한다고 판단하지 않겠느냐?"

그것은 괜한 걱정이 아니었다. 유비는 조조의 추격을 따돌리기 위해 강릉으로 향하던 행선지를 면양(沔陽)으로 바꾸었는데, 그곳에 가려면 한진(漢津) 나루터를 거쳐야 했다. 그런데 유비 일행은 나루터에 이르자마자 다시 출병한 조조 군에게 따라잡히고 말았다. 적군과 강 사이에 갇힌 신세가 된 유비는 최후의 일전을 벌일 채비를 갖추었다.

"이제 유비는 독 안에 든 쥐나 다름없다. 어서 저들을 몰살시켜 천하의 주인이 이 조조인 것을 알려라!"

조조 군은 맹렬한 기세로 유비 일행에게 달려들었다. 그런데 그때 갑자기 북소리가 울려 퍼지더니 한 무리의 기병이 모습을 드러냈다. 관우가 강하의 유기에게서 1만의 군사를 빌려 나타난 것이다. 맨 앞에서 적토마에 올라탄 채 청룡언월도를 치켜든 관우의 자세가 어느 때보다 늠름해 보였다.

"나는 더 이상 승상에게 빚이 없소. 당신의 목을 베어 유비 형님께 바칠 것이오!"

전혀 예상치 못했던 관우의 등장에 조조는 몹시 당황했다. 게다가 유기가 수군을 태운 배들을 몰아 장강을 거슬러 올라왔다. 그 또한 유비를 돕기 위해 출병했던 것이다. 그뿐 아니라 강하에 갔던 제갈량은 하구(夏口)에서 군사를 모아 한진 나루터로 달려왔다. 그는 유비가 백성들까지 이끄느라 강릉에 가기 전에 조조에게 따라잡혀 행선지를 바꿀 것을 예상하고 있었다. 사방에서 유비의 지원군이 등장하자 조조는 또다시 퇴각 명령을 내릴 수밖에 없었다.

하지만 그것으로 조조 군의 추격을 완전히 벗어난 것은 아니었다. 조조는 워낙 막강한 군사력을 가졌기 때문에 마음만 먹으면 언제든 대군을 일으키는 것이 가능했다. 유비가 경계를 늦추지 않으며 제갈량에게 물었다.

"조조가 언제 다시 공격해올지 모릅니다. 대책을 세워야 하지 않겠습니까?"

"물론입니다, 주공. 제 생각에 하구의 성은 요새 같은데다 군량도 풍부하니 주공께서 그곳에 가 계시는 것이 좋을 듯합니다. 유기 태수는 강하로 돌아가서 군사를 잘 훈련시켜 두십시오. 우리가 하구와 강하에서 힘을 합치면 조조에게 능히 맞설 수 있을 것입니다."

제갈량의 말에 유비가 고개를 끄덕였다.

"그러니까 공명의 말씀은 우리가 쇠뿔처럼 둘로 나뉘어 조
조를 막아내자는 것이로군요."

그때 유기가 제갈량에게 한 가지 제안을 했다. 아직은 시간
이 있으니 유비도 일단 함께 강하로 가서 군사를 정비한 뒤
하구에 가도 늦지 않을 것이라는 말이었다. 제갈량이 그 의견
에 동의하자, 유비는 관우에게 군사 5천을 내주어 하구를 지
키게 하고 강하로 걸음을 옮겼다.

손권을 설득한 제갈공명

관우와 제갈량, 유기의 연합 공격에 밀려 후퇴한 조조는 일단 무주공산이나 다름없는 강릉을 점령했다. 그리고 유비를 제거하는 일이 쉽지 않다는 것을 절감하며 모사들과 대책을 논의했다. 조조의 낯빛이 어두웠다.

"지금 유비가 강하에 가 있다고 한다. 그가 손권과 손을 잡을까봐 걱정이구나."

"우리가 먼저 손권에게 사신을 보내는 것이 좋겠습니다. 함께 유비를 친 다음에 형주 땅을 나눠 갖자고 하면 그도 관심을 보일 것입니다."

순유가 고민에 빠진 조조에게 권유했다. 그 말을 받아들인 조조는 곧 서찰을 써서 강동으로 사자를 보냈다. 하지만 정작 강동에서는 다른 이야기가 오가고 있었다. 조조가 강릉까지 점령했다는 소식이 전해지자, 손권이 회의를 소집했다.

"이러다가 형주마저 조조의 수중에 들어갈까 걱정이구나. 그 다음엔 그가 우리 땅을 탐낼 것이 틀림없다."

손권의 염려에 노숙이 말문을 열었다.

"주공, 제가 강하로 가서 우리와 연합해 조조를 치자고 유비를 설득해보겠습니다. 형주는 지형이 천혜의 요새 같고 논밭도 기름져 누구나 욕심을 내는 땅입니다. 주공께서 조조에 앞서 그곳을 차지하면 천하를 제패하시는 데 밑거름이 될 것입니다."

그 말에 귀가 솔깃해진 손권은 곧장 노숙을 강하로 보냈다.

그런데 그 무렵 유비도 제갈량과 이야기를 나누고 있었다. 그들의 대화 주제 역시 손권과 관계된 일이었다.

"조조는 지금 장강과 한강 사이에 진을 치고 있습니다. 장수도 많고 병사의 수도 일백 만에 이르지요. 당분간은 주공께서 손권과 연합해야 그에게 맞설 수 있습니다."

"공명의 말씀이 맞긴 한데, 손권이 우리의 제안을 받아들이겠습니까?"

"그것은 염려하지 않으셔도 됩니다. 강동에서도 우리와 같은 고민을 하고 있을 테니까요."

제갈량의 말은 곧 사실로 입증되었다. 얼마 지나지 않아 노숙이 강하에 도착했던 것이다.

유비는 강동과 연합하는 일에 대한 전권을 제갈량에게 일임했다. 노숙과 제갈량의 대화는 일사천리로 진행되었다. 둘 다 뛰어난 책사라 굳이 몇 마디 주고받지 않아도 상대의 수를 훤히 꿰뚫고 이해했다. 자기가 의도했던 대로 일이 풀리는 듯하자 기분이 좋아진 노숙이 제갈량을 강동으로 초대했다.

"공명 선생, 강동에 가서 나의 주공을 한번 만나보십시오. 그러면 유공과 연합하는 일에 신뢰가 더욱 돈독해질 것입니다."

노숙의 초청을 흔쾌히 받아들인 제갈량은 짐을 꾸려 함께 강동으로 향했다. 그런데 그곳에 도착할 무렵 노숙이 진지한 얼굴로 당부했다.

"행여 주공께 조조의 군사가 강하다는 이야기는 하지 말아 주십시오. 덜컥 겁을 먹어 유공과 연합하는 대신 조조에게 손을 내밀까 걱정되어 드리는 말씀입니다."

"알겠습니다. 제게도 생각이 있으니 믿고 지켜봐주시지요."

제갈량은 부드럽게 미소 지어 손권을 안심시켰다.

그런데 두 사람이 손권의 거처에 들기 직전에 조조가 보낸 서찰이 도착했다. 손권이 부하 장수들과 한창 그 문제에 대해 논의하고 있었다. 부하 장수들은 모두 조조가 내민 손을 잡아야 한다고 말했다. 그때 노숙이 제갈량과 함께 손권 앞에 나타나 공손히 인사한 뒤 단호하게 말했다.

"주공, 제가 방금 전에 듣자 하니 조조의 서찰이 도착했다고요? 절대로 그의 제안을 받아들이시면 안 됩니다. 조조와 연합하면 나중에 대업을 이룬다 해도 주공께서 기껏 제후가 되실 뿐입니다."

그 말에 고개를 끄덕이던 손권이 제갈량을 바라보며 물었다.

"자네의 명성은 나도 잘 알고 있네. 공은 조조의 세력을 어떻게 보는가?"

손권은 조조에 대한 제갈량의 평가가 궁금했다. 제갈량은 그 질문을 예상했다는 듯 막힘없이 대답했다.

"조조의 군사는 한마디로 굉장히 규모가 큽니다. 기병과 보병, 수군을 모두 더하면 일백만 명에 이르지요. 더불어 모사만 해도 수십 명이며, 뛰어난 무예 솜씨를 지닌 장수는 대략 이천에 달할 정도입니다. 누구든 섣불리 조조의 심기를 건드렸다가는 목숨을 부지하기 어려울 것입니다."

자신의 부탁을 들어주기는커녕 조조의 군사력을 과장까지 하는 제갈량을 바라보며 노숙의 두 눈이 동그래졌다. 그렇다고 그 자리에서 제갈량을 제지할 수는 없는 노릇이었다. 손권의 질문이 이어졌다.

"그럼 조조에게 맞서는 것이 어리석은 짓이란 말인가?" "그렇습니다, 장군. 그래도 조조와 한번 겨뤄보실 생각이라면 그 서찰을 당장 찢어버리시고, 그것이 아니라면 여러 장수들의 의견대로 조조가 내민 손을 잡으십시오. 그러면 일신의 안녕과 부귀영화가 보장될 것입니다."

그러자 손권이 고개를 갸웃했다. 어떻게 보면 자신의 질문에 대한 현실적인 처방이었고, 달리 생각하면 자신을 조롱하는 것으로 느껴지기도 했기 때문이다.

"그렇다면 자네가 모시는 유비는 왜 조조에게 머리를 숙이지 않는가? 엄청난 권세와 금은보화가 보장될 텐데 말일세."

"저의 주공인 유황숙께서는 황실의 후손입니다. 워낙 학식이 깊은데다 인품이 훌륭해 많은 사람들의 존경을 받고 계시지요. 그분은 비록 채마밭을 일구며 살지언정 조조 같은 인물에게 몸을 굽히시지 않을 것입니다."

그 말에 손권의 낯빛이 벌겋게 달아올랐다. 만약 자신이 조조의 손을 잡으면 유비와 달리 함부로 자존심을 굽히는 형편없는 사람이라는 의미였기 때문이다. 그제야 노숙은 제갈량의 속마음을 헤아리며 근심을 덜었다.

그때 장소가 큰 소리로 제갈량에게 따져 물었다.

"당신은 조조의 군사가 일백만에 달한다고 말했소. 우리가 그런 조조를 외면하고 기껏해야 수만의 군사뿐인 유비 편에 선다면 어떤 참혹한 결말을 맞을지 불을 보듯 뻔하오. 그러니 이상한 언술로 주공의 판단을 흐리지 말고 썩 물러나시오!"

장소의 호통을 들은 제갈량은 표정에 아무런 변화가 없었다. 그는 장소가 아니라 손권을 응시하며 말을 이었다.

"군사의 위력은 단지 그 수로 판가름 나는 것이 아닙니다. 지휘관의 전술과 사기, 군량 등이 큰 영향을 미치지요. 그런 면에서 조조 군은 높게 평가할 수 없습니다. 수전(水戰)에 약하기도 하고, 요즘은 자주 먼 거리를 이동하며 전투를 벌이느라 몹시 지쳐 있기도 합니다. 그에 비해 유황숙의 군사 수는 많지 않아도 모두 정예병이나 다름없지요. 관운장과 장비, 조운 장군 등은 조조마저 탐을 내며 두려워하는 용장입니다. 그러니 손권 장군께서 유황숙과 힘을 합치신다면 조조의 대군도 결코 만만히 보지 못할 것입니다."

제갈량의 이 말은 이리저리 흔들리던 손권의 마음에 쐐기를 박았다. 조조 대신 유비 쪽으로 완전히 마음이 기울게 된 것이다.

"공의 말을 들으니 십년 묵은 체증이 확 뚫리는 것 같네. 유공에게 돌아가면 나와 연합하여 조조를 치자고 전하게."

"잘 생각하셨습니다, 장군. 앞으로 천하는 유황숙과 손 장군, 그리고 조조가 삼등분하게 될 것입니다. 그리고 머지않아 조조가 쇠락하면 강동의 세력이 지금보다 훨씬 더 커질 것이 틀림없습니다."

천하삼분책(天下三分策)은 평소 제갈량의 예언 중 하나였다. 그는 그 이야기를 전하며 짐짓 손권의 비중을 강조해 다시 생각을 바꿀 여지를 없앴다. 그 뒤에도 많은 장수들이 유비가 아니라 조조와 연합해야 한다며 손권을 설득했지만 소용없는 일이었다. 급기야 손권은 허리춤에서 칼을 뽑아 들어 앞에 놓인 탁자를 반으로 쪼개며 소리쳤다.

"앞으로 조조와 연합해야 한다고 주장하는 자는 이 꼴이 될 것이다. 두 번 다시 나의 결정에 반발하지 마라!"

그제야 손권의 부하 장수들이 고개를 숙이며 입을 꾹 다물었다. 다만 한 사람, 그때까지 잠자코 상황을 지켜보던 주유의 눈이 홀로 반짝였다. 그는 아까부터 제갈량을 유심히 바라보며 경계를 늦추지 않고 있었다. 세 치 혀로 손권의 마음을 좌지우지하는 재능에 탄복하면서도, 언젠가 제갈량을 죽이지 않으면 자신들에게 화가 될 것이라고 판단했던 것이다.

손권은 탁자를 반으로 쪼갠 칼을 다시 허리춤에 차지 않고 주유에게 건넸다. 그는 주유를 대도독(大都督)에 임명한다고 말하며 정보를 부도독 자리에 앉혔다. 그리고 노숙에게 찬군교위(贊軍校尉)의 벼슬을 내려 주유를 보좌하도록 했다.

그로부터 며칠 후, 손권의 서찰을 갖고 강동의 사자가 강하로 왔다. 그 편지를 펼쳐본 유비의 얼굴이 환해졌다.

"이제 한시름 놓았구나. 한데 왜 공명이 돌아오지 않는 것인가?"

유비는 이런저런 생각을 떨치며 며칠 더 기다려봤지만 제갈량이 돌아온다는 소식은 여전히 들려오지 않았다. 혹시 그의 신상에 문제라도 생기지 않았을까 걱정된 유비는 미축을 강동으로 보내 주유를 만나게 했다. 하지만 웬 일인지 주유는 미축이 제갈량을 만나지 못하게 했다. 그러면서 몇 가지 의논할 문제도 있고 하니, 유비가 직접 와서 제갈량을 데려가라고 말했다. 미축으로부터 그 이야기를 전해들은 유비는 선뜻 강동으로 가겠다고 나섰다. 관우가 손사래를 치며 유비를 말렸다.

"안 됩니다, 형님. 주유가 대도독이라고는 하나 격이 맞지 않습니다. 형님을 만나 의논할 문제가 있으면 그쪽에서도 손권 장군이 직접 나서야 합니다. 아무래도 주유에게 다른 꿍꿍이가 있는 듯합니다."

"나도 그런 사정을 모르지 않는다. 하지만 공명이 어떤 어려움에 처해 있는지 나라도 가서 살펴봐야 하지 않겠느냐?"

"좋습니다. 그럼 저도 형님을 따라 강동으로 가겠습니다."

관우는 곧 날랜 부하 20명을 뽑아 배를 타고 강동으로 가는 유비를 호위했다.

얼마 후 유비가 도착하자, 주유는 술자리의 상석을 내주며 극진히 대접했다. 그러나 그것은 겉모습이었을 뿐 주유는 거사를 준비하고 있었다. 이번에 유비를 죽이고 제갈량까지 제거할 생각이었던 것이다. 즉 유비와 연합하는 것이 아니라 유비의 세력을 집어삼키려는 속셈이었다.

주유는 유비가 도착하기 전부터 곳곳에 군사를 매복시켜두었다. 그가 술상에 갑자기 잔을 내던지는 것을 신호로 병사들이 달려 나와 유비의 목을 치기로 했던 것이다. 그러나 주유는 그 계획을 실행하지 못했다. 관우가 유비 옆에 딱 붙어 서서 눈을 부라리고 있었기 때문이다. 섣불리 유비를 공격했다가는 되로 주고 말로 받을 상황이었다.

"이제 공명을 만나게 해주시오, 대도독."

이런저런 이야기를 나누며 어느 정도 술기운이 오를 무렵 유비가 본론을 꺼냈다. 그러자 주유는 제갈량이 다른 지역으로 유람을 떠났다며, 당분간 자신과 할 일이 있으니 나중에 보내주겠다고 둘러댔다. 유비는 그것이 거짓인 줄 직감했지만 순순히 자리에서 물러났다. 실은 심상찮은 낌새를 알아차린 관우가 이만 자리를 피하자며 주유 몰래 유비의 옷소매를 끌어당겼던 것이다.

관우는 곧장 말을 몰아 배를 정박해둔 나루터로 향했다. 그런데 강기슭에서 그토록 걱정하던 제갈량이 모습을 드러냈다.

"주공, 그간 무탈하셨습니까?"

"정말 보고 싶었소, 공명. 이렇게 무사하니 다행입니다."

두 사람은 서로를 끌어안고 잠시 회포를 나누었다. 제갈량이 유비를 바라보며 뜻밖의 이야기를 꺼냈다.

"오늘 관운장이 함께 오지 않았더라면, 주공께서는 살아 돌아가지 못하셨을 것입니다."

그러자 관우는 자신의 예감이 맞았다며 당장이라도 주유에게 달려가려고 했다. 유비가 아우를 말리며 제갈량에게 말했다.

"주유가 그런 자라면 공명도 무사하지 못할 것입니다. 우리와 함께 떠납시다."

"아닙니다. 저는 아직 할 일이 남았으니, 주공께서는 빨리 돌아가셔서 군사를 잘 정비해두십시오. 그리고 동남풍이 부는 십일월 이십일일에 조운 장군이 배 한 척을 몰고 와 강의 남쪽 기슭에서 저를 기다리게 해주십시오. 그 날을 절대 잊으시면 안 됩니다."

"동남풍이 부는 날 돌아오시겠다는 겁니까?"

"네, 그렇습니다. 저는 지금 호랑이 입 속에 있는 형국이지만 오히려 안전하니 걱정 마십시오. 자, 남의 눈에 띄기 전에어서 떠나셔야 합니다."

그렇게 유비는 제갈량을 남겨두고 배에 올랐다. 함께 떠나지 못해 아쉬웠지만 책사의 결정을 믿기로 했던 것이다. 제갈량은 유비를 배웅한 뒤 아무 일 없었던 것처럼 자신의 숙소로 돌아왔다.

한편, 손권이 유비와 힘을 합치기로 했다는 소식이 조조에게 전해졌다. 자기가 먼저 서찰을 보내 연합을 제의했는데도 거절하더니 오히려 유비와 손을 잡아 조조는 심사가 뒤틀렸다. 도무지 화를 가라앉히지 못한 조조는 결국 채모와 장윤(張允)에게 명해 수군을 출병시켰다. 그때 채모는 개인적인 아픔을 뒤로 하고 조조에게 충성을 맹세한 상태였다.

"먼저 주유를 해치우고 손권의 목까지 베어 와라!"

조조의 명을 받은 병사들은 함성을 내지르며 일제히 강동을 향해 남하했다. 하지만 그들은 주유의 수군과 맞닥뜨리자 영 힘을 쓰지 못했다. 조조 군이 수전에 약하다는 제갈량의 평가가 맞아떨어지는 순간이었다. 결국 채모와 장윤은 참패를 당하고 조조에게 돌아와 매섭게 질책을 당했다.

"너희는 상대보다 많은 수의 군사로도 처참히 패배하고 말았다. 그 책임을 물어 마땅하나 한 번 더 기회를 줄 테니 수군을 재건하도록 하라."

"감사합니다, 승상. 반드시 강한 수군을 만들어 은혜에 보답하겠습니다."

사실 조조 군에는 수전에 능한 장수가 별로 없었다. 그나마 채모와 장윤이 수전에 대한 전법을 익힌 인물이어서 그와 같은 임무를 맡겼던 것이다. 주유도 그런 점을 잘 알아 채모와 장윤을 하루빨리 없애야 한다고 생각했다. 비록 한 차례 전투에서 승리하기는 했지만 조조의 군사력이 워낙 강력해 수전에서도 언제 실력을 발휘할지 몰랐기 때문이다.

그러던 어느 날, 조조가 주유의 오랜 친구인 장간(蔣幹)을 소개받아 몰래 강동으로 보냈다. 그에게 주유를 회유하라는 비밀 지령을 내렸던 것이다. 하지만 장간의 평소 행실을 잘 알아 그런 계략을 꿰뚫어본 주유가 모르는 척 역공을 펼쳤다. 친구를 반갑게 맞이하여 술잔을 주고받다가 채모와 장윤이 자신과 내통한다는 거짓 정보를 흘린 것이다. 장간은 주유를 회유할 엄두는 내지도 못한 채 서둘러 조조에게 그 사실을 알렸다.

"아뿔싸, 내가 고양이에게 생선을 맡겼구나!"

장간의 말을 추호도 의심하지 않은 조조는 냅다 채모와 장윤의 목을 베어 버렸다. 그로써 주유의 골칫거리 하나가 해결된 셈이었다.

그와 같이 기막힌 역공에 대해 아는 이는 주유 자신과 노숙뿐이었다. 무엇보다 비밀 유지가 중요해 일부러 주위에는 알리지 않았던 것이다. 그런데 채모와 장윤이 죽었다는 소식이 전해지자, 제갈량이 주유를 찾아와 축하의 말을 건넸다.

"경하드립니다, 대도독. 그처럼 대단한 책략이 있으시니 조조를 물리치는 것도 어렵지 않을 것입니다."

그 말을 들은 주유는 깜짝 놀랐다. 자신의 머릿속을 훤히 들여다보는 듯한 제갈량의 통찰력에 두려움을 느끼기까지 했다.

'음, 저 자를 살려두면 분명 화를 당하게 될 것이야…….'

주유는 제갈량의 인사에 웃음으로 답했지만 마음속으로는 칼을 갈았다.

그로부터 며칠 후, 주유가 자신의 진중으로 제갈량을 초대했다.

"내가 공에게 청이 하나 있어 불렀소."

"그게 무엇입니까?"

주유의 표정에 심상치 않은 기운이 어렸으나 제갈량은 태연했다.

"모름지기 수전에는 활과 화살이 많이 필요한 법이오. 한데 우리에게는 그 무기가 턱없이 부족하니, 공이 감독을 맡아 빠른 시일 안에 십만 개의 화살을 만들어주시오. 그것이 곧 강동과 유황숙을 위한 일 아니겠소? 화살을 만들 사람과 재료는 얼마든지 대드리겠소."

"십만 개의 화살을 얼마 만에 만들면 되겠습니까?"

"열흘이면 되지 않겠소?"

누가 들어도 열흘 안에 화살 10만 개를 만들라는 것은 무리한 요구였다. 주유가 억지를 부려 제갈량에게 괜한 꼬투리를 잡으려는 것이 분명해 보였다. 그런데 제갈량의 반응이 놀라웠다.

"언제 전투가 다시 벌어질지 모르는데 그렇게 여유를 부릴 수는 없지요. 사흘 안에 만들어내겠습니다."

제갈량의 말에 주유는 뒤통수를 얻어맞은 듯 멍한 기분이 들었다. 하지만 애써 침착함을 잃지 않으며 제갈량을 다그쳤다.

"정말 사흘 만에 화살 십만 개를 만들 수 있겠소? 전시에 농담을 할 리는 없을 테고, 만약 그 약속을 지키지 못하면 그대의 목을 내놔야 할 것이오."

"알겠습니다, 대도독. 기꺼이 그리 하지요."

전혀 망설임 없는 제갈량의 대답에 주유는 속으로 쾌재를 불렀다. 이번에는 제갈량이 스스로 무덤을 판 꼴이라고 생각했던 것이다. 제갈량을 죽이는 데 그만한 명분이 없었다.

이튿날, 제갈량은 주유에게 각각 다섯 명씩 병사들을 태운 스무 척의 배를 빌려달라고 했다. 모든 배에는 짚단을 가득 싣고 푸른 천으로 덮어달라는 말도 덧붙였다. 주유는 의아했지만 사흘 동안만은 어떤 요구라도 들어주기로 결정했다.

그런데 제갈량의 행동이 아무래도 이상했다. 첫째 날과 둘째 날에 그가 한 일이라고는 한가롭게 책을 읽거나 주변을 산책한 것뿐이었다. 셋째 날이 되어서야 비로소 제갈량이 노숙에게 말했다.

"저와 함께 화살을 가지러 가시겠습니까?"

노숙은 도무지 이해할 수 없는 제갈량의 행동에 고개를 갸웃거리면서 길을 따라 나섰다. 제갈량은 스무 척의 군선(軍船)을 정박시켜둔 강가로 가서 배에 올라타더니 큰 소리로 명령을 내렸다.

"모두 북쪽으로 진군하라!"

북쪽이라면 조조 군이 진을 치고 있는 지역을 의미했다. 그날따라 안개가 자욱해 조금만 거리가 있어도 형태를 분간하기 어려울 지경이었다. 얼마 뒤 조조의 수군이 보이는 곳에 다다르자 제갈량은 스무 척의 배를 일렬로 늘어서게 했다. 그리고 병사들에게 함성을 내지르며 요란하게 북을 울리라고 명했다.

"둥! 둥! 둥……!"

그것을 주유 군의 공격으로 알아차린 조조는 당장 우금과 모개(毛介)를 출전시켜 대응하도록 했다. 그들은 안개가 자욱한 것을 고려해 무모한 백병전보다는 멀리서 화살로 공격하는 편이 낫다고 판단했다. 마침 제갈량이 이끄는 군선도 더는 전진하지 않아 화살 공격이 적절한 전술로 보였다. 곧 조조 군의 궁수들이 소나기처럼 화살을 쏘아댔다. 그런데 제갈량은 별 다른 공격 명령을 내리지 않고 계속 북을 치며 함성을 지르게 했다.

얼마쯤 시간이 흘렀을까? 서서히 안개가 걷히며 햇살이 비치기 시작했다. 그제야 조조의 궁수들은 활을 거두었다. 제갈량이 선수(船首)에 서서 양 옆을 휘둘러보니, 대충 헤아려도 10만 개는 너끈히 될 만한 화살이 스무 척의 배에 빼곡히 꽂혀 있었다. 멀리서 보면 배 한 척 한 척이 마치 고슴도치 같은 모습이었다.

"자, 됐다. 이제 뱃머리를 돌려라!"

강동으로 돌아오는 배 안에서 노숙은 경탄스런 눈빛으로 제갈량을 바라보았다.

"공의 지략이 정말 놀랍습니다. 지금껏 뛰어난 책사들을 여럿 봐왔지만, 공처럼 천문(天文)에도 밝은 위인은 처음입니다."

노숙은 안개가 끼는 날까지 고려한 제갈량의 선견지명에 더 이상 할 말을 잃었다. 제갈량은 우쭐하는 기색도 없이 얼굴에 잔잔히 미소를 지을 뿐이었다.

잠시 후, 주유는 진중 밖까지 나와 제갈량을 맞이했다. 겉으로는 애써 평정심을 내보이며 제갈량의 기발한 책략에 박수를 보냈지만 마음속으로는 두려움이 더욱 커졌다.

'음, 역시 무서운 자로구나. 이번에는 저 자의 목을 벨 명분이 없으나 언젠가는 꼭 제거해야 할 인물이 틀림없다……'

그 날 밤 주유는 약속대로 10만 개의 화살을 구해온 제갈량을 위해 술상을 마련해주었다. 두 사람은 함께 술잔을 기울이면서도 머릿속으로는 상대의 마음을 들여다보느라 분주했다.

17

적벽대전

대도독이 된 주유는 머지않아 조조와 일전을 벌일 전략을 짜느라 밤잠을 설치는 날이 많았다. 몇 날 며칠 고민한 그의 결론은 화공이었다. 수전에 약한 조조 군을 불로써 몰살시킨다는 뜻밖의 계략을 생각해낸 것이다.

하지만 그 전략이 성공하려면 몇 가지 사전 작업이 필요했다. 주유는 먼저 얼마 전에 자신에게 거짓으로 항복해온 채모의 사촌 채중(蔡仲)과 채화(蔡和)를 이용하기로 했다. 그들은 채모가 죽임을 당한 후 강동으로 건너왔는데, 겉으로는 조조를 피해 도망 왔다고 말했지만 실은 첩자였던 것이다. 그것을 꿰뚫어본 주유는 그들을 역이용하기로 마음먹고 은밀히 부하 장수 황개를 불러 말했다.

"내가 자네에게 누명을 씌워 벌을 내릴 걸세. 자네는 나 몰래 불만을 토로하며, 조조에게 군사를 이끌고 항복하겠다는 서신을 보내게. 그럼 채중과 채화가 우리에게 속아 그 서신이 진짜라고 보고할 것이네."

"알겠습니다, 대도독."

그런데 그때 장간이 다시 강동으로 숨어들었다. 주유가 자기를 역이용한다는 사실을 눈치채지 못한 채 다시 염탐을 목적으로 찾아왔던 것이다. 주유는 그를 이용해 화공의 초석을 다질 궁리를 했다.

"그래, 그러면 되겠구나!"

주유는 곰곰이 생각하다가 무릎을 치며 방통을 만나러 갔다. 방통이 누구인가. 그는 사마휘가 봉추라고 일컬었던 인물로, 일찍이 주유를 돕고 있었다. 실은 주유가 조조 군에게 화공을 펼칠 계략을 짤 때도 방통의 조언이 절대적인 역할을 했다. 이번에도 방통은 주유가 장간을 역이용할 방법을 상의하자 적극적으로 협조하겠다고 나섰다.

방통을 만나고 진중으로 돌아온 주유는 다짜고짜 장간을 감금하도록 명했다. 장간은 단순히 염탐 행위가 탄로 났다고 생각해 깜짝 놀랐지만 그것은 치밀한 속임수였다. 주유는 일부러 감옥의 경계를 허술히 해 장간을 달아나게 했고, 그가 우연인 듯 방통을 만날 수 있게 계략을 짜놓았던 것이다.

늦은 밤, 산중의 허름한 초가에서 방통이 홀로 병서를 읽고 있었다. 무엇에 홀린 듯 초가에 들어선 장간은 그가 예사 인물이 아닌 것을 단박에 알아차렸다.

"학문이 무척 깊어 보이는데, 선비께서는 어찌 손권 장군의 수하에서 일하지 않고 초야에 묻혀 계십니까?"

"나를 알아봐주시니 고맙습니다. 하지만 주유 같은 이가 대도독으로 있는 곳에서는 어떤 일도 하고 싶지 않습니다."

방통이 짐짓 시치미를 떼자, 장간은 두 눈을 반짝였다. 그가 방통에게 바짝 다가가 귀엣말을 건넸다.

"사실 나는 허도의 조 승상 밑에 있는 사람입니다. 나와 함께 그분에게 가서 대업을 이뤄보지 않겠습니까?"

장간의 말에 방통은 못이기는 척 자리를 털고 일어났다. 두 사람은 그 날 밤길을 달려 조조가 머무는 곳으로 향했다. 장간으로부터 방통을 소개받은 조조의 얼굴이 환해졌다.

"이제 내게도 공명 못지않은 책사가 생겼구나. 내가 그대를 귀하게 대접할 테니 마음껏 능력을 발휘하도록 하게."

조조의 말에 방통은 공손히 허리를 숙여 예를 갖췄다. 하지만 당장 조조의 수하에 들어오라는 청은 정중히 거절했다.

"제가 아직 공부가 부족합니다. 좀 더 만반의 준비를 한 다음에 승상을 찾아뵙고 이 미천한 몸을 의탁하겠습니다."

"정 그렇다면 할 수 없지. 그럼 이번에는 여기서 며칠 묵으며 내게 좋은 책략이나 좀 들려주게."

두 사람은 곧 진중을 함께 둘러보며 이런저런 대화를 나누었다. 그런데 진영 곳곳을 살펴보며 조조의 지략을 높이 평가하던 방통이 수군의 형편을 보고는 심각한 표정을 지었다.

"수군의 낯빛이 하나같이 병자 같습니다. 그 이유가 무엇인지요?"

강동의 군사와 달리 조조 군의 병사들은 대부분 북쪽 지역 출신이라 물이 익숙지 않았다. 그래서 전투에 나서기도 전에 배멀미에 시달려 구토를 하기 일쑤였다. 따라서 조조 군이 수전에 약하다는 평가를 받을 수밖에 없었다. 조조가 그런 점을 설명하며 방통에게 물었다.

"수군을 강하게 만들기 위해 온갖 노력을 기울였지만 별 소용이 없었네. 주유의 수군과 싸워 이기려면 어떻게 해야 되겠나?"

그 물음에 방통이 진지하게 대답했다.

"병사들이 멀미를 하는 이유는 강의 물살이 거세 배가 흔들리기 때문입니다. 그러니 배를 수십 척씩 연결한 다음 그 위에 널빤지를 깔도록 하십시오. 그처럼 육지와 다름없는 안정감을 갖게 되면 병사들이 마음껏 활을 쏘고, 심지어 말을 달릴 수도 있을 것입니다."

"그래, 그것 참 좋은 생각일세!"

조조는 방통의 계략에 공감하며 맞장구를 쳤다.

그 후 며칠 동안 조조는 자신의 새로운 책사를 극진히 대접했다. 그럼에도 방통은 앞서 이야기한 대로 좀 더 공부를 하겠다면서 작별을 고했다. 조조는 못내 아쉬워하며 방통과 헤어진 뒤, 그의 계략대로 배들을 30~40척씩 묶고 나서 널빤지를 깔도록 했다. 그때 정욱이 근심어린 얼굴로 조조에게 다가와 말했다.

"승상, 이 전략은 매우 위험합니다."

"그게 무슨 말인가?"

"이렇게 배를 묶으면 수군의 멀미를 막을 수는 있으나, 적이 화공을 펼칠 경우 한꺼번에 큰 피해를 입게 됩니다."

정욱의 염려에 조조는 아무 일 아니라는 듯 너털웃음을 터뜨렸다.

"허허허! 내가 그 생각도 못 했겠나, 이 사람아? 무릇 화공이란 바람의 힘이 필요한 법. 지금 같은 동절기에는 서북풍이 불지, 우리 진영을 향한 동남풍이 불지는 않네. 서북쪽에 진을 친 우리에게 화공을 펼쳤다가는 자신들을 태우는 자충수가 될 뿐이야."

그와 같은 조조의 반응에 정욱은 더 이상 할 말이 없었다. 그 후 모든 일은 일사천리로 진행되었고, 조조의 수군이 거대한 전함 같은 형태로 주유 군 앞에 진을 치게 되었다. 그 광경을 본 주유는 마음속으로 쾌재를 불렀다.

'옳거니, 됐다! 이제 저들을 섬멸할 일만 남았구나.'

주유 군은 조조 군에 맞서 몇 차례 치열한 전투를 벌였다. 하지만 좀처럼 남동풍이 불지 않아 계획했던 화공은 펼칠 수가 없었다.

'아, 바람이 우리를 도와야 하는데 이 노릇을 어떡하지……'

혼자 속으로 끙끙 앓느라, 주유의 낯빛이 점점 어두워졌다. 부하 장수들이 그 이유를 물었으나 주유는 선뜻 대답하지 않았다. 그때 제갈량이 진중으로 찾아왔다.

"대도독께서 바람 때문에 단단히 탈이 나셨군요?"

자신의 심중을 훤히 꿰뚫어보는 듯한 제갈량의 말에 주유는 깜짝 놀랐다. 애써 아무렇지 않은 표정을 지으며 주유가 대답했다.

"그렇소, 공명. 내 병의 원인을 명확히 알아채셨으니, 적절한 처방도 말씀해주시오."

"처방이랄 것이 뭐 있겠습니까? 남병산(南屛山)에 제단이나 하나 만들어주시면, 제가 사흘 밤낮 천지신명께 빌어 동남풍이 불도록 해보겠습니다."

주유는 밑져야 본전이라는 심정에 제갈량의 요구를 들어주었다. 제갈량은 목욕재계 후 제단에 올라 식음을 전폐한 채 기도를 올렸다. 그러자 놀랍게도 사흘이 지난 11월 20일에 동남풍이 불기 시작했다. 주유는 노숙을 불러 서둘러 화공을 펼칠 준비를 하라는 명을 내렸다. 아울러 정봉(丁奉)과 서성(徐盛)에게 병사 200명을 내주며 남병산으로 가서 제갈량의 목을 베어오게 했다.

하지만 가만히 앉아 당하고 있을 제갈량이 아니었다. 모든 일을 예상한 그는 정봉과 서성이 남병산에 이르렀을 무렵 이미 유비가 머물고 있는 하구로 향하고 있었다. 유비의 명을 받은 조운이 강의 남쪽 기슭에서 기다리다가 제갈량을 배에 태웠던 것이다. 뒤늦게 달려온 정봉과 서성이 그 배를 쫓으려고 했으나, 조운의 화살 공격을 받고는 겁을 먹어 엄두를 내지 못했다.

잠시 후, 제갈량이 하구로 떠났다는 소식을 들은 주유는 정봉과 서성에게 무작정 책임을 묻지 않았다. 그보다 먼저 천문에 통달해 하늘의 섭리까지 꿰고 있는 제갈량에게 경외심이 느껴졌기 때문이다. 그때 노숙이 달려와 화공 준비를 모두 마쳤다고 알렸다.

"음, 공명의 일은 어쩔 수 없지……. 일단 조조 군을 치는 데 전력을 다하도록 하자."

다시 정신을 차린 주유는 부하 장수들을 불러 모아 전광석화같이 작전 지시를 내리기 시작했다.

"감녕(甘寧)은 조용히 남쪽 기슭으로 올라가 조조 군의 군량에 불을 놓도록 하라. 그리고 태사자는 군사 삼천을 데리고

황주(黃州) 경계로 가서 조조 군의 본진에 불을 질러 원병을
보내지 못하도록 하라. 여몽(呂蒙)은 감녕이 첫 임무를 완수
하고 나면 함께 적선에 화공을 펼치고, 능통(凌統)은 둘의 뒤
를 받쳐 공격의 흐름이 끊이지 않도록 하라. 그와 동시에 동
습(董襲)은 한천(漢川)을 따라 조조의 진영을 치고, 반장(潘
璋)은 동습을 지원하는 일을 맡아라."

그야말로 총공세였다. 주유는 황개에게 화선(火船) 20척을
내주어 선봉에 서게 했다. 조조가 얼핏 보면, 황개가 약속한
대로 자신에게 항복하러 오는 것이라고 착각할 만한 진용이
었다. 한당(韓當), 주태(周泰), 장흠(將欽), 진무(陳武)가 300
척의 군선을 이끌고 그 뒤를 따랐다. 주유 역시 진중에 머물
지 않고 정보와 함께 커다란 배 위에 올라 부하들을 독려했
다. 동남풍은 계속 불어오고 있었다.

그 시각, 유비는 조운과 함께 돌아온 제갈량을 반갑게 맞이
했다. 서로 인사를 나누자마자 제갈량이 유비에게 물었다.

"전에 말씀드린 대로 군사를 잘 정비해두셨는지요?"

"그럼요. 공명의 말씀을 가벼이 들을 리 있겠습니까?"

그러자 제갈량은 여독을 풀기도 전에 명령을 내리기 시작
했다.

"조운 장군은 군사 삼천을 데리고 오림(烏林)으로 가서 매
복해 있다가 밤에 조조 군이 퇴각할 때 불을 놓으십시오. 모

두 몰살시킬 필요는 없고 적절히 피해를 입히면 됩니다. 그리고 장비 장군은 군사 삼천을 이끌어 이릉(彝陵) 길을 막고 호로곡(葫蘆谷)에 숨어 있으십시오. 분명 그곳에서 조조의 지친 병사들이 밥을 지어 먹으려고 할 텐데, 그 기회를 놓치지 말고 급습하면 됩니다."

제갈량의 명령은 미축과 미봉, 유봉에게도 계속됐다. 그들에게는 조조의 패잔병을 사로잡고 무기며 군량 같은 전리품을 챙기라는 임무가 맡겨졌다. 그뿐 아니라 하구에 와 있던 유기에게는 얼른 강하로 돌아가 안구(岸口)에 진을 치고 있다가 퇴각하는 적군을 사로잡으라고 당부했다. 그리고는 제갈량이 유비를 바라보며 다시 말했다.

"주공께서는 오늘 밤 저와 함께 강이 잘 내려다보이는 산에 올라 주유가 조조 군과 싸우는 것을 구경하시지요."

그 말에 유비는 고개를 끄덕였다. 그때 곁에 있던 관우가 버럭 화를 내며 따져 물었다.

"공명, 왜 내게는 맡겨진 임무가 없는 거요?"

그러자 제갈량이 빙긋이 미소 지으며 대답했다.

"마땅히 관운장에게 가장 중요한 일을 맡겨야겠지요. 한데 한 가지 미덥지 못한 것이 있어서 망설이는 중입니다."

"내가 미덥지 못하다니, 그게 무슨 말입니까?"

"지난날 관운장은 조조에게 단단히 신세를 진 적이 있습니다. 스스로 그 빚을 다 갚았다고는 하셨으나, 아직도 가슴 한쪽에는 미안한 마음이 남아 있지요. 그래서 조조가 패퇴한 뒤 화용도(華容道)로 달아날 때를 대비해 그 길목을 지키게 하고 싶지만 선뜻 임무를 맡기지 못한 것입니다. 아무래도 관운장이 조조를 그냥 놓아줄 것 같아서 말이지요."

"거참, 쓸데없는 걱정을 다 하는구려. 나는 이미 안량과 문추를 죽여 곤경에 처한 조조를 도운 것으로 빚을 다 갚았습니다. 만에 하나 내가 공명의 염려대로 조조를 놓아준다면 군법에 따라 엄벌을 받도록 하지요."

관우는 못내 억울한 표정으로 제갈량에게 항변했다. 그제야 제갈량이 못 이기는 척 그 임무를 관우에게 맡겼다. 곧장 화용도로 간 관우는 높은 산에서 불을 지피며 병사들을 매복시켜놓았다. 그 또한 제갈량의 책략이었는데, 조조가 연기를 보면 오히려 군사가 있는 척 속임수를 부리는 것이라고 판단하여 그쪽으로 온다는 이야기였다.

그렇게 제갈량의 지략이 펼쳐질 무렵, 황개가 화선 20척을 이끌고 조조 진영에 모습을 드러냈다. 뱃머리마다 황개의 군사인 것을 알리는 깃발이 펄럭였다.

"옳거니, 드디어 황개가 내게 항복하러 오는구나. 전시에 이만한 낭보가 흔하겠느냐?"

그러나 이번에도 정욱이 경계심을 드러냈다.

"승상, 아무래도 이상합니다. 황개의 배가 우리 진영으로 들어오기 전에 진의를 살펴야 할 것입니다."

"대체 뭐가 이상하다는 것이냐?"

조조가 못마땅한 얼굴로 정욱에게 물었다.

"배가 미끄러지듯 우리 진영으로 오고 있는데, 그것은 공격 전술을 펼칠 때 쓰는 운선(運船) 방식입니다. 평소처럼 군량이 실려 있다면 무게 탓에 저렇게 속도를 내기 어렵지요."

그러자 조조도 유심히 황개의 배들을 살펴보았다. 과연 정욱의 말에 일리가 있었다. 조조는 문빙을 불러 황개의 배를 멈추게 하라고 명령했다. 하지만 이미 때가 늦었다. 황개가 이끄는 화선들이 조조의 진영 깊숙이 들어와 일제히 불화살을 쏘아댔다. 유황과 염초(焰硝)도 잇달아 불을 뿜었다. 강물 위로 불어오는 동남풍은 순식간에 조조의 진영을 불바다로 만들었다.

"이런, 내가 황개에게 속았구나……. 일단 후퇴하여 전열을 정비하라!"

조조는 황급히 부하들에게 퇴각 명령을 내렸다. 그 역시 장요의 호위를 받으며 뒷걸음을 치기 바빴다.

하지만 그마저 뜻대로 되지 않았다. 불길이 동남풍을 타고 수십 척씩 묶인 수군의 군선을 넘어 육지까지 번졌으며, 뒤이어 달려온 주유 군이 사방에서 공격을 퍼부어댔다. 조조의 병사들은 불에 타 죽고 물에 빠져 죽었으며, 창과 칼과 화살에 이곳저곳 치명적인 상처를 입었다. 기세등등하게 100만 대군을 자랑하던 조조 군이 처참히 짓밟히고 만 것이다. 오랜 세월이 흐른 후 사람들은 그 전투를 일컬어 적벽대전(赤壁大戰)이라고 했다.

장요가 우왕좌왕하는 조조에게 다급히 말했다.

"이제 오림으로 가는 수밖에 없습니다, 승상."

"으, 분하구나! 내가 패잔병 신세가 되다니······."

한참 말을 달려 오림으로 향하던 조조가 뒤를 돌아보니 기병 100여 명이 따르고 있을 뿐이었다. 그를 호위하는 장수도 장요와 문빙, 모개 정도였다. 그나마 다행히 서황과 허저, 마연(馬延) 등이 3천여 군사를 이끌고 곧 합류했지만 지리멸렬한 처지가 달라지지는 않았다. 조조는 마연에게 1천 명의 군사를 내주며 앞장서서 길을 열게 했다. 하지만 얼마 지나지 않아 마연은 감녕의 칼에 목이 베였고, 태사자 등 주유의 장수들이 사방에서 공격해왔다.

어디 그뿐인가. 조조가 급히 말머리를 돌려 주유 군의 추격을 간신히 따돌리자, 이번에는 우레 같은 함성이 들리면서 유비의 병사들이 쏟아져 나왔다.

"역적 조조는 나, 조자룡의 칼을 받아라!"

조운의 칼이 허공을 가를 적마다 조조 군의 목이 추풍낙엽처럼 땅바닥에 나뒹굴었다. 조운이 보여준 장판교의 무용담을 잘 아는 조조는 허겁지겁 달아나기 바빴다. 그런데 웬 일인지 조운은 그 뒤를 계속 쫓지 않았다. 그는 제갈량의 책략을 충실히 따랐던 것이다.

정말이지 엎친 데 덮친 격으로 만신창이가 된 조조 군은 호로곡으로 걸음을 옮겼다. 그들은 하나같이 지치고 굶주려 금방이라도 쓰러질 지경이었다. 그래서 조조는 일단 호로곡 근처에서 말을 멈춰 부하들을 쉬게 하면서 주린 배를 채우기로 결정했다. 처참한 몰골의 패잔병이 된 조조 군은 미처 군량도 챙기지 못해 민가에서 곡식을 약탈했다. 그들은 그것을 솥에 걸어 죽을 끓이면서 피투성이가 된 상처 부위를 매만졌다.

그런데 그때, 또다시 북소리와 함성이 들리더니 우람한 몸집의 장수와 병사들이 달려왔다.

"모리배 같은 조조 놈아, 나의 장팔사모 맛 좀 봐라!"

그는 다름 아닌 장비였다. 이미 탈진 상태인 조조의 장수들이 사력을 다해 장비에게 달려들었지만 역부족이었다. 결국 조조는 다시 뒷걸음질을 치기 시작했고 부하들이 그를 따랐다. 장비의 군사가 거침없이 조조의 병사들을 도륙했으나, 도망가는 자들은 무기력하게 꽁무니를 내뺄 뿐 아무런 저항도 하지 못했다.

그렇게 얼마쯤 시간이 흘렀을까? 장비의 군사는 더 이상 조조의 병사들을 뒤쫓지 않았다. 그런데 간신히 한숨을 돌린 조조 앞에 두 갈래 길이 나타났다. 조조가 겨우 300명 남짓 남은 부하들을 바라보며 말했다.

"한쪽 길은 평탄하지만 오십 리를 돌아가야 하고, 다른 쪽 길은 좁고 험하지만 그만큼 시간을 아낄 수 있다. 어느 길로 가야 좋을지 저기 보이는 산등성이로 올라가 살펴보아라."

그러자 허저가 서둘러 산등성이로 올라가서 주변을 살펴보고 돌아와 자신의 생각을 이야기했다.

"승상, 좁은 길은 지형이 험하기도 하지만 연기가 피어오르고 있습니다. 아마도 적이 매복한 듯하니 오십 리를 돌아가더라도 평탄한 길로 가는 편이 나아 보입니다."

"그래? 그렇다면 좁은 길로 가도록 하자."

조조가 뜻밖의 선택을 하자 허저가 되물었다.

"정녕 적군이 매복해 있는 쪽으로 가신단 말입니까?"

"그것은 공명의 속임수이다. 오히려 좁은 길이 안전할 테니 내 말을 따르도록 하라."

그제야 허저는 고개를 끄덕이며 길이 좁은 화용도로 병사들을 이끌었다. 추운 날씨에 여기저기 옷이 찢기고 상처를 입은 병사들은 그야말로 오합지졸이나 다름없었다. 그런데 한참 길을 가던 조조가 갑자기 실소를 머금었다.

"무슨 일 있으십니까, 승상?"

장요가 물었다.

"공명이 불세출의 책사라더니 생각보다 보잘것없는 자로구나. 만약 이곳에 군사를 매복시켜두었더라면 우리는 꼼짝없이 전멸하고 말았을 것이다."

하지만 그것은 조조의 섣부른 판단이었다. 그의 실소가 잦아들기도 전에 길 양쪽에서 500여 명의 기병이 함성을 지르며 달려 나왔다. 기병을 지휘하는 장수는 적토마에 올라탄 채 청룡언월도를 비껴든 관우였다. 그 기세에 눌린 조조의 병사들은 얼음처럼 얼어붙어 옴짝달싹하지 못했다. 조조의 말마따나 꼼짝없이 전멸할 처지였던 것이다.

그때 정욱이 재빨리 조조 곁으로 다가와 귀엣말을 건넸다.

"승상, 관우는 한번 입은 은혜를 쉽게 저버리지 못하는 장수입니다. 그에게 지난날의 인연을 상기시켜 이 위기를 벗어나도록 하십시오."

정욱의 계략을 들은 조조는 짐짓 눈물까지 그렁대며 관우 앞으로 다가갔다.

"오오! 이게 얼마 만이오, 관운장? 그동안 잘 지내셨소?"

관우는 말까지 높이며 넉살좋게 인사하는 조조를 바라보면서 자기도 모르게 청룡언월도를 움켜쥔 손아귀의 힘을 풀었다. 그러다가 자신에게 맡겨진 임무가 떠올라 퍼뜩 정신을 차렸다.

"나는 군령을 받고 이곳에서 승상을 기다리고 있었소. 더 이상 사사로운 인연을 떠올리게 하는 말은 삼가시오."

혹시라도 조조에게 여지를 줄까 봐 관우는 평소보다 더 엄숙한 표정을 지었다. 그런데도 조조는 개의치 않고 말을 이었다.

"관운장, 보다시피 나는 패장의 신세가 되고 말았소. 부디 옛정을 생각하여 퇴로를 열어주면 고맙겠구려."

"그런 말씀 마시오. 나는 이미 안량과 문추의 목을 베어 승상께 입은 은혜를 다 갚았소. 그러니 오늘은 군령에 따라 나의 임무를 다할 것이오."

그러자 조조가 다급히 손사래를 쳤다.

"잠깐만, 잠깐만 내 말을 좀 들어보시오. 관운장은 다섯 관문에서 여섯 장수의 목을 벤 일을 기억하고 있소? 그때도 나는 관운장을 쫓아가 벌하지 않았소. 무엇보다 우리의 인연을 귀하게 여겼기 때문이오. 이제 관운장도 내게 대장부의 아량과 신의를 보여줘야 하지 않겠소?"

조조의 간곡한 부탁이 이어지자 관우는 점점 마음이 흔들렸다. 아무런 위협도 되지 못하는 패잔병들을 둘러보니 천하를 호령하던 조조의 신세가 애처롭다는 생각까지 들었다. 잠시 침묵에 잠겼던 관우가 큰 결심을 한 듯 부하들을 향해 소리쳤다.

"이들에게 퇴로를 열어주어라!"

그제야 조조와 부하 장수들은 안도의 한숨을 내쉬었다. 전멸의 위기에서 간신히 목숨을 구한 조조 군은 서둘러 화용도를 빠져나갔다. 그들의 뒷모습을 바라보며 관우가 혼잣말을 중얼거렸다.

"아, 공명이 괜한 염려를 한 것이 아니었구나……."

얼마 후, 하구로 돌아온 관우는 유비와 제갈량 앞에 무릎을 꿇었다.

"제가 조조를 놓아주는 큰 죄를 짓고 말았습니다. 군법에 따라 벌하여주십시오."

그 말에 제갈량이 눈빛을 반짝이며 대꾸했다.

"좋습니다, 아무리 관운장이라 해도 군령을 어겼으면 그에 상응하는 죄 값을 치러야지요."

그러면서 제갈량은 부하를 불러 관우의 목을 베도록 했다. 그 순간, 잠자코 있던 유비가 제갈량을 막아서며 그 명을 거두어달라고 간청했다.

"공명, 저와 두 아우는 한날한시에 죽기로 맹세한 의형제입니다. 관우의 죄가 작지 않으나 훗날 큰 공으로 보답할 것이니 한 번만 용서해주십시오."

"음, 주공께서 그리 간곡히 말씀하시는데 제가 군법만 내세울 수는 없지요. 저 역시 관운장이 이번 일을 계기로 더 많은 공을 세울 것이라 믿습니다."

그렇게 관우는 화용도에서 조조를 살려준 죄를 용서받게 되었다. 사실 제갈량은 조조의 명이 아직 다하지 않은 것을 알고 있었기에 관우를 벌할 마음이 전혀 없었다. 그는 모든 일의 과정과 결말을 훤히 꿰뚫고 있었던 것이다.

세 개의 주머니에 담긴 묘책

관우 덕분에 화용도에서 겨우 목숨을 건진 조조는 형주를 거쳐 허도로 돌아갔다. 그러나 그는 퇴각하면서도 조인에게 남군(南郡)을 지키게 하고, 양양의 방어를 하후돈에게 맡겼다. 아울러 합비(合肥)는 장요가 책임지고 지켜내도록 했다.

그 무렵 손권이 지배하는 강동에는 오(吳)가 국가의 기틀을 다져갔다. 나날이 세를 넓혀가던 오나라의 주유 군은 유비 군과 형주 땅의 여러 지역을 차지하려는 쟁탈전을 벌였다. 당시만 해도 변변한 기반이 없었던 유비는 제갈량의 도움을 받아 그 경쟁의 승자가 되기 시작했다. 제갈량의 뛰어난 지략에 관우와 장비, 조운 같은 용장들을 앞세워 여러 성을 하나둘 점령했던 것이다. 반면에 유비보다 먼저 남군을 차지하려던 주유는 조인이 쏜 화살에 왼쪽 옆구리를 맞는 중상을 입어 시상(柴桑)으로 달아나는 처지가 되고 말았다.

유비의 기세는 대단했다. 순식간에 남군과 양양, 합비를 빼앗더니 형주와 강릉까지 손에 넣은 것이다. 나아가 무릉(武陵), 장사(長沙), 계양(桂陽), 영릉(零陵)까지 점령해 넓은 땅을 차지하게 되었다. 그 과정에 마량(馬良), 마속(馬謖), 황충(黃忠), 위연(魏延) 등 다수의 용맹한 장수들을 얻는 기쁨도 누릴 수 있었다.

그렇게 유비의 세력이 하루가 다르게 커지자 손권이 위기감을 느꼈다. 그는 형주만이라도 자신의 손아귀에 넣기 위해 노숙을 유비에게 보내 협상을 펼쳤다. 그러나 이제 유비는 조금도 뒤로 물러서지 않았다.

"본래 형주 지역의 아홉 고을 모두 유표 공의 땅이었소. 그분의 아우뻘 되는 내가 이곳을 다스리는 것이 뭐가 문제란 말이오? 게다가 유표 공의 아들 유기가 살아 있으니, 숙부가 조카를 도와 형주 땅을 지키는 것은 마땅한 도리이기도 한 것이오."

그때 유기는 병이 들어 건강이 몹시 좋지 않았다. 그는 손권이나 주유보다 유비에게 훨씬 더 마음이 닿아 있었다. 따라서 머지않아 유기가 세상을 떠났지만 형주를 다스리는 유비의 입지는 전혀 흔들림이 없었다. 손권은 이런저런 상황이 불만이었지만 달리 어떻게 해볼 묘책이 떠오르지 않아 혼자서 속을 끓일 뿐이었다.

그러던 어느 날, 유비의 정실인 감부인이 천수를 다했다는 소식이 전해졌다. 주유가 그것을 알고 노숙과 함께 계략을 짰다. 그리고 손권을 찾아가 자신의 꿍꿍이를 이야기했다.

"주공께는 아리따운 누이동생이 있습니다. 그녀를 시집보내겠다고 말해 유비를 우리 땅으로 불러들이십시오. 일단 유비가 이곳으로 오면, 그를 사로잡아 형주 땅을 내놓으라는 흥정을 벌일 수 있을 것입니다."

손권은 주유의 계략에 흔쾌히 동의했다. 누이동생을 미끼로 삼는 것이 꺼림칙했지만, 욕심나는 영토를 얻기 위해 그만한 일쯤 눈 딱 감고 벌일 수 있었다. 손권은 즉시 여범(呂範)을 유비에게 보내 오나라로 건너오라는 말을 전했다. 처음에 유비는 나이 먹은 자신이 젊은 처녀를 탐하는 것은 도리가 아니라고 생각했다. 게다가 손권의 숨겨진 계략이 있을 것이라는 찜찜한 느낌이 들기도 해서 정중히 그 제안을 사양했다. 하지만 유비는 제갈량의 귀엣말을 전해 듣고 곧 마음을 바꾸었다.

"주공, 저들의 말을 따르십시오. 이번 혼사는 결국 이루어질 테니 아무 걱정 하시지 않아도 됩니다."

언제나 제갈량을 믿는 유비는 더 이상 다른 말을 하지 않았다.

며칠 후, 오나라로 떠나는 유비를 조운과 500명의 군사가 호위하기로 했다. 길을 나서기 전에 제갈량이 은밀히 조운을 불러 주머니 세 개를 건네며 말했다.

"오나라에서 장군의 힘으로 해결할 수 없는 상황에 맞닥뜨릴 때마다 이 주머니들을 하나씩 열어보십시오."

"네, 알겠습니다."

조운은 세 개의 주머니를 소중히 챙겨 갑옷 속에 간직했다.

그렇게 형주를 떠난 유비 일행은 열흘 만에 강동 땅에 다다랐다. 그런데 막상 배가 닻을 내리자 조운은 그대로 손권을 찾아가야 할지 망설여졌다. 유비도 손권의 계략이 있을 것이라는 생각에 매사가 조심스러웠다. 그때 조운이 제갈량이 건네준 주머니들 가운데 첫 번째 것을 풀어보았다. 그 안에는 다음과 같은 내용을 적은 종이가 들어 있었다.

'오나라에 도착하면 손책과 주유의 장인인 교국노(喬國老)를 찾아가 혼담 이야기를 전하십시오. 아울러 형주의 유 황숙이 손권의 누이동생에게 장가들러 왔다는 소문을 강동의 백성들에게 널리 알리십시오.'

교국노는 강동 지역에서 존경받는 어른이었다. 유비는 그를 찾아가 정중히 예를 갖춘 뒤 자신이 오나라에 온 까닭을 이야기했다. 뜻밖의 혼담에 교국노는 깜짝 놀라며 당장 손권의 어머니인 태부인(太夫人)을 찾아가 축하 인사를 전했다. 사실 손권과 주유는 거짓 혼담으로 유비를 꾀어 인질로 삼을 생각이었는데, 교국노와 태부인이 알게 되는 바람에 일이 커지고 말았다. 더구나 웬 일인지 백성들 사이에도 손권의 누이동생이 유비와 혼례를 올린다는 소문이 퍼져 애초의 계획이 완전히 틀어지고 말았다. 당황한 손권이 태부인을 찾아가 주유의 계략인 것을 말했지만, 백성들까지 알게 된 마당에 유비를 그냥 돌려보낼 수는 없었다.

"자네가 어떻게 누이동생을 앞세워 사욕을 채우려 든단 말인가. 이왕 이렇게 된 것, 내가 유 황숙을 직접 만나보아 됨됨이가 훌륭하다면 그대로 혼사를 치러야겠네."

태부인은 아들인 손권을 나무라며 서둘러 유비를 데려오라고 말했다. 교국노는 유비를 처음 만나고 아주 좋은 인상을 받았는데, 그 이야기를 전해들은 태부인은 내심 호감을 느끼고 있었다. 아니나 다를까, 유비를 직접 만나본 태부인은 한눈에 그의 인품과 지성에 마음을 빼앗겼다. 비록 나이 차이가 많이 나기는 해도 자기 딸의 배필로 손색이 없다고 생각한 것이다. 결국 유비와 손권의 누이동생은 며칠 만에 성대한 혼례를 치르게 되었고, 태부인은 9층 누각을 새로 꾸며 두 사람의 신방으로 내주었다. 그것을 지켜보는 손권은 속이 쓰렸으나 곧 주유와 노숙을 불러 새로운 계략을 짜냈다.

"어차피 혼례를 치렀으니 유비가 이곳을 떠나지 않도록 해야 됩니다. 세월이 흐르다 보면 두 아우와 공명이 유비에게 크게 실망할 텐데, 그들의 사이가 멀어질수록 우리에게는 도움이 될 것입니다."

주유가 말했다.

"나도 대도독과 같은 생각일세. 유비를 극진히 대접해 형주로 돌아갈 마음을 먹지 못하도록 해야겠네."

손권은 주유의 계략에 공감하며 고개를 끄덕였다.

그 날 이후 손권은 유비에게 날마다 진수성찬을 차려주며 온갖 보물을 선물했다. 하지만 무엇보다 유비의 마음을 사로잡은 것은 아내가 된 손권의 누이동생이었다. 그녀는 뛰어난 미모와 슬기로운 언행으로 유비에게 큰 기쁨을 안겨주었다. 실제로 유비는 새로 얻은 아내에게 푹 빠져 오나라에서 시간 가는 줄 모르고 즐거운 나날을 보냈다. 그렇게 몇 달이 흘렀고, 그 모습을 지켜보던 조운은 속절없이 흐르는 세월을 안타까워하며 제갈량이 주었던 두 번째 주머니를 열어보았다. 그 안에는 다음과 같은 내용이 적혀 있었다.

'적벽에서 패해 한을 품은 조조가 대군을 이끌어 형주로 쳐들어온다고 주공께 알리십시오. 관운장과 장비 장군, 그리고 제가 주공이 돌아오시기를 손꼽아 기다린다는 말도 덧붙이십시오.'

조운은 주머니에 적힌 내용을 당장 유비에게 이야기했다. 그러나 아내와 지내는 즐거운 일상에 흠뻑 젖어든 유비는 선뜻 결단을 내리지 못했다. 그것을 본 조운이 재촉했다.

"주공, 이렇게 머뭇거리시다가는 형주가 큰 위기에 빠질 것입니다. 어서 달려가서 관운장과 장비 장군을 도와야 합니다."

"알겠소, 조 장군…… 아내와 상의해보리다."

유비의 말에 조운은 절로 한숨이 쉬어졌다. 자기가 존경하여 따르는 주공이 사사로운 감정 때문에 대업을 그르칠까 걱정스러웠던 것이다. 그런데 다행히 유비의 새 아내 손부인(孫夫人)은 슬기로운 여인이었다. 그녀는 형주로 떠날 것을 망설이는 유비에게 단호하게 말했다.

"저는 이미 서방님과 모든 운명을 함께 짊어지기로 다짐한 몸입니다. 오라버니의 눈을 피할 계책이 있으니, 저를 데리고 형주로 가서 아우님들을 도우십시오."

손부인의 말에 유비는 표정이 밝아졌다. 손부인은 강물 위에서 제를 올리겠다는 핑계를 대며 배를 마련해 유비와 조운의 탈출을 도왔다. 물론 부부 일심동체라, 그녀도 유비와 함께 형주로 간 것은 두말할 나위 없었다.

손권은 이튿날 아침이 되어서야 유비와 누이동생이 오나라를 떠난 사실을 보고받았다. 그는 불같이 화를 내며 진무와 반장에게 기병 500을 내주어 유비를 잡아오도록 했다. 그러고도 분을 삭이지 못해 장흠과 주태에게는 자신의 칼까지 건네며 유비와 손부인의 목을 베어오라고 명령을 내렸다.

한편 제갈량이 조운에게 준 세 번째 주머니는 형주로 가는 길에 쓰임새가 있었다. 유비 일행이 주유가 매복해놓은 정봉과 서성의 군사를 만나 위기에 처했는데, 조운이 주머니를 열어보니 손부인이 그 난관을 해결할 수 있다고 적혀 있었다. 손부인은 거리낌 없이 앞으로 나서며 정봉과 서성을 꾸짖었다.

"너희가 감히 내 앞을 가로막는 것이냐? 여기 계신 유 황숙께서는 나의 지아비시다. 우리 둘이 형주로 가는 것을 오라버니와 어머니께 허락받았으니 어서 길을 비켜라. 주유 따위가 우리를 막을 수는 없다!"

손부인의 기개가 얼마나 대단했는지 정봉과 서성은 군사를 물릴 수밖에 없었다. 제갈량이 건넨 주머니 속 비책이 이번에도 효력을 발휘해 유비가 위기를 벗어나게 되었던 것이다.

시간이 흘러 유비 일행은 유랑포(劉郎浦)에 다다랐다. 그곳에는 제갈량이 유비를 마중 나와 있었다. 반갑게 해후한 두 사람은 인사를 마치자마자 부지런히 배를 몰았는데, 갑자기 주유가 황개와 한당을 거느리고 나타나 유비 일행을 추격했다. 제갈량은 재빨리 뱃머리를 돌려 북쪽 강기슭에 배를 대고 상륙했다. 주유 역시 땅으로 올라와 추격을 멈추지 않았다.

"여기가 어디냐?"

주유가 주위를 두리번거리며 부하에게 물었다.

"바로 앞쪽이 황주입니다."

부하가 큰 소리로 대답했다.

그런데 그때 북소리가 요란하게 울리더니 관우가 이끄는 병사들이 나타났다. 주유가 황급히 말머리를 돌려 달아나려 했으나 관우가 가만두지 않았다. 곧 황충과 위연이 달려들어 주유의 병사들은 처참히 죽임을 당하고 말았다. 간신히 목숨을 건진 주유는 몇몇 부하들과 함께 배로 피신했으나 이미 몸은 만신창이가 된 뒤였다. 조인이 쏜 화살에 부상을 입었던 왼쪽 옆구리까지 다시 터져 피고름이 새어나오고 있었다. 이번에도 주유는 시상으로 달아날 수밖에 없었다. 주유의 참패 소식을 전해들은 손권은 두 주먹을 부르르 떨며 당장 대군을 일으켜 형주를 치려고 했다.

"정보가 전군을 지휘해 형주를 쳐라!"

그런데 장소가 흥분한 손권을 말렸다.

"안 됩니다, 주공. 우리가 형주를 공격하는 사이에 조조 군이 쳐들어올지 모릅니다. 그는 적벽의 치욕을 씻기 위해 벼르고 있는데, 우리가 유비와 동맹을 맺어 함부로 출병하지 못하고 있을 뿐입니다. 그러니 섣불리 형주를 공격해 동맹이 깨진 것을 알릴 필요가 없습니다."

"음…… 그럼 어떻게 해야 되겠느냐?"

손권이 여전히 분을 가라앉히지 못하며 다른 책략을 묻자 장소가 꾀를 냈다.

"우선 허도로 사자를 보내 유비를 형주 자사에 정식으로 임명시켜 달라고 청하십시오. 그러면 조조가 우리와 유비의 동맹이 굳건한 줄 알아 쉽게 공격할 엄두를 내지 못할 것입니다. 아울러 유비도 그와 같은 주공의 청에 감사해하며 방심하기 십상입니다. 그 후 조조와 유비 사이를 갈라놓으면 형주를 빼앗을 기회가 생길 것입니다."

장소의 말을 들은 손권은 무릎을 치며 기뻐했다. 그는 곧 화흠(華歆)을 허도에 있는 조조에게 보냈다.

그 시각 조조는 적벽의 치욕을 만회할 방책을 마련하기 위해 온 신경을 곤두세우고 있었다. 그때 화흠이 허도에 도착해 조조 앞에 머리를 조아리고 자기가 찾아온 이유를 설명했다. 그를 통해 조조는 손권의 누이동생과 유비가 혼례를 치른 사실도 알게 되었다. 조조는 유비가 형주 자사에 임명되는 것을 크게 걱정했다. 손권이 나서서 그와 같은 청을 올릴 만큼 유비의 기반이 탄탄해졌다는 것을 의미했기 때문이다. 그것을 눈치챈 정욱이 조조의 근심을 달랬다.

"승상, 너무 염려 마십시오. 손권이 스스로 사자를 보내 유비를 형주 자사로 임명해 달라고 청하는 것은 우리의 힘을 두려워하기 때문입니다."

"그게 무슨 말이냐?"

조조가 고개를 갸웃거리며 정욱에게 물었다.

"손권은 승상께서 오나라로 출병을 하실까 걱정하는 것입니다. 그래서 유비와 함께하고 있다는 사실을 강조해 우리를 견제하는 것이지요. 더불어 유비의 마음도 달래고 말입니다."

"듣고 보니 그럴 수 있겠구나. 하면 내가 어떻게 해야 되겠느냐?"

모사 정욱을 바라보는 조조의 눈이 반짝였다.

"우선 황제의 명으로 손권의 사람인 주유를 남군 태수에, 정보를 강하 태수에 임명하십시오. 두 지역은 형주와 가까워 자연스럽게 유비와 자주 충돌하게 될 것입니다. 그들이 크게 다툼을 벌일 때 우리가 공격하면 손쉽게 두 마리 토끼를 한꺼번에 잡을 수 있습니다."

조조는 정욱의 말에 반색하며 그 책략을 실천에 옮겼다. 남군 태수가 된 주유는 손권이 그랬듯이 노숙을 유비에게 보내 형주 땅을 내놓으라고 으름장을 놓았다. 그러자 제갈량이 나섰다.

"유 황숙께서 형주를 내놓으면 어디에 몸을 두신단 말입니까? 서천(西天) 땅이라도 손에 넣는다면 처남인 손권 대인께 형주를 양보하고 떠날 수 있겠으나, 그곳의 유장(劉璋)이 황실의 후손으로 형제나 다름없으니 언감생심입니다. 하여 유

황숙께서도 시름이 깊으십니다."

제갈량의 이야기를 들은 노숙은 더 이상 형주를 내놓으라고 억지를 부리지 못했다.

노숙으로부터 유비의 사정을 전해들은 주유는 한 가지 꾀를 생각해냈다. 자기가 서천 땅을 빼앗아 줄 테니 유비는 형주를 내놓으라는 거래였다. 하지만 그것은 속임수였다. 서천으로 가려면 형주를 지나야 했는데, 그 기회에 유비를 제거할 계획이었던 것이다. 유비가 의심 없이 자신의 거래를 받아들이면 손쉽게 형주 땅으로 군사를 이끌고 들어갈 수 있다는 속셈이었다. 노숙은 다시 형주로 가서 주유의 제안을 전했다. 제갈량은 그 계략을 훤히 꿰뚫어보고 있었으나 모르는 척 거래를 받아들였다.

"옳거니! 드디어 유비를 없앨 천운이 따르는구나."

주유는 쾌재를 부르며 당장 군사를 일으켜 형주로 향했다. 그들이 탄 배가 하구에 닿자 미축이 마중 나와 환영식을 베풀어주었다. 주유는 자신의 계획이 착착 맞아 들어간다는 생각에 우쭐한 표정을 지으며 형주성으로 걸음을 재촉했다. 이제 성 안으로 들어가 유비가 자신을 맞이하러 나오는 순간 거사를 치르면 될 일이었다.

그런데 형주성 인근의 상황은 주유의 예상과 전혀 달랐다. 유비의 부하들과 많은 백성들이 나와 자신을 환영하기는커녕 인적조차 찾아보기 어려웠던 것이다. 뭔가 이상한 기분이 든 주유는 감녕, 서성, 정봉 등의 장수와 군사 3천을 이끌어 형주성 아래로 다가갔다.

"주유 대도독께서 오셨으니 어서 성문을 열어라!"

감녕이 앞으로 나서며 소리쳤다. 그러자 순식간에 무기를 움켜쥔 병사들이 성벽 위에 모습을 드러냈다. 망루에는 늠름한 장수가 나타났는데, 다름 아닌 조운이었다.

"대도독께서 무슨 일로 오셨소?"

"그대는 우리가 유 황숙을 대신하여 서천을 공격하러 출병한 것을 모르는가? 어서 성문을 열라!"

다시 한 번 감녕이 크게 소리쳤지만 성문은 꿈쩍하지 않았다. 그 대신 조운의 우렁찬 목소리가 울려 퍼졌다.

"대도독께서는 어찌 잔꾀를 부리는 것이오? 공명 군사께서 대도독의 계략을 꿰뚫어 이곳에 나, 조자룡을 세워두었소!"

그 말을 들은 주유는 흠칫 놀라 말머리를 돌려 달아나려 했다. 그때 한 부하가 달려와 더욱 놀라운 보고를 했다.

"지금 관우와 장비, 황충, 위연의 군사가 사방에서 몰려오고 있다 합니다!"

"뭐라고? 아, 내가 공명에게 속았구나……."

주유는 크게 절망해 말 위에서 떨어져 땅바닥에 나뒹굴었다. 그 바람에 옆구리의 상처가 다시 터져 신음소리가 새어나왔다. 자꾸 상처가 덧나다보니 온몸에 열이 끓고 참기 어려운 고통이 느껴졌다. 그럼에도 주유는 손권의 사촌동생인 손유 (孫瑜)에게 지원군을 요청해 서천을 공격하기로 마음먹었다. 원래 계획에는 없는 일이었지만, 그렇게 해야만 유비와 제갈 량의 마음을 달래 사태를 수습할 수 있다고 믿었던 것이다. 하지만 그마저 뜻대로 되지 않았다. 때마침 제갈량의 편지가 전해졌는데, 그 내용이 마지막 남은 주유의 자존심을 허물어 뜨렸다.

'대도독께서 우리를 위해 서천을 치려고 한다니 몇 자 적어 보겠습니다. 서천으로 가는 길은 매우 험하고 요새가 견고하 여 생각보다 공격하기 매우 어려울 것입니다. 부디 기운을 내 시어 대도독의 군사가 참패하지 않기를 기원하겠습니다. 아 울러 적벽의 치욕을 잊지 않은 조조가 언제 출병할지 모르니 유념하십시오. 대도독께서 떠난 오나라의 운명은 바람 앞의 촛불과 같을 것입니다.'

편지의 내용은 충고와 조롱이 뒤섞여 있었다. 그것을 읽는 주유의 눈가가 바르르 떨렸다. 때마침 옆구리의 상처까지 온 몸을 헤집는 듯해 고통을 참기 어려웠다.

"내가 공명의 손바닥 안에서 놀고 있었구나. 아, 하늘은 왜 이 주유와 공명을 같은 시대에 세상에 보냈단 말인가……."

문득 주유는 자신의 삶이 얼마 남지 않았다는 것을 직감했다. 그만큼 마음이 절망스러웠고 몸 상태가 심각했던 것이다. 결국 며칠 만에 주유는 길게 탄식하며 숨을 거두었다. 그의 나이 36살에 불과했다.

주유가 세상을 떠났다는 소식에 손권은 통곡했다.

"나는 이제 누구를 의지한단 말인가? 그처럼 재능 있는 인재가 젊은 나이에 삶을 마치다니 너무 안타깝구나."

주유는 마지막 순간에도 오나라의 앞날을 걱정했다. 손권은 주유의 유언에 따라 노숙을 도독으로 임명한 뒤, 성대하게 장례식을 치러주었다.

그런데 그 무렵 제갈량도 주유가 죽었다는 사실을 알게 되었다. 비록 유비를 해치려는 계략을 간파해 혼쭐을 내주기는 했으나, 그 역시 주유가 큰 인물이라는 것을 인정하고 있었다. 내 편 네 편을 떠나 일찍 삶을 마친 주유의 삶이 안타깝기는 제갈량도 마찬가지였다. 그는 유비의 허락을 받아 조운과 함께 군사 500을 이끌고 조문을 갔다.

"공명 선생, 지금 이곳의 분위기가 어떤지 몰라서 이렇게 오셨습니까? 여러 장수들이 주유 대도독의 원수라며 공명 선생을 죽이려 들 것입니다."

제갈량을 만난 노숙은 여전히 예의를 갖추며 걱정스런 마음을 드러냈다. 그러나 제갈량은 신경쓸 일 아니라는 듯 옅은 미소를 띠며 말문을 열었다.

"천하의 큰 인물이 아쉽게 떠났는데 마땅히 조문을 와야지요. 인명이야 하늘에 달린 것이니 제가 여기서 죽는다 한들 누구를 원망하겠습니까?"

실제로 주유의 부하 장수들은 제갈량을 보자 적의를 감추지 않았다. 만약 조운이 함께 가지 않았더라면 큰 사달이 나고 말았을 것이다. 그들은 몇 번이나 제갈량을 해치려 들다가도 조운의 기세에 눌려 뜻을 접어야 했다.

제갈량은 진심으로 주유를 추모했다. 그는 영정 앞에 공손히 엎드려 눈물을 흘리면서 곡을 했다. 손권은 그런 제갈량을 바라보며 만감이 교차했다. 일찍 떠난 주유가 그리웠고, 비록 직접적이지는 않더라도 주유가 세상을 떠나는 원인을 제공한 제갈량이 미웠다. 아울러 그처럼 훌륭한 책사를 둔 유비가 부러웠다.

사실 손권에게도 훌륭한 책사를 곁에 둘 기회가 있었다. 주유가 죽은 뒤 노숙이 방통을 추천했던 것이다. 일찍이 방통은 주유를 도와 조조를 물리치는 데 큰 도움을 주었기에, 손권이 손을 내밀면 흔쾌히 몸을 맡길 인물이었다. 그런데 손권은 방통의 겉모습만 보고 자신의 품에 들이려 하지 않았다. 낯빛이 검고 뻐드렁니에 들창코인데다 수염까지 듬성듬성 난 외모가 영 마음에 들지 않았던 것이다. 방통 역시 자기의 진가를 몰라주는 손권 곁에 한시도 머물고 싶지 않았다.

그러던 방통이 마침 주유의 조문을 마치고 돌아가는 제갈량을 만나게 되었다. 복룡과 봉추로 불리던 두 사람은 서로의 됨됨이를 알아 반갑게 인사를 나누었다. 제갈량은 한눈에 방통이 손권의 사람이 되지 못할 것을 알아차렸다. 그가 진지한 눈빛으로 방통을 향해 말했다.

"손권은 선생을 높이 쓰지 않을 것입니다. 형주로 가서 유황숙을 돕는 편이 낫지 않겠습니까? 그분의 덕망이라면 선생을 귀하게 여길 것이 틀림없습니다."

"하하, 역시 공명 선생의 통찰력은 놀랍군요. 그렇지 않아도 저는 이곳을 떠날 생각이었습니다. 평소 조조의 인품에는 매력을 느끼지 못하던 터라, 유 황숙을 찾아갈까 생각 중이었지요. 공명 선생께서 그리 말씀하시니 제 판단이 틀리지 않았나 봅니다."

두 사람은 서로를 바라보며 웃음을 터뜨렸다. 제갈량은 형주로 돌아가 방통을 추천했고, 유비는 방통에게 부군사중랑장(副軍師中郎將)이라는 직책을 맡겨 군사를 지휘하게 했다. 그렇게 복룡과 봉추가 모두 유비 곁에 머물게 되었다. 그 소식은 금세 허도에까지 전해져 조조를 불안하게 했다.

19

서천으로 가는 길

조조는 복룡과 봉추를 모두 얻은 유비가 두려웠다. 그가 머지않아 허도로 쳐들어올 것이란 생각에 선공을 펼칠 궁리를 했다. 그런데 순유가 반대하고 나섰다.

"우리가 남쪽으로 군사를 이동시켜 유비를 치려 한다면 서량 태수 마등이 공격해올지 모릅니다."

"음, 그렇겠군……."

순유의 걱정이 일리 있다고 생각한 조조는 가만히 고개를 끄덕였다. 순유는 곧 조조에게 마등을 제거할 방법을 이야기했다. 황제가 벼슬을 내린다는 구실로 마등을 허도로 불러들인 뒤 목숨을 빼앗는다는 계획이었다.

얼마 후 마등은 조조의 계략이 담긴 황제의 칙령을 받았다. 그는 그것이 술수라는 사실을 모르지 않았지만 황제의 이름으로 된 명을 거역할 수도 없는 노릇이었다. 결국 마등은 맏아들 마초에게 서량을 맡긴 다음 둘째아들 마휴(馬休)와 셋째 아들 마철(馬鐵), 조카 마대(馬岱) 등을 데리고 허도로 향했 다. 하지만 그것은 예상대로 죽음에 이르는 길이었다. 조조는 순유의 말대로 마등 일행을 해치워 언젠가 있을지 모를 위협 의 싹을 잘라버렸다. 그 날 간신히 목숨을 건진 이는 마대뿐 이었다.

그런데 조조는 마등을 제거한 것으로 그치지 않았다. 그는 50만 대군을 일으켜 서량으로 진격했다. 아버지와 형제들의 죽음에 분노하던 마초도 한수와 함께 20만 명의 군사를 이끌 어 맞섰다. 한수는 마등이 생전에 의형제를 맺은 각별한 사이 였다. 조조는 두려움 없는 마초의 늠름한 모습에 내심 감탄하 며 소리쳤다.

"너는 명장 복파장군(伏波將軍)의 후손이거늘, 어째서 황실 에 대항하려 드느냐?"

조조는 마초의 가문을 들먹이며 회유하려 했다. 그러나 마 초의 기세는 조금도 수그러들지 않았다.

"조조, 너는 천하의 역적이자 내 가족의 원수다! 네 놈의 사 지를 갈기갈기 찢어주마!"

마초는 당차게 엄포를 놓자마자 창을 비껴들고 조조의 진 영으로 달려들었다. 조조 쪽에서는 먼저 우금이 나가 맞섰으 나 상대가 되지 못했다. 뒤이어 장합이 대적했으나 20여 합

만에 말머리를 돌리고 말았다. 급기야 이통(李通)은 마초의 창에 목숨을 잃는 신세가 되었다. 전세는 빠르게 마초 쪽으로 기울었다. 사기가 오른 마초의 병사들이 일제히 달려들어 조조의 진영을 쑥대밭으로 만들었다. 마초가 마대와 함께 100여 명의 기병을 거느리고 달려가 조조를 사로잡으려고 했다.

"붉은 갑옷을 입은 자가 조조다. 놈을 잡아라!"

마초의 외침에 조조는 재빨리 갑옷을 벗어 던졌다.

"수염이 긴 자가 조조다. 놓치지 마라!"

또다시 마초가 소리치자, 이번에는 조조가 자신의 칼로 수염을 싹둑 잘라버렸다. 조조는 얼굴을 가리며 허겁지겁 말을 달렸으나 마초의 눈길을 피하지는 못했다.

"역적 조조야! 어디로 도망치느냐?"

마초는 조조의 뒤를 쫓다가 기회라고 생각한 듯 창을 던졌다. 그러나 힘차게 날아간 창은 아슬아슬하게 조조의 귓등을 스쳐 커다란 나무에 박혔다. 가까스로 위기를 벗어난 조조는 안도의 한숨을 내쉬며 죽을힘을 다해 후방에 있는 진지로 달아났다.

조조는 예상치 못했던 마초의 거센 저항에 깜짝 놀랐다. 그는 퇴각한 병사들을 모아 강을 건너 뒤쪽에서 마초 군을 칠 계획을 세웠다. 하지만 그것을 알아챈 마초가 강을 건너려는 조조의 병사들을 향해 화살을 퍼부었다. 뜻밖의 공격에 화들짝 놀란 조조 군은 이리저리 허둥거리다 줄줄이 죽음을 맞았다. 다만 조조는 허저가 말안장으로 몸을 가리며 호위한 덕분에 겨우 목숨을 구하게 되었다. 허저는 한 손에 말안장을 들어 화살을 막아내고, 다른 한 손으로는 노를 저어 겨우 그 상황을 벗어날 수 있었다.

다시 한 번 아깝게 조조를 놓친 마초가 진지로 돌아와 한수에게 물었다.

"방금 전에 조조를 구한 장수가 누구입니까?"

"그는 허저일세. 누구보다 용맹한 장수이니 경계를 늦추지 말게."

그 날 이후 조조와 마초는 여러 차례 치열한 전투를 벌였다. 하루는 조조가 허저만 데리고 마초의 진영으로 다가가 소리쳤다.

"마초야, 나의 명장 허저가 이통의 복수를 하러 왔다. 용기가 있다면 어서 나오너라!"

마초는 허저라는 말을 듣고 당장 말을 달려 나갔다. 두 장수의 결투는 그야말로 천하 명장들의 대결이었다. 둘은 무려 100여 합이나 맞서 싸웠지만 좀처럼 승부가 나지 않았다. 오히려 양쪽의 말이 먼저 지쳐, 두 사람은 각자의 진지로 돌아가 다른 말로 바꿔 타고 나와야 했다. 그 다음에 다시 100여 합을 싸웠으나 어느 쪽도 물러서지 않았다.

그때까지 잠자코 두 장수의 대결을 지켜보던 조조는 허저가 걱정되었다. 자칫 잘못하여 용맹한 장수를 잃게 될까 봐 염려스러웠던 것이다. 조조는 큰 소리로 하후연과 조홍 등을 불러 허저를 돕게 했다. 그것을 본 마초의 진영에서도 여러 장수들이 한꺼번에 몰려 나왔다. 그렇게 한 떼의 장수들이 뒤엉켜 치열한 전투를 벌이는 바람에 많은 사상자가 나고 말았다. 별 소득 없이 갈수록 피해만 커지자 조조와 마초는 동시에 퇴각 명령을 내렸다.

진지로 돌아온 마초가 한수에게 자문을 구했다.

"머지않아 매서운 추위가 닥칠 텐데 어떻게 하면 좋겠습니까?"

마초는 결코 무모한 장수가 아니었다. 그는 누구 못지않은 용장이면서, 부하들의 안위를 생각하는 덕장이었다. 한수가 그 물음에 신중한 표정으로 답했다.

"이렇게 지루한 소모전을 펼칠 바에는 일단 조조와 휴전하는 편이 나을 것이네. 겨울을 나고 나서 봄에 다시 계책을 세우도록 하게."

한수의 의견을 받아들인 마초는 곧 휴전을 제안하는 편지를 써서 조조에게 보냈다. 하지만 그와 같은 상황에서도 조조는 또 다른 술수를 모의했다.

"나는 일단 마초의 휴전 제안을 받아들일 것이다. 그 다음에 마초와 한수를 이간질시킬 방법을 궁리하면 저들을 손쉽게 무찌를 수 있을 것이다."

"과연 승상이십니다. 아주 기발한 책략입니다."

그 말을 듣고 곁에 있던 모사들이 감탄을 자아냈다.

조조는 휴전에 동의한다는 답장을 써서 마초에게 보낸 뒤 군사를 후퇴시키는 시늉을 했다. 그리고 한수에게 은밀히 사람을 보내 온갖 보화를 선물하며 과거의 인연을 떠올리게 했다. 일찍이 조조는 한수의 아버지를 비롯해 그 가문의 몇몇 사람들과 친분이 있었다. 이왕 휴전을 하기로 합의한 마당에 한수는 경계심을 풀고 옛정을 떠올렸다. 그 사이 조조는 한수가 허도에 줄을 대고 있다는 거짓 정보를 흘려 마초의 화를 돋우었다. 그토록 의지했던 한수의 변심에 마초는 참지 못하고 버럭 소리를 내질렀다.

"숙부님께서 어떻게 그럴 수 있습니까? 조정의 벼슬자리가 그토록 탐이 났단 말입니까?"

"아니, 자네가 나를 믿지 못한단 말인가? 나도 이런 대접을 받으며 더 이상 서량에 머물고 싶지 않네!"

한수는 마초 앞에서 자리를 박차고 나와 자신을 따르는 다섯 장수를 만났다. 그 장수들은 이번 기회에 마초를 죽이고 조조에게 항복할 것을 권했다. 한수가 잠시 망설이는 사이에 그 말이 마초의 귀에 들어갔고 사태는 점점 더 심각해졌다.

"숙부가 나를 죽이려 하다니……. 도저히 참을 수 없다!"

마초는 한달음에 한수에게 달려가 칼을 휘둘렀다. 한수는
마초의 칼을 다급히 맨손으로 막아내다가 왼손이 잘리고 말
았다. 다섯 장수가 깜짝 놀라며 칼을 빼들어 맞섰지만 순식간
에 두 사람의 목이 베어졌다. 그 광경을 보고 겁을 집어먹은
다른 장수들은 일제히 꽁무니를 빼며 모습을 감추었다. 그야
말로 자중지란이었다. 그 정보를 전해들은 조조는 회심의 미
소를 띠며 군사를 이끌고 마초의 진지로 쳐들어왔다. 모름지
기 내분이 일어난 쪽에서 외부의 적을 물리치기는 어려운 법.
마초는 전투에서 크게 패해 마대 등 1천여 명의 병사들만 데
리고 서북 지역으로 달아나는 신세가 되었다.

그렇게 마초를 물리친 조조는 기세등등하게 허도로 돌아왔
다. 황제가 성 밖까지 나와 환영하자 조조가 호탕하게 웃음을
터뜨렸다. 그 장면만으로도 허도의 실제 주인이 누구인지 알
수 있었다.

그 무렵 한중(漢中) 땅의 장로(張魯)가 야심을 드러내기 시
작했다. 그 지역은 지세가 험해 예로부터 조정의 손길이 미치
지 못했는데, 장로가 그런 상황을 이용해 조용히 자신의 세력
을 키워왔다. 그는 마초를 물리친 조조가 머지않아 한중 땅까
지 직접 지배하려 들 것이라고 생각해 서둘러 서천까지 영토
를 넓힐 마음을 먹었다. 그 정도 세력은 돼야 조조에게 맞설

수 있다고 판단했던 것이다.

그런 정세를 파악한 익주 자사 유장이 급히 조조에게 사신 장송(張松)을 보냈다. 장송은 비록 볼품없는 외모를 가졌으나 심지가 굳고 사리사욕을 챙기는 법이 없는 인물이었다. 그를 만난 조조는 다짜고짜 조공 이야기를 꺼냈다.

"어찌하여 유장이 조정에 바치는 물품이 갈수록 허접해지는 것이냐?"

"근래 서천에 가뭄이 들어 백성들이 어려움을 겪었습니다. 조공이 중요하긴 하나, 백성들의 궁핍한 생활을 외면할 수 없어 더 많이 신경을 쓰지 못했습니다. 승상께서 헤아려주십시오."

장송의 대답을 들은 조조의 얼굴에 불쾌한 기색이 번졌다. 대부분의 경우 사신에게는 좋은 음식과 편안한 잠자리를 내주는 것이 관례였으나, 조조는 장송을 푸대접했다. 그처럼 속좁게 행동하는 조조를 바라보며 장송은 한숨을 내쉬었다.

"이런 자가 천하의 권세를 누리다니 안타깝다. 조조는 교만하고 욕심이 많은 인물이라 서천의 운명을 맡기기에는 적절치 않구나."

장송은 혼잣말을 내뱉으며 유장에게 돌아가 자신의 생각을 전했다. 그리고는 조조 대신 유비를 찾아가 도움을 청하는 편이 나을 것이라고 말했다. 일찍이 유비가 덕망이 높다는 소문을 듣기도 했고 유장과 같은 황족이었기 때문에 그런 판단을 했던 것이다.

그렇게 장송은 다시 길을 나서 형주로 향했다. 멀리 형주 땅이 보일 무렵, 500여 명의 기병을 거느린 조운이 나타나 그를 맞이했다. 장송이 온다는 정보를 전해들은 제갈량이 미리 조운을 내보냈던 것이다. 조운은 말에서 내려 장송에게 정중히 인사했다.

"어서 오십시오. 형주에 오신 것을 환영합니다."

그런데 장송을 마중 나온 것은 조운만이 아니었다. 얼마쯤 길을 더 가자 이번에는 관우가 군사를 이끌고 나타나 예를 갖췄다. 장송은 자신을 위해 마음을 써주는 유비가 무척 고마웠다. 게다가 형주성 가까이 이르자 유비가 제갈량과 방통을 데리고 나와 반갑게 맞이하는 모습을 보고는 감격하지 않을 수 없었다.

"유장 자사의 사신 장송, 유 황숙께 인사 올립니다."

장송은 서둘러 말에서 내려 유비에게 고개를 숙였다. 유비 역시 아무런 권위를 내세우지 않고 진심을 다해 장송을 환영했다.

"이렇게 만나게 되어 반갑소. 형주에 머무는 동안 편히 지내면서 서천의 사정을 내게 이야기해주시오."

유비의 환대를 받은 장송은 조조와 다른 고매한 인품에 매료됐다. 그는 형주에 머무는 사흘 동안 극진한 대접을 받으며 서천의 운명을 유비에게 맡겨야겠다고 마음을 굳혔다. 장송은 서천으로 떠나기 전날, 유비를 찾아가 진지하게 말문을 열었다.

"제가 보기에 형주는 안전한 땅이 아닙니다. 동쪽에는 웅크린 호랑이 같은 손권이 있고, 북쪽에는 조정의 권세를 좌지우지하는 조조가 도사리고 있기 때문입니다. 유 황숙께서 대업을 이루시려면 형주보다 탄탄한 기반이 필요해 보입니다."

"형주보다 탄탄한 기반이라니, 그게 무슨 말이오?"

이미 제갈량으로부터 들은 말이 있어 짚이는 바가 없지 않았으나, 유비는 신중한 표정으로 장송의 이야기에 귀를 기울였다. 유비의 물음에 장송이 목소리를 조금 높였다.

"지금 한중의 장로가 호시탐탐 서천 땅을 노리고 있습니다. 그것을 잘 아는 유장 자사가 유 황숙께 도움을 청하기 위해 저를 형주로 보낸 것이지요. 서천과 한중을 아우르는 익주는 지세가 험해 외적의 침략을 막아내기 용이할 뿐만 아니라, 넓고 기름진 평야가 있어 살림살이도 넉넉한 편입니다. 게다가 유 황숙의 인품을 흠모하는 백성들도 많지요. 이번 기회에 유 황숙께서 익주의 주인이 되신다면 장차 천하를 호령할 든든한 배경이 될 것입니다."

사실 장송은 유장을 섬기면서도 아쉬움이 적지 않았다. 유장의 성품이 야무지지 못한데다 재주도 별로 뛰어나지 않았기 때문이다. 그런 참에 유비를 만난 장송은 그 인물 됨됨이에 흠뻑 빠져들었다. 유비가 위기에 처한 서천을 돕는 것을 넘어 아예 익주의 주인이 되어 주었으면 하는 바람을 가졌던 것이다. 하지만 유비는 짐짓 난처한 표정을 지었다.

"허허, 그런 말 하지 마시오. 유장 자사는 나와 같은 황실의 후손인데, 내가 어찌 그 땅을 탐할 수 있겠소."

그러면서 유비는 장로의 공격에 맞서 서천을 방어하는 데 힘을 보태겠다고 약속했다. 장송은 그 후에도 몇 번이나 유비에게 익주의 주인이 되어달라고 청했다. 하지만 유비가 선뜻 응하지 않자, 일단 서천으로 돌아가 자신이 사신으로서 거둔 성과를 전했다. 장송은 정식으로 형주에 도움을 요청하는 것을 물론, 군사를 보내 유비를 마중하라고 건의했다. 유장도 그 말에 흔쾌히 동의했다.

"내가 직접 원군을 바라는 서찰을 써줄 테니, 법정(法正)이 그것을 유 황숙에게 전하라. 그리고 맹달(孟達)은 군사 5천을 데려가 유 황숙을 호위해 모셔오도록 하라."

며칠 후, 유장의 서찰을 전해 받은 유비는 곧 부하 장수들을 소집했다. 그는 먼저 제갈량에게 당부했다.

"공명께서 조운을 비롯해 두 아우와 함께 형주를 지켜주십시오. 나는 서천으로 가서 유장 자사를 돕겠습니다."

"알겠습니다, 주공. 이곳은 염려하지 마시고 잘 다녀오십시오."

제갈량과 관우, 장비, 조운은 언제나처럼 든든한 모습을 보여 유비를 안심시켰다. 서천으로 가는 길에는 방통과 황충, 위연 등이 5만의 군사를 이끌어 동행했다. 얼마쯤 길을 갔을까? 맹달의 군사가 그들을 만나 정중히 서천 땅으로 안내했다.

그런데 유장과 달리, 그의 장수들은 유비가 오는 것을 탐탁치 않게 생각했다. 유비가 서천 땅에 들어선 것을 알고 유장이 마중을 나가려고 하자 장수 황권(黃權)이 반대했다.

"자사께서 직접 유비를 맞이할 필요는 없습니다. 그가 비록 황족이기는 하나, 언제 익주를 넘볼지 모르는 인물입니다."

"그런 말 말게. 지금 유비는 우리를 돕기 위해 이곳에 오는 것이네."

그럼에도 황권이 몇 번이나 말렸으나 유장은 듣지 않았다. 얼마 후 유비를 만난 유장은 덥썩 손을 맞잡으며 반가워했다. 유비 역시 같은 황족의 후손인 유장에게 호감을 보이며 허심탄회하게 이런저런 이야기를 주고받았다.

그런데 유비와 달리 방통은 다른 속셈을 품었다. 그는 이번 기회에 유비가 익주 땅을 차지하게 되기를 바랐던 것이다. 몇날 며칠 유장이 잔치를 베풀어 형주에서 온 일행을 극진히 대접하자, 유비가 그 보답을 하기 위해 자사와 장수들을 진지로 초청했다. 그때 방통이 의미심장한 미소를 지으며 위연에게 속삭였다.

"장군, 우리 진지에서 잔치가 벌어지면 검무를 추는 척 유장에게 다가가 목을 베십시오."

"무슨 말씀인지 알겠습니다. 그러면 주공께서 익주의 주인이 되실 수 있겠지요."

위연은 방통과 뜻을 같이했다.

하지만 그 계략은 실현되지 못했다. 유장의 심복인 장임(張任)이 수상한 낌새를 알아채고 위연을 경계했던 것이다. 칼을 빼든 위연이 검무를 추는 척 유장에게 접근하면, 장임 역시 춤을 추는 것처럼 칼을 휘둘러 자사를 호위했다.

그때 방통의 속셈을 눈치챈 유비가 크게 소리쳤다.

"모두 칼을 거두어라! 형제나 다름없는 손님을 초대해놓고 왜 오해를 살 만한 검무를 춘단 말이냐?"

유비의 호통에 위연이 칼을 거두었다. 그러자 유장도 장임에게 칼을 내려놓도록 했다.

그 날 잔치가 끝나고 유장이 돌아간 뒤, 유비는 방통을 불러 주의를 줬다.

"나는 위험에 빠진 유장을 돕기 위해 서천에 온 것이오. 좋은 뜻으로 와서 그를 해치려든다면, 어느 누가 우리를 진심으로 따르겠소?"

"송구합니다, 주공. 앞으로는 언행을 더욱 신중히 하겠습니다."

방통은 유비에게 사과하며 머리를 조아렸다. 하지만 익주 땅을 차지할 기회를 놓쳤다는 생각에 쓴웃음을 지었다.

그로부터 며칠 후, 마침내 장로가 서천 땅으로 쳐들어왔다. 그는 가맹관(葭萌關) 쪽으로 부하들을 이끌었는데, 소식을 들은 유비가 즉시 그곳으로 달려갔다.

그럼에도 유장의 부하들은 여전히 유비가 마음을 바꿔 자신들에게 칼을 겨눌까 봐 두려웠다. 비록 원군이기는 해도 언제 생각을 바꿔 적이 될지 몰랐기 때문이다. 그들은 또다시 유장에게 유비를 너무 믿지 말라고 조언했다. 그쯤 되자 유장도 철석같이 믿던 유비를 경계하기 시작했다. 그는 유비가 가맹관으로 가면 그 후방인 부수관(涪水關)에서 철저히 감시할 것을 지시했다. 그리고 자신은 성도(成都)로 가서 머물렀다.

그 무렵 손권은 유비가 군사를 일으켜 서천으로 갔다는 소식을 듣고 눈빛을 반짝였다. 형주를 공격해 손에 넣을 수 있는 기회라고 생각했기 때문이다. 그런데 그때 조조의 대군이 오나라로 쳐들어올 것이라는 정보가 전해졌다. 손권은 형주를 치는 일을 뒤로 미루고 서둘러 조조 군을 막기 위한 준비에 박차를 가했다. 그는 도읍을 말릉(秣陵)으로 옮긴 뒤 유수

(濡須) 강변에 토성을 쌓았다.

조조가 오나라를 공격할 것이라는 정보는 사실이었다. 그 시기 조조의 권세는 더욱 막강해져 곤룡포를 입고 면류관을 쓰는 안하무인의 행동을 일삼을 정도였다. 순욱이 그와 같은 패륜을 멈추라며 진언하자 사약을 내려 목숨을 빼앗기까지 했다. 조조는 무소불위의 권력을 휘두르며 무엇 하나 거칠 것이 없었다. 다만 적벽의 치욕이 자꾸 떠올라 또다시 오나라를 공격하기로 결정했던 것이다.

하지만 손권이 미리 대비했으므로 조조는 쉽게 뜻을 이루지 못했다. 양쪽의 군사가 한 달 넘게 맞붙었지만 어디로도 승패가 기울지 않았다. 결국 조조는 군사를 일단 허도로 되돌릴 수밖에 없었고, 손권도 말릉으로 돌아가 다음에 있을지 모를 침략에 대비했다. 그와 같은 상황은 곧 서천에도 전해졌고, 방통이 다급히 유비를 찾아갔다.

"주공, 어서 군사를 데리고 형주로 돌아가야 합니다. 조조나 손권이 언제 형주를 공격할지 모릅니다."

유비가 생각하기에도 방통의 판단이 옳았다. 당장은 조조와 손권이 균형을 이루고 있지만, 어느 한쪽으로 힘이 기울어지면 다음 목표는 형주가 될 것이 틀림없었다. 유비는 가맹관에서 장로의 군사와 대치하다가 어느 정도 사태가 안정되자 유장을 찾아가 말했다.

"형주와 익주가 동맹인 것을 알았으니 장로도 섣불리 공세를 펼치지는 못할 것입니다. 지금은 형주의 처지가 더욱 급해져 저는 이만 돌아가 봐야겠습니다. 자사께서 군사 사만과 군량 십만 석을 빌려주시면 고맙겠습니다."

그동안 유비가 도움을 준 것을 생각하면 그만한 요구는 들어줘야 마땅했다. 하지만 그 부탁을 듣고 고민하는 유장에게 황권이 뭔가 귓속말을 건넸다.

잠시 뒤 유장은 굳은 얼굴로 유비를 향해 말했다.

"공도 알다시피 우리에게는 여유가 없습니다. 노병(老兵) 사천과 쌀겨라도 괜찮다면 내드리지요."

그 말을 들은 유비는 자존심이 상했다. 자신의 호의에 그 정도 대답밖에 하지 못하는 유장이 원망스럽기도 했다. 유비는 곧장 말머리를 돌려 군사를 데리고 형주로 향했다. 그런데 그 소식을 들은 장송이 급히 밀서를 써서 유비에게 보내려다가 유장에게 발각되고 말았다. 밀서에는 유비가 형주로 돌아가는 것을 말리며, 당장 익주를 빼앗아 주인이 되어달라는 청이 담겨 있었다. 그것을 본 유장은 불같이 화가 나서 장송을 죽인 다음, 배수관에 사람을 보내 형주로 돌아가는 유비를 막도록 했다. 유장의 부하 장수인 양희(楊戲)와 고패(高沛)는 그 명령에 따라 배수관을 봉쇄해버렸다.

뜻밖의 상황이 벌어지자 유비의 낯빛이 심각해졌다. 하지만 유비의 정예군에게 양희와 고패는 상대가 되지 못했다. 황충과 위연이 금세 그들의 목을 베고 배수관의 길을 다시 열었다. 그때 방통이 다가와 유장을 공격하자고 제안했다.

"이왕 이렇게 된 것, 주공께서 익주를 손에 넣도록 하십시오. 유장을 그대로 두면 어떤 화가 미칠지 모릅니다."

그런데 유비는 선뜻 결정을 내리지 못했다. 때마침 제갈량의 서신이 도착했는데, 천문으로 점괘를 내보니 당분간 매사에 근신해야 한다는 내용이 적혀 있었다. 방통은 그것을 보고 자신이 공을 세울까 봐 제갈량이 방해하는 것이라고 생각했다. 그래서 망설이는 유비를 몇 번이나 설득하며 유장을 치는 결단을 내리도록 채근했다.

"음, 이번에는 봉추의 뜻을 따르겠소. 익주를 차지하고 나면 공명도 이해해줄 것이오."

드디어 유비가 자신의 바람을 받아들이자 방통은 신바람이 났다. 유장을 치는 선봉에는 황충과 위연이 나섰다. 그 뒤를 유봉과 관평, 그리고 방통이 따랐다. 그런데 방통이 타고 다니는 말이 너무 허약해 장수들을 따라가는 것을 버거워했다. 그것을 보고 안타까운 마음이 든 유비가 자신의 백마를 방통에게 내주었다.

"전쟁터에서 말이 시원치 않으면 낭패를 보기 십상이오. 이 말은 잘 훈련되어 험한 길도 쏜살같이 내달리니 봉추에게 큰 도움이 될 것이오.”

“고맙습니다, 주공. 이 은혜 잊지 않고 열심히 싸우겠습니다.”

방통은 유비의 마음씀씀이에 감격하며 재빨리 장수들을 따라갔다.

그런데 그 시각, 유장은 양희와 고패가 죽었다는 소식을 전해 듣고 유비의 공격을 예상했다. 그는 장임에게 군사 3천을 내주어 낙봉파(落鳳坡) 근처에 매복하도록 했다.

얼마 후, 그들 앞에 황충과 위연을 선두로 유비의 군사가 모습을 드러냈다. 하지만 장임은 섣불리 공격 명령을 내리지 않았다.

“조금만 기다려라. 우리보다 저들의 수가 더 많으니 한 방에 결판을 내야 한다. 유비가 나타나면 집중적으로 화살을 퍼부어라!”

장임의 병사들은 화살을 겨눈 채 유비가 모습을 드러내기를 숨죽여 기다렸다. 그리고 곧 유비가 타고 다니는 백마를 발견했다.

“저기, 유비가 나타났습니다!”

한 병사가 백마를 가리키자 장임은 다시 명령을 내렸다.

“모두 백마에 탄 유비를 향해 활을 겨누어라. 그리고 내가 먼저 시위를 놓으면 한꺼번에 화살을 날리도록 해라.”

그때 방통은 뭔가 심상치 않은 기운을 느꼈다. 그가 말고삐를 당겨 걸음을 멈추면서 곁에 있던 병사에게 물었다.

"여기가 어디인가?"

"낙봉파라는 곳입니다."

병사의 대답에 갑자기 방통의 눈이 동그래졌다.

"뭐라고? 내가 장차 봉황이 될 봉추인데 낙봉이라니, 이곳은 내게 불길한 곳이구나. 어서 말을 달려 빠져나가자!"

하지만 이미 때가 늦었다. 매복해 있던 장임의 병사들이 일제히 화살을 쏟아 붓기 시작한 것이다. 그들은 백마를 탄 방통이 유비인 줄 꿈에도 알지 못했다. 순식간에 방통의 몸에는 수십 개의 화살이 꽂혔다. 숨통이 끊어진 방통은 그렇게 처참한 모습으로 땅바닥에 나뒹굴었다. 그때 그의 나이 겨우 서른여섯 살이었다.

형주에 미련을 버리지 못한 손권

　방통이 죽었다는 소식을 들은 유비는 깊은 슬픔에 잠겼다. 자기가 백마를 내어준 것이 빌미가 되었다는 생각에 자책도 했다. 그 소식은 형주에 있는 제갈량에게도 전해졌다. 아니, 그는 지난 밤 서쪽 하늘에서 밝은 별 하나가 떨어지는 것을 보고 이미 방통의 죽음을 예감했다. 제갈량은 방통이 세상을 떠났다는 사실에 뜨거운 눈물을 흘렸다. 그리고 유비가 걱정되어 지체 없이 서천으로 달려갈 마음을 먹었다.

　제갈량은 유비에게 가기 전에 관우를 만났다.

　"지금 주공께는 제가 필요할 듯합니다. 관운장께서 형주를 잘 지켜주십시오."

　"알겠습니다, 공명. 이곳은 염려 말고 형님을 도와 유장을 물리쳐주십시오."

　관우의 늠름한 모습에 제갈량은 마음이 놓였다. 다만 한 가지 신경쓰이는 문제가 있었다.

"관운장, 만약 조조와 손권이 한꺼번에 쳐들어오면 어떻게 하겠습니까?"

"그런 경우라면 힘에 부치겠지만, 죽기를 각오하고 싸워야지요. 병사들을 반으로 나누어 적들과 대적하겠습니다."

그러자 제갈량이 고개를 가로저었다.

"아닙니다. 한꺼번에 막강한 적을 둘이나 상대하는 것은 패망에 이르는 지름길입니다. 만약 그와 같은 경우가 생긴다면 손권과 화친을 맺어 조조부터 막아내십시오."

관우는 제갈량의 충고를 진지하게 받아들였다. 그제야 제갈량은 홀가분한 마음으로 유비를 찾아갈 수 있게 되었다. 그는 마량, 미축, 관평, 요화(寥化)를 형주에 남겨 관우를 돕게 하고 장비에게 군사 1만을 내주어 먼저 서천으로 떠날 것을 지시했다. 그리고 자신은 조운을 데리고 뱃길을 통해 서천으로 향했다. 이른바 수륙협공을 펼친 것인데, 그 작전은 톡톡히 효과를 보아 유장을 궁지에 몰아넣는 데 성공했다.

육로로 적진을 열어젖힌 장비와 수로로 공세를 펼친 제갈량의 기세는 대단했다. 장비가 파군성(巴郡城)을 함락시켜 명장 엄안(嚴顏)을 항복시키자, 제갈량은 계략을 펼쳐 죽음을 두려워하지 않고 저항하던 장임의 목을 쳤다. 그리고 그들은 유비와 합세해 유장의 본거지인 성도를 공격하기 시작했다.

익주 자사 유장의 턱 밑까지 진격해 마지막으로 숨통을 끊을 순간을 눈앞에 두었던 것이다.

유장의 신세는 그야말로 바람 앞의 촛불 같았다. 그때 한 심복이 최후의 계략을 꺼내놓았다.

"더 이상 방법이 없습니다. 장로에게 도움을 청하십시오."

그 말에 유장은 얼굴이 붉게 달아올랐다.

"우리의 목을 죄려던 장로에게 어찌 애걸한단 말인가?"

"지금은 자존심을 내세울 때가 아닙니다. 따지고 보면 한중은 우리의 이웃으로 같은 운명에 처해 있습니다. 장로를 잘 설득하면, 분명 도움을 줄 것입니다."

심복의 말에 유장은 곰곰이 생각에 잠겼다. 그런데 아무리 궁리해 봐도 다른 수는 떠오르지 않았다. 결국 유장은 장로에게 도움을 청했고, 요모조모 잇속을 따져본 장로는 그 제안을 기꺼이 받아들였다.

당시 장로에게는 조조에게 패한 마초가 몸을 의탁하고 있었다. 장로는 마초에게 2만의 군사를 내주어 유비를 치게 했다. 처음에 마초는 그 명령이 마뜩치 않았다. 아버지 마등과 유비의 친분이 떠올라 망설여졌던 것이다. 하지만 궁지에 몰린 자신을 거둬준 장로의 말을 따르지 않을 수 없었다.

마초의 무예 솜씨는 전혀 녹슬지 않았다. 그가 긴 칼을 휘두르며 유비의 진영을 헤집고 다니자 병사들의 머리가 추풍낙엽처럼 나뒹굴었다. 그것을 본 장비가 장팔사모를 움켜쥐고 마초에게 달려들었다.

"이놈, 마초야! 너는 내가 상대해주마!"

"좋다, 얼마든지 덤벼라. 미련한 네 놈의 머리통을 박살내주마!"

평범한 장수라면 장비의 기개에 지레 겁을 집어먹을 만했다. 그러나 마초는 조금도 움츠러들지 않고 당당히 맞섰다. 둘의 대결은 100합이 넘게 이어졌으나 좀처럼 승부가 나지 않았다. 마초가 구리 철퇴를 던지면 장비가 장팔사모로 막아냈고, 장비가 활을 꺼내 쏘면 마초가 몸을 숙여 가뿐히 피했다. 어느덧 날이 저물어 더 이상 맞대결이 어려워지자 장비가 소리쳤다.

"제법이구나, 마초야. 오늘은 이쯤에서 그만두고 내일 다시 붙어보자!"

"그래, 나도 승부를 가리지 못해 아쉽다. 끝까지 싸워 결판을 내자!"

두 장수는 내심 서로의 실력을 인정하며 말머리를 돌렸다. 진지로 돌아온 장비는 유비에게 뜻밖의 말을 했다.

"형님, 마초는 죽이기 아까운 장수요. 우리 편으로 끌어들일 방법이 없겠소?"

유비는 장비의 말에 고개를 끄덕였다. 실은 그도 일찍이 마

초의 재능을 탐내고 있었다. 유비는 제갈량을 찾아가 마초를
사로잡을 방법을 물었다.

"마초는 호랑이처럼 용맹한 장수입니다. 무조건 힘을 맞붙
으려 하면 한쪽이 치명상을 입게 마련이지요. 제게 좋은 계략
이 있으니 들어보십시오."

제갈량은 목소리를 낮춰 유비가 마초를 품에 안을 수 있는
방법을 이야기했다. 그것은 마초와 장로 사이를 멀어지게 한
뒤, 마초 스스로 유비를 찾아오게 하는 계략이었다. 제갈량은
먼저 밀사를 보내 뇌물을 밝히는 장로의 참모 양송(楊松)에게
재물을 건넸다. 그 대가로 양송은 자신의 패거리와 함께 장로
를 찾아가 마초를 모함했다.

"마초는 지금 유비와 싸우는 척하며 우리에게 칼을 겨눌 때
를 기다리고 있습니다. 그 자는 조조에게 원한이 있어 한중부
터 손에 넣어 힘을 키울 속셈이지요."

장로는 평소 양송을 철석같이 믿었다. 그의 모함에 넘어간
장로는 당장 마초를 지원하던 군량을 끊었다. 그리고 기회를
보아 마초의 목을 베기로 작정했다. 한중에 머물고 있던 부하
로부터 그 소식을 전해들은 마초는 깜짝 놀랐다. 그때 제갈량
이 보낸 또 다른 밀사가 마초를 찾아왔다. 밀사는 은밀히 유
비의 말을 전했다.

"유 황숙께서는 마초 장군과 싸우는 것을 달가워하지 않습

니다. 그분은 일찍이 마등 장군과 함께 힘을 합쳐 조조를 치려고 했던 동지였기 때문입니다. 마초 장군, 잘 생각해보십시오. 장차 조조를 무찔러 아버님의 원수를 갚으려면 유 황숙과 손을 잡는 것이 옳지 않겠습니까? 장군께서 오신다면, 유 황숙께서도 버선발로 달려 나와 반갑게 맞이하실 것입니다."

밀사의 이야기에 마초는 귀가 솔깃했다. 장로가 자신을 오해해 죽이려고 하는 마당에 더 이상 한중에 머물 수도 없는 노릇이었다. 결국 마초는 군사를 이끌고 유비 진영으로 넘어오는 결단을 내렸다.

마초를 설득한 밀사의 이야기는 과장이 아니었다. 유비는 마초가 온다는 소식에 몸소 진영 밖으로 마중을 나와 반갑게 맞이했다. 하루 종일 목숨을 걸고 싸웠던 장비도 달려 나와 누구보다 밝은 얼굴로 마초를 환영했다.

"잘 왔네, 마 장군. 앞으로 내 곁에서 큰 힘이 되어주게."

유비의 환대에 마초는 머리를 조아려 예를 갖췄다. 또 한 사람의 용맹한 장수가 자진하여 유비의 수하로 들어오는 순간이었다.

이튿날, 마침내 유비는 유장이 머물고 있는 성도성(成都城)을 공격하라는 명령을 내렸다. 마초가 선봉에 서서 말을 몰았다. 성도성 누각에 올라 한 무리의 군사가 흙먼지를 피우며 달려오는 것을 본 유장이 반색하며 소리쳤다.

"하하하, 저길 보아라! 드디어 장로의 군사가 우리를 도우러 오는구나!"

유장은 그 병사들이 자신을 치러 오는 적인 줄은 꿈에도 생각지 못했다. 잠시 후, 성문 앞에 다다른 마초가 큰 소리로 엄포를 놓았다.

"유장은 들어라! 성문을 열고 순순히 밖으로 나와 유 황숙께 항복하면 목숨만은 살려주마. 하지만 무모하게 저항한다면 한 놈도 남김없이 목을 벨 것이다!"

누구라도 마초의 기개를 보면 오금을 저릴 만했다. 아군이라고 생각했다가 적군인 줄 알게 된 유장은 순식간에 전의를 상실했다. 그는 스스로 성문을 열고 밖으로 나와 마초에게 항복했다. 곧 유비를 만난 유장이 넋이 나간 얼굴로 무릎을 꿇었다. 그러자 유비가 그에게 다가가 손을 내밀었다.

"미안하게 됐구려. 내가 도리를 잊은 것은 아니나, 공이 나의 호의를 가볍게 여긴 것이 잘못이오. 이 모든 일이 하늘의 섭리라 생각하시오."

그 말을 들으며 유장은 크게 낙심했다. 유비는 그를 진위장군(振威將軍)으로 임명해 형주의 공안현(公安縣)에서 살게 했다.

그렇게 유비는 서천의 새로운 주인이 되었고, 머지않아 촉(蜀)으로 불리게 되는 익주 땅에 세력을 뻗쳤다. 그 땅의 많은 백성들이 유비를 반겼으며, 장수와 관원들도 충성을 맹세했다.   유비가 서천을 손에 넣었다는 소식을 들은 손권은 또다시 형주 땅을 빼앗을 궁리를 했다. 손권은 즉시 유비에게 사신을 보내 그 말을 전했으나 씨알도 먹히지 않았다. 이번에는 유비가 한중 땅을 모두 차지한 다음에 생각해보겠다고 답신을 보낸 것이다.

"이 자가 나를 우습게 여기는구나……."

손권은 노숙을 불러 유비를 마구 비난했다. 지난날 노숙은 손권과 주유의 명을 받아 형주 땅을 두고 유비 쪽과 담판을 벌인 적이 있었다. 하지만 그때마다 유비와 제갈량의 반박에 별 다른 말도 하지 못한 채 발걸음을 돌릴 수밖에 없었다. 다만 서천을 차지하면 형주를 양보할 수 있다던 제갈량의 말에 기대를 걸었던 것이다.

"유비가 이번에는 한중 땅을 핑계로 나의 요구를 거절하니 어떻게 하면 좋겠느냐?"

손권의 낯빛이 어두웠다. 잠시 입을 다물고 있던 노숙이 신중히 말문을 열었다.

"제게 한 가지 계략이 있습니다."

"그게 무엇인가?"

노숙의 말이 끝나자마자 손권이 다시 물었다.

"제가 육구(陸口)에 군사를 매복시킨 다음 술잔치를 열어

관우를 초대하겠습니다. 만약 그가 저의 초대에 응한다면 형
주를 우리에게 넘기라고 좋은 말로 설득해볼 것입니다."

"관우가 자네의 요구를 순순히 들어주겠는가?"

손권은 노숙의 계략이 미심쩍었다. 그러자 노숙이 단호한
목소리로 말을 이었다.

"관우가 술잔치에 와서 저의 말을 따르지 않는다면 매복시
켜둔 병사들로 하여금 목을 치게 할 것입니다. 그리고 혹시
그가 술잔치 초대에 응하지 않는다면, 그것을 빌미로 군사를
몰고 가서 형주를 빼앗으면 그만입니다."

그제야 손권은 고개를 끄덕이며 노숙의 계략에 동의했다.
노숙은 곧 육구로 군사를 데려가서 진을 치고 형주로 사람을
보내 관우를 초대했다. 관평과 마량이 의심쩍어하며 술잔치
에 가는 것을 말렸으나 관우는 듣지 않았다.

"노숙과 인연이 있는데 초대에 응하지 않는다면 뒷말이 나
올 것이다. 만약의 사태에도 대비할 테니 걱정하지 마라."

관우는 이렇게 부하 장수들을 안심시키며 관평에게 한 가
지 임무를 맡겼다. 배 10척과 수군 500명을 이끌고 강기슭에
서 기다리다가 깃발로 신호를 보내면 달려오라는 명이었다.

얼마 후, 관우는 배를 타고 육구로 향했다. 멀리서 노숙이
살펴보니, 주창을 비롯해 병사 몇이 관우를 호위하고 있을 뿐
이었다. 자신의 계략이 순조롭게 들어맞아가자 노숙은 흡족

한 미소를 띠며 달려가 관우를 맞이했다.

"어서 오십시오, 관운장. 오랜만에 회포나 풀까 하여 모셨습니다."

"초대해주셔서 고맙습니다."

관우와 노숙은 서로 몸을 낮추며 정중히 예를 갖췄다. 그리고 흥겹게 술잔을 주고받으며 잔치를 즐겼다. 그러다가 취기가 달아오를 무렵, 노숙이 마침내 속에 담아두었던 이야기를 꺼냈다.

"전에 공명 선생이 유 황숙께서 서천을 갖게 되면 형주 땅을 오나라에 넘기겠다고 말씀하셨습니다. 그런데 얼마 전 서천을 손에 넣고도 다시 한중 땅을 들먹이시니 신의에 어긋난 것이 아닌지요?"

노숙의 말을 들은 관우는 불쾌했다. 그러나 애써 감정을 숨기며 노련하게 대응했다.

"허허, 그런 이야기는 오늘처럼 즐거운 술자리에 어울리지 않는군요. 그 문제는 나중에 다시 논의해봅시다."

하지만 노숙은 조급해하며 한 걸음 더 나아갔다.

"지난날 우리 주공께서는 조조에게 쫓겨 오갈 데 없는 유 황숙을 위해 형주 땅에 머무는 것을 용인하셨습니다. 한데 이제 서천을 얻었으니 마땅히 형주를 내놓아야 하지 않겠습니까? 관운장이 형님 대신 신의를 지키신다면 만인이 우러러볼 것입니다."

"뭐라고, 너의 주공이 용인했다고?"

노숙의 거듭된 추궁에 관우는 참았던 화가 폭발하고 말았다. 그는 자리에서 벌떡 일어서며 청룡언월도를 움켜쥐었다. 그러면서 곁에 있던 주장에게 눈짓을 보냈다. 금세 그 뜻을 알아차린 주창은 강기슭으로 달려가 붉은 깃발을 흔들었다. 그 사이 관우는 일부러 술에 만취한 척 비틀거리면서 오른손에 청룡언월도를 쥔 채 왼손으로 노숙의 팔을 붙잡았다. 미리 매복해 있던 손권의 병사들은 일제히 관우를 치려고 했으나, 노숙이 인질처럼 붙잡힌 바람에 섣불리 모습을 드러내지 못했다.

관우는 여전히 술에 만취한 시늉을 하며 말투를 싹 바꿔 노숙을 혼란스럽게 했다.

"허허허, 미안하게 됐습니다. 내가 술에 취해 노숙 공에게 시비를 걸었구려. 재미없는 형주 이야기는 그만하시고, 배를 정박시켜둔 강기슭까지만 나를 배웅해주십시오. 오늘은 내가 취했으니 이쯤에서 잔치를 끝내고 다음을 기약합시다."

노숙의 팔을 붙잡은 관우의 손아귀 힘은 대단했다. 여차하면 굳이 청룡언월도를 휘두를 것도 없이 팔뚝을 으스러뜨릴 기세였다. 노숙은 관우의 힘에 질질 끌려 강기슭까지 동행할 수밖에 없었다. 그곳에는 아까와 달리 10척의 배와 수군 500

여 명이 진을 치고 있었다. 그제야 노숙은 자신의 계략이 실패하고 만 것을 알아차렸다. 관평의 호위를 받으며 배에 오른 관우는 노숙의 팔을 놓아주고 여유롭게 작별 인사를 건넸다. 그리고는 언제 취했냐는 듯 꼿꼿한 자세로 서서 형주를 향해 배를 몰았다.

그 시각 육구에서 사람이 오기를 기다리던 손권은 직접 나타난 노숙을 보고 다급히 물었다.

"어떻게 되었느냐?"

"송구합니다, 주공……."

노숙은 손권 앞에서 차마 얼굴을 들지 못했다. 모든 이야기를 전해들은 손권은 부아가 치밀어 당장 형주를 공격하기로 마음먹었다. 그런데 때마침 조조가 30만 대군을 일으켜 몰려온다는 보고가 올라왔다. 화들짝 놀란 손권은 형주를 치려던 계획을 접고 군사를 합비와 유수로 옮겨 조조의 침략에 대비했다.

하지만 조조의 공격은 실제로 이루어지지 않았다. 여러 모사와 부하 장수들이 지금은 때가 아니라는 상소를 올렸고, 그것을 받아들인 조조가 말머리를 돌렸기 때문이다. 일단 허도로 돌아온 조조는 훗날을 기약하며 더욱 야심을 드러냈다.

기고만장한 조조와 한중의 몰락

오래 전부터 허도의 실세는 조조였다. 그의 권세는 날이 갈수록 막강해져 천상천하 유아독존이라는 말이 딱 들어맞을 정도였다. 실제로 조조의 심복들은 그를 위왕(魏王)에 앉히려는 음모를 꾸미기도 했다. 모사 순유가 그럴 수는 없다며 반대했다가 조조의 미움을 사 목이 베이는 참사를 당했다. 그러니 누구도 조조 앞에서 반기를 들지 못했다. 헌제 역시 조조의 이름만 들어도 바짝 긴장하여 모든 요구를 들어주는 지경이었다.

그러자 참다못한 복황후(伏皇后)가 사가(私家)에 있는 아버지 복완(伏完)에게 도움을 청했다. 헌제의 충신 목순(穆順)이 궁궐과 사가를 오가며 부녀의 밀서를 전했다. 급기야 복완은 딸인 황후에게 조조를 제거할 계책을 적은 서찰을 보내기에 이르렀다.

'지금은 누구도 조조에 맞서기 어렵습니다. 방법은 단 하나, 손권과 유비에게 도와달라고 부탁해야 합니다. 그들이 연합해 허도로 진격하면 조조가 전군을 이끌고 달려 나갈 테니, 그 틈에 충신들이 힘으로 모아 허도를 장악하면 됩니다.'

아버지의 밀서를 읽은 복황후는 한 줄기 희망의 빛이 보이는 듯했다. 복완은 헌제를 설득해 손권과 유비에게 도움을 요청하는 편지를 쓰게 하라고 덧붙였다. 복황후는 즉시 답장을 써서 아버지의 계책을 따르겠다고 말했다.

그런데 그 날 뜻밖의 사건이 벌어졌다. 복황후의 답장을 들고 궁궐을 나서던 목순이 조조의 부하에게 붙잡히고 만 것이다. 조조는 그가 복황후의 거처와 사가를 자주 오간다는 정보를 듣고 감시병을 붙여두었던 것이다.

"이런, 고얀 것들을 봤나! 복완의 계책이란 것이 무엇인지 당장 알아내도록 하라!"

조조의 명을 받은 한 무리의 병사들은 그 길로 복완에게 달려가 집 안 곳곳을 샅샅이 뒤지기 시작했다. 그리고 마침내 그동안 주고받았던 복황후의 서찰들을 발견했다. 그것을 본 조조는 이성을 잃을 정도로 흥분해 고래고래 소리를 질러댔다.

"내게 칼을 겨누는 자는 누구도 살려둘 수 없다. 황후를 끌어내 본때를 보여줘라!"

"네, 승상! 명을 받들겠습니다!"

그 시각 황후는 나인들을 통해 모든 일이 들통 난 것을 알게 되었다. 그녀는 온 몸을 사시나무처럼 떨며 제자리에 앉아 꼼짝도 하지 못했다. 그때 병사들이 우르르 들이닥쳐 복황후의 머리채를 붙잡아 조조에게 끌고 갔다. 이제 그녀는 한 나라의 황후가 아니라 용서받지 못할 죄를 지은 역적에 불과했다. 헌제가 나선다 해도 되돌릴 수 없는 일이었다.

"부디 목숨만 살려주십시오, 승상……."

복황후가 눈물을 흘리며 애원했다. 그럼에도 조조는 아량을 베풀 생각이 전혀 없었다.

"저런 년에게는 사약도 아깝다. 몽둥이로 때려 죽여라!"

조조가 명령하자마자 병사들이 여럿 달려들어 몽둥이찜질을 해댔다. 연약한 여자의 몸은 곧 만신창이가 되어 숨통이 끊어졌다. 조조는 그것으로도 분이 풀리지 않았는지 복황후가 낳은 두 황자에게 사약을 내렸다. 복완과 목순이 잔인하게 죽임을 당한 것은 당연한 수순이었다. 그 일로 목숨을 잃은 사람이 200명에 달했으니, 복 씨 일가의 씨가 말랐다고 해도 지나친 표현이 아니었다. 심지어 조조는 자신의 딸을 새로 황후 자리에 앉히기도 했다.

"아, 내가 너무 무력하구나……. 죽음보다 못한 삶이 있다면, 정녕 나를 두고 하는 말일 것이다……."

헌제는 복황후와 두 황자가 죽었다는 소식을 듣고 통곡했다. 하지만 그는 눈물을 흘리는 것 말고 달리 할 수 있는 일이 하나도 없었다.

그로부터 얼마 후, 더욱 권세가 탄탄해진 조조는 한중을 공격하기로 마음먹었다. 그곳을 시작으로 유비와 손권을 차례로 제거할 속셈이었다.

그런데 한중을 허무는 일이 생각만큼 쉽지 않았다. 장로에게는 방덕(龐德)이라는 용장이 있었기 때문이다. 장합과 하후연, 서황, 허저가 잇달아 그에게 맞섰으나 승리를 거두지 못했다. 조조는 고민 끝에 양송의 재물 욕심을 이용하기로 했다. 양송은 일찍이 제갈량의 계책에 따라 재물을 받고 마초와 장로 사이를 이간질시킨 전력이 있었다. 그 무렵에도 장로는 참모 양송을 철석같이 믿었는데, 조조는 마초가 유비에게 몸을 의탁하게 된 전후 사정을 알고 있었다.

양송을 이용한 계략은 성공적이었다. 그는 조조가 보낸 재물을 받고 아무런 거리낌 없이 방덕을 음해했다. 장로는 어리석게도 양송에게 속아 방덕을 의심했다. 그가 전장에서 몸을 사리며 전리품을 챙기는 데만 급급하다는 오해였다. 주공이 믿어주지 않는데 목숨을 내놓을 부하는 없는 법이 아닌가. 결국 방덕은 스스로 적에게 항복했고, 전세는 빠르게 조조 쪽으로 기울었다. 뒤늦게 장로가 자신의 잘못을 깨달았으나 이미

때가 늦어 한중은 조조의 손에 들어가고 말았다. 그 후 장로
와 양송의 생사는 예상과 달랐다. 조조는 재물 욕심에 배신을
일삼는 양송의 목을 베어 부하들을 각성시켰고, 진심으로 조
조를 따르기로 맹세한 장로는 진남장군(鎮南將軍)에 임명해
자신의 품 안으로 들였다.

조조가 한중을 점령했다는 소식을 들은 서천의 백성들은
두려움에 떨었다. 덕이 높아 자신들이 따르는 유비가 머지않
아 조조에게 공격을 당할 것이라고 생각했기 때문이다. 유비
도 그것이 걱정되어 제갈량에게 대책을 물었다.

"어떻게 해야 우리의 코앞까지 세를 뻗친 조조를 경계할 수
있겠습니까?"

"너무 걱정 마십시오, 주공. 지금 조조는 합비에 꽤 많은
군사를 주둔시켰는데, 그 이유는 손권이 두렵기 때문입니다.
그렇지 않아도 손권이 자꾸 형주를 달라고 하니 이번 기회에
강하, 장사, 계양 세 군을 오에 넘겨주면서 합비를 공격하라
고 제안하십시오. 그러면 조조는 틀림없이 한중의 군사를 남
쪽으로 옮길 것입니다."

유비는 제갈량의 의견을 받아들여 사신을 곧장 오나라로
보냈다. 손권은 3개의 군을 넘겨받는 대가로 합비를 공격하
라는 제안을 받아들여 10만의 군사를 출병시켰다. 그러자 제
갈량이 예상한 대로, 조조는 한중을 하후연과 장합에게 맡긴

뒤 대부분의 군사를 합비 쪽으로 이동시켰다.

조조 군과 손권의 군사는 한 달 넘게 대치하며 치열한 전투를 벌였다. 조조 쪽의 병사 수가 훨씬 많았으나, 손권의 진영에서 능통과 감녕이 맹활약을 펼쳐 좀처럼 승부가 가려지지 않았다. 그러다 보니 지루한 소모전에 지친 손권 쪽에서 먼저 화해의 손길을 내밀었다. 조조 역시 상대가 만만치 않은 것을 잘 알아 그에 동의하며 허도로 말머리를 돌렸다. 다만 손권은 그곳에 장흠과 주태를 남겼고, 조조는 조인을 시켜 서로의 경계를 지키게 했다.

다시 허도로 돌아온 조조는 본격적으로 황제의 자리를 탐했다. 서기 216년, 마침내 조조의 심복들이 오랫동안 꿈꾸어 온 음모를 실현했다. 헌제에게 형식적인 허락을 받아 조조를 위왕의 자리에 올린 것이다. 조조는 괜히 놀라는 척하며 세 번이나 그 자리를 사양하는 시늉을 했지만, 끝내 욕심을 감추지 않았다. 헌제가 있는데도 위왕이 된 조조는 황제의 옷차림을 하고 황제의 마차를 탔으며, 황후와 황세자를 두었다. 정실에게 아들이 없어 첩인 변 씨를 황후로 삼은 뒤 그녀가 낳은 조비(曹丕)를 황세자로 책봉한 것이다.

처음에 조조는 셋째아들 조식(曹植)을 황세자로 삼고 싶어 했다. 형제 중에 가장 영특하고 문장이 뛰어났기 때문이다. 하지만 가후가 반대하여 자신의 뜻을 접었다. 가후는 지난날 원소와 유표가 맏아들을 후계자로 정하지 않아 일어났던 골육상쟁을 상기시켰다. 조조 역시 아버지로서 훗날 아들들에게 분란이 일어나는 것을 바라지 않았기에 가후의 의견에 동의했던 것이다.

그런데 아무리 대단한 권세를 가진 사람에게도 적은 생겨나는 법. 경기(耿紀)라는 인물이 황제 행세를 하는 조조를 바라보며 엄청난 분노를 키웠다. 그의 친구인 위황(韋晃) 역시 조조에 대한 반감이라면 누구에게도 뒤지지 않았다. 그 밖에도 김위(金褘)를 비롯해 동승과 함께 조조를 제거하려다가 처형당한 길평의 두 아들이 뜻을 같이했다.

당시 왕필(王弼)이 조조의 근위대장으로 임명되어 있었다. 경기를 비롯한 다섯 사람은 일단 왕필에게 접근해 일을 도모할 궁리를 했다. 평소 그와 가까이 지냈던 김위가 근위대로 찾아갔다.

"왕 대장, 위왕 덕분에 천하가 태평해졌구려. 며칠 후면 대보름인데, 위왕을 칭송할 겸 등불 잔치를 크게 벌이면 어떻겠소?"

"거참 좋은 생각이오! 그러면 승상, 아니 위왕께서도 기뻐하실 거요."

왕필은 김위의 속셈을 눈치채지 못하고 흔쾌히 그 제안을 받아들였다. 김위를 비롯한 다섯 사람은 대보름 잔치를 틈타 왕필을 먼저 죽이고 나서 조조를 사로잡을 계획이었다. 그런 날은 궁궐도 경비가 허술해져 거사를 치르기 안성맞춤이었다. 길평의 두 아들이 잔치가 벌어져 어수선할 때 궁궐에 불을 지르면, 그것을 신호로 경기와 위황이 장정들을 데리고 들어가 왕필의 목을 베기로 했다. 그 다음에 헌제를 보호하면서 조정의 권세를 장악하면, 그동안 숨죽이고 있던 많은 신하와 장수들이 자신들의 편에 설 것이라고 믿었다.

하지만 그들의 계획은 곧 난관에 부딪혔다. 대보름 잔치를 성대하게 벌여 경계를 누그러뜨리고 불을 지르는 것까지는 순조롭게 진행됐으나, 왕필을 겨냥해 날린 화살이 빗나가 그를 죽이지 못했던 것이다. 어깨에 부상을 입은 왕필은 서둘러 말을 달려 조휴(曹休)에게 달려갔다. 그는 조조의 조카로 충성심이 매우 깊은 장수였다.

"조 장군, 큰일 났습니다! 반란이 일어났습니다, 반란이!"

왕필은 가쁜 숨을 몰아쉬며 조휴에게 도움을 청했다.

"누가 감히 우리에게 반기를 들었단 말이냐? 한 놈도 살려 두지 않겠다!"

조휴는 1천여 명의 병사들을 데리고 곧장 성으로 달려가 경기와 위황을 따르는 장정들을 공격하기 시작했다. 그리고 조조에게 반란이 일어난 것을 보고한 뒤, 헌제의 신병을 확보해 궁궐 깊숙이 은신시켰다. 조조는 급히 하후돈을 불러 군사 3

만을 내주며 반란을 진압하라고 명령했다. 사실 조조의 세력이 장악한 궁궐에서 전광석화처럼 계획을 실천하지 않으면 반란에 성공하기 어려웠다. 경기와 위황 등이 조휴는 물론 3만이나 되는 하후돈의 군사를 상대하기는 역부족이었다. 결국 김위와 길 씨 형제는 달아나다 죽음을 면하지 못했고, 경기와 위황은 생포되면서 싱겁게 상황이 종료되었다.

무사히 반란을 진압했지만, 조조는 화가 치밀어 좀처럼 마음을 가라앉히지 못했다. 그는 주먹으로 탁자를 내려치면서 천둥 같은 목소리로 명령했다.

"다섯 역적의 식솔들을 전부 잡아들이도록 하라! 늙은 자든 어린아이든 하나도 남김없이 목을 쳐서 반란의 싹을 잘라버려라!"

그리고 조조는 부하들을 시켜 경기와 위황에게 모진 고문을 가하며 직접 신문했다. 혹시 있을지 모를 반란의 잔당을 색출하려고 했던 것이다. 하지만 경기와 위황은 입을 꾹 다물고 조조의 신문에 아무런 대꾸도 하지 않았다. 고문이 더욱 심해져 견디기 힘든 고통이 느껴졌지만, 조조를 향해 침을 뱉으며 욕설을 퍼부을 뿐이었다. 그러자 조조는 더 이상 참지 못하고 두 사람을 도륙하라고 명했다.

조조의 분노는 그것으로 그치지 않았다. 이번 기회에 반란의 싹을 완전히 잘라버리지 않으면 언제 또다시 골치 아픈 일이 일어날지 모른다는 생각이 들었다. 조조는 궁궐 근위대가 훈련하는 넓은 마당 양쪽에 붉은 깃발과 흰 깃발을 세워놓은 뒤 벼슬아치들을 모두 불러 모았다. 그리고는 다짜고짜 큰 소리로 질문했다.

"반란을 일으킨 역적들이 궁궐에 불을 질렀을 때 너희들은 어디에 있었느냐? 그때 불을 끄기 위해 모여든 자들은 붉은 깃발 쪽에 서고, 허둥지둥 어찌 할 바를 몰랐던 자들은 흰 깃발 쪽에 서도록 하라!"

궁궐의 벼슬아치들은 고개를 갸웃거리며 고민에 잠겼다. 그러다가 하나둘 붉은 깃발이나 흰 깃발 쪽으로 걸음을 옮기기 시작했다. 그들 중 상당수가 불을 끄기 위해 열심히 노력했다는 것을 내세우기 위해 붉은 깃발 쪽으로 이동했다. 그런데 조조는 뜻밖에 붉은 깃발 쪽에 선 벼슬아치들을 향해 소리쳤다.

"저 자들을 모두 포승줄로 묶은 다음 죄를 따져 물어라!"

"아니, 왜 이러십니까……. 저희는 죄가 없습니다."

붉은 깃발 쪽으로 간 벼슬아치들이 아우성쳤지만 소용없는 노릇이었다. 조조는 그들 가운데 일부가 반란을 일으켰던 다섯 사람과 한 패라고 의심했다. 갑자기 큰 불이 일어난 상황에서는 누구라도 당황해 허둥대게 마련이므로, 오히려 불을 끄겠다고 달려 나온 것을 반란에 동조하려던 행동으로 보았던 것이다.

그리하여 몇 날 며칠 허도에서는 비명소리가 끊이지 않았다. 붉은 깃발 쪽에 섰던 벼슬아치들을 신문하면서 의심이 가는 사람들에게는 모진 고문을 가했기 때문이다. 조조를 진짜 싫어했든지, 아니면 고문에 못 이겨 거짓 자백을 했든지, 많은 벼슬아치들이 반란의 협력자로 낙인찍혀 죽음을 면치 못했다. 그 수가 무려 300여 명에 달해 한동안 허도에 피비린내가 진동했다. 그제야 조조는 흡족한 표정을 지었고, 허도의 사람들은 누구나 더욱 큰 두려움을 가슴에 품게 되었다.

유비, 한중을 얻다

　허도의 반란을 진압한 후, 조조는 조홍과 하후연, 장합에게 군사 5만을 내주어 한중으로 보냈다. 그들이 그곳에 이르러 주변을 살펴보니 장비가 파서(巴西)를 지키고 있었다. 장합이 상관인 조홍에게 말했다.

　"제가 가서 파서를 함락시키겠습니다."

　"지금 장비가 파서를 지키고 있소. 그는 만만한 상대가 아니니 섣불리 나설 일이 아니오."

　조홍이 승리를 장담하는 장합을 말렸다. 그럼에도 장합은 물러서지 않았다.

　"많은 이들이 장비를 두려워하지만, 제 눈에는 그가 미련하고 힘만 센 장수로 보일 뿐입니다. 반드시 장비를 죽이고 파서를 빼앗겠습니다."

　"자신감만으로 전투에서 승리할 수는 없는 법이오. 만약 공격에 실패해 적의 사기만 올려주게 된다면 어떡하겠소?"

다시 한 번 조홍이 신중하게 판단하라고 말했지만 장합은 듣지 않았다.

"걱정 마십시오, 장군. 제가 파서를 함락시키지 못한다면 군율에 따라 벌을 받겠습니다."

워낙 장합의 의사가 강경한 터라, 조홍도 더는 말리지 못하고 3만의 군사를 내주었다. 장합은 기뻐하며 군사를 이끌고 파서로 가서 세 곳의 요지에 진을 쳤다. 그리고 곧 절반의 군사를 데리고 장비를 향해 진격했다. 그 소식을 들은 장비는 뇌동(雷銅)에게 군사 5천을 내주어 장합의 뒤쪽으로 돌아가게 하고, 자신은 1만의 군사를 이끌어 정면에서 대적했다. 마침내 장비와 장합이 부딪치게 되었다.

"이놈, 장비야! 내가 너의 목을 베러 왔으니 덤벼라!"

"어디서 반 푼어치도 안 되는 놈이 와서 까부느냐? 내가 너의 버르장머리를 고쳐주마!"

장비와 장합은 서로 기고만장하게 말싸움부터 벌인 뒤 앞으로 달려 나와 격돌했다. 둘이 30합쯤 치열하게 싸웠을까? 갑자기 장합의 뒤쪽에서 함성이 울리더니 뇌동의 군사가 덤벼들었다. 전혀 예상치 못하고 협공을 당한 장합은 군사를 이끌고 퇴각할 수밖에 없었다. 그 스스로 미련하고 힘만 센 장수라며 얕보았던 장비의 전술에 혼쭐이 나고 만 것이다. 그 후 장합은 진지로 돌아와 한껏 몸을 움츠렸다. 기발한 계략을 세우지 않고 다시 맞붙었다가는 크게 패할 듯해 일단 시간을 벌려는 작전을 펼쳤던 것이다.

그러자 이번에는 장비가 답답해졌다. 그와 뇌동이 아무리 비아냥거리며 자극해도 장합이 진지를 봉쇄한 채 꿈쩍하지 않았기 때문이다. 장비는 이렇다 할 효과도 없는 부하들의 일방적인 공격을 멈추게 하고 한 가지 꾀를 생각해냈다. 그는 무슨 생각을 했는지 장합의 진지가 위치한 산 아래쪽에서 날마다 술을 퍼마셨다. 그리고 술에 취하면 다시 장합의 진지를 향해 거친 욕설을 쏟아 부었다. 부하들은 그런 장비를 보며 너나없이 고개를 갸웃거렸다. 물론 장합은 장비의 욕설을 듣고 추태를 바라보면서도 아무런 반응을 보이지 않았다.

그런데 며칠 후, 장비가 적을 앞에 두고도 날마다 술에 절어 지낸다는 보고가 유비에게 올라갔다. 뜻밖의 소식에 놀란 유비가 제갈량에게 걱정을 털어놓았다.

"장비 아우가 술을 너무 좋아해서 탈입니다. 이제는 전투 중에도 술잔을 놓지 못하니 어떡하면 좋겠습니까?"

유비의 얼굴에는 근심이 가득했다. 하지만 웬 일인지 제갈량은 슬며시 미소를 지으며 별 일 아니라는 투로 말했다.

"아무 염려 마십시오, 주공. 장비 장군이 적장을 꾀어낼 계책을 펼치는 듯하니, 주공께서는 맛좋은 술이나 보내주시면 됩니다."

"공명의 말씀을 들으니 안심이 됩니다. 위연에게 술을 가져다주라 명하지요."

위연은 그 길로 수레에 술을 잔뜩 실어 장비에게 가져갔다. 장비는 유비와 제갈량의 뜻을 헤아려 기뻐했다. 그리고 진지한 표정으로 위연과 뇌동에게 작전 지시를 내렸다. 장비의 말을 듣는 두 장수의 얼굴에 묘한 미소가 떠올랐다.

그 날 장비는 여느 때보다 더 거나하게 술판을 벌였다. 몇몇 장수들을 불러 술잔을 주고받으면서 병사들의 씨름 시합을 구경하기도 했다. 마치 잔칫날처럼 왁자지껄한 모습을 본 장합은 도저히 참을 수 없다는 듯 얼굴이 일그러졌다.

"내가 그동안 온갖 치욕을 참아냈지만, 오늘만큼은 저들을 용서하지 못하겠다. 장비란 작자가 나를 우습게 여기지 않는다면 어찌 저런 모습을 보이겠느냐?"

얼마나 화가 치밀었는지 장합의 두 주먹이 부르르 떨렸다. 그는 끝내 마음을 진정시키지 못하고 공격 명령을 내렸다.

"오늘 밤에 진지를 나가 적들을 섬멸할 것이다. 저기 무례한 주정뱅이들을 전부 죽여 버리자!"

그 날 밤 어둠이 짙어지자 장합이 군사를 데리고 행동을 개시했다. 그런데 이게 웬 일인가. 장합의 병사들이 술자리에 바짝 다가갔는데도 장비는 여전히 제자리에 앉아 있었다. 마치 만취한 주정뱅이처럼 고개를 푹 숙인 채 꼼짝하지 않았던 것이다.

"내가 직접 저 자를 죽일 것이다!"

장합은 긴 칼을 빼들어 재빨리 장비에게 달려들었다. 그리고 심장을 향해 깊숙이 칼을 찔러 넣었다. 세상의 어떤 장수라도 그와 같은 공격에 목숨을 부지할 수는 없었다. 장합은 그토록 얄밉게 굴던 장비를 해치웠다는 생각에 짜릿한 쾌감을 느꼈다.

그런데 그것은 착각이었다. 칼에 찔린 것은 장비가 아니라, 장비의 모습을 한 허수아비였다. 장합이 그 사실을 눈치챈 순간, 진짜 장비가 고함을 내지르며 나타났다.

"장합아, 네가 내 꾀에 넘어가 제 발로 사지(死地)를 찾아왔구나!" 갑작스런 공격에 장합은 무척 당황했다. 그의 곁에 있던 병사들은 순식간에 목이 베어 땅바닥에 나뒹굴었다. 장합은 진지에서 지원군이 달려오기를 기대했으나 상황은 더욱 나빠졌다. 세 곳의 진지에서 잇달아 불길이 치솟은 것이다. 장비의 지시를 받은 위연과 뇌동은 일제히 기습 공격을 감행해 적진을 초토화시켰다. 뒤늦게 자신이 장비의 계략에 말려든 것을 깨달은 장합은 와구관(瓦口關)으로 달아난 뒤 조홍에게 도움을 청했다. 하지만 조홍은 그가 갈구하는 구원의 손길을 뿌리쳤다.

"흥, 내 말을 귓등으로도 안 듣더니 꼴좋구나. 군율에 따라 벌을 받겠다고 약속했으니, 당장 장합을 불러들여 목을 베라!"

하지만 곽희(郭禧)가 조홍을 진정시켰다. 그는 장합에게 다시 한 번 기회를 준 다음에 책임을 물어도 늦지 않다고 말했다. 조홍은 그 의견을 받아들여 장합에게 군사 5천을 보내면서 가맹관을 공격하라고 명령했다. 그곳을 지키던 곽준(霍峻)이 급히 성도에 머물고 있는 유비에게 장합의 공격 사실을 알렸다. 유비는 제갈량에게 대책을 물었다.

"장합을 상대할 인물은 장비 장군밖에 없습니다. 한데 지금 파서를 지키고 있으니 고민이군요."

제갈량은 짐짓 심각한 표정으로 유비의 물음에 답했다. 그러자 곁에 있던 황충이 불쾌한 낯빛으로 소리를 질렀다.

"아니, 공명께서는 내가 보이지 않는단 말이오? 내가 비록 늙기는 했으나 그깟 장합쯤 간단히 처리할 수 있소!"

황충은 얼굴이 벌겋게 달아올라 스스로 가맹관에 가겠다고 나섰다. 그 모습을 살피며 제갈량이 부드러운 목소리로 물었다.

"황충 장군께서 가시겠다고요? 그렇다면 부장(副將)으로는 누가 좋겠습니까?"

"나는 젊은 장수들이 별로요. 노장 엄안이 괜찮을 듯합니다."

그렇게 장합에 맞서기 위해 가맹관으로 갈 장수는 황충과 엄안으로 결정되었다. 실은 모든 것이 황충의 전의를 드높이려는 제갈량의 술수였으나, 유비 말고는 아무도 그것을 알아채지 못했다. 실제로 약이 오를 대로 오른 황충은 자신의 능력 이상으로 실력을 발휘했다. 평소 같으면 장합에게 꽤 고전했을 터이나, 이번만큼은 조금도 물러서지 않고 전세에 우위를 점했다. 게다가 엄안이 장합의 후방을 효과적으로 공략해 결국 전투를 승리로 이끌게 되었다.

또다시 장합이 패퇴했다는 소식을 듣고 조홍은 버럭 소리를 내질렀다.

"내 이 자를 절대 용서하지 않을 것이다. 군율에 따라 목을 벨 것이야!"

하지만 곽희가 거듭 조홍의 흥분을 가라앉혔다. 그는 너무 엄격하게 군율을 적용했다가 장합이 유비에게 항복할지 모른다며 주의를 환기시켰다. 조홍이 생각하기에도 일리가 있는 염려라 곽희의 말을 따르기로 했다.

조홍은 다시 한 번 장합에게 지원군을 보내기로 결심했다. 하후돈의 조카 하후상(夏侯尙)과 한호(韓浩)에게 5천의 군사를 내주어 장합을 돕도록 한 것이다. 그러나 그들도 기세가 오를 대로 오른 황충을 당해내지 못했다. 나중에 하후덕(夏侯德)까지 가세했으나 이미 기울어진 승부를 되돌리기는 어려웠다. 한호는 황충의 칼에 목이 베었고, 하후덕은 엄안과 대적하다 죽음을 맞았다. 끝내 전의를 상실한 장합과 하후상은 하후연이 지키고 있는 정군산(定軍山)으로 허겁지겁 달아날 수밖에 없었다.

얼마 후, 황충의 승전을 보고받은 유비는 매우 기뻐했다. 장합이 무소불위의 권력을 휘두르는 조조의 부하 장수였기에 기쁨이 더욱 컸던 것이다. 유비를 따르는 많은 장수들도 황충의 이름을 연호하며 즐거워했다. 그때 함께 자리했던 법정이 유비를 향해 큰 소리로 말했다.

"주공, 이번 기회에 군사를 일으켜 한중을 차지하십시오. 그 다음에 더욱 힘을 키우면 역적 조조를 물리치고 황실의 권위를 다시 세울 수 있을 것입니다. 부디 하늘이 주신 기회를 놓치지 마십시오!"

그 말을 들은 유비와 제갈량은 고개를 끄덕였다. 다른 장수들도 함성을 내지르며 법정의 이야기에 공감을 표했다. 결국 유비는 승전의 기쁨을 뒤로 한 채, 곧 10만 대군을 일으켜 한중을 치기로 마음먹었다. 선봉은 장비와 조운이 맡았다. 바야흐로 유비에게 서광이 비치는 듯했다.

유비는 군사를 데리고 가맹관을 지나 진을 쳤다. 그리고 정군산을 첫 공격 목표로 정했다. 황충이 하후연의 목을 베겠다고 큰소리치자, 제갈량은 법정을 그의 참모로 삼고 조운으로 하여금 지원병을 이끌도록 했다. 제갈량의 책략은 계속되었다. 그는 유봉과 맹달에게 3천의 군사를 내주며 산속으로 가서 많은 깃발을 세워 대군이 있는 것처럼 적을 속이라고 말했다. 아울러 엄안을 파서로 파견해 요지를 지키게 하고, 마초에게도 사람을 보내 출병 준비를 하도록 일렀다. 뒤이어 장비와 위연에게는 한중 공격의 첨병 역할을 맡겼다.

그 시각 유비의 거병 소식은 조홍을 통해 허도에 전해졌다. 조조는 서둘러 40만 대군을 일으켜 직접 한중으로 향했다. 그는 조홍으로부터 자세한 상황을 보고받은 뒤, 정군산에 있는 하후연에게 전의를 드높이는 편지를 써서 보냈다.

'그대의 재주를 믿으니 슬기롭고 용기 있게 나가 싸워라!'

하후연은 편지를 읽고 감격해 기필코 전공을 세우겠다는 의지를 다졌다. 그는 하후상에게 3천의 군사를 내주면서, 적과 싸우다가 일부러 져주라는 계책을 지시했다.

하후상의 군사가 모습을 드러내자 황충은 가소롭게 여기며 진식(陳式)을 내보냈다. 하지만 황충의 기대와 달리 진식은 참패를 당한 뒤 사로잡히고 말았다. 황충은 그제야 상대를 분석하며 법정과 묘책을 상의했다. 그런 마음가짐은 곧 효과를 보아 다음 전투에서는 하후상을 생포하는 놀라운 전과를 올리게 되었다. 그러자 하후연이 진식과 하후상을 맞교환하자는 제안을 해왔다.

"좋아, 이번 기회에 꿩 먹고 알 먹는다는 말이 어떤 뜻인지 알려주겠다."

황충은 무슨 생각을 하는지 얼굴에 엷은 미소를 띠었다.

이튿날, 황충과 하후연은 각각 하후상과 진식을 데리고 진지 앞으로 나아갔다. 양쪽의 포로들은 모두 갑옷이 아닌 평상복 차림이었다. 한 병사가 크게 북을 울리자 황충과 하후연은 포로들의 결박을 풀어 자유롭게 해주었다. 그와 동시에 하후상은 하후연 쪽으로, 진식은 황충 쪽으로 재빨리 달려갔다. 그런데 그 순간 뜻밖의 상황이 벌어졌다. 하후상이 자신의 진지에 거의 다다랐을 무렵, 황충이 쏜 화살이 날아와 등에 꽂힌 것이다.

"저 교활한 늙은이가 나를 속이다니, 가만두지 않겠다!"

하후연은 쓰러진 하후상을 부하에게 맡긴 뒤 말을 몰아 황충에게 달려들었다. 그런 일을 예상하고 있었던 황충도 물러서지 않고 맞서 싸웠다. 두 장수는 치열하게 20여 합을 겨뤘다. 그런데 그때 하후연의 진지에서 그만 돌아오라는 징소리가 울렸다. 급히 말머리를 돌려 진지에 들어선 하후연이 징을 울린 부하에게 달려가 따져 물었다.

"왜 갑자기 나를 불러들인 것이냐?"

"저기 있는 산속을 보십시오. 많은 깃발이 펄럭이는 것으로 보아, 대군이 공격 준비를 하고 있는 듯합니다."

그 말에 하후연이 산속을 살펴보니 과연 짙은 전운이 감돌고 있었다. 하지만 그것은 제갈량이 유봉과 맹달에게 지시한 책략이었다. 그 사실을 알 리 없는 하후연은 바짝 긴장해 섣불리 밖으로 나가지 않은 채 진지를 견고히 했다.

잔뜩 움츠러들어 방어 자세를 취한 적을 바라보며 황충이 법정에게 묘책을 물었다. 법정은 일단 정군산 서쪽에 위치한 높은 산을 빼앗으면, 그곳에서 하후연 진지의 약점을 알아낼 수 있을 것이라고 말했다. 황충은 그 의견을 받아들여 한밤중의 어둠을 이용해 서쪽 산을 점령했다. 그곳에 주둔해 있던 하후연의 군사가 100여 명에 불과해 그다지 어렵지 않은 일이었다. 하후연이 그 소식을 보고받고 고함을 내질렀다.

"적이 우리의 속을 훤히 들여다보게 됐으니 이 노릇을 어떡한단 말이냐? 내가 나가 적을 물리쳐야겠다!"

그런데 황충은 하후연이 진지 밖으로 나와 공격을 감행할 것을 짐작하고 있었다. 이번에는 황충이 힘으로 맞붙지 않고 극단적인 방어 전술을 펼쳤다. 적이 단단히 진지를 구축한 채 되받아치기만 하자 하후연의 군사는 빠르게 지쳐갔다. 바로 그때 황충은 제 풀에 쓰러져 있는 하후연의 군사를 향해 총공세를 펼치라는 명령을 내렸다. 전세는 일방적으로 흘러갔고, 하후연이 전열을 정비하기 전에 황충이 달려들어 목을 쳤다. 하후연의 죽음을 목격한 병사들은 허둥대며 달아나다 잇달아

도륙을 당하는 신세가 되고 말았다. 그리하여 황충은 장담한 대로 정군산을 점령했고, 일전에 그곳으로 몸을 피신했던 장합은 겨우 목숨을 부지해 다시 허도로 도망치게 되었다. 그를 통해 하후연의 죽음을 전해들은 조조는 매우 슬퍼했다. 그리고 서황을 선봉에 세워 복수를 다짐했다.

그 후 조조 군과 유비 군 사이에는 한동안 크고 작은 전투가 쉴 새 없이 벌어졌다. 그 바람에 천하는 한시도 조용할 날이 없었다. 그런데 시간이 흐를수록 전세는 점점 유비 쪽으로 기울었다. 그 사이 조조의 장수 하후맹(夏侯盲)이 황충의 화살에 맞아 죽었고, 서황과 장익(張翼)은 장비가 휘두른 장팔사모에 죽을 고비를 세 번이나 넘겼다. 허저도 장비에게 맞서 어깻죽지를 다쳤다가 가까스로 살아남았으며, 조조의 둘째아들 조창(曹彰)은 마초에게 혼쭐이 났다. 결국 조조는 남정(南鄭)에서 양평관(陽平關)으로 잇달아 후퇴하는 신세가 되더니, 급기야 양평관에서마저 쫓기게 되었다. 그는 유비를 따르는 장수들의 뛰어난 무예 솜씨와 제갈량의 지략에 맥을 추지 못했다.

"아, 이대로 한중을 빼앗길 수는 없지. 다시 한 번 전열을 정비해 총력전을 펼쳐야겠다."

황제를 억압하며 천하의 주인 행세를 하는 조조는 쉽게 허물어지지 않았다. 그는 며칠 만에 군사의 사기를 북돋워 다시 진격했다.

"뒤로 물러서는 자는 용서하지 않겠다! 죽을 각오로 싸워 전공을 세워라!"

조조의 외침에 병사들은 젖 먹던 힘까지 짜내 함성을 질렀다. 그때 유비 쪽에서 한 장수가 달려 나와 조조를 자극했다. 그는 다름 아닌 위연이었다.

"천하의 역적 조조야, 오늘 이곳이 너의 무덤이 될 것이다!"

"유비의 수하에 있는 조무래기 장수가 용기 하나는 가상하구나. 방덕아, 네가 나가서 놈의 목을 베어 오너라!"

그렇게 위연과 방덕은 치열하게 맞서 싸웠다. 그러나 좀처럼 승부가 나지 않았고, 때마침 마초가 지원군을 이끌고 오자 방덕이 진지 쪽으로 말머리를 돌렸다. 그 모습을 본 위연이 재빨리 방덕의 뒤를 쫓다가 급히 말을 멈춰 세웠다. 그리고는 활을 꺼내 들어 멀리 언덕에 있는 조조를 겨냥해 시위를 당겼다. 순식간에 날아간 화살은 날카롭게 조조의 얼굴을 스쳤다. 그 충격으로 조조는 말고삐를 놓쳐 땅바닥에 나뒹굴고 말았다.

"저기 조조가 쓰러졌다!"

위연은 크게 고함을 내지르며 조조를 향해 말을 달렸다. 그러자 방덕도 사태를 파악하고 황급히 조조 곁으로 다가갔다. 조금 먼저 조조에게 다다른 위연이 칼을 뽑아들어 내려치려는 순간, 방덕이 쩌렁쩌렁한 목소리로 가로막았다.

"이놈, 위왕께 손을 대면 가만두지 않겠다!"

필사적으로 주공을 구하려는 장수의 힘은 평소보다 몇 배는 더 센 듯했다. 위연이 깜짝 놀라며 그를 먼저 치려고 했으나 뜻대로 되지 않았다. 방덕은 위연을 뿌리치고 조조를 구해 진지로 돌아왔다. 어느 정도 상황이 진정된 다음 자세히 살펴보니, 위연이 쏜 화살이 스쳐 조조의 앞니 두 개가 부러져 있었다.

"폐하, 정말 큰일 날 뻔하셨습니다. 허도로 돌아가 몸을 추스르신 다음에 다시 출병해도 늦지 않을 것입니다."

"그래…… . 모든 장수들에게 퇴각하라고 일러라."

조조는 분한 마음에 치를 떨었지만 방덕의 말을 따르지 않을 도리가 없었다.

허도로 돌아가는 길, 조조는 담요를 깐 수레에 누워 방덕의 호위를 받았다. 그런데 사곡(斜谷)을 지날 무렵 양 옆에서 불길이 일더니 매복해 있던 마초의 병사들이 뛰어나왔다. 이미 전의를 상실한 조조의 군사는 맞서 싸울 엄두를 내지 못하고 허둥지둥 달아나기 바빴다. 조조는 경조(京兆)에 이르러서야 겨우 한숨을 돌렸다.

오랜만에 한중 땅에서 비명 소리가 사라졌다. 조조는 떠났고, 유비가 한중의 새로운 주인이 된 것이다. 유비는 가장 먼저 전란에 시달렸던 그 땅의 백성들을 위로하며 고생한 병사들을 다독였다. 그 모습을 보고 감격한 모든 장수들이 유비를 한중왕(漢中王)으로 추대하고 싶어 했다. 그러나 유비는 이번에도 의를 내세웠다.

"내가 황실의 후손이기는 해도 천자의 신하일 뿐이오. 그러니 왕위에 오른다면 역적이 되는 것 아니겠소? 조조와 다를 것이 무엇이오?"

그 말에 제갈량이 고개를 가로저었다.

"그렇지 않습니다, 주공. 천하에 영웅호걸들이 들불처럼 일어나는 이때, 재덕을 겸비한 자들이 저마다 주공을 섬기는 까닭은 궁극적으로 훌륭한 국왕 밑에서 공명을 이루기 위함입니다. 그럼에도 지금처럼 의만 내세우신다면 주공을 믿고 따른 많은 이들이 등을 돌리게 될 것입니다. 서천에 이어 이곳 동천 땅 한중까지 다스리게 된 지금이 두 번 다시 맞기 힘든 좋은 기회이니, 부디 저희의 청을 들어주십시오."

"공명의 말씀은 잘 알겠습니다. 하지만 황제를 참칭하는 것은 영 내키지 않는군요."

제갈량의 설득에도 유비가 손사래를 치자 장비가 버럭 소리를 질렀다.

"형님도 참, 답답하구려! 황실의 후손도 아닌 자들이 나라를 세워 왕 행세를 하는 마당에, 황숙께서 국왕의 자리에 오르는 것이 무엇이 문제란 말입니까?"

"아우야, 너까지 왜 그러느냐?"

장비의 말에 유비는 몹시 난처한 표정을 지었다. 그러나 제갈량을 비롯해 많은 장수들이 거듭 왕위에 오를 것을 청하자, 결국 유비도 그 요구를 받아들일 수밖에 없었다.

마침내 서기 219년, 유비는 한중왕에 오르는 의식을 치렀다. 제갈량은 허도의 황제에게 글을 올려 그동안 있었던 일을 아뢰고 유비가 왕위에 오르는 당위를 설명했다. 아울러 왕관과 옥새를 준비해 유비에게 전한 뒤 문무백관들로부터 하례를 받았다. 명실공히 한 나라의 국왕으로서 위엄을 갖추게 된 것이다.

한중왕이 된 유비는 아들 유선을 태자로 삼았다. 아울러 허정에게 태부(太傅), 법정에게는 상서령(尙書令) 자리를 내주었다. 또한 제갈량은 군사(軍師)가 되어 장수와 병사들을 총지휘하게 했다. 관우, 장비, 조운, 황충, 마초는 오호대장(五虎大將)으로 임명했다. 위연은 한중의 태수가 되었으며, 그 밖의 장수들에게도 각자의 공적에 따라 벼슬을 내려주었다. 무엇보다 눈에 띄는 것은 유비가 나라의 이름을 '촉'으로 삼았다는 사실이었다. 그리하여 대륙에서는 조조의 위, 유비의 촉, 손권의 오가 저마다 세력을 형성하게 되었다. 바야흐로 위·촉·오(魏·蜀·吳) 삼국시대가 열린 것이다.

관우를 잃은 슬픔

유비가 한중왕이 되어 촉을 세웠다는 사실은 조조의 심기를 매우 불편하게 만들었다. 자신이 위왕이 되어 천하를 다스릴 줄 알았는데 또 하나의 만만치 않은 경쟁자가 출현했기 때문이다. 더구나 조조는 탁현에서 짚신을 삼고 돗자리를 짜며 근근이 살아가던 유비를 내심 얕잡아보고 있었다. 자기 수하에 들일 만한 인물로는 인정했지만, 또 다른 나라를 세워 왕이 될 줄은 상상하지 못했던 것이다.

좀처럼 분을 삭이지 못한 조조가 두 주먹을 불끈 쥐며 소리쳤다.

"내 기필코 유비 놈을 옛날의 천한 자리로 돌려놓을 것이다. 아니, 유 씨 성을 가진 자들을 전부 죽여 아예 멸족을 시켜버리고 말 것이야!"

그때 모사 사마의(司馬懿)가 앞으로 나서며 조조의 흥분을 가라앉혔다.

"폐하, 진정하십시오. 그렇게 서둘러 유비를 치러 가실 필요는 없습니다."

"그게 무슨 말이냐?"

조조가 사마의를 흘겨보며 물었다.

"오래 전부터 강동의 손권은 형주를 두고 유비와 갈등을 빚어 왔습니다. 손권을 설득해 형주를 치게 하면 유비가 즉각 반응을 보일 것입니다. 그가 형주를 지키러 떠난 사이에 우리가 그 허점을 노리면 손쉽게 한중과 서천을 빼앗을 수 있습니다."

사마의의 말이 조조가 듣기에도 그럴싸했다. 조조는 곧 손권에게 서찰을 보냈다. 그것을 읽은 손권은 쉽게 마음을 정하지 못했다.

"위를 돕자니 촉이 걸리고, 촉을 가까이 하자니 위가 신경 쓰이는구나."

결국 손권은 여러 모사와 장수들을 불러 모아 의견을 물었다. 이런저런 말이 오가는 가운데, 제갈량의 형으로서 일찍이 오나라에 몸을 의탁한 제갈근(諸葛瑾)이 귀가 솔깃한 계책을 내놓았다.

"주공, 조조나 유비나 모두 경계를 늦추지 말아야 할 어려운 상대입니다. 섣불리 어느 쪽의 편을 드는 것보다 그들이 먼저 우리의 심기를 건드리게 하십시오."

"그들 중 하나를 공격할 명분을 만들자는 말이구나. 뭐, 좋은 수라도 있느냐?"

손권이 기대어린 눈빛으로 제갈근을 바라보았다.

"관우에게 딸이 있으니, 주공의 태자와 혼인을 맺자고 제의하십시오. 그것을 관우가 받아들이면 유비와 손을 잡아 조조를 치고, 만약 받아들이지 않는다면 조조의 도움 요청을 수락해 유비를 치면 됩니다. 어느 경우든 우리에게는 그만한 명분이 있으므로 손쉽게 다른 한쪽의 지원을 받을 수 있을 것입니다."

제갈근의 말에 손권은 흔쾌히 동의했다. 그는 즉시 관우에게 사람을 보내 사돈을 맺자고 제안했다. 그런데 관우는 전혀 예상치 못한 반응을 보였다. 다짜고짜 고함을 치며 목소리를 높였던 것이다.

"뭐라, 내 딸을 달라고? 어림없는 소리! 어찌 한낱 고양이의 아들이 호랑이의 딸을 넘본단 말이냐!"

그 한마디로 더 이상 혼담은 진행되지 못했다.

관우의 반응을 전해들은 손권은 무척 불쾌했지만, 유비를 공격할 명분은 만들어진 셈이었다. 하지만 아무래도 먼저 유비를 치는 것이 부담스러웠다. 손권은 다시 한 번 부하 장수들과 의논한 끝에 조조에게 급히 편지를 보냈다. 그것은 자기가 군사를 일으키려면 시간이 좀 필요하니 조조 쪽에서 선공을 펼쳐달라는 내용을 담고 있었다. 조조는 그 제안이 썩 마음에 들지 않았지만, 손권이 출병을 확고히 약속했기에 주장 조인과 부장 하후존(夏侯存)을 시켜 형주를 공격하도록 했다.

그 무렵 형주는 관우가 지키고 있었다. 그는 조조 군이 공격해온다는 보고를 받고 재빨리 전열을 정비했다. 선봉에는 요화(廖化)를 세우고, 양아들 관평을 부장으로 삼았다. 그리고 자신은 총사령관이 되어 이적과 마량의 보좌를 받으며 적이 나타나기를 기다렸다. 그때 제갈량에게서 지시가 내려왔다.

"관운장은 조조 군이 오기 전에 먼저 그들의 요지인 번성을 빼앗으십시오. 그러면 적이 놀라 퇴각할 것입니다."

제갈량의 말을 전해들은 관우는 군사를 이끌어 번성으로 진격했다. 전혀 예상치 못했던 관우의 선공에 번성에 와 있던 조인은 깜짝 놀라 성문을 걸어 잠갔다. 그 모습을 본 부장 하후존이 '물이 밀려오면 흙으로 막고, 적이 오면 군사로 맞서야 한다.'는 속담을 언급하며 성 밖으로 나가 싸울 것을 주장했다. 조인이 머쓱해하며 그의 말을 따랐으나, 그것은 잘못된 선택이었다. 관우의 군사 앞에 조조 군은 바싹 마른 나뭇잎처럼 허무하게 부서졌고, 하후존은 청룡언월도에 목이 달아나고 말았다. 관우는 그 기세를 몰아 번성으로 몸을 숨긴 조인에게 맹공을 펼쳤다. 다급한 조인의 처지는 곧 조조에게 전해졌다.

"우금이 번성으로 가서 조인을 돕도록 하라!"

조조는 위기감을 느끼며 떨리는 목소리로 명령했다. 그때 방덕이 앞으로 나서며 자신이 선봉에 서겠다고 자원했다. 조조는 우금을 정남장군(征南將軍)으로, 방덕을 선봉장으로 임명했다. 그러자 방덕은 목수를 불러 관을 짜게 한 뒤 그것을 가지고 전장으로 향했다. 그의 부하가 갸웃거리며 물었다.

"장군님, 왜 무겁게 관을 갖고 가십니까?"

"이 관은 나의 굳은 의지를 상징한다. 이번 전투에서 내가 죽으면 나의 관이 될 것이고, 관우를 죽이면 그의 시신을 담아 돌아올 것이다."

방덕의 말에 부하는 놀라움을 감추지 못했다.

얼마 후, 관우는 방덕이 관을 준비해 자신을 공격하러 온다는 보고를 받았다.

"나를 죽이겠다는 의지는 가상하다만, 방덕 따위가 나의 상대가 될 수는 없다."

하지만 막상 방덕과 맞붙은 관우는 당황스런 마음이 들었다. 그의 무예 솜씨가 생각보다 뛰어났기 때문이다. 방덕 역시 말로만 듣던 관우의 실력에 내심 감탄을 금치 못했다. 관우와 방덕의 대결은 하루를 넘겨 다음날까지 이어졌다. 둘이 또다시 50합 정도 치열하게 싸웠을까? 갑자기 방덕이 말머리를 돌려 달아나기 시작했다.

"이놈, 거기 서지 못할까!"

관우는 청룡언월도를 움켜쥐고 방덕의 뒤를 쫓았다. 그것을 본 관평이 다른 장수에게 맡기라고 말렸지만, 관우는 말을 멈추지 않았다.

그 순간, 방덕이 고개를 휙 돌리더니 관우를 향해 활을 쏘았다. 화살은 매섭게 날아와 관우의 왼쪽 팔꿈치에 꽂혔다. 화들짝 놀란 관평이 재빨리 달려가 관우를 부축하여 진지로 향했다. 방덕도 그 기회를 놓치지 않고 부상당한 관우를 추격했다. 그런데 그때 우금이 징을 울려 방덕을 돌아오게 했다.

"무슨 일입니까, 장군?"

우금을 만난 방덕이 물었다.

"급히 먹는 밥이 체하는 법일세. 관우를 쫓다가 역습을 당할까 걱정되어 부른 것이네."

하지만 그것은 구차한 변명에 지나지 않았다. 우금은 자기 대신 방덕이 관우를 죽여 큰 공을 세울까봐 징을 울리던 것이다. 방덕은 좋은 기회를 놓쳤다는 아쉬움에 한숨을 내쉬었다.

한편 진지로 돌아온 관우는 분을 삭이지 못해 얼굴이 더 벌겋게 달아올랐다. 왼쪽 팔꿈치에 꽂힌 화살을 뽑고 치료하니, 다행히 상처는 깊지 않았다. 관우는 이튿날 날이 밝자마자 방덕을 공격하러 달려갈 기세였다. 그러자 부하 장수들이 간신히 그를 말려 훗날을 기약하게 했다. 그리하여 관우와 방덕의 대결은 잠시 소강상태에 접어들었다.

그렇게 며칠이 흘렀을까? 관우가 좀처럼 진지에서 나오지 않자 방덕이 총공세를 펼치기로 마음먹었다. 그런데 우금이 그를 막아섰다.

"자네가 선봉장이기는 하나, 이번 전투의 지휘관은 나일세. 지금은 적을 공격할 때가 아니니 좀 더 기다리도록 하게."

우금은 이번에도 방덕이 공을 세울까봐 노심초사했다. 그는 출병을 막은 것에 그치지 않고 방덕의 군사를 산골짜기 깊숙한 곳에 이동시켜 진을 치게 했다. 그리고 자신은 산골짜기 초입에 군사를 주둔시켜 먼저 전공을 세울 기회만 엿보았다.

그 무렵 관우는 어느 정도 상처가 아물자 새로운 전략을 짜느라 분주했다. 그는 산등성이에 올라 적진을 살피다가 한 가지 계책을 생각해내고 무릎을 쳤다. 관우는 즉시 관평을 불러 수전을 준비하라고 명했다.

"이곳은 육지인데 왜 수전을 준비해야 합니까?"

관평의 물음에 관우는 부드럽게 미소지으며 자신의 계책을 설명했다.

"지금은 비록 가을이나 며칠 동안 비가 내려 근처 강물이 크게 불고 있다. 그곳에 둑을 막았다가 비가 좀 더 내리면 한꺼번에 허물어 산골짜기로 급류가 흘러들게 할 것이다. 그러면 저들을 손쉽게 해치울 수 있지 않겠느냐?"

그제야 관평은 고개를 끄덕이며 관우의 깊은 뜻을 헤아렸다.

물론 우금이 산골짜기로 군사를 이동시킬 때, 그쪽 진영에도 반대하는 목소리가 있기는 했다. 그곳의 지형으로 미루어 비가 많이 내리면 급류가 흘러들기 십상이었기 때문이다. 그러나 우금은 가을비가 내리면 얼마나 내리겠느냐며 전혀 개의치 않았다.

그 날 이후 비는 몇 날 며칠 계속 이어졌다. 드디어 관우는 회심의 미소를 띠며 관평에게 때가 되었음을 알렸다. 며칠 동안 막아두었던 둑을 일제히 허물자, 강물은 산골짜기를 향해 폭포처럼 쏟아졌다.

"앗, 사람 살려!"

"이러다가 모두 물귀신이 되겠구나. 빨리 퇴로를 찾아라!"

우금과 방덕의 진지에서는 한바탕 난리가 벌어졌고, 비명 소리가 끊이지 않았다. 그때 엎친 데 덮친 격으로 작은 배와 뗏목을 탄 관우의 병사들이 물밀듯이 몰려와 칼과 창을 휘둘렀다. 물에 빠진 생쥐 꼴이 되어 우왕좌왕하던 우금과 방덕의 군사는 이렇다 할 저항도 하지 못한 채 죽음을 맞았다.

한동안 정신없는 살육전이 펼쳐진 뒤, 관우가 산등성이 쪽을 휘둘러보았다. 그러자 가까스로 목숨을 보존해 몇몇 부하들과 함께 달아나는 우금과 방덕의 모습이 보였다.

"저들을 잡아라!"

관우의 명을 받고 이적과 마량이 달려가 두 적장을 생포해왔다. 그런데 포로가 된 두 장수의 행동이 전혀 달랐다. 우금은 목숨만 살려달라며 싹싹 빌었고, 방덕은 끝내 고개를 숙이지 않은 채 어서 죽이라며 눈을 부라렸다. 관우는 방덕의 기개가 마음에 들었으나 그런 적장을 살려둘 경우 후한이 생길까 두려워 목을 치고 말았다. 우금을 향해서는 혀를 끌끌 차며 형주로 끌고 가서 옥에 가두라는 명을 내렸다.

수전의 효과는 단지 산골짜기의 승전으로 그치지 않았다. 거센 물살이 번성까지 흘러가 성 안 이곳저곳에 물난리가 나게 했다. 관우는 그 기회를 놓치지 않기 위해 서둘러 말을 몰아 번성으로 달려가서 총공격을 감행했다. 그런데 막다른 길에 갇혀 죽을 각오로 덤비는 조인의 저항이 만만치 않았다.

"모두 공격하라! 번성을 허물어뜨려 조조의 코를 납작하게 해주자!"

관우는 맨 앞에서 위험을 무릅쓰며 병사들을 독려했다. 그런데 그때 번성의 병사들이 성루에 올라 화살을 퍼부어댔다. 그 중 하나가 관우의 오른쪽 팔꿈치에 명중했다.

"악!"

관우는 외마디 비명을 지르며 땅바닥에 나뒹굴었다. 관평이 지난번처럼 재빨리 관우를 부축해 진지로 돌아왔다. 그런데 조심스럽게 화살을 빼고 보니, 이번에는 상태가 심상치 않았다. 화살촉에 독이 묻어 있어 오른팔이 퉁퉁 부어올랐던 것이다.

"아버님, 화살을 빼고 약을 바르는 것만으로는 치료가 되지 않을 듯합니다. 명의를 불러 진단을 받아봐야겠습니다."

"허허, 그런가? 자칫 한쪽 팔을 잘라야 할지 모르겠구나."

그처럼 위급한 상황에도 관우는 놀라울 만큼 평정심을 유지했다. 관평은 아버지의 기개에 감탄하며 급히 명의를 수소문했다. 다행히 사흘 만에 강동까지 가서 화타(華陀)라는 명의를 데려올 수 있었다. 관우의 상처를 유심히 살펴본 그가 말했다.

"이 독은 서서히 사람 몸에 퍼져 목숨을 빼앗습니다. 이미 독이 퍼진 살은 도려내고 뼈도 깎아내야만 살 수 있습니다."

화타의 진단에 덩치 우람한 장수들까지 치를 떨며 겁을 집어먹었다. 그러나 관우는 오히려 담담한 표정이었다.

"명의께서 그렇다면 그런 것이겠지. 어서 치료나 해보시오."

"알겠습니다, 장군. 제가 치료하는 동안 고통이 매우 심할 것이니, 기둥에 팔을 단단히 붙들어 매고 눈을 가리십시오."

화타는 서둘러 수술 준비를 시작했다. 관평이 그를 도우며 바짝 긴장해 얼굴이 굳어졌다. 그런데 뜻밖에도 관우는 침착하게 옷소매를 걷어 올리며 마량에게 바둑판을 가져오게 했다. 잠시 뒤 바둑판 앞에 앉은 그가 화타를 바라보며 여느 때와 같은 목소리로 말했다.

"나는 마량과 바둑이나 한판 두고 있을 테니, 선생은 내 팔을 치료하시오."

그 말을 들은 사람들은 너나없이 깜짝 놀랐다. 관우는 왼손으로 바둑을 두며, 오른팔은 화타에게 맡겼다.

"자, 그럼 시작하겠습니다. 고통이 심하더라도 놀라지 마십시오."

화타는 말을 마치자마자 작은 칼을 들어 관우의 생살을 찢었다. 그와 동시에 시커멓게 죽은피가 흘러 넘쳤다. 그럼에도 관우는 바둑판에서 눈을 떼지 않은 채 다음 수에 골몰했다. 독에 오염된 살을 도려내고 뼈를 깎는 내내 오히려 주변 사람들이 눈살을 찌푸리며 마른침을 삼켰다. 화타의 손놀림은 매우 빨랐다. 그는 신음소리 한 번 내지 않는 관우의 용기에 놀라면서도 치료의 손길을 멈추지 않았다. 잠시 후, 상처를 꿰매고 약을 발라 수술을 마친 화타가 관우에게 말했다.

"장군, 이제 팔을 움직여 보십시오."

"벌써 끝난 것이오?"

관우는 별일 아니었다는 표정으로 오른팔을 두어 번 굽혔다 펴보았다. 치료 전에 퉁퉁 부어올랐을 때와 달리 움직임이 한결 편했다. 관우가 껄껄 웃으면서 화타를 칭찬했다.

"고맙소, 선생. 과연 명의는 명의구려."

그제야 화타가 관우에게 찬사를 보냈다.

"제가 오랜 세월 의원 노릇을 해왔습니다만, 장군 같은 분은 처음입니다. 정말 천하제일의 용장이십니다."

그러면서 화타는 앞으로 석 달 열흘은 몸조리를 잘해야 한다고 말했다. 만약 크게 화를 내면 몸속의 기가 약해져 상처가 덧날 수 있으니 마음도 잘 다스리라고 덧붙였다. 관우는 거듭 고맙다고 인사하며 황금이 가득 든 주머니를 치료비로 내놓았다. 그러나 화타는 그것을 정중히 사양하고 한약 한 재를 지어놓더니 어디론가 떠나버렸다.

그 무렵 조조는 우금이 사로잡힌데다 방덕이 죽었다는 소식을 듣고 크게 상심했다. 게다가 번성의 운명은 한 치 앞을 알 수 없는 처지였다.

"이러다가 관우가 허도까지 쳐들어오면 어떻게 한단 말인가? 미리 도읍을 옮겨야 할까?"

조조는 밤잠을 못 이루며 고민이 깊었다. 그 모습을 안타깝게 지켜보던 사마의가 다시 계책을 내놓았다.

"손권에게 사신을 보내 형주를 치라고 하십시오. 그 대가로

강남 땅을 주겠다고 하면 거부하지 않을 것입니다. 그것만이 번성을 지키고 허도의 안위를 돌보는 길입니다."

사마의의 말에 동의한 조조는 곧 손권에게 사신을 보냈다. 그리고 서황을 불러 군사 5만을 내주며 양릉파(陽陵坡)까지 진격해 진을 치고 있다가 손권의 군사가 형주를 공격하면 출병하라고 명했다.

얼마 후, 사신을 통해 조조의 청을 전해들은 손권은 한동안 망설이다가 형주를 공격하기로 결심했다. 그 선봉은 여몽에게 맡겨졌고, 육손(陸遜)이 그를 돕도록 했다. 군사를 이끌며 전략을 궁리하는 여몽에게 육손이 말했다.

"적의 봉화대를 기습하여 함락시키는 것이 우선일 듯합니다. 그렇게 되면 진지끼리 연락하는 데 어려움을 겪어 우리를 이기지 못할 것입니다."

"나도 같은 생각이오. 서둘러 봉화대부터 칩시다."

형주 주변의 봉화대를 지키던 병사들은 그들의 공격을 전혀 예상하지 못했다. 강릉, 공안, 한강 등의 봉화대가 잇달아 무너지는 바람에 관우 쪽 진지들은 서로 연락을 주고받는 데 어려움을 겪게 되었다. 여몽은 사로잡은 봉화대의 병사들을 죽이지 않고 재물을 주어 회유했다. 그리고 그들을 앞세워 형주성으로 가서, 그곳을 지키던 병사들이 아무런 의심 없이 성문을 열게 했다. 그런 뒤에는 여몽의 군사가 일제히 성 안으로 달려들어 방심하고 있던 상대를 마구 도륙했다. 봉화대를 먼저 함락시킨 여몽과 육손의 계략이 적중해 생각보다 훨씬 수월하게 형주를 손에 넣게 된 것이다.

그와 비슷한 시각, 관우는 5만의 군사로 덤벼드는 서황의 공격을 받아 고전하고 있었다. 게다가 엎친 데 덮친 격으로 형주를 빼앗은 여몽이 달려와 뒤쪽에서 공격을 시작했다. 앞뒤의 적과 맞서 싸우는 관우의 병사들은 금방 수세에 몰렸다. 관우 역시 아직 팔꿈치가 온전치 않아 마음껏 청룡언월도를 휘두르지 못했다. 그때 형주성이 함락되었다는 말을 듣게 된 관우는 더욱 절망했다. 봉화대가 제 역할을 못하게 된 탓에 그제야 부하들로부터 형주를 빼앗긴 사실을 전해 듣게 되던 것이다.

"음, 낭패로구나……. 번성을 빼앗는 일은 뒤로 미루고 일단 퇴각하라!"

관우는 어쩔 수 없이 말머리를 돌려 후방에 있는 작은 성인 맥성(麥城)으로 피신했다. 그는 유비에게 가서 지원병을 데려오라고 마량과 이적을 보냈다. 하지만 가는 길이 멀고 험한 까닭에 마냥 성도의 지원병만 기다리고 있을 수는 없는 노릇이었다. 관우는 근처의 상용(上庸)을 지키고 있는 유봉과 맹달에게 요화를 보내 도움을 청했다. 그런데 평소 관우를 시기하던 맹달이 유봉을 꼬드겨 병사를 보내지 않았다.

그렇게 며칠이 지나자, 여몽이 맥성을 향해 총공세를 펼쳤다. 이미 큰 피해를 입은 관우의 병사들로는 그들을 막아내기에 역부족이었다. 관우는 양아들 관평의 제안을 받아들여 약간의 군사만 데리고 북문을 통해 달아나는 결단을 내렸다. 하지만 여몽의 군사는 끈질기게 뒤쫓아 와 열한 차례나 공격을 시도했고, 결국 관우와 관평 두 사람만 살아남게 되었다. 그들마저 얼마 지나지 않아 적에게 사로잡히는 신세가 되고 말았다.

장수 반장이 관우와 관평을 밧줄로 꽁꽁 묶어 손권에게 데려갔다.

"어서 오시오, 관운장. 장군을 꼭 만나고 싶었소."

손권은 관우를 평범한 포로로 대하지 않았다. 그는 깍듯이 예를 갖추며 관우의 마음을 사로잡으려고 노력했다.

"관운장, 나는 오래 전부터 장군을 존경해 마지않았소. 큰 벼슬을 내릴 테니, 이번 기회에 나의 신하가 되어주지 않겠소?"

손권이 간절한 바람을 드러내며 관우를 설득했다. 그러나 관우는 조금의 망설임도 없이 단호히 그 제안을 거절했다.

"공은 지금 내게 변절자가 되라는 거요? 어찌 호랑이가 고양이 앞에 머리를 조아릴 수 있단 말이오?"

"뭐라고! 네 놈이 나를 능멸하는구나!"

관우의 당당한 태도에 자존심이 상한 손권은 더 이상 참지 못했다. 물론 여전히 관우를 곁에 두고 싶었지만, 내 편이 되지 못할 바에는 차라리 없애버리는 것이 낫다고 판단했다. 결국 손권이 목소리를 높여 부하들에게 명령했다.

"여봐라, 관우의 목을 베어라!"

하지만 그와 같은 상황에도 관우는 눈 하나 깜빡하지 않았다. 오히려 손권보다 더욱 언성을 높여 일갈했다.

"손권! 너는 결코 천하의 주인이 되지 못한다. 내가 비록 형님과 아우를 더는 만나지 못하는 것이 원통하나 기꺼이 죽음으로써 의리를 지킬 것이다. 당장 나의 숨통을 끊어 너의 졸렬함을 만천하에 알리도록 하라!"

눈앞에 죽음을 앞두고도 전혀 주눅 들지 않는 관우의 기개에 손권은 움찔했다. 그는 다시 한 번 관우의 목을 베라며 소리쳤고, 그 명은 곧 현실이 되었다. 손권의 부하 장수가 휘두른 칼에 관우의 머리가 피를 뿜으며 잘려나간 것이다. 그때 그의 나이 58살이었다.

"적장이긴 해도, 아까운 영웅 하나를 잃었구나……."

관우가 죽은 뒤에도 손권은 못내 아쉬운 표정을 지었다. 그러자 좌함(左咸)이 과거 조조와 관우의 인연을 이야기하며 절대 주군을 바꿀 인물이 아니었다고 말했다. 손권 역시 그것을 모르지 않았으나 이상하게 마음이 개운치 않았다.

그때, 바로 곁에서 관우의 죽음을 지켜본 관평이 소리쳤다.

"네 이놈, 자식 앞에서 아비를 죽이다니 금수만도 못하구나! 내 결코 너를 용서하지 않을 것이다!"

손권은 관평이라도 회유해 자기 품에 안을 생각이었다. 하지만 아비의 원수를 갚으려는 자식을 곁에 둘 수는 없는 노릇이었다. 그는 관우의 목을 벤 장수에게 다시 명해 관평의 목도 베도록 했다. 그렇게 아버지와 아들이 한날한시에 세상을 떠나게 되었다.

한꺼번에 부자의 목을 벤 손권은 관우의 청룡언월도를 반장에게 전리품으로 주었다. 아울러 적토마는 부하 장수 마충(馬忠)에게 내주었다. 천하의 명검과 명마가 새로운 주인에게 전해진 것이다. 그런데 적토마는 그 날부터 식음을 전폐하고 슬피 울더니 옛 주인을 따라 저 세상으로 가고 말았다. 그것을 본 사람들이 적토마는 명마라는 찬사로도 부족한 영물이라며 수군거렸다.

천하를 호령하던 조조의 죽음

　형주를 빼앗고 관우를 죽이는 데 공을 세운 여몽은 잔뜩 기대에 부풀었다. 머지않아 손권이 큰 상을 내릴 것이라고 믿었기 때문이다. 그 바람대로 손권이 몇 날 며칠 성대한 잔치를 열어주며 특별히 금잔(金盞)을 꺼내 여몽에게 술을 따라주었다.

　그런데 그때 놀라운 사건이 벌어졌다. 공손히 술상 앞에 앉아 있던 여몽이 갑자기 자리에서 벌떡 일어서더니 술잔을 내동댕이치는 것이 아닌가. 그것도 모자라 그는 손권의 멱살을 비틀어 쥐며 우레와 같이 고함을 질렀다.

　"주제넘게 세상을 어지럽히는 애송이 놈아, 내가 누구인지 알겠느냐?"

　여몽은 손권을 내동댕이치더니 상석에 가서 자리를 잡았다. 그리고 눈을 부라리며 손권에게 계속 호통을 쳤다.

　"나는 관운장이다. 비록 너의 잔꾀에 속아 목숨을 잃었으나 기필코 그 한을 풀 것이다. 원귀가 되어서라도 너와 여몽에게 천벌을 내리고 말 것이야!"

겉모습은 분명 여몽인데, 관우의 목소리가 사방에 쩌렁쩌 렁 울려 퍼졌다. 무슨 영문인지 몰라 겁을 집어먹은 손권의 부하들이 납작 엎드려 화를 피하려고 했다. 그때 갑자기 여몽 이 바닥으로 푹 고꾸라지더니 얼굴의 일곱 구멍에서 피를 쏟 아내며 죽었다. 그렇게 상황이 정리되고, 가까스로 정신을 차 린 손권은 알 수 없는 두려움에 자꾸만 마른침을 삼켰다.

"이게 대체 무슨 조화인지 모르겠구나……. 아무튼 여몽의 장례를 잘 치러주도록 하라."

그 후 며칠이 지났으나, 손권은 좀처럼 마음이 진정되지 않 았다. 그때 다른 지방을 살피러 갔던 장소가 돌아와 말했다.

"주공께서 죽은 자의 원한을 두려워하실 필요야 있겠습니 까? 다만 유비는 관우와 의형제를 맺은 사이이니, 그가 대군 을 일으켜 우리를 공격할까 걱정입니다. 그에게는 천하제일 의 모사 공명에다 장비, 조운, 마초, 황충 같은 용맹한 장수 들이 있어 결코 만만치 않은 상대입니다."

"그럼 어떻게 해야 되겠나?"

손권의 얼굴에 수심이 가득했다.

"제 생각에, 유비는 급히 관우의 원수를 갚기 위해 조조와 손을 잡으려고 할 것입니다. 둘이 동맹을 맺는다면 그만한 위협이 또 어디 있겠습니까? 방법은 하나, 관우의 머리를 조조에게 보내십시오. 그러면 유비는 우리가 허도의 요청으로 관우를 죽였다고 오해해 조조를 증오할 것입니다. 반드시 위와 촉의 사이를 벌려놓아야 우리가 살 수 있습니다."

장소의 계략을 들은 손권은 매우 흡족해했다. 그는 곧 나무 상자에 관우의 머리를 넣어 조조에게 보냈다. 그 소식을 들은 조조는 나무 상자가 도착하기도 전에 웃음을 터뜨리며 기뻐했다.

"관운장이 비록 아까운 장수이기는 하나, 언제 나에게 칼을 겨눌지 모를 위험인물이었다. 비로소 그 자가 죽었다니 큰 걱정거리 하나를 덜었구나."

그런데 곁에 있던 사마의가 심각한 얼굴로 걱정을 털어놓았다.

"폐하, 이것은 손권의 계략으로 보입니다."

"그게 무슨 말이냐?"

조조가 두 눈을 동그랗게 뜨고 물었다.

"아마도 오가 관우를 죽인 책임을 우리에게 덮어씌우려는 듯합니다. 경계를 늦추지 마십시오."

그제야 조조는 손권의 속셈을 깨달아 불쾌한 심사를 드러냈다.

"이런, 죽일 놈! 감히 나를 능멸해?"

그러면서 조조는 사마의에게 대책을 물었다. 잠시 생각에 잠겼던 사마의가 침착하게 다시 말문을 열었다.

"폐하께서 최고급 향나무로 관우의 몸을 만들라고 명하신 다음 그 위에 머리를 얹어 정성껏 장례를 치러 주십시오. 그러면 유비는 우리가 관우의 죽음에 책임이 없다고 판단하여 손권에게 원수를 갚으려고 들 것입니다. 오와 촉이 충돌하는 사이 우리는 어부지리를 얻으면 됩니다."

사마의의 계략을 들은 조조는 고개를 끄덕였다.

얼마 후, 허도에 관우의 머리가 담긴 나무 상자가 도착했다. 조조가 그것을 직접 열어보니, 관우의 표정에 생전의 위엄이 그대로 간직되어 있었다.

"관운장, 오랜만이오. 그동안 잘 지내셨소?"

조조는 살아 있는 사람을 대하듯 안부 인사를 건넸다. 그러자 순간 놀라운 일이 벌어졌다. 관우의 머리가 눈을 부릅뜨더니 수염까지 빳빳하게 곤두세우는 것이 아닌가. 그것을 본 조조는 기절할 듯 놀라며 엉덩방아를 찧었다. 곁에 있던 장수들이 몸을 일으켜 세우자, 겨우 정신을 차린 조조가 혼잣말을 중얼거렸다.

"아, 관운장은 실로 천신(天神)이로구나……."

그때 오에서 나무 상자를 들고 온 사신이 여몽이 죽은 사연을 이야기했다. 그 말에 조조는 더욱 두려움을 느껴 낙양의 남문 밖에서 관우의 장례를 성대히 치러주었다. 나날이 세력을 넓혀가는 유비뿐만 아니라 관우의 혼령까지 조조를 바짝 긴장시켰던 것이다. 조조는 장례를 지낸 뒤 관우에게 형왕(荊王)의 지위도 내렸다.

한편 관우가 죽던 날 밤, 성도에 머물던 유비는 몸에 열이 나고 한기가 들어 좀처럼 잠을 이루지 못했다. 그는 이리저리 뒤척이다가 이부자리에서 일어나 등잔을 밝히고 책을 펼쳤다. 그러다가 얼마 뒤 책상에 엎드려 깜빡 잠이 들었는데, 꿈속에서 관우가 나타났다. 관우는 한동안 유비의 얼굴을 빤히 바라보더니 천천히 큰절을 올리고 나서 말문을 열었다.

"형님, 마지막 인사를 드리러 왔습니다."

"마지막이라니? 대체 어디에 간다는 말이냐?"

유비가 깜짝 놀라 관우에게 물었다.

"그동안 형님과 세상에 둘도 없을 우애를 나누어 행복했습니다. 이번에는 아주 먼 길을 떠나게 됐으니, 제가 없더라도 부디 건강을 잘 살피시어 대업을 이루십시오."

관우는 인사를 마치자마자 몸을 돌려 어디론가 사라져버렸다. 유비는 잠결에 몇 번이나 허공에 손을 내저으며 관우를 붙잡으려고 했지만 소용없는 일이었다.

"관우야, 관우야! 나를 두고 어디로 간단 말이냐?"

유비는 크게 소리쳐 관우를 부르다가 잠에서 깨어났다. 주위를 둘러보니 아직 캄캄한 밤이었는데, 유비의 온몸이 땀으로 흠뻑 젖어 있었다. 날이 밝자마자 유비는 제갈량을 찾아가 간밤의 꿈을 이야기했다.

"관우에게 무슨 변고가 생긴 것은 아닌지 걱정입니다."

"너무 염려 마십시오. 아마도 주공께서 관운장을 위하는 마음이 커서 그런 꿈을 꾸셨을 것입니다."

이번만큼은 제갈량도 관우의 죽음을 예견하지 못했다. 그때 맥성에서 관우의 명을 받아 지원병을 요청하러 떠났던 이적과 마량이 성도에 도착했다. 그들은 궁지에 몰린 관우의 사정을 전하며 도움을 청했다. 아우가 위기에 처한 것을 알게 된 유비는 즉시 맥성으로 출병하라고 지시했다. 그런데 뒤이어 요화가 성도로 와서 관우와 관평이 끝내 손권에게 죽음을 맞았다는 사실을 보고했다. 아울러 그 과정에 유봉과 맹달이 병사를 보내지 않아 그와 같은 비극이 일어났다는 말도 덧붙였다.

관우의 죽음은 유비에게 크나큰 충격이었다. 하늘이 무너지고 땅이 꺼지는 슬픔에 유비의 몸이 쓰러질 듯 휘청거렸다.

"아, 관우가 죽다니 이 일을 어떡하면 좋단 말이냐……."

유비는 낯빛이 백짓장처럼 하얘져 답답한 가슴을 몇 번이나 주먹으로 내리쳤다. 주위에 있던 모사와 장수들이 그를 위로했으나 아무런 위안이 되지 못했다. 유비 못지않게 충격을 받아 말문이 막혔던 제갈량이 겨우 정신을 차려 주공을 달랬다.

"예로부터 인명은 재천이라 하였습니다. 모쪼록 폐하께서 몸과 마음을 추슬러, 장차 대업을 이루라는 관운장의 유언을 실현하셔야 합니다."

그럼에도 유비는 손사래를 치며 괴로워했다.

"다 무상한 일입니다. 관우가 없는데 대업을 이룬다 한들 무슨 소용이 있겠습니까?"

제갈량은 허탈해하는 유비를 설득할 말이 당장은 떠오르지 않았다. 그때 관우의 친아들인 관흥(關興)이 아버지의 죽음을 전해 듣고 달려왔다. 그는 제갈량의 총애를 받아 성도에서 중감군(中監軍)이라는 중책을 맡고 있었다. 아버지의 사망 소식에 아들이 통곡을 하자 유비도 다시 울음을 터뜨리더니 끝내 혼절하고 말았다. 그 후 유비는 의원들의 보살핌으로 힘겹게 몸을 일으켰으나 입맛을 잃어 몇 날 며칠 밥을 제대로 삼키지 못했다.

그로부터 얼마 후, 가까스로 기력을 되찾은 유비가 복수의 칼을 갈았다.

"당장 군사를 일으켜 오를 칠 것이다. 모두 출병 준비를 하라!"

그런데 제갈량이 흥분한 유비를 말렸다.

"진정하십시오, 폐하. 우리가 섣불리 오를 치면 위가 기습할지 모릅니다. 또한 위를 공격하면 오가 그 틈을 노려 우리의 땅을 넘볼 것입니다. 조조와 손권이 그렇듯 호시탐탐 우리를 노리고 있으니 보다 냉철하게 사태를 바라보셔야 합니다. 군자의 복수는 백 년이 걸려도 늦지 않다는 옛말을 아시지 않습니까? 만반의 대비책도 없이 적을 치기보다는 우선 관운장을 기리는 제를 올려 그 영혼의 한을 달래시는 편이 옳을 것입니다."

여느 때와 다름없이 이번에도 유비는 제갈량의 조언을 받아들였다. 잠시 번민에 빠지기는 했으나, 그렇게 하는 것이 군주로서 해야 할 신중한 판단이라고 생각했기 때문이다. 유비는 촉의 모든 신하와 군사가 관우의 죽음을 추모하게 하고, 정성껏 제를 올려 허무하게 떠나버린 관우의 영혼을 위로했다.

그런데 그 무렵, 조조는 밤마다 자리에 누우면 관우의 환영이 떠올라 괴로웠다. 그런 일이 보름 넘게 이어지자 얼굴이 수척해지고 몸이 무거웠다. 조조가 자신의 사정을 털어놓자 한 신하가 뜻밖의 말을 했다.

"궁궐이 낡은 탓에 귀신이 많이 깃들어 그런 것입니다. 새 궁궐을 지어 폐하의 건강을 돌보셔야 합니다."

조조가 생각하기에도 그 말에 일리가 있는 듯했다. 그리하여 급히 새로운 궁궐을 짓는 일이 시작되었다. 처음에는 모든 과정이 순조로운 듯했으나, 대들보로 쓸 목재가 마땅치 않았다. 여기저기 수소문한 끝에 낙양 밖 약룡담(躍龍潭) 옆에 있는 오래된 배나무가 적합하다는 결론이 내려졌다.

"어서 가서 그 나무를 베어오라."

조조가 기뻐하며 부하 장수에게 명을 내렸다. 그런데 며칠 만에 그가 빈손으로 돌아와 말했다.

"그 배나무가 이상합니다. 아무리 도끼로 찍어도 날이 박히지 않고 톱질을 해도 켜지지 않습니다."

"그게 정말이냐? 세상에 그런 나무가 어디 있단 말이냐?"

부하 장수의 이야기를 믿지 못한 조조는 스스로 군사를 거느리고 배나무를 베러 갔다. 과연 그 배나무는 궁궐의 대들보로 쓸 수 있을 만큼 굵고 곧게 뻗어 있었다. 조조가 병사들에게 빨리 나무를 베라고 재촉했다. 그런데 그때 마을의 노인들이 몰려와 머리를 조아리며 간청했다.

"폐하, 배나무를 베지 마십시오. 이것은 수령이 천 년도 더 된 신령한 나무라 함부로 베면 재앙이 내릴 것입니다."

하지만 그런 말에 귀를 기울일 조조가 아니었다.

"쓸데없는 소리 마라. 이런 나무 따위에 무슨 영험한 기운이 있다고 천하의 조조가 두려움을 느낀단 말이냐!"

그러면서 조조는 칼을 빼들어 배나무를 내리쳤다. 그 순간 깜짝 놀랄 일이 벌어졌다. 배나무에서 "컥!" 하는 소리가 들리더니 피가 뿜어져 조조의 몸을 벌겋게 적신 것이다. 그런 일이 벌어지자 조조도 더 이상 나무를 베라는 명을 내리지는 못했다. 그는 군사를 이끌어 궁궐로 돌아오고 말았다.

그 날 밤, 조조는 여느 때처럼 쉽게 잠을 이루지 못했다. 잠자리에서 한참 몸을 뒤척였는데, 어느 순간 머리를 풀어헤치고 검은 옷을 입은 사내가 칼을 쥐고 나타나 조조를 노려보면서 소리쳤다.

"나는 약룡담 배나무에 깃들어 있는 신령이다. 네 놈이 감히 신령스런 나무를 베려고 했으니, 내가 그 죄를 물어 목숨을 가져가야겠다!"

사내는 이렇게 호통을 치자마자 칼을 들어 조조의 머리를 내리쳤다.

"악!"

조조는 두 손으로 머리를 감싸고 외마디 비명을 지르면서 잠에서 깨어났다. 그런데 이튿날부터 머리가 깨질 듯 아프고 온몸에 식은땀이 흘렀다. 용하다고 소문난 의원들을 불러 진단을 받아봤지만 명확한 병명이 나오지 않았다. 침을 맞고 이런저런 약을 쓰기도 했지만 조금도 나아지지 않았다. 그러자 화흠이 조조를 찾아와 말했다.

"화타라는 명의가 있다고 들었습니다. 그는 어떤 병이라도 고칠 수 있다고 합니다."

화흠의 말에 조조는 눈이 번쩍 뜨였다. 그는 당장 장수와 병사들을 방방곡곡에 풀어 화타를 데려오도록 했다. 얼마 후, 화타가 궁궐로 와서 조조를 진료하게 되었다.

"폐하의 극심한 두통은 쉽게 치료될 병이 아닙니다. 날카로운 칼로 머리뼈를 가르고 나서 병의 원인이 되는 것을 꺼내야 합니다."

조조는 화타의 진단을 듣고 화들짝 놀랐다. 그의 곁에 있던 모사와 장수들도 어처구니없어하며 고개를 절레절레 흔들었다.

잠시 할 말을 잃었던 조조가 냅다 소리를 내질렀다.

"네 놈이 나를 죽이려 드는구나! 누구의 명을 받은 것이냐?"

그러자 화타가 침착하게 대답했다.

"저는 폐하를 해하려는 것이 아닙니다. 혹시 관운장이 팔꿈치에 독화살을 맞은 뒤 살을 도려내고 뼈를 깎아 목숨을 구한 일을 알고 계신지요? 그때 관운장을 치료한 의원이 바로 저입니다. 폐하께서도 저를 믿어주신다면 반드시 병을 치료하실 수 있습니다."

그런데 그 말은 조조의 의심을 더욱 키웠다. 그가 벼락같은 소리로 부하들에게 명령했다.

"이 자를 당장 포박해 옥에 가두어라! 분명 관우의 원수를 갚으러 내게 온 것이 틀림없다!"

화흠이 나서서 조조의 오해를 풀려고 했지만 씨알도 먹히지 않았다. 조조는 화타에게 고문을 가하며 있지도 않은 사실을 털어놓으라고 겁박했다. 화타는 끝내 모진 고문을 견디지 못해 옥에서 숨을 거두고 말았다.

심신이 몹시 허약해진 조조는 화타가 마지막 구원의 손길이었던 것을 알지 못했다. 조조의 병세는 날이 갈수록 심각해져 헛것을 보는 날도 늘어갔다. 거의 매일 그동안 자신이 해쳤던 사람들의 원귀에 시달리며 괴로워했던 것이다. 스스로 삶이 얼마 남지 않은 것을 깨달은 조조가 사마의와 조홍, 가후 등을 불러 뒷일을 부탁했다.

"내가 천하를 호령한 지도 어언 사십여 년이 흘렀구나⋯⋯. 아직 못 다한 일이 남았으나 천명이 다해가니 후사를 누구에게 맡길지 정해야겠다. 장남인 비에게 나의 모든 권력을 물려줄 터이니 자네들이 잘 도와주기 바란다⋯⋯."

조조는 힘겹게 숨을 몰아쉬며 자신의 모사와 장수에게 마지막 당부를 남겼다. 그 후 며칠 만에 조조는 눈을 감았는데, 그의 나이 66살이었다.

한 사람의 영웅호걸이 세상을 떠나면 또 다른 영웅호걸이 그 빈자리를 채우는 법. 조비는 자신의 아버지 못지않게 야망이 큰 인물이었다. 아니, 그는 조조보다 한 술 더 떠서 난을 일으키더니 부하들을 시켜 헌제의 목에 칼을 들이대며 황제 자리를 내놓으라고 다그쳤다. 이미 아무런 힘이 없는 헌제로 서는 그 위협을 당해낼 재간이 없었다.

"아, 원통하구나! 이렇게 사백여 년 만에 한나라의 황실이 종지부를 찍게 되다니……."

헌제의 얼굴에는 굵은 눈물방울이 흘러내렸다. 그 역시 즉 위 30여 년 만에 황제 자리에서 불명예스럽게 쫓겨난 것이 다. 조비는 헌제로부터 옥새를 건네받으며 형식상 세 번 거절 하는 시늉을 했으나 끝내 야욕을 감추지 않고 황위에 올랐다.

조비는 아버지 조조 때부터 이어져온 위의 전통을 이어받 으며 자신의 나라를 대위(大魏)라고 불렀다. 그리고 도읍을 허도에서 낙양으로 옮긴 뒤 모든 문무백관과 장수들에게 새 롭게 벼슬을 내렸다. 바야흐로 한 시대가 저물고 또 다른 시 대가 막을 올린 것이다.

한편 유비는 조금씩 관우를 잃은 슬픔에서 빠져나오고 있 었다. 그러나 아우의 원수를 꼭 갚겠다는 다짐에는 변함이 없 었다. 그는 먼저 관우에게 지원병을 보내지 않은 맹달을 엄히 문책하려고 했다. 여차하면 목을 쳐 책임을 물을 작정이었다. 그런데 맹달이 그 사실을 눈치채고 조비에게 항복해 살 길을 찾았다. 그 소식을 들은 유비가 불같이 화를 내면서 유봉을 시켜 맹달을 잡아오게 했다.

"관우에게 지원병을 보내지 않은 데는 너의 책임도 적지 않다. 군사 5만을 내줄 테니 반드시 맹달을 끌고 오도록 하라."

이미 유봉은 유비의 양아들로서 죄책감에 시달리고 있었다. 그는 맹달을 잡아오기 위해 한달음에 위로 달려갔다. 하지만 그것은 결코 만만한 일이 아니었다. 맹달이 하후상, 서황과 함께 대적하는 바람에 전투에서 패하여 퇴각하고 말았던 것이다.

"송구합니다. 저를 죽여 나라의 기강을 바로 세우십시오."

유봉은 유비 앞에 무릎을 꿇고 자신의 잘못을 뉘우쳤다. 비록 양아들이기는 해도, 유비 입장에서 더는 그 책임을 묻지 않을 수 없었다. 관우를 죽음의 길로 내모는 데 일정 부분 원인 제공을 한데다, 맹달에게 패해 적의 사기를 올려준 죄도 작지 않았기 때문이다. 결국 유비는 눈물을 머금고 유봉의 목을 베라는 명을 내릴 수밖에 없었다.

25

막내 장비도 최후를 맞다

조비가 대위를 세우고 황제가 되어 새 궁궐을 짓는다는 소식이 유비에게 전해졌다. 더욱 충격적인 것은 헌제가 살해당했다는 보고였다. 유비는 또다시 큰 슬픔에 잠겨 통곡하며 헌제의 혼령을 제단에 모시고 제를 올렸다.

여러 대신들이 모인 자리에서 제갈량이 유비에게 말했다.

"지금 조비 때문에 한나라의 맥이 끊겼습니다. 한중왕께서 황위에 올라 사백 년의 역사를 잇도록 하십시오."

여러 대신들도 제갈량과 뜻을 같이했다. 하지만 유비는 고개를 가로저었다.

"그것은 아니 될 말씀입니다, 공명. 내가 스스로 황제가 된다면, 위의 역적과 무엇이 다르겠습니까?"

"그렇지 않습니다. 헌제께서 황위에 계신다면 맞는 말씀이나, 지금은 그 자리를 조비가 강탈한 상황입니다. 차라리 주공께서 황위에 오르시는 편이 한나라의 정통성을 이어가는 길입니다."

제갈량이 말을 마치자마자 이번에도 대신들이 머리를 조아리며 한중왕에게 황위에 오르라고 간곡히 청했다. 유비가 생각하기에도 그 말이 틀리지는 않았다. 그는 몇 날 며칠 고민한 끝에 마침내 천지신명께 제를 올리고 황위에 올랐다. 때는 서기 221년이었다.

그 무렵 손부인은 오에 돌아가 있었다. 그래서 유비는 얼마 전 법정의 진언을 받아들여 오 씨 성을 가진 여인을 왕비로 맞아들였다. 그 사이에 두 아들 유영(劉永)과 유리(劉理)가 태어났다. 황제가 된 유비는 오부인(吳夫人)을 황후로 삼았고, 맏아들 유선을 황태자 자리에 앉혔다. 아울러 제갈량을 승상으로 임명했다. 대신들에게도 저마다 공과에 따라 다시 벼슬을 내리고 옥에 갇힌 죄수들을 풀어주어 만백성의 화합을 기원했다.

그 다음에 유비가 바로 시작한 일은 관우의 복수였다. 그는 당장 출병해 오를 치겠다고 나섰다. 그러자 조운이 땅바닥에 엎드려 그 명을 거두어달라고 간청했다.

"저 역시 관운장의 죽음이 너무나 안타깝습니다. 하지만 황제께서는 한나라의 역적이 조조와 조비인 것을 잊지 마셔야 합니다. 우리가 위를 그대로 둔 채 오부터 공격한다면 명분에 어긋나는 일입니다."

그러나 유비는 쉽게 물러서지 않았다.

"나는 지난날 관우, 장비와 의형제를 맺고 생사를 함께하기로 맹세했다. 사랑하는 아우를 죽인 원수를 치겠다는 것이 어찌 삼갈 일이란 말이냐?"

"동생의 원수를 갚는 것은 사적인 일이고, 역적을 제거하는 것은 공적인 일입니다. 황제 폐하께서 먼저 하실 일은 역적을 단죄하는 것이라 믿습니다."

유비와 조운은 한동안 실랑이를 벌이며 서로 자신의 뜻을 관철시키려고 했다. 두 사람은 황제와 신하 사이 이전에 굳은 신뢰가 있었으므로 허심탄회하게 이야기를 나눌 수 있었다. 하지만 둘의 이야기가 길어지자 보다 못한 제갈량이 나섰다.

"역적을 단죄하는 일과 아우의 원수를 갚는 일, 모두 중요합니다. 다만 폐하께서 사적인 원수를 갚는 일에 직접 출병하시는 것은 재고해주십시오. 모름지기 황제는 공과 사를 가려 공적인 일에 몰두하셔야 합니다. 관운장의 복수는 믿을 만한 장수에게 맡기시면 될 일, 손수 나서지는 마십시오."

"승상의 말씀을 듣고 보니 일리가 있군요."

제갈량이 나서자 유비도 한 걸음 양보할 수밖에 없었다. 유비는 황제가 되었고 제갈량은 승상에 임명되었지만, 두 사람은 여전히 서로를 존경하며 예의를 갖추었다. 그런데 며칠 후

낭중(閬中)에 가 있던 장비가 궁궐에 들어와 유비를 다그쳤다.

"형님! 아니, 황제 폐하⋯⋯."

장비는 가쁜 숨을 몰아쉬며 유비에게 따져 물었다.

"지난날 복숭아밭의 맹세를 잊으셨습니까? 관우 형님의 원수를 갚는 일이 왜 이리 더딘 것입니까?"

"아우야, 진정해라. 내가 황위에 있기는 하나 대신들의 뜻을 거스를 수는 없구나."

유비가 흥분한 장비를 달래며 사정을 설명했다. 그럼에도 장비는 달라지지 않았다.

"그들이 어찌 우리 삼형제의 의리를 헤아리겠습니까? 폐하께서 선봉에 서시지 않겠다면 저라도 당장 달려 나가 원수의 목을 치겠습니다."

몇 번이나 장비가 도원결의를 이야기하자, 유비도 더는 황제의 덕목만 내세우기 어려웠다. 결국 유비는 장비의 뜻을 받아들였다.

"네 말이 옳다, 장비야. 네가 먼저 낭중에서 오로 출병하면, 나도 곧 본진을 이끌고 합류하도록 하마."

"고맙습니다, 황제 폐하! 이제야 하늘에 계신 관우 형님도 웃으실 것입니다."

그렇게 장비가 낭중으로 돌아간 뒤, 유비는 제갈량에게 촉을 맡기고 70만 대군을 일으켜 오로 진격했다. 제갈량과 대신들도 더 이상 유비의 앞길을 막지 못했다.

한편 장비는 낭중에 다다르자마자 부하들에게 출전 명령을 내렸다.

"한시도 지체할 수 없다. 사흘 뒤 출병할 것이니, 모든 장수와 병사들은 그때까지 준비를 마치도록 하라!"

하지만 그것은 너무 촉박한 일정이었다. 범강(范彊)과 장달(張達)이 용기를 내 진언했다.

"사흘 안에 준비를 마치기는 어렵습니다. 조금만 더 시간을 주십시오."

그것은 부하 장수로서 마땅히 할 수 있는 말이었다. 그런데 관우의 복수를 할 생각에 흥분한 장비는 귀를 열지 못했다.

"뭐라고? 네 놈들이 나의 명령에 반기를 드는구나!"

"그렇지 않습니다, 장군. 저희는 다만……."

범강과 장달은 심상치 않은 분위기를 느끼며 당황했다. 그러거나 말거나 기분이 나빠진 장비는 다른 부하들을 향해 큰 소리로 명령을 내렸다.

"당장 이 자들을 거꾸로 매달아 오십 대씩 곤장을 쳐라!"

범강과 장달이 밖으로 끌려 나가면서 계속 무슨 말인가를 하려고 했으나 장비는 듣지 않았다. 그렇게 곤장을 맞게 된 두 사람은 곤죽이 되어 장비에 대한 불만이 가득했다. 그 날 밤 범강과 장달은 은밀히 만나 자신들의 거취를 의논했다.

"우리가 뭘 그리 크게 잘못한 것이오?"

"그러게 말입니다. 만약 사흘 안에 출병 준비를 못하면 장비가 또 어떤 형벌을 내릴지 모릅니다."

두 사람은 치를 떨며 앞일을 걱정했다.

"이렇게 된 이상 당하고만 있을 수는 없소. 장비의 손에 억울하게 죽느니, 우리가 먼저 놈을 해치웁시다."

"내 생각도 같습니다. 장비의 머리를 오나라로 가져가면 큰 상을 받을 것입니다."

범강과 장달은 그 날 밤 당장 거사를 감행했다. 몰래 장비의 침소에 숨어들어, 여느 때와 다름없이 술에 취해 잠든 그의 목을 벤 것이다. 아무리 용맹한 장수라도 만취해 깊은 잠에 빠져서는 상대를 당해낼 수 없었다. 장비는 장팔사모 한번 휘둘러보지 못한 채 허무하게 숨을 거두고 말았다. 그때 그의 나이 55살이었다.

그 무렵 유비는 모든 준비를 마치고 성도를 나서기 직전이었다. 그런데 출병 전날 밤, 왠지 잠이 오지 않아 마당을 서성이다가 문득 하늘에서 큰 별 하나가 땅으로 곤두박질치는 것을 보게 되었다. 유비는 아무래도 불길한 예감이 들어 얼굴이 굳었다. 바로 그때 밤길을 달려 낭중에서 한 장수가 달려와 그 앞에 무릎을 꿇었다.

"폐하, 큰일 났습니다! 장비 장군께서 부하 장수들에게 살해당하셨습니다!"

"뭐라고, 장비가……."

순간 유비는 눈앞이 캄캄해지며 온몸의 힘이 전부 빠져나가는 듯했다. 마침 곁에 있던 신하들이 부축하지 않았다면 그대로 쓰러졌을지 모를 상황이었다. 유비는 밤새워 통곡하며 막내아우의 죽음을 원통해했다.

"내가 오를 공격할 이유가 하나 더 늘었구나. 범강과 장달을 죽여 장비의 한을 풀어줘야겠다."

이튿날, 유비는 예정대로 출병 명령을 내렸다. 그때 관우의 아들 관흥과 장비의 아들 장포(張苞)가 달려와 서로 선봉에 서겠다고 나섰다. 모두 아버지의 원수를 갚는 데 앞장서고 싶었던 것이다. 둘은 저마다 무예 솜씨를 뽐내며 자신이 선봉에 서야 할 당위성을 설명했다. 관흥과 장포의 경쟁이 지나치게 치열해지자 유비는 두 사람 대신 오반(吳班)을 선봉에 세웠다. 그리고 관흥과 장포에게는 황제의 근위대로 제 역할을 다하도록 한 뒤 오를 향해 진격했다.

유비가 이끄는 70만 대군의 기세는 대단했다. 그들은 강과 육지 양쪽 경로를 통해 오를 향해 물밀듯이 몰려갔다. 그 소식을 들은 손권은 새파랗게 질려 위의 조비에게 막대한 양의 금은보화를 보내며 도움을 청했다. 하지만 조비는 뇌물이나 다름없는 선물만 챙긴 채 손권을 돕지 않았다.

"오와 촉의 충돌은 내가 바라는 바다. 어느 한쪽이 망하면 그때 군사를 일으켜 나머지 한 나라를 함락시키고 천하를 통일할 것이다."

조비는 부하 장수들에게 이렇게 말하며 의미심장한 미소를 띠었다.

위에서 원병을 보내지 않자 손권은 노심초사했다. 그는 부랴부랴 한당을 주장으로, 주태를 부장으로 삼아 전열을 정비했다. 또한 반장을 선봉에 세우고 능통에게 후방의 방어를 맡겼다. 감녕에게는 10만의 군사를 주어 만약의 사태에 대비한 지원병 역할을 지시했다.

그때 촉의 군사는 황충이 선봉을 자임했다. 그는 흰 수염이 덥수룩한 70대의 노장이었지만, 여전히 상대의 간담을 서늘하게 하는 맹장이었다. 오의 진영에서는 어느 장수 하나 황충과 맞서겠다며 자신있게 나서는 사람이 없었다.

"늙은 황충이 그리 두렵단 말이냐? 우리 오나라에 인물이 이렇게 없더니 안타깝기 짝이 없구나……."

손권이 한숨을 내쉬며 혼잣말을 중얼거렸다. 그때 번장이 말고삐를 움켜쥐고 앞으로 달려 나가며 소리쳤다.

"늙은이 황충아, 내의 너의 목을 베어 하늘로 보내주마!"

그 말을 듣고 황충의 얼굴이 붉게 달아올랐다. 그는 곧 큰 칼을 꺼내들고 반장을 향해 맹렬하게 달려갔다.

"네 이놈, 단칼에 죽여주마!"

그런데 막상 황충이 다가오자 번장이 뒷걸음질을 쳤다. 실은 그것이 계략이었는데, 황충은 아무런 의심 없이 죽을힘을 다해 뒤를 쫓았다.

"비겁한 놈, 멈춰라!"

그렇게 얼마쯤 반장을 추격했을까? 갑자기 양쪽 산에서 오의 병사들이 함성을 지르며 쏟아져 나왔다. 그들은 능통이 이끄는 병사들이었다. 그 순간 줄행랑을 치던 반장도 몸을 홱 돌려 황충을 공격하기 시작했다.

"어리석은 놈, 나이를 먹더니 총기까지 흐려졌구나!"

"음, 네 놈의 계략에 속아 넘어가다니……."

반장의 반격에 그제야 황충은 자신의 잘못을 깨달았다. 그는 후회의 탄식을 내뱉으며 서둘러 뒷걸음질을 치지 않을 수 없었다. 그런데 바로 그때, 어깻죽지에 뜨거운 통증이 느껴지면서 말고삐를 쥔 손에 힘이 풀리더니 황충이 땅바닥에 나뒹굴고 말았다. 그의 어깨에 적이 쏜 화살이 깊숙이 박힌 것이다. 황충의 부상을 지켜본 오의 병사들이 칼과 창을 들고 일제히 달려들었다.

"적장이 쓰러졌다. 죽여라!"

그야말로 황충의 목숨이 바람 앞의 촛불 같은 신세였다. 그런데 그때 맞은편에서 고함 소리가 들려왔다.

"이놈들, 물러서라! 황 장군의 몸에 손끝이라도 댔다가는 죽음을 면치 못할 것이다."

오의 병사들이 주위를 둘러보니 관흥과 장포가 달려오고 있었다. 관흥이 적병들의 목을 무수히 베는 사이에 장포는 쓰러진 황충을 부축해 자신의 말에 태웠다. 그리고 두 장수는 적의 포위망을 궤멸시키며 멀리 달아났다.

사실 관흥과 장포를 적진으로 보낸 사람은 유비였다. 그는 황충이 무리하게 반장의 뒤를 쫓자 생사가 걱정되어 두 젊은 장수를 보냈던 것이다. 화살에 맞아 부상을 입은 황충이 진지로 오는 것을 본 유비가 한달음에 달려나왔다.

"황 장군, 정신을 차리시오!"

"……"

유비가 다급히 소리쳤지만 황충은 묵묵부답이었다. 장포가 그를 안아 자리에 눕히자 사지가 축 늘어졌다. 늙어서 기력이 쇠약해진데다 피를 많이 흘려 목숨을 부지하지 못했던 것이다. 유비는 황충을 잃은 슬픔에 목이 메었다. 오호장군 중 관우와 장비에 이어 황충까지 잃게 되었으므로 그 상실감이 너무나 컸다.

손권은 황충이 전사했다는 소식을 듣고 매우 기뻐했다. 이미 유비의 두 아우가 죽은데다 황충까지 사라졌으니 해볼 만한 전쟁이라는 생각이 들었던 것이다. 하지만 유비는 그대로 허물어지지 않았다. 그는 전군을 여덟 개 부대로 재정비해 수륙양용 작전을 펼쳤다. 황권에게 수군의 지휘를 맡기고 기병과 보병은 자신이 직접 이끌었다. 그러자 전세는 급격히 촉쪽으로 기울었다. 특히 젊은 장수 관흥과 장포가 혁혁한 전공을 세웠는데, 한당과 주태마저 그들의 기세에 쩔쩔매며 뒷걸음질쳤다.

급기야 관흥은 최후의 일격을 가하기 위해 적진 깊숙이 달려들었다. 반장이 그를 발견하고 말을 몰아 달아나자 관흥이 맹렬히 그 뒤를 쫓았다. 부하들도 없이 두 장수가 쫓고 쫓기는 추격전을 펼친 것이다.

"내 아버지를 죽음의 길로 내몬 반장은 그 자리에 멈춰라! 내 칼이 너의 목을 칠 것이다!"

"애송이 같은 놈이 끈질기구나……."

반장은 죽을힘을 다해 달아났으나 혈기왕성한 관흥의 추격을 따돌리지 못했다. 마침내 그 날 밤 깊은 산속에서 반장을 따라잡은 관흥이 칼을 높이 치켜들고 소리쳤다.

"네가 감히 내 아버지의 청룡언월도를 들고 다니다니 용서하지 않겠다!"

곧 관흥의 칼이 허공을 갈랐고, 반장의 머리가 땅바닥에 나동그라졌다. 아버지 관우의 원수 중 하나를 해치운 관흥은 담담한 표정으로 칼에 묻은 피를 닦았다. 그리고 반장의 머리를 말안장에 매달고 청룡언월도를 챙겨 본진으로 돌아왔다. 그를 맞이한 유비가 관흥의 전공을 치하했다.

"역시 그 아비에 그 아들이로구나. 너는 장포와 함께 앞으로 촉을 이끌어나가야 할 인재들이다."

"그 말씀 명심하겠습니다, 폐하."

관흥은 유비의 칭찬에 감격해하며 충성을 다짐했다.

유비의 못다 이룬 꿈

　손권은 반장의 전사 소식을 듣고 두려움을 느꼈다. 유비 군의 전력이 예상보다 훨씬 강한데다, 자신을 호위하던 장수들이 잇달아 목숨을 잃었기 때문이다. 이제 그의 곁에는 총애하던 반장을 비롯해 마충, 미방, 부사인(傅士仁), 주평(周平) 같은 장수가 남아 있지 않았다. 한당과 주태의 군사는 연전연패를 거듭해 이미 전의를 상실한 상태였다.

　앞일을 걱정하며 근심하는 손권에게 시중을 드는 한 신하가 귓속말을 건넸다.

　"장비를 죽인 범강과 장달의 목을 베어 촉으로 보내십시오. 그러면 유비가 당분간 공격 명령을 내리지 않을 것입니다."

　"거참 좋은 생각이구나. 어차피 그들은 배신자이니 오랫동안 곁에 두기에는 꺼림칙한 자들이다."

　신하의 계략을 들은 손권은 당장 범강과 장달을 죽여 그 머리를 유비에게 보냈다. 그것을 받아든 유비는 또다시 설움이 북받쳤다.

"아, 이제야 장비 아우가 편히 눈을 감겠구나……."

유비는 두 원수의 머리를 제단에 올리고 며칠 동안 장비를 추모했다. 그렇게 촉의 공격이 잠시 잠잠해진 틈을 타 손권은 또다시 화해의 손길을 내밀었다. 형주를 반환하고 손부인을 돌려보내겠다는 전갈을 보내왔던 것이다.

하지만 유비는 군사를 돌려 성도로 돌아갈 생각이 전혀 없었다. 이번 기회에 오를 멸망시켜 두 아우와 함께 꿈꾸었던 영광을 실현할 작정이었던 것이다. 손권은 자신의 계략이 통하지 않자 몹시 당황했다.

"이제 어떻게 해야 된단 말이냐……."

그때 모사 감택(闞澤)이 말했다.

"주상께서는 하늘을 받칠 수 있는 기둥이 있는데 왜 사용하지 않으십니까?"

"대체 누구를 말하는 것이냐?"

애를 태우던 손권의 눈이 반짝였다.

"육손을 두고 드리는 말씀입니다."

"육손이라고?"

"네, 그는 형주를 빼앗을 때 봉화대를 먼저 공격하자는 책략을 내놓아 관우를 궁지로 몰아넣는 전공을 세운 인물입니다."

그런데 그 순간 다른 신하와 장수들이 반대하고 나섰다.

"육손에게 중책을 맡기시면 안 됩니다. 그가 비록 형주를 점령할 때 여몽 장군을 돕기는 했으나, 아직 나이 어린 풋내기에 지나지 않습니다."

"그렇습니다, 주상. 어느 장수가 육손 같은 자의 명령을 받으려고 하겠습니까?"

신하와 장수들의 반대가 거세지자, 손권은 아무 말도 하지 못한 채 머뭇거렸다. 그러자 감택이 큰 소리로 다시 한 번 육손을 천거했다.

"그를 등용하지 않으시면 오의 앞날은 어둠뿐입니다. 저는 지금 죽음을 각오하고 육손을 추천하는 것입니다!"

그제야 손권은 겨우 결단을 내렸다. 여전히 많은 신하와 장수들이 반대했지만, 육손을 대도독에 임명한 것이다.

며칠 후, 육손은 진지에 도착해 한당과 주태를 불러 앉혔다. 전황을 보고받고 대도독으로서 인사를 나누고 싶었기 때문이다. 그런데 아니나 다를까 한당과 주태의 언행이 삐딱했다.

"젊은 분이 벌써 대독이 되셨구려. 축하하오."

"어쩌다 보니 그렇게 됐습니다. 앞으로 두 분이 저를 많이 도와주십시오."

누가 보아도 한당과 주태는 새로 부임한 대도독을 상관으

로 인정하지 않는 눈치였다. 육손이 엄숙한 얼굴로 그들에게
선언하듯 말했다.

"내가 비록 나이는 어리지만 주상의 명을 받아 이 자리에
앉았습니다. 그러니 내 명을 거역하는 자가 있다면 단호히 왕
법에 따라 다스릴 것입니다."

그러자 주태가 애써 못마땅한 표정을 감추며 화제를 돌렸
다.

"지금 주상의 조카인 손환(孫桓) 장군이 이릉성(彝陵城)에
서 촉의 병사들에게 포위되어 있습니다. 대도독께서는 어떻
게 그를 구출시킬 생각입니까?"

"손환 장군은 반드시 성을 지켜낼 것이니 굳이 우리가 구하
러 갈 필요는 없습니다. 내가 촉의 군사를 물리치면 자연히
이릉성의 포위망도 풀리지 않겠습니까?"

그 말을 들은 한당과 주태는 속으로 코웃음을 쳤으나 내색
하지는 않았다.

다음날, 육손은 장수들을 모두 불러 모아 섣부른 공격을 금
지하며 진지를 굳게 지킬 것을 명했다. 그러자 한당이 다시
비아냥거리듯 말했다.

"진지만 지키고 있으면 전쟁에서 승리할 수 있습니까? 나
는 죽음이 두렵지 않으니 출전 명령을 내려주십시오."

이미 여러 차례 전투에서 패한 한당은 사실 출전할 마음이

전혀 없었다. 그럼에도 육손에게 반기를 드느라 괜히 허세를 부렸던 것이다. 그런 불손한 태도는 다른 장수들도 마찬가지였다. 육손이 다시 한 번 장수들을 향해 엄중히 명령했다.

"모든 장수들은 나의 말을 명심하라. 만약에 제멋대로 행동하는 이가 있다면 군율에 따라 이 칼로 목을 벨 것이다!"

그제야 장수들은 복종하는 시늉을 하며 입을 다물었다.

육손이 오의 대도독이 되었다는 소식은 곧 촉의 진지에도 전해졌다. 유비는 그가 관우의 원수 중 하나인 것을 알고 격분했다.

"그 애송이가 관우의 목숨을 빼앗는 데 큰 공을 세웠다니 가만둘 수 없다. 어서 출병해 놈을 사로잡도록 하라!"

유비의 명에 따라, 촉의 군사는 대대적인 공세를 펼쳤다. 산과 들을 가득 메운 촉의 병사들이 육손이 지휘하는 오의 진지로 구름처럼 몰려간 것이다. 하지만 적이 극단적인 수비 전술을 펼치는 바람에 유비는 좀처럼 승전고를 울리지 못했다. 아무리 두들겨도 육손의 명령을 받은 오의 병사들은 잔뜩 웅크린 채 꼼짝하지 않았다.

한 달 남짓 별 소득도 없는 지루한 공격이 이어지자 촉의 군사는 제 풀에 지쳐갔다. 게다가 날은 무더웠고, 주변에 강이 없어 물 사정도 매우 나빠졌다. 유비는 궁리 끝에 산기슭의 깊은 골짜기로 군사를 이동시킬 것을 명했다. 아무래도 그

쪽에는 그늘이 지고 시냇물도 흐르고 있었기 때문이다. 그런
데 마량이 유비를 찾아가 그 명령을 거두어달라고 말했다.

"폐하, 우리가 진지를 옮기는 도중에 적이 공격해올지 모릅
니다. 섣불리 병사들을 이동시키면 안 됩니다."

"걱정 말아라. 내가 이미 오반에게 군사를 내주어 곳곳에
매복시켜놓았으니, 만약 적이 우리를 급습한다면 함정에 빠
지는 꼴이 될 것이다."

유비는 마량을 안심시키며 빨리 진지를 골짜기로 옮기라고
장수들을 다그쳤다. 그러자 마량은 근심이 사라지지 않은 얼
굴로 다시 말문을 열었다.

"폐하의 뜻이 정 그러시다면 어쩔 수 없겠으나, 승상에게
골짜기의 지형을 그려 보내 의견을 묻는 것이 좋을 듯합니다.
돌다리도 두들겨보고 건너라는 말이 있잖습니까?"

"허허, 너의 염려가 크니 승상의 생각을 묻지 않을 수 없구
나. 그렇게 하라."

결국 마량은 골짜기 주변의 지형과 군사의 배치 상황을 상
세히 그려 제갈량에게 가게 되었다. 마침 제갈량은 위가 쳐들
어올 것에 대비해 한중에 나와 있었다. 그런데 그림을 살펴본
그가 화들짝 놀라며 소리쳤다.

"대체 누가 이런 결정을 내렸단 말이오?"

"폐하께서 직접 그쪽으로 진지를 옮기라고 명하셨습니다."

마량의 대답에 제갈량의 낯빛이 몹시 어두워졌다.

"정말 큰일이구려! 적이 화공을 펼치면 낭패를 볼 수 있으니, 마량 장군은 빨리 돌아가서 폐하께 다시 진지를 옮기라고 말씀드리시오. 그리고 만약 위기가 닥치면 폐하를 모시고 일단 백제성(白帝城)으로 피신하시오."

제갈량은 숲이 짙고 험한 땅에 진지를 구축하는 것은 매우 위험한 병법이라고 설명했다. 적이 한꺼번에 불을 질러 공격하면 곤경에 처할 수밖에 없다는 말이었다.

그러나 마량이 진지로 돌아올 무렵, 이미 육손의 화공이 펼쳐지고 있었다. 갑자기 동남풍이 불어 사방에서 불길이 치솟은 것이다. 그와 동시에 잔뜩 웅크리고만 있던 오의 병사들이 일제히 달려 나와 총공격을 감행했다. 전혀 예상치 못했던 사태에 당황한 촉의 군사는 어쩔 줄 몰라 하며 허둥거리다 잇달아 목이 베어져 땅바닥에 나뒹굴었다. 자칫 유비의 목숨까지 위태로울지 모를 일촉즉발의 상황이었다. 그때 장포가 유비를 구출하여 마안산(馬鞍山)으로 말을 몰았다. 그것을 발견한 정봉이 군사를 이끌고 끈질기게 쫓아왔다.

"아, 나의 잘못으로 너무 많은 병사들이 죽고 말았구나……."

유비는 산 아래를 내려다보며 깊이 탄식했다. 하지만 언제까지나 그곳에 머물 수는 없는 노릇이었다. 정봉의 군사가 눈앞에 나타날 무렵, 다행히 관흥이 달려와 유비를 백제성으로 이끌었다. 그가 마량을 만나 제갈량의 당부를 전해 들었던 것이다. 유비는 관흥과 장포의 호위를 받으며 백제성을 향해 말을 달렸다. 하지만 그마저 여의치 않아, 곧 많은 병사들을 데리고 나타난 주연(朱然)과 맞닥뜨렸다.

"천하의 유비가 어디로 도망가는 것이냐? 나랑 한번 붙어 보자!"

주연의 조롱에 관흥이 칼을 빼들고 달려 나갔다.

"네깟 놈이 감히 어느 안전이라고 함부로 지껄이느냐?"

그런데 그 순간, 주연의 부하가 쏜 화살이 관흥의 오른쪽 가슴에 꽂혔다. 그것을 본 장포가 다시 앞으로 달려 나갔으나, 그마저 화살을 맞아 중상을 입었다. 엎친 데 덮친 격으로, 멀리서 육손이 직접 지휘하는 병사들의 함성까지 들려왔다. 유비는 황망한 표정으로 말안장에 앉아 혼잣말을 내뱉었다.

"아, 여기서 내가 죽는구나……."

순식간에 유비의 머릿속으로 관우와 장비의 모습이 스쳐 지나갔다. 유비는 칼을 빼들고 적이 다가오기를 기다렸으나, 이미 모든 것을 체념한 듯한 표정이었다. 그런데 그때 기적적으로 조운이 군사를 이끌고 나타났다.

"폐하, 제가 왔습니다! 아무 걱정 말고 저를 따르십시오!"

조운이 날래게 칼을 휘두르자 주연을 비롯한 적의 병사들은 맥을 못 췄다. 유비는 육손이 모습을 드러내기 전에 등장한 조운 덕분에 가까스로 목숨을 구해 백제성으로 달아날 수 있었다. 성 안에 들어선 유비가 한숨을 돌리고 주변을 살펴보니 병사의 수가 겨우 100여 명에 불과했다.

한때 수비 전술만 펼친다고 부하들에게 비난받았던 육손은 한번 공격을 시작하자 전혀 다른 모습을 보였다. 그는 직접 군사를 이끌어 촉의 패잔병들을 맹렬히 뒤쫓았다. 그런데 서쪽으로 말을 달리다가 어복포(魚復浦)에 다다랐을 때, 육손이 불길한 기운을 느껴 말을 멈춰 세웠다.

"가까운 곳에 적이 매복한 듯하구나."

그는 군사를 10리쯤 후퇴시킨 뒤 주변을 샅샅이 살피게 했다. 하지만 척후병들은 적의 그림자도 보이지 않는다는 보고를 올렸다.

"그럴 리가 없는데⋯⋯."

척후병의 보고에도 안심하지 못한 육손은 마을 사람들을 불러 모아 그곳에 불길한 기운이 가득한 이유를 물었다. 그러자 한 사내가 심상치 않은 말을 전했다.

"불길한 기운은 잘 모르겠습니다만, 지난해 공명 선생께서 이곳을 지나며 돌로 진지를 쌓은 뒤부터 구름 같은 연기가 계속 솟아오르고 있습니다."

"음, 제갈량이 이곳을 지나갔다고?"

육손은 고개를 갸웃거리며 제갈량이 돌로 만들었다는 진지를 직접 확인하러 갔다. 잠시 후 언덕바지에 올라 진지를 살펴보니 여덟 곳으로 문이 나 있는 형태였다. 그것 말고는 아무리 둘러봐도 특이한 점이 없었다.

"쳇, 내가 괜한 걱정을 했구나. 공명이 상대를 속이기 위해 얕은꾀를 부렸던 것이야."

그제야 육손은 의심을 거두고 병사들이 있는 곳으로 돌아가려 했다. 그런데 그때 갑자기 회오리바람이 불더니 흙과 돌멩이가 무섭게 날아들었다. 땅에 박혀 있던 바위가 튕겨져 날아가기도 하고, 강물에 거센 파도가 일어 대군이 발을 구르며 진격하는 소리처럼 들리기도 했다.

"아아, 내가 공명을 우습게 봤구나. 그의 계략에 걸려들고 말았어."

육손이 다급히 몸을 피하려고 했으나 달아날 곳이 보이지 않았다. 그가 허둥대며 얼굴이 파랗게 질렸을 때 한 노인이 나타나 그의 말고삐를 잡고 어디론가 이끌었다. 가까스로 위기 상황에서 벗어난 육손이 노인에게 인사했다.

"고맙습니다, 어르신. 저를 구해주신 보답을 해야 할 텐데, 누구신지요?"

"저는 세상 사람들이 공명 선생이라고 부르는 제갈량의 장

456

인입니다. 지난해에 사위가 이곳에 돌로 진지를 만들어 팔진도(八陣圖)라고 명명했지요. 여덟 개의 문이 술수를 부리면 십만 군사의 위력과 맞먹는다고 합니다."

노인의 말을 들은 육손은 제갈량의 재주에 탄복했다. 그가 다시 노인에게 궁금한 것을 물었다.

"한데 어르신께서는 왜 저를 구해주셨습니까?"

"뭐 특별한 이유는 없습니다. 단지 젊은 장수가 곤경에 처한 것이 안타까워 도움을 드린 것뿐이지요. 그럼 저는 이만 돌아가 보겠습니다."

노인은 육손이 말릴 새도 없이 어디론가 모습을 감추었다. 그 자리에 멈춰 서서 한동안 노인이 사라진 곳을 바라보던 육손은 심각한 표정을 한 채 부하들에게 돌아왔다. 그는 곧 군사를 데리고 진지로 돌아와 모든 장수들을 불러 모았다.

"우리가 승기를 잡았다고 무작정 적의 뒤를 쫓다가는 공명의 책략에 크게 당할 수 있다. 이쯤에서 오로 돌아가는 편이 좋으니 철군 준비를 하라."

그러자 부하 장수들이 반대하고 나섰다.

"지금 유비는 백제성에 갇혀 있습니다. 마지막 일격을 가하면 치명상을 입힐 수 있는데 왜 돌아가려 하십니까? 그깟 돌 진지에 놀라 퇴각한다면 적에게 놀림감이 되고 말 것입니다."

"뭐든 급히 서두르다 보면 낭패를 보기 십상이다. 또한 내가 걱정하는 것은 공명의 책략만이 아니다."

육손의 말에 부하 장수들이 물었다.

"그럼 또 무엇을 염려하시는 것입니까?"

"우리가 출병한 지 벌써 꽤 많은 시간이 흘렀다. 촉과 다투는 틈을 타 언제 위가 쳐들어올지 모르니 만반의 준비를 해야 할 것이다."

그와 같은 육손의 걱정은 괜한 것이 아니었다. 실제로 사흘이 지나기 전에 조비의 군사가 쳐들어온다는 보고가 올라왔다. 조비는 조인과 조휴, 조진(曹眞)에게 10만의 군사를 내주어 세 갈래 길로 진격했다. 하지만 육손은 마음의 준비를 하고 있었기에 그들에게 맞서는 명령을 일사천리로 내릴 수 있었다. 주환(朱桓)이 조인을, 여범이 조휴를, 제갈근이 조진을 맡아 격퇴하기 시작한 것이다. 얼마 전에 유비 군을 무찔러 사기가 오를 대로 오른 오의 군사는 조비의 병사들마저 어렵지 않게 물리쳤다.

한편 유비는 백제성에서 자책의 나날을 보내고 있었다. 그는 자신이 그릇된 전략을 써서 수많은 장수와 병사들이 죽었다는 생각에 밤잠을 이루지 못했다. 그러다 보니 병이 들어 결국 자리에 몸져눕고 말았다.

"아, 나 때문에 아까운 병사들을 잃고 말았구나. 나중에 저승에 가면 그들을 무슨 낯으로 본단 말이냐……."

"폐하, 모름지기 전투란 이길 때도 있고 질 때도 있는 법입니다. 너무 상심하지 마시고 어서 기운을 차리십시오."

하루에도 수십 번씩 탄식하는 유비를 대신들이 위로했으나 소용없는 일이었다. 유비의 몸은 날이 갈수록 쇠약해졌고 정신마저 혼탁해질 때가 많았다.

그러던 어느 날, 유비가 사람을 보내 제갈량을 불러 오게 했다. 성도의 안위를 살피느라 백제성에 오지 못했던 제갈량은 심상치 않은 기분을 느끼며 곧 유비를 만나러 길을 나섰다. 그는 황태자 유선을 성도에 남겨두고 유비의 둘째, 셋째 아들과 함께 백제성으로 달려왔다.

"폐하, 왜 이렇게 쇠약해지셨습니까?"

제갈량이 눈물을 글썽이며 인사를 올렸다.

"공명께서 오셨구려. 그동안 못난 주공을 섬기느라 고생 많았습니다."

"무슨 말씀이십니까, 폐하. 빨리 기력을 되찾아 천하의 일을 도모하셔야지요."

자꾸만 약한 모습을 보이는 유비에게 제갈량이 용기를 주려고 했지만, 둘 사이에는 무겁고 어두운 기운이 맴돌았다. 유비가 제갈량을 가까이 다가앉게 하더니 어렵게 마음속의 말을 꺼냈다.

"승상, 아무래도 내 명줄이 얼마 남지 않은 듯합니다. 지금까지 승상께서 나를 도와준 덕분에 촉을 세우는 대업을 이루었으나 천하 통일의 꿈은 이루지 못할 것 같군요. 이제 마지막 당부를 전하려고 승상을 이곳으로 불렀습니다. 부디 태자의 앞날을 지켜주십시오……."

제갈량은 가슴이 찢어질 듯 아팠으나 선뜻 유비의 말을 막지 못했다. 제갈량이 고개를 숙인 채 흐느끼자, 자리에 누운 유비가 한 손으로 그의 어깨를 어루만지며 말을 이었다.

"내가 태자의 앞날을 지켜달라고 하였으나, 그것이 꼭 황위에 올려달라는 의미는 아닙니다. 그 아이가 천하를 다스릴 그릇이라면 그리 해주시고, 만약 부족함이 있다면 승상께서 촉의 주인이 되어 천하 통일을 이루어주십시오."

유비가 뜻밖의 말을 꺼내자 제갈량도 더는 가만히 듣고 있지 못했다. 그가 목 메인 소리로 말문을 열었다.

"폐하, 제게 촉의 주인이 되라는 말씀만은 거두어 주십시오. 신은 다만 목숨을 바쳐 태자마마를 보필할 것입니다."

그러자 유비는 더없이 인자한 미소를 띠며 제갈량의 손을 꼭 잡았다. 그리고는 모든 장수들과 대신들을 불러 일일이 눈을 맞추며 마지막 인사를 나누었다.

"공들은 태자와 승상을 도와 촉의 앞날을 더욱 밝게 하라……."

그것이 유비의 마지막 당부였다. 관우, 장비와 도원결의를 하고 천하 통일을 꿈꾸었던 유비는 대업을 이루지 못한 채 눈을 감고 말았다. 서기 223년, 그의 나이 63살이었다.

그 후 제갈량은 유비에게 했던 약속을 철석같이 지켰다. 자신이 모셨던 주공의 장례를 성대히 치른 뒤, 태자 유선이 황위에 오르도록 모든 일을 통솔했다. 나이 17살에 불과했던 유선에게 제갈량은 언제나 든든한 버팀목이 되어주었다. 후주(後主)는 연호를 건흥(建興)으로 삼고 새 시대를 열었다. 제갈량은 무향후(武鄕侯)의 작위를 받았으며 익주자사를 겸임했다.

조비에게 맞선 촉과 오의 동맹

유비가 죽었다는 소식을 들은 위의 조비는 쾌재를 불렀다. 하늘의 운이 자신에게 닿는다고 생각했기 때문이다. 사마의가 조비의 심중을 헤아렸다.

"촉을 칠 수 있는 절호의 기회입니다. 속히 군사를 일으키십시오."

"내 생각도 그대와 같다. 한데 좋은 계략이 있는가?"

조비는 기대어린 눈빛으로 사마의를 바라봤다.

"다섯 갈래로 군사를 일으켜 촉을 공격하는 것이 좋을 듯합니다."

"다섯 갈래라고?"

사마의의 말에 조비가 호기심을 보였다.

"그렇습니다, 폐하. 첫 번째 갈래는 요동(遼東)의 군사 십만을 출동시켜 서평관(西平關)을 공략하는 것입니다. 두 번째 갈래는 남만(南蠻)의 왕 맹획(孟獲)을 잘 구슬려 군사 십만을 지원하게 하여 서천 남쪽을 공격하는 것이지요. 세 번째 갈래는 오의 손권에게 땅을 떼어 준다고 약속한 뒤 군사 십만으로 부성을 치게 하는 것이며, 네 번째 갈래는 맹달이 상용에서 십만의 군사를 출동시켜 한중을 공략하게 하는 것입니다. 마지막 다섯 번째 갈래는 조진 장군으로 하여금 십만의 군사를 이끌고 양평관을 통해 서천으로 진격하게 하는 것입니다. 그처럼 50만 대군이 다섯 갈래로 쳐들어가면 제아무리 재주가 뛰어난 공명이라 해도 막을 수 없을 것입니다."

조비는 사마의의 계략이 썩 마음에 들어 서둘러 네 곳으로 사신을 보냈다. 그리고 조진을 대도독으로 임명해 양평관을 통한 서천 공격을 명령했다.

그 무렵 촉의 새 황제 유선은 장비의 딸을 황후로 맞아들였다. 도원결의를 했던 세 사람은 세상을 떠났지만, 그들의 자녀가 부부의 연을 맺게 된 것이다. 그런데 경사스러운 분위기도 잠시, 위에서 대군을 일으켜 다섯 갈래의 길로 공격해온다는 보고가 올라왔다.

"이 일을 어떻게 하면 좋겠습니까?"

잔뜩 긴장해서 대책을 묻는 유선에게 제갈량이 침착하게 말했다.

"폐하, 염려하지 마십시오. 제게 그들을 막아낼 책략이 있습니다."

"그렇다면 다행이군요. 승상의 책략이 무엇입니까?"

제갈량의 호언장담에 유선이 마음을 놓으며 귀를 기울였다.

"저는 오래 전부터 요동의 무리들이 서평관을 노릴 줄 알고 마초한테 그곳을 잘 방어하라 일러두었습니다. 마초의 집안이 대대로 서평관 일대에서 살아 백성들의 신뢰가 두텁기 때문에 그 일을 맡긴 것이지요. 맹획이 이끄는 남만의 군사는 위연이 막아내게 하면 됩니다. 제가 위연에게 상대의 오른쪽과 왼쪽을 유기적으로 공략하면 우리의 병사 수가 훨씬 많은 줄 알아 겁을 집어먹을 것이라고 말해두었습니다. 맹획의 무예가 대단하기는 하나 강단이 부족한 터라 위연의 병법에 속아 쉽게 진군하지 못할 것입니다. 그 다음 맹달의 한중 공격에도 미리 대비를 해두었습니다. 그 자는 오래 전에 이엄(李嚴)과 생사를 함께하기로 맹세했는데, 제가 그 점을 이용해 함부로 군사를 일으킬 수 없게 만들어놓았지요. 이엄에게 편지를 쓰도록 해 우리를 공격하면 자신이 큰 화를 입을 것이라고 말해두었습니다. 맹달이 비록 배신자이기는 하나 오랜 벗을 사지로 내모는 행동은 하지 못할 것입니다. 그리고 조진의 출격에 대비해서는 조운 장군에게 비책을 일러두었습니다. 양평관의 지세가 매우 험하니 성문을 굳게 닫고 방어 전술을

464

펼치면 적이 제 풀에 지쳐 돌아갈 것이라고 말입니다."

유선은 제갈량의 말을 곰곰이 새겨들으며 감탄했다. 아버지 유비를 돕던 최고의 책략가가 얼마나 탁월한 인물인지 실감했던 것이다. 제갈량의 말이 이어졌다.

"이미 말씀드린 대로, 조비가 시도하는 네 갈래 길의 공격은 걱정하지 않으셔도 됩니다. 그럼에도 저는 만약을 대비해 관흥과 장포 두 장수에게 각각 3만의 군사를 주어 언제든 출격할 수 있게 준비하라고 말해두었습니다. 네 갈래 중 어느 한쪽이라도 위험에 처하게 되면 관흥과 장포가 달려가서 적을 무찌를 것입니다."

한 치의 빈틈도 허용하지 않는 제갈량의 치밀함은 이번 책략에도 여지없이 발휘되었다. 그는 잠시 생각에 잠겼다가 이내 말을 이었다.

"남은 것은 하나, 오의 손권이 우리를 공격하는 경우입니다. 하지만 그들은 섣불리 출병하지 않고 상황을 살피다가 우리가 궁지에 몰리면 군사를 일으킬 것입니다. 그러므로 우리가 먼저 오로 사람을 보내 촉과 위 어느 쪽의 편을 들어야 유리한지 깨닫게 해주면 절대 조비의 꼬드김에 넘어가지 않을 것이 틀림없습니다."

제갈량의 이야기를 다 들은 유선은 조금 전과 달리 낯빛이 환해졌다. 이제 남은 걱정은 단 하나, 누구를 오로 보내서 손권을 설득할 것인가 하는 문제였다.

"승상께서 생각해두신 인물이 있습니까?"

"호부상서(戶部尙書) 등지(鄧芝)라면 그 일을 잘 해낼 것입니다."

유선은 제갈량의 추천을 믿어 곧 등지를 오로 보냈다.

당시 오에서는 육손이 전공을 인정받아 보국장군(輔國將軍)과 강릉후(江陵侯) 겸 형주목사로 임명되어 있었다. 그가 모든 병권을 쥐고 있어, 바야흐로 육손의 시대가 열렸다고 해도 지나친 말이 아니었다. 조비는 얼마 전 오로 사신을 보내 군사 십만을 일으켜 부성을 치면 땅을 떼어 준다는 제안을 한 상태였다. 그때도 손권은 육손의 판단에 의지했다.

"내가 조비를 믿어도 되겠소?"

손권은 육손을 대하는 태도부터 달라져 있었다. 국왕의 물음에 육손이 공손히 자신의 생각을 이야기했다.

"일단 출병 준비는 하되, 네 갈래로 쳐들어가는 위의 형편을 살피는 것이 옳을 듯합니다."

육손의 말은 제갈량이 예상한 그대로였다. 손권은 육손의 계략에 따라 네 갈래 길로 척후병을 보내 사정을 살폈다. 그러자 뜻밖에도 조비의 공격이 모두 난관에 부딪힌 것을 보게 되었다. 요동의 군사는 마초에게 맥을 못 췄고, 남만의 군사는 위연에게 혼쭐이 난 것이다. 맹달은 출병 자체를 망설였으며, 조진은 양평관에서 조운의 방어 전술에 헛힘만 쓰다가 퇴각하고 말았다.

바로 그때 촉에서 등지가 도착했다. 마침 손권의 곁에 있던 장소가 그를 의심하며 말했다.

"촉에서 사신을 보낸 것은 우리의 출병을 막기 위함입니다. 그 자를 공포스럽게 해 쫓아버리시지요."

그 말에 손권은 고개를 끄덕였다. 그리고 등지를 맞아들이기 전에 장소에게 뭔가를 준비하도록 시켰다.

잠시 후, 손권 앞으로 오게 된 등지는 깜짝 놀랐다. 양쪽에 건장한 무사들이 칼과 창을 들고 늘어서 있는데다, 한가운데 기름이 펄펄 끓는 가마솥이 놓여 있었기 때문이다. 등지는 내심 겁이 났지만 애써 평정심을 잃지 않았다. 그는 손권 앞에 가볍게 머리만 숙여 인사를 올렸다. 그리고 짐짓 미소를 띠며 자신을 소개했다.

"저는 촉 황제의 명을 받아온 등지라 합니다."

그 순간 손권이 인상을 찌푸리며 고함을 내질렀다.

"이놈, 무례하구나! 사신 주제에 일국의 황제를 보고 절도 올리지 않느냐?"

하지만 등지는 눈 하나 깜빡하지 않고 손권의 말을 받았다.

"대국의 사신은 소국의 군주 앞에 엎드려 절하지 않는 법입니다."

"뭐라고! 소국의 군주?"

급기야 낯빛이 붉으락푸르락해진 손권은 신하들을 향해 큰 소리로 명령했다.

"이 자를 당장 가마솥에 던져 넣어라! 세 치 혀를 잘못 놀린 대가가 얼마나 큰지 깨닫게 해줄 것이다."

그러자 등지가 가소롭다는 표정을 지으며 대꾸했다.

"내 일찍이 오나라에 인재가 많다고 들었는데, 한낱 촉의 서생 하나가 두려워 이 소란을 피운단 말입니까? 이 많은 무사들에 기름 끓는 가마솥까지 준비해놓고 사신을 겁박하는 것이 과연 온당한 처사입니까?"

그제야 손권은 문득 부끄러움을 느끼며 등지를 붙잡은 무사들을 뒤로 물러서게 했다. 그리고 흥분을 가라앉히며 등지에게 물었다.

"죽음도 두려워하지 않는 너의 기개가 대단하구나. 그래, 촉왕(蜀王)의 명을 받아 네가 하려는 이야기나 꺼내보아라."

손권은 유선을 황제가 아닌 왕으로 불렀다. 등지 역시 그런 태도는 다르지 않았다.

"누가 뭐래도 오왕(吳王)께서는 난세의 영웅이십니다. 물론 촉의 황제 폐하와 승상께서도 어느 인걸 못지않은 불세출의 영웅이시지요. 그런 촉과 오가 손을 잡는다면 천하의 균형을 이룰 것이며, 나아가 천하 통일을 이룰 수도 있습니다. 하지만 만약 오왕께서 촉과 화친하지 않고 위의 요구를 따른다면 그와 같은 영광을 맞이하기 어려우실 것입니다. 위의 조비는 오를 우습게 여겨 국왕을 신하처럼 대할 것이며, 태자는 환관으로 만들 것이 틀림없습니다. 조비는 호시탐탐 오를 집어삼키려 하니 그 욕심을 어찌 막을 수 있겠습니까?"

가만히 등지의 말을 듣고 보니, 손권이 생각하기에도 일리가 있었다. 그는 지금까지 보였던 태도를 바꿔 등지를 한 나라의 사신으로서 정중히 대접하기 시작했다.

"자네의 이야기가 괜한 걱정은 아닐 것이네. 나도 촉과 화친하기를 바라니, 자네가 중간에서 그 일이 잘 진행되도록 애써주게."

그렇게 손권은 조비의 요구를 받아들이지 않고 촉과 동맹을 맺기로 결심했다. 그는 장온을 오의 사신으로 임명해 등지와 함께 촉으로 보냈다.

촉과 오가 손을 잡았다는 소식에 조비는 화가 치밀었다.

"이놈들이 우리를 고립시키려 드는구나. 당장 군사를 일으켜 오와 촉을 칠 것이다!"

조비는 흥분해 두 주먹을 불끈 쥐었다. 그때 사마의가 철저히 준비를 해야만 전투에서 승리할 수 있다고 말했다.

"오는 장강이 가로막고 있어 크고 작은 배가 많이 필요합니다."

"나도 잘 알고 있네. 수륙양용 작전을 펼칠 것이니 그대가 배를 준비시키게."

사마의는 조비의 명에 따라 2천 명 정도를 태울 수 있는 용선 열 척과 작은 배 3천여 척을 만들었다. 조진을 선봉으로 삼은 위의 군사는 수군과 기병 등을 모두 더해 30만에 이르렀다. 조비가 자리를 비운 사이 조정의 통솔은 사마의에게 맡겨졌다.

조비가 출병했다는 보고를 받은 손권은 곧 육손에게 전열을 정비하라고 명을 내렸다. 그때 서성이 앞으로 나서며 자기가 위의 군사와 맞서보겠다고 말했다.

"자네를 안동장군(安東將軍)으로 임명할 테니 열심히 싸워보게."

"충성을 다하겠습니다, 주공."

서성은 가족에게 작별 인사도 하지 않은 채 곧장 말을 달려 전장으로 향했다. 그는 진지를 세운 뒤 첫 번째 작전 명령을 내렸다.

"진지 앞에 최대한 많은 창을 세워두고 깃발도 빼곡히 꽂아두어라!"

그것은 조비를 속이려는 서성의 계략이었다. 그때 손권의 조카인 손소(孫詔)가 선공을 펼치겠다면 자원했다.

"조비가 장강을 건너오면 막아내기 어렵습니다. 제게 기병

3천을 내어주시면 기습 공격을 감행해 조비의 목을 베어 돌아오겠습니다."

"손 장군, 전투는 젊은 혈기만으로 하는 것이 아닐세. 조비군의 전력이 상당하니 장강을 건너오느라 힘이 빠졌을 때를 기다려 공격하는 편이 낫네."

하지만 손소는 그 말을 듣지 않았다. 그는 서성의 만류를 뿌리치며 기병 3천을 이끌고 조비를 공격하러 떠났다. 서성은 자신의 명을 따르지 않는 손소가 괘씸했지만, 행여나 젊은 장수가 잘못 될까 염려스러워 정봉에게 군사 3천을 데려가 돕도록 했다. 그렇게 손소의 뒤를 이어 정봉까지 장강을 건너게 된 것이다.

그러나 손소의 기습 공격은 별다른 성과를 거두지 못했다. 조비의 군사는 손소와 정봉의 전열을 무너뜨리며 예정대로 장강을 건너게 되었다. 그 상황을 보고받은 서성은 위의 병사들이 강기슭에 올라올 때까지 공격을 하지 말라고 명령을 내렸다. 뜻밖에 주위가 너무 조용하자 조비는 오히려 두려움을 느꼈다.

"이 자들이 대체 어떤 작전을 펼치는 것인가?"

바로 그 순간 조비의 눈앞에 무수히 많은 깃발들이 나부끼는 적의 진지가 보였다. 게다가 빼곡히 꽂힌 창날에 햇빛이 반사되어 눈부시게 반짝거리고 있었다.

"아니, 오의 군사가 저렇게 많단 말인가? 우리와는 비교도 안 되는 대군이로구나."

조비는 상대의 위용에 주눅이 들어 병사들이 전부 강기슭으로 올라온 뒤에도 차마 공격 명령을 내리지 못한 채 망설였다. 그때 서성의 병사들이 일제히 고함을 지르며 공격하기 시작했다. 그렇지 않아도 손소와 정봉을 물리치고 장강을 건너오느라 피로했던 위의 병사들은 이리저리 허둥대며 당황했다. 많은 병사들이 뒷걸음질을 쳐 다시 배로 뛰어들기 바빴다. 하지만 그들은 수전에 더 약했다. 서성이 이끄는 또 다른 병사들이 배를 타고 나타나 조비의 군사를 마구 도륙했다. 조비가 이끄는 위의 군사는 수륙양용 작전을 펼쳐보기도 전에 참패해 퇴각할 수밖에 없었다. 이미 다섯 갈래로 촉을 치려는 계획이 수포로 돌아갔던 조비는 엎친 데 덮친 격으로 큰 충격을 받고 말았다.

한편 그 무렵, 촉은 태평성대를 누리고 있었다. 위를 물리치고 오와 동맹을 맺었으니 당분간 외적의 침략을 걱정할 필요도 없었다. 그런데 그 무렵 익주에서 급한 전갈이 왔다.

"남만의 맹획이 군사 십만을 이끌고 국경을 넘어왔습니다!"

"아니, 위연에게 혼쭐이 나고도 우리 땅을 침범했단 말이냐?"

뜻밖의 소식에 놀란 제갈량은 다급히 황제 유선을 만나 자신이 그 문제를 해결하겠다고 말했다.

"제가 출병해 남만을 정벌하고 오겠습니다."

"그건 안 됩니다. 승상께서 떠나신 뒤 위가 쳐들어오면 어떡합니까? 게다가 오도 아직은 안심할 상대가 아닙니다."

그럼에도 제갈량은 뜻을 굽히지 않았다.

"조비는 오나라에 패한 충격이 가시지 않아 섣불리 군사를 일으키지 못합니다. 손권 역시 우리와 맺은 동맹을 쉽게 깨뜨리지 못할 것이 틀림없습니다. 그리고 폐하 곁에는 위연과 마초, 관흥, 장포, 이엄 등이 든든히 자리를 지키고 있으니 염려하지 않으셔도 됩니다."

워낙 강경한 제갈량의 태도에 유선도 더는 어쩔 수가 없었다. 제갈량이 생각하기에, 남만의 기세를 일찌감치 꺾지 못하면 두고두고 골칫거리가 될 것 같았다. 그래서 자신이 직접 그곳으로 가서 문제를 해결하고 싶었던 것이다.

남만 정벌

유선 황제의 허락을 받은 제갈량은 출병 준비를 서둘렀다. 남만 정벌에 나선 촉의 군사는 50만에 이르는 대군이었고, 조운과 위연이 그들을 지휘했다. 촉의 군사가 영창군(永昌郡)에 다다랐을 때, 태수 왕항(王伉)이 직접 마중 나와 제갈량을 맞이했다. 왕항은 장수 여개(呂凱)와 함께 맹획의 반란에 맞서 성을 지켜내고 있었다.

"왕 태수와 여 장군이 잘 방어해 영창군은 적의 수중에 넘어가지 않았구려. 그동안 수고 많았소."

"저희는 맡은 소임을 다했을 뿐입니다, 승상."

제갈량이 공치사를 하자 왕항과 여개는 몸 둘 바를 몰라 했다. 여개가 미리 만들어두었던 남만의 지도까지 내놓자 제갈량은 더욱 흡족해했다.

"앞날의 반란을 예견하고 지도를 준비해둔 덕분에 남만 정

벌이 한결 수월해졌소. 지도를 만든 여 장군이 선두에 서서 병사들을 이끌어주시오."

제갈량의 부탁에 여개는 기꺼이 남만으로 가는 안내자 역할을 맡았다.

그 시각 맹획은 제갈량이 대군을 일으켜 출병했다는 보고를 받고 대책을 마련하느라 골몰했다. 그는 세 군데의 주요 길목에 각각 5만의 군사를 배치해 제갈량의 병사들이 다가오기를 기다렸다. 척후병을 보내 그들의 전략을 파악한 제갈량은 장의(張儀)와 장익에게 정면 돌파를 지시하고 왕평(王平)에게 왼쪽 방향을, 마충에게 오른쪽 방향을 맡겼다.

그런데 위연이 제갈량의 전술에 불만을 가졌다.

"승상께서는 주장인 우리를 놔두고 부하 장수들에게만 중책을 맡겼습니다. 자존심이 상하는군요."

"너무 불쾌해하지 마십시오. 우리가 남만의 지리를 잘 알지 못해 그렇게 하신 것이겠지요."

조운이 위연을 달랬지만, 내심 서운한 마음이 들기는 그도 마찬가지였다. 그래서 두 장군은 제갈량의 전술과 별개로 맹획을 공격하기로 결심했다. 젊은 장수들이 선봉에 서는데 뒷전에 물러앉아 강 건너 불구경하듯 방관할 수는 없었기 때문이다.

하지만 그마저 제갈량의 책략이었다. 조운과 위연에게는

미안한 일이지만, 그래야만 적이 방심하는 틈을 타 후방을 공략할 수 있다고 판단했던 것이다. 제갈량은 조운과 위연이 가만히 앉아 부하 장수들의 전공에 숟가락만 얹을 위인은 절대 아니라고 믿었다.

그와 같은 제갈량의 지략은 큰 성공을 거두었다. 마충이 적의 앞쪽을 공격하자 조운이 후방을 쳐서 협공하는 효과를 보았고, 위연도 왕평을 돕는 형국이 되어 손쉽게 승리를 거둔 것이다. 적의 가운데 진지로 치고 들어간 장의와 장익은 산길로 달아나는 장수들까지 사로잡아 제갈량 앞에 데려왔다. 그 가운데 동도나(董荼那)와 아회남(阿會喃)이 있었는데, 제갈량은 그들을 잘 대접하며 다시는 반란에 가담하지 말라고 타이른 뒤 풀어주었다.

하지만 맹획은 그대로 백기를 들지 않았다. 그는 다시 전열을 정비해 이튿날 날이 밝자마자 총공격을 감행했다.

"촉의 군사가 대군이기는 하나 우리가 충분히 이길 수 있는 상대다. 공명은 한낱 서생에 지나지 않으니 두려워할 필요가 전혀 없다. 자, 누가 나가서 적장의 목을 치겠느냐?"

맹획은 부하들을 독려하며 사기를 북돋웠다. 그러자 한 장수가 달려 나가 선봉에 있던 왕평에게 덤벼들었다. 왕평은 무슨 까닭인지 몇 합 겨뤄보지도 않고 뒷걸음질을 쳤다. 그 모습을 본 맹획이 직접 병사들을 이끌고 왕평의 뒤를 쫓았다.

하지만 그것은 촉의 전략으로, 맹획의 군사가 숲길에 이르자 양쪽에서 장의와 장익이 뛰쳐나와 기습 공격을 펼쳤다. 왕평도 재빨리 말머리를 돌려 반란군의 목을 베기 시작했다. 그 바람에 맹획의 군사는 참패를 당하고 말았다. 남만의 많은 병사들이 목숨을 잃었고, 맹획은 남은 부하들과 함께 포로가 되어 제갈량 앞에 끌려가는 신세가 되었다.

제갈량은 동도나와 아회남에게 그랬던 것처럼 남만의 병사들을 배불리 먹인 뒤 모두 풀어주었다. 채찍보다는 당근을 주어 촉의 착한 백성이 되도록 유도했던 것이다. 그러고 나서 맹획을 불러 물었다.

"선제(先帝)께서 너를 믿었거늘 어찌하여 반란을 일으킨 것이냐?"

그러자 맹획이 아무 두려움 없는 표정으로 당당히 대꾸했다.

"남만은 나의 조상님들이 대대로 살아온 땅이다. 일찍이 촉의 선제가 힘으로 이곳을 빼앗은 것인데, 나한테 반란을 일으켰다면 말이 안 되지 않나? 나는 우리의 땅을 스스로 다스리겠다고 했을 뿐이다."

"허허, 나름 일리가 있기는 하다만 이곳은 분명 촉의 영토이다. 게다가 너는 지금 나의 포로가 됐으니 항복을 하는 편이 낫지 않겠는가?"

"내가 좁은 숲길로 들어가 사로잡혔을 뿐, 전투에서 진 것이 아니다. 죽어도 항복하지 않겠다."

맹획의 말에 제갈량이 잠시 침묵하더니 진지하게 물었다.

"내가 너를 용서해준다면 어떻게 하겠느냐?"

"나는 이대로 물러서지 않고 다시 출병할 것이다. 그때 또 포로가 된다면 항복을 생각해보겠다."

그 말에 제갈량은 알 듯 모를 듯 묘한 미소를 띠었다. 그리고 맹획을 포박했던 밧줄을 풀어주어 남만으로 돌려보냈다. 촉의 장수들이 맹획을 당장 죽이라며 반대했으나 제갈량은 뜻을 굽히지 않았다.

"그 자를 죽인다고 해서 반란의 불씨가 완전히 꺼지는 것은 아니다. 맹획의 마음을 사로잡아 진심어린 항복을 받아내야만 남만 백성들의 충성심을 이끌어낼 수 있다."

그제야 장수들은 제갈량의 깊은 생각을 헤아렸다.

그로부터 얼마 후, 맹획은 장담한 대로 다시 10만의 군사를 일으켜 제갈량에게 맞섰다. 다만 이전과 달리 요새라고 할 만한 노수(瀘水)에 진을 치고 섣부른 공격을 하지 않았다. 하지만 제갈량은 무덥고 습한 노수의 특성을 잘 파악해 강물이 식는 밤 시간에 선공을 펼쳤다. 맹획은 다급히 반격을 시도했으나, 이번에는 내부의 적을 예상하지 못해 낭패를 보았다. 평소 남만의 반란을 마뜩치 않아 하던 한 장수가 맹획을 때려눕힌 뒤 촉의 진지로 보낸 것이다. 맹획이 정신을 되찾자 제갈량이 웃으며 물었다.

"일전에 너는 다시 포로가 되면 항복하겠다고 말했다. 어찌하겠느냐?"

그러나 맹획은 여전히 당당했다.

"나는 당신에게 사로잡힌 것이 아니다. 부하의 배신에 당한 것이니 항복할 수 없다."

"그럼 내가 너를 또 놓아주면 어떻게 할 것이냐?"

제갈량의 물음에 맹획은 조금도 망설이지 않고 대답했다.

"나는 아직 당신들과 충분히 싸워보지 못했다. 만약 나를 풀어준다면, 다시 군사를 모아 전과는 다른 방식으로 승부를 겨뤄볼 것이다."

그러자 이번에도 제갈량은 맹획을 풀어주라고 명했다. 그뿐 아니라 술과 고기로 후하게 대접한 다음 촉의 진지를 구경시켜 위압감을 갖게 했다. 제갈량은 그로 인해 맹획의 마음이 조금씩 흔들릴 것이라고 기대했던 것이다.

하지만 맹획은 쉽게 달라지지 않았다. 그는 자신을 해치려던 부하 장수를 색출해 목을 베고 나서 곧 출병 준비를 서둘렀다. 맹획이 아우 맹우(孟優)를 불러 자신의 계략을 이야기했다.

"우야, 네가 거짓 항복을 하여 촉의 진지로 가라. 닷새 후 야심한 시각에 내가 군사를 이끌고 총공격을 시도할 테니, 그때 네가 적의 진지에서 협공을 펼치면 손쉽게 승리할 수 있을 것이다."

"알겠습니다, 형님. 저만 믿으십시오."

맹획은 온갖 진귀한 물건을 수레에 가득 실어 맹우에게 내주었다. 그것으로 제갈량의 환심을 사서 맹우의 항복을 의심하지 않게 하려는 술수였다. 하지만 그런 얕은 수에 속아 넘어갈 제갈량이 아니었다. 그는 짐짓 맹우를 환대하는 척하며 몇 날 며칠 잔치를 베풀어주었다. 그 자리에서 연거푸 독주를 마신 맹우는 형과 한 약속을 잊은 채 깊은 잠에 곯아떨어지고 말았다. 맹획은 닷새 후 밤에 계획대로 공격을 감행했으나, 맹우는 그때까지 정신을 차리지 못한 채 코를 골며 잠자리에 누워 있었다. 남만 병사들의 공격을 미리 알아 대군을 매복시켜두었던 제갈량은 또다시 맹획을 사로잡게 되었다.

"나는 너의 아우가 거짓 항복한 사실을 알고 있었다. 이번에는 항복하겠는가?"

"당신은 아우에게 독주를 먹여 나를 곤경에 빠뜨린 것이오. 내가 정당한 전투에서 포로로 잡힌 것이 아니니 항복할 수 없소."

여느 때와 다름없이 이번에도 맹획은 궁색한 변명을 하며 항복하기를 거부했다. 다만 그의 말투가 이전과 달리 조금은 누그러졌다.

"이 자를 풀어주어라!"

제갈량은 다시 맹획을 돌려보냈다. 그것을 지켜본 촉의 장수들은 제갈량의 뚝심에 놀라움을 감추지 못했다.

맹획은 자신의 진지로 귀환하자마자 남만 각지에서 장정들을 불러 모았다. 그곳의 형편이 워낙 어려웠던 터라 단지 몇 푼의 대가를 받고도 건장한 사내들이 스스로 반란군에 합류했다. 군사의 수가 수십만 명에 이르자 맹획은 자신감이 넘쳤다. 그는 정공법을 펼쳐 촉의 진지로 물밀듯이 쳐들어갔다.

그러나 제갈량의 책략은 언제나 맹획보다 한 수 위였다. 그는 밤이 되자 등불만 환하게 켜둔 채 일부러 진지를 비워놓고 적을 유인했다. 맹획은 텅 빈 촉의 진지로 들어와 사방을 둘러보며 의기양양한 표정을 지었다.

"내가 수십만의 군사를 일으켰다는 소식을 듣고 모두 줄행랑을 쳤나보지? 괜히 등불을 밝혀놓아 도망갈 시간을 벌려는 꼼수나 부리다니, 천하의 공명도 별것 아니군."

"혹시 이것도 그 자의 계략이 아닐까요?"

지난번에 형과 함께 포로 신세를 면한 맹우가 근심어린 눈빛으로 물었다. 맹획은 그 말에 귀를 기울이지 않았다.

"아니다, 우야. 공명도 수십만의 대군 앞에서는 한낱 겁쟁이에 지나지 않지."

하지만 맹우가 괜한 걱정을 한 것이 아니었다. 갑자기 북쪽과 남쪽, 서쪽에서 불길이 치솟더니 병사들의 함성이 울려 퍼졌다. 그제야 사태가 심각한 것을 깨달은 맹획은 약간의 군사만 데리고 동쪽으로 달아나기 시작했다. 일찌감치 승전의 기쁨을 만끽하다가 풍전등화의 신세가 되고 만 것이다. 그런데 동쪽으로 퇴로를 열어둔 것조차 제갈량의 책략이었다. 맹획은 말을 몰아 산길을 오르다가 촉의 병사들이 깊이 파놓은 함정에 빠지고 말았다.

"어이쿠, 내가 또 공명에게 속았구나!"

맹획은 어두운 낯빛으로 제갈량 앞으로 끌려왔다.

"이것으로 너는 네 번이나 우리에게 붙잡혔다. 이번에는 항복하겠는가?"

제갈량이 슬며시 미소를 지으며 물었다. 그러나 맹획은 또다시 고개를 가로저었다.

"당신의 잔꾀에 속아 이 지경이 된 것이니 항복할 수 없소. 나는 정정당당히 전투를 하려다가 낭패를 본 것이오."

"그래? 그럼 내가 너를 풀어주면 다시 싸우겠다는 말이냐?"

"물론이오."

그러자 제갈량은 한 병사를 불러 맹획을 묶은 밧줄을 풀어주게 했다. 잔뜩 풀이 죽어 진지로 돌아온 맹획에게 아우 맹우가 말했다.

"몇 번이나 상대에게 당하다보니 더는 싸울 여력이 없습니다. 일단 독룡동(禿龍洞)의 타사(朵思)에게 가서 지내며 잠시 상황을 살피는 것이 좋겠습니다. 요즘 날이 무척 무더우니, 촉의 군사가 지쳐 물러갈 때 기습을 펼치면 승산이 있을 것입니다."

맹우의 기대대로 타사는 두 형제를 환대했다. 타사는 아천(啞泉), 멸천(滅泉), 흑천(黑泉), 유천(柔泉) 네 곳의 독극물이 솟는 샘을 이용해 촉의 군사를 물리칠 수 있다고 말했다. 처음에는 워낙 날이 무더워 갈증을 이기 못한 촉의 병사들이 그 물을 마셨다가 큰 피해를 봤으나, 제갈량은 곧 안락천(安樂泉)의 존재를 알아내 물 문제를 해결할 수 있었다. 안락천은 해독 효과까지 있어 이미 독극물에 감염된 병사들도 건강을 회복하게 되었다.

그처럼 제갈량은 뛰어난 지략으로 병사들의 생명을 지키며 독·동으로 향했다. 마침내 촉의 군사가 그곳에 이르러 진지를 구축하자 타사는 두려움에 떨었다.

"이 노릇을 어떡한다? 내가 괜한 분란에 휘말려든 것인지 모르겠군……."

그때 은야동(銀冶洞)의 양봉(楊鋒)이 3만의 군사를 데리고 맹획을 찾아왔다.

"우리의 군사는 모두 철갑옷을 입고 있어 수십만의 적과도 맞설 수 있소. 아무리 날고뛰는 촉의 군사라도 상대가 되지 못할 것이오."

그 말에 맹획과 타사는 크게 기뻐하며 성대하게 술자리를 베풀었다. 그런데 분위기가 무르익을 무렵, 갑자기 양봉이 태도를 바꿔 부하들에게 소리쳤다.

"당장 반란의 수괴들을 포박하라!"

그렇게 맹획과 맹우, 타사는 밧줄에 꽁꽁 묶이게 되었다. 맹획이 실망을 금치 못하며 양봉에게 물었다.

"너는 나와 같은 남만 사람인데 어찌하여 이런 짓을 벌이는 것이냐?"

"우리 집안은 일찍이 공명 승상의 은혜를 입어 명맥을 유지할 수 있었다. 한데 너희가 그분을 해하려 드니 내가 보고만 있을 수 있겠느냐?"

양우는 엄한 표정으로 맹획을 노려보며 꾸짖듯이 말했다. 그는 곧 세 사람을 독·동 가까이 진을 치고 있던 제갈량에게 넘겨주었다.

"다섯 번째로구나. 이번에는 항복하겠느냐?"

제갈량이 맹획에게 물었다. 그러나 상황은 이전과 달라지지 않았다.

"내가 붙잡힌 것은 양봉의 거짓말 때문이오. 항복은 할 수 없으니, 죽이든지 살리든지 마음대로 하시오."

제갈량은 맹획의 반응을 예견하고 있었던 듯 표정에 아무런 변화가 없었다. 그는 맹획을 풀어주며 언제든 기꺼이 다시 싸워주겠다고 말했다.

불사조 아닌 불사조가 되어버린 맹획은 말을 달려 은갱동(銀坑洞)으로 향했다. 그는 그곳에서 목록(木鹿)에게 의지할 심산이었다. 그 사실을 알게 된 제갈량이 먼저 군사를 이끌고 은갱동으로 진격했다. 하지만 그곳의 성곽은 삼면이 강으로 둘러싸여 있어 공격하기가 쉽지 않았다. 하나뿐인 육로로 쳐들어가려고 했으나, 높은 곳에 위치한 성곽에서 화살을 퍼붓는 통에 가까이 다가갈 엄두를 내지 못했다.

"일단 후퇴하라. 달리 대책을 마련해야겠다."

제갈량은 군사를 뒤로 물리고 닷새 동안 두문불출했다. 그리고는 엿새째 되는 날 밖으로 나와 성곽 옆에 흙더미를 쌓아 올리라는 명을 내렸다. 수만 명의 병사들이 활을 쏘며 적의 공격을 막아내는 사이, 또 다른 수만 명의 병사들이 쉴 새 없이 가마니에 흙을 담아 옮기자 금세 성곽 높이만큼 언덕이 만들어졌다. 촉의 군사가 그 언덕을 통해 물밀듯이 성 안으로 뛰어들어 싸움을 벌였고, 그 와중에 타사가 목숨을 잃었다.

그런데 목록의 재주가 생각보다 훨씬 비상했다. 그가 주문을 외며 방울을 흔들자 놀랍게도 맹수와 독사들이 나타나 촉의 군사를 공격했다. 전혀 예상치 못한 마법 같은 공격에 성 안으로 들어왔던 촉의 병사들은 앞다투어 퇴각할 수밖에 없었다. 뜻밖의 공격에 당황한 조운과 위연이 걱정스런 낯빛으로 성 밖의 진지에 머물고 있던 제갈량을 만났다.

"큰일입니다, 승상. 목록이 요상한 술수를 부려 병사들의 혼을 쏙 빼놓았습니다."

"허허, 그렇다면 맞불을 놓아야지요. 붉은 칠을 한 수레 열 대를 준비해놓으면 내가 해법을 찾아보겠습니다."

이튿날, 제갈량은 검은 도포를 걸치고 윤건을 쓴 채 붉은 수레에 올라타 성곽 앞으로 다가갔다. 그의 손에는 신비롭게 보이는 깃털부채가 들려 있었다. 그것을 본 맹획과 목록이 당장 싸우러 달려 나왔다.

"저기 맨 앞 수레에 타고 있는 공명만 해치우면 우리가 승리하는 것이오."

맹획의 말에 목록이 다시 주문을 외며 방울을 흔들었다. 그러자 어제와 같이 맹수와 독사들이 나타나 제갈량을 향해 달려들었다. 하지만 제갈량은 조금도 놀라지 않고 깃털부채를 세게 흔들었다. 순간 바람이 일더니 맹수와 독사들이 방향을 바꿔 목록과 맹획을 공격하기 시작했다. 그 바람에 목록은 온몸이 찢겨 죽게 되었고, 은갱동은 제갈량의 손에 들어왔다.

"음, 공명은 대체 얼마나 많은 책략을 갖고 있는 것인가……."

　가까스로 목숨을 건진 맹획은 품속에 단도를 감춘 채 제 발로 촉의 진지에 숨어들었다. 그리고 그를 발견한 한 병사가 창을 겨누자 순순히 포로가 되었다. 다시 맹획을 만난 제갈량이 물었다.

　"이제 항복을 할 것이냐?"

　"아니오. 내가 비록 여섯 번째 포로가 되기는 했으나, 제 발로 이곳에 걸어 들어와 순순히 붙잡힌 것이오."

　그러면서 맹획은 품속에 감춰둔 단도 쪽으로 손을 가져갔다. 제갈량에게 달려들어 숨통을 끊어놓을 작정이었던 것이다. 그때 곁에 있던 장의가 재빨리 달려들어 단도를 빼앗았다.

　"이놈이 무슨 수작을 부리는 것이냐!"

　장의는 칼을 빼들어 맹획의 목을 치려고 했다. 그러자 이번에도 제갈량이 그것을 막으며 맹획을 풀어주었다.

　무려 여섯 번이나 포로가 되었다가 여섯 번째 풀려난 맹획은 오과국(烏戈國)으로 가서 도움을 청했다. 그 땅의 지배자인 올돌골(兀突骨)은 용맹한데다 등갑군(藤甲軍)이라고 불리는 천하무적의 군사를 갖고 있었다. 그들의 갑옷은 몇 번씩 기름칠을 한 등나무로 만들어 물에 가라앉거나 젖지 않는데다, 어떤 화살의 공격에도 끄떡없어 그와 같은 이름을 붙은

것이다. 올돌골은 맹획의 부탁을 받아들여 함께 출병하기에
이르렀다.

"등갑군은 어떤 병사들과 싸워도 이길 수 있소. 내가 촉의
군사를 몰아낼 테니 보상할 재물이나 넉넉히 준비해두시오."

맹획을 바라보며 올돌골이 큰소리를 쳤다.

올돌골은 위연이 이끄는 군사와 맞닥뜨린 뒤에도 자신감이
넘쳤다. 아니나 다를까, 그들은 순식간에 위연의 병사들을 도
륙했다. 아무리 활을 쏘고 칼을 휘둘러도 좀처럼 그들의 갑옷
을 뚫지 못하니 가히 천하무적이라고 할 만한 기세였다.

그러자 제갈량이 전투에서 패하고 돌아온 위연과 함께 조
운을 불러 뭔가 계략을 이야기했다. 그것을 들은 위연은 고
개를 끄덕이며 패배의 아픔을 되갚아주겠다는 전의를 불태웠
다.

이튿날, 위연은 다시 등갑군의 진지를 향해 달려 나갔다.

"이놈들아! 어제의 복수를 하러 왔으니 덤벼라!"

위연의 도발에 올돌골의 등갑군은 한꺼번에 달려 나와 맹
공을 펼쳤다. 그런데 위연은 처음에 내보였던 호기와 달리 금
세 뒷걸음질을 치기 시작했다. 등갑군이 계속 그 뒤를 쫓으려
고 하자 맹획이 제지했다.

"공명은 책략이 풍부한 자요. 저들의 함정일지 모르니 조심
하시오."

올돌골은 그 말을 받아들여 더 이상 위연을 추격하지 않았다.

다음날 위연은 다시 등갑군을 자극했다. 그리고 조금 싸우는 시늉을 하더니 또다시 후퇴하기 시작했다. 올돌골은 어제보다 먼 곳까지 위연의 위를 쫓았지만 더는 무리하지 않았다.

다음날에도 그 다음날에도 위연은 날이 밝자마자 등갑군을 향해 선공을 펼쳤다. 그리고는 금세 말머리를 돌려 달아났다. 올돌골은 매일 10리씩 더 멀리 위연의 군사를 쫓아갔는데, 우려했던 일은 벌어지지 않았다. 어디에도 촉의 군사가 매복하고 있지는 않았던 것이다.

그렇게 하기를 16일째, 드디어 올돌골이 생각을 달리 했다.

"공명의 책략이 뛰어나다더니 별 것 아니구먼. 다음에는 촉의 군사를 끝까지 뒤쫓아 완전히 섬멸해버릴 것이다!"

"……."

맹획은 내심 불안했지만 자신만만해하는 올돌골을 더 이상 말릴 수 없었다.

그리하여 다음날 위연이 공격했을 때는 등갑군이 계속 그 뒤를 쫓았다. 위연이 산기슭을 돌아 골짜기로 접어들자 커다란 나무 한 그루 보이지 않는 휑한 땅이 나타났다. 그곳에 검은 칠을 한 수레들이 놓여 있었다. 올돌골은 그것이 촉의 군사가 군량을 싣고 가다가 버린 것이라고 짐작했다. 그런데 갑자기 위연의 군사가 어디론가 사라져 보이지 않았다.

"이놈들이 어디로 도망갔을까?"

올돌골이 곰곰이 생각에 잠긴 순간, 갑자기 산 위에서 바위들이 굴러 떨어졌다. 그와 동시에 양쪽에서 횃불이 날아들더니 검은 수레들에서 폭음이 울리며 불길이 치솟았다. 그 수레마다 폭탄이 가득 들어 있었던 것이다.

등갑군은 물과 달리 불에 아주 취약했다. 그들의 갑옷에 불이 옮겨 붙어 순식간에 3만 명이 떼죽음을 당한 것이다. 그렇게 올돌골은 참패했고, 맹획은 일곱 번째로 포로가 되고 말았다.

"어떤가, 이제는 내게 항복하겠나?"

제갈량의 말에 맹획은 더 이상 핑계거리가 떠오르지 않았다. 결국 그는 눈물을 뚝뚝 흘리며 제갈량 앞에 머리를 조아렸다.

"승상의 아량에 감복했습니다. 진심으로 항복하며, 앞으로는 절대 반란을 일으키지 않겠습니다."

그러자 제갈량이 맹획에게 다가가 어깨를 다독여주었다. 그리고 그에게 계속 남만을 다스리라고 말한 뒤 궁궐을 향해 말머리를 돌렸다. 마침내 남만의 반란이 평정된 것이다.

29

제갈공명의 출사표

　제갈량이 남만을 평정하고 돌아온 지 어느덧 한 해가 흘렀다. 그 시기 위에서는 또다시 큰 사건이 벌어졌다. 조비가 황위에 오르고 나서 7년 만에 겨우 40살의 나이로 갑자기 세상을 떠난 것이다. 태자인 조예(曹叡)가 새로운 황제가 되어 조진을 대장군, 조휴를 대사마(大司馬), 화흠을 태위, 왕랑(王郎)을 사도(司徒)로 삼았다. 또한 적임자를 찾던 옹주자사 자리에는 사마의가 자원했다.

　전혀 예상치 못했던 조비의 사망 소식을 전해 듣고 제갈량은 깊은 고민에 빠졌다. 삼국의 정세가 급변할까 봐 걱정스러웠던 것이다.

　'풋내기 조예가 황제가 되었으니 영악한 사마의가 어떤 꼼수를 부릴지 몰라. 그의 재주가 비상하고 병법에도 밝아 이번 기회에 야심을 드러낼 가능성도 있지. 하루빨리 사마의를 제

거하지 않으면 우리 촉에 큰 위협이 되겠구나.'

이렇게 생각한 제갈량은 여러 대신과 장수들을 불러 모아 그 심각성에 대해 이야기를 나누었다. 그리고 사마의를 없앨 묘책을 묻자, 마속이 앞으로 나서서 말했다.

"사마의는 위의 선제 조비에게 충성을 다한 모사입니다. 하지만 조예와 사마의는 아직 서로에 대한 믿음이 깊지 않지요. 우리가 둘 사이를 이간질시킬 수만 있다면, 틀림없이 조예가 사마의를 내칠 것입니다."

마속의 말에 제갈량이 관심을 보였다.

"공에게 좋은 계책이라도 있소?"

"사마의가 역모를 준비하는 것처럼 소문을 퍼뜨리면 어떨까요? 사마의가 다스리는 땅에 그의 이름으로 조예가 황제감이 아니라는 격문을 써 붙여놓으면 반드시 큰 분란이 일어날 것입니다."

제갈량이 듣기에 마속의 계책이 그럴듯했다. 다른 대신과 장수들도 기발한 생각이라며 동의해 그 일이 곧 진행되었다. 제갈량은 수십 명의 날랜 병사를 뽑아 옹주 땅 곳곳에 사마의의 이름으로 된 격문을 붙이게 했다. 그러자 얼마 지나지 않아 위나라 전체가 발칵 뒤집히는 소란이 일었다. 가장 흥분한 사람은 말하나 마나 새 황제 조예였다.

"이런 몹쓸 자를 봤나, 충신 대우를 해줬더니 나를 배신해?

당장 사마의를 끌어와 목을 쳐라!"

젊디젊은 조예는 앞뒤 사정을 충분히 헤아리지 않고 큰 소리로 명을 내렸다. 조진이 용기를 내 누군가의 모략일지 모른다고 말했으나 새 황제는 귀를 기울이지 않았다. 오히려 화흠과 왕랑이 서둘러 사마의를 벌하라며 부추기자 조예의 판단력은 더욱 흐려졌다.

잠시 후, 궁궐로 붙잡혀온 사마의가 억울함을 토로했다.

"폐하, 이것은 누군가 저를 죽이기 위해 파놓은 함정입니다. 부디 저의 충심을 헤아려주십시오!"

하지만 조예는 사마의를 용서하지 않았다. 격문의 내용을 의심 없이 믿어 그의 관직을 빼앗고 옥에 가두었다. 다만 선제의 총애를 받았던 것을 고려해 목숨은 빼앗지 않고 곧 머나먼 시골로 귀양을 보내버렸다.

며칠 후 첩자로부터 그 소식을 전해들은 제갈량은 흡족한 미소를 지었다. 그는 내친 김에 위를 치기 위해 출병을 결심했다.

"조비가 죽고 사마의가 사라진 이때를 놓치면 언제 위를 손에 넣겠는가? 모든 장수들은 당장이라도 진격할 수 있도록 만반의 준비를 하라."

"그리 하겠습니다, 승상!"

제갈량은 장수들을 불러 전열을 정비하도록 명한 뒤 황제 유선에게 출사표(出師表)를 올렸다. 그 요지는 다음과 같았다.

신 제갈량, 황제 폐하께 아룁니다.

촉을 세우신 선제께서는 천하를 통일하려는 큰 뜻을 품었으나 이루지 못하셨습니다. 그 뜻은 남겨진 우리의 몫이 된바, 폐하께서는 이번 기회를 놓치지 말고 부디 위를 치라는 명을 내려주시옵소서. 우리는 반드시 역적인 조 씨 일가를 물리쳐 한나라 황실의 위엄을 다시 세우고 낙양을 도읍으로 삼아 옛 영광을 되찾아야 합니다. 폐하, 위를 정복해 대업을 이루는 일에 제가 앞장서겠습니다. 그 임무를 맡겨주십시오. 죽음을 각오하고 출병하려는 제가 이렇게 출사표를 올리게 되어 기쁘기 한량없습니다.

황제 유선은 출사표를 읽고 눈물을 글썽였다. 아버지 유비를 떠올리며 천하 통일의 의지를 다진 황제는 제갈량의 뜻대로 출병을 허락했다. 제갈량은 스스로 대도독 역할을 자임한 뒤, 군사의 편성을 재정비하며 모든 장수들에게 저마다의 임무를 맡겼다. 그런데 주요 장수들 중 유독 한 사람에게는 별다른 말을 하지 않았다. 그는 다름 아닌 조운이었다.

"승상께서는 어찌하여 제게 임무를 맡기시지 않습니까? 제가 옛날과 달리 나이가 들었다 하여 별 도움이 되지 않을 것이라고 생각하시는 것입니까?"

"아닙니다, 장군. 제가 조운 장군의 지략과 용맹을 가볍게 여길 리 있겠습니까? 다만 세월이 흘러 나이가 드신 것은 사실이니, 행여 전투 중 위험에 빠지실까 두려워 임무를 맡기지 않은 것뿐입니다. 장군께서 혹시라도 잘못되면 그 슬픔을 어떻게 감당하며, 병사들의 사기는 또 어찌하겠습니까? 부디 노여워 말고 저의 생각을 헤아려주십시오."

그 무렵 제갈량은 오랜 세월 동고동락해온 한 장수를 잃어 깊은 슬픔에 잠긴 적이 있었다. 마초가 병을 얻어 세상을 떠난 것인데, 그 아픔이 아직 선명해 조운을 전장으로 데려가고 싶지 않았던 것이다. 하지만 제갈량의 설득에도 조운은 단호했다.

"저는 선제 때부터 단 한 번도 전투를 회피한 적이 없습니다. 설령 죽음이 눈앞에 있다고 해도 대의명분을 위해 전장으로 달려갔지요. 장수가 적과 싸우다가 죽는 것만큼 영광스러운 일이 또 어디 있겠습니까? 승상께 부탁드리건대, 이번에도 저에게 중책을 맡겨주십시오. 만약 저를 궁궐에 남겨두고 떠나신다면 차라리 스스로 목숨을 끊어 장수의 명예를 지키겠습니다. 뒷방 늙은이가 되어버린 장수라면 살아서 무엇 하겠습니까?"

조운의 말은 진심이었다. 제갈량도 그 말을 허투루 듣지 않았다. 결국 제갈량은 등지와 함께 조운을 선봉에 세워 위를 향해 진격했다. 30만 대군이 제갈량의 지휘에 따라 일사분란하게 움직였다.

제갈량의 출병 소식을 들은 조예는 하후연의 양아들 하후무(夏侯楙)를 대도독으로 임명해 촉의 군사와 맞서 싸우도록 했다. 그러자 서량에서 한덕(韓德)이 군사 8만을 이끌고 달려왔다. 하후무는 그를 선봉장으로 삼아 촉군을 향해 진격했다. 그에게는 네 아들이 있었는데, 하나같이 혈기가 넘쳐 전투를 두려워하지 않았다.

"조자룡은 어디 있느냐? 나랑 한번 무예를 겨뤄보자!"

조운의 명성을 익히 알고 있는 한덕이 큰 소리로 도발했다. 그러자 조운도 망설이지 않고 앞으로 달려나왔다.

"누가 나의 이름을 함부로 부르느냐? 내가 비록 늙었으나 너 정도는 문제없다!"

그때 한덕의 맏아들이 먼저 조운을 향해 덤벼들었다. 하지만 조운의 상대가 되지 못해 단칼에 목숨을 잃고 말았다. 그것을 목격한 둘째아들과 셋째아들, 넷째아들도 잇달아 달려들었지만 모두 조운의 칼에 불귀의 객이 되고 말았다.

네 아들의 죽음에 격분한 한덕이 마침내 도끼를 휘두르며 조운을 향해 덤벼들었다. 그러나 그 역시 단 3합만에 조운의 창에 찔려 죽음을 면치 못했다. 선봉장의 활약에 사기가 드높 아진 촉의 병사들은 일제히 전직으로 돌격해 위의 군사를 도 륙하기 시작했다. 얼마 지나지 않아 하후무는 부하들에게 퇴 각하라는 명령을 내릴 수밖에 없었다. 그런데 그는 허둥지둥 도망가다가 길을 잘못 들어 제갈량의 근위병들에게 사로잡히 게 되었다.

제갈량은 그 기세를 몰아 천수군(天水郡)을 공격하기로 마 음먹었다. 그는 우선 하후무의 필체를 흉내내 지원병을 보내 라는 거짓 서찰을 천수성(天水城)으로 보냈다. 그것을 받아든 천수군 태수 마준(馬遵)은 당장 군사를 이끌고 성 밖으로 달 려 나가려 했다. 그때 그의 부하 장수 강유(姜維)가 손사래를 치며 말했다.

"이것은 틀림없이 공명의 계략입니다. 태수께서 군사를 데 리고 밖으로 나가시면 그 틈에 성을 빼앗으려고 들 것이 분명 합니다. 아마도 성 근처에 이미 군사를 매복시켜두었을 것입 니다."

마준이 듣기에 강유의 말이 그럴듯했다.

"자네의 걱정이 괜한 것은 아닌 듯하군. 그럼 어떻게 해야 되겠나?"

"제가 군사 삼천을 데리고 성 안에 숨어 있겠습니다. 태수께서는 지원 요청에 응하는 척 군사를 이끌고 성 밖으로 나가 십 리쯤 갔다가 다시 돌아오십시오. 그러면 성 안으로 들어와 있던 공명의 군사가 앞뒤로 갇히는 신세가 될 것입니다. 우리가 양쪽에서 공격을 펼치면 전투에서 손쉽게 승리할 수 있습니다."

그와 같은 강유의 계략은 놀라운 것이었다. 마준이 군사를 이끌고 성을 나왔다는 보고를 받은 제갈량은 아무런 의심 없이 조운으로 하여금 공격을 감행하게 했다. 그리고 결과는 강유의 예상대로 협공을 당한 조운의 참패였다. 그 소식을 들은 제갈량이 두 눈을 동그랗게 뜨며 물었다.

"아니, 나의 수를 훤히 꿰뚫어본 자가 누구더냐?"

그러자 천수군의 사정을 잘 아는 한 장수가 말했다.

"그 자는 강유일 것입니다. 천수군 기현(冀縣) 사람으로 자는 백약(佰約)이지요. 그는 지략이 매우 뛰어난 장수인데, 효심 또한 깊기로 유명합니다."

그 설명을 들은 조운도 전투 중에 보았던 강유의 무예 솜씨에 대해 극찬했다. 비록 적장이고 협공을 당하는 처지였으나, 그의 몸놀림이 워낙 출중해 관심을 갖지 않을 수 없었던 것이다.

제갈량은 강유를 물리치지 않으면 이번 전투에서 승리하기 어렵다고 판단했다. 아울러 그를 설득해 자기 품에 안고 싶다는 소망도 가졌다. 그처럼 지략과 용맹함을 갖춘 장수는 흔치 않았기 때문이다. 제갈량은 곧 새로운 계략을 궁리했다.

"군사 중 일부를 선발해 강유의 어머니가 살고 있는 기현을 공격하라. 모름지기 효자라면 전란에 고통받는 어머니를 외면하지 못할 것이다."

모자 사이의 인정을 이용한 제갈량의 계략은 적중했다. 강유는 어머니의 안위를 걱정하다가 천수성을 떠나 기현성(冀縣城)으로 달려갔다. 강유가 기현성의 문을 굳게 닫고 촉의 군사와 대치중이라는 보고를 받은 제갈량은 그 계략의 다음 단계를 실행에 옮겼다. 그가 생포했던 하후무를 풀어주며 말했다.

"내가 자네의 목숨을 살려주겠네. 그 대신 기성으로 가서 강유에게 항복을 권유해주게."

"죽음의 수렁에서 나를 건져주었으니 공명 선생의 말을 따르겠소."

하후무는 안도의 한숨을 내쉬며 재빨리 촉의 진지를 빠져나왔다. 그는 제갈량 앞에서 했던 말과 달리 기성으로 가서 다시 전열을 정비할 작정이었다. 그런데 기성에 다다르기 전에 강유가 이미 항복했다는 소식이 들려왔다.

"이런, 큰일이군. 천수성의 마준에게 가서 도움을 청할 수밖에 없겠어."

그 길로 말머리를 돌린 하후무는 천수성으로 가서 강유가 항복했다는 이야기를 전했다.

한편 기현성을 방어하던 강유는 군량이 적어 어려움을 겪고 있었다. 그러던 어느 날, 강유가 성루에 올라 밖을 보니 촉의 병사들이 수십 대의 수레에 곡식을 실어 어디론가 가고 있었다. 강유는 즉시 군사 3천을 데리고 나가 수레 행렬을 습격했는데, 촉의 병사들은 별 저항 없이 모두 줄행랑을 쳤다.

물론 그 역시 제갈량의 계략이었다. 강유가 자리를 비운 틈을 타 위연이 이끄는 병사들이 기현성을 함락시킨 것이다. 갑작스런 사태에 깜짝 놀란 강유는 도움을 청하기 위해 천수성으로 말을 달렸다. 하지만 하후무를 통해 잘못된 정보를 들은 마준은 그를 반기지 않았다.

"저 자에게 활을 쏴라!"

마준의 공격 명령을 강유는 이해할 수 없었다.

"대체 왜 이러십니까, 태수님?"

"네가 공명에게 항복한 것을 모를 줄 아느냐? 너를 죽일 것이다!"

간신히 화살 세례를 피한 강유는 더 이상 도움을 청할 곳이 없었다. 어머니를 두고 멀리 떠날 수도 없었던 그는 일단 숲속으로 몸을 피해야겠다고 생각했다. 그때 제갈량이 작은 수레를 타고 강유 앞에 나타났다.

"백약, 내게 항복하여 촉의 앞날에 힘을 보태지 않겠나?"

제갈량은 정중한 말투로 강유를 설득했다. 사실 강유도 일찍이 제갈량의 지략과 됨됨이에 대해 들은 바가 있어 흠모하는 마음이 있었다. 결국 몇 번의 설득 끝에 강유는 제갈량 앞에 무릎을 꿇었다.

"일어서게, 백약. 나는 자네를 포로로 대할 생각이 전혀 없네. 자네처럼 영민한 장수를 만나게 되어 매우 기쁘니, 우리 함께 힘을 합쳐 대업을 이뤄보세."

"감사합니다. 앞으로 승상께 많은 것을 배우겠습니다."

강유의 겸손한 모습에 제갈량은 흡족한 미소를 지었다. 두 사람이 지략을 모으자 하후무와 마준은 상대가 되지 못했다. 곧 천수성이 함락되었고, 하후무와 마준은 강족(羌族)의 땅으로 달아났다.

승전을 거듭한 제갈량은 내친 김에 기산(祁山)을 향해 진격했다. 크게 위기감을 느낀 조예는 조진을 대도독으로, 곽회(郭淮)를 부도독으로, 왕랑을 군사로 삼아 20만의 군사를 내주어 제갈량을 막도록 했다.

그러나 이미 사기가 오를 대로 오른 촉의 군사는 기세가 대단했다. 조진과 곽회는 몇 차례 전투에서 패하더니, 급기야 제갈량의 자중지란 작전에 걸려들어 치명타를 입었다. 야심한 밤에 촉의 진지로 침입한 위의 군사가 아군끼리 서로를 죽이는 덫에 걸려든 것이다. 일찌감치 군사 왕랑도 제갈량과 담판을 벌이다가 흥분해 쓰러진 뒤 목숨을 잃은 상태였으므로, 위의 군사는 더 이상 촉군을 공격할 여력이 남아 있지 않았다. 공격은커녕 앞다투어 줄행랑을 치기 바빴던 것이다.

곽회가 심각한 표정으로 퇴각하는 조진에게 말했다.

"대도독, 서강국(西羌國)으로 가서 도움을 청하시지요."

"음, 서강국이라……."

그곳의 국왕 철리길(徹里吉)은 조조 때부터 해마다 위에 조공을 바쳐 제법 가깝게 지내는 사이였다. 아니나 다를까, 사정을 전해들은 철리길은 승상 아단(雅丹)과 대장군 월길(越吉)에게 군사 15만 명을 내주며 조진을 돕도록 했다. 당시 서강국에는 철로 만든 전차를 가진 철거병(鐵車兵)이 있었는데, 그들이 선봉에 서서 서평관을 공격한 것이다.

하지만 제갈량은 서강국 군사의 공격을 알고도 당황하지 않았다. 그가 강유를 불러 물었다.

"자네는 철거병에 대해 어찌 생각하나?"

"철로 만든 전차는 위협을 느낄 만한 무기입니다. 그러나 철리길은 단순히 힘만 앞세울 뿐 병법에 무지한 자이므로 승상의 책략을 당해내지 못할 것입니다."

강유의 대답에 제갈량은 부드럽게 미소를 띠었다. 자신의 판단과 강유의 생각이 다르지 않았기 때문이다. 제갈량이 다시 말문을 열었다.

"자네가 나의 책략대로 움직여 보겠나?"

"네, 무엇이든 분부만 내리십시오."

강유는 이미 제갈량을 누구보다 믿고 의지했다. 제갈량의 명이라면 목숨까지 걸 자세가 되어 있었던 것이다. 제갈량의 말이 이어졌다.

"자네는 내일부터 날마다 출병하여 서강국의 군사를 자극하게. 그러다가 철거병이 모습을 드러내면 즉시 후퇴해야 하네."

"무슨 말씀인지 잘 알겠습니다, 승상."

제갈량과 강유는 굳이 길게 말하지 않아도 서로 마음이 통하는 것을 느꼈다. 이튿날부터 강유는 자신이 맡은 임무를 충실히 수행했다. 그렇게 하루, 이틀 시간이 흘러 세밑이 가까워졌다.

"이제 때가 되었네. 이번에는 철거병을 우리의 진지까지 유인하게."

마침내 제갈량은 강유를 불러 서강국 군사에게 일격을 가할 순간이 됐음을 알렸다. 오랫동안 촉의 군사가 치고 빠지기를 반복해 화가 나 있던 아단과 월길은 곧 강유의 꾐에 빠져 촉의 진지 가까이 쫓아왔다.

"혹시 적이 매복하고 있지는 않을까요?"

대장군 월길이 미심쩍은 얼굴로 아단에게 물었다.

"그런 걱정은 할 필요 없네. 우리를 기만하며 만날 달아나기 바쁜 자들이니 이번 기회에 혼쭐을 내주세."

아단은 추위에 떨며 한시라도 빨리 전쟁을 끝내고 싶어 했다. 오랜 시간 강유가 후퇴를 거듭한 까닭에 촉의 전력을 우습게 여겼던 것이다.

하지만 그 모든 것이 제갈량의 책략이었다. 그는 미리 관흥과 장포에게 진지와 가까운 산등성이 아래에 군사를 매복시켜두도록 했다. 여름과 달리 마땅히 몸을 숨길 수풀이 없었지만, 오히려 그 점이 적을 안심시켜 방심하도록 만들었던 것이다. 서강국의 철거병이 촉의 진지로 들어선 순간, 아단과 월길은 심상치 않은 분위기를 느끼며 주위를 두리번거렸다. 오색의 깃발들만 무수히 펄럭일 뿐, 이상하게 주위에 촉의 군사가 하나도 보이지 않았던 것이다.

"아무래도 찜찜한걸……."

월길이 혼잣말을 내뱉으며 인상을 찌푸리던 바로 그때, 매복해 있던 촉의 군사가 사방에서 진지로 달려들었다. 아무리 뛰어난 무기를 가졌다 한들 그것을 써먹을 기회가 없으면 무용지물인 법. 서강국의 철거병은 촉군의 공격에 속수무책으로 당하며 뿔뿔이 흩어졌다. 대장군 월길은 관흥의 창에 찔려 목숨을 잃었고, 아단은 달아나다 장포의 병사들에게 사로잡히고 말았다.

다시 사마의를 상대하는 제갈량

　　서강국의 철거병마저 촉의 군사를 당해내지 못하자 조예는 근심이 깊었다. 그때 그의 머릿속에는 단 한 사람, 사마의가 떠올랐다. 조예가 사마의를 조정으로 불러 지난날의 잘못을 시인했다.

　　"충신인 그대를 오해해 귀양까지 보냈던 나의 어리석음을 용서하시오."

　　"저는 이미 지난날의 일을 모두 잊었습니다. 항상 그래왔듯, 폐하를 위해 충성을 다하겠습니다."

　　조예는 흔쾌히 충성을 맹세하는 사마의를 평서도독(平西都督)으로 임명했다. 군사에 관한 전권을 부여받은 사마의는 곧 20만 대군을 이끌고 전장으로 달려갔다. 그는 우선 조진을 불러 제갈량이 공격할 것으로 예상되는 미성(郿城)의 방어를 맡겼다. 그리고 자신은 장합을 선봉으로 세워 한중의 길목인

가정(街亭)으로 향했다. 그곳은 양평관의 요충지로, 촉의 군사가 군량을 이동시키는 주요 통로였다. 따라서 가정을 빼앗으면 전세를 단번에 뒤집을 수 있었다.

그 무렵 제갈량은 사마의가 다시 중용되었다는 보고를 받고 깜짝 놀랐다. 더구나 위의 군사가 가정으로 향한다는 소식은 충격적이었다.

"역시 사마의는 보통 인물이 아니구나. 가정은 비록 작은 고을이지만 전략적으로 아주 중요한 곳이다. 누가 그곳으로 가서 사마의를 물리치겠느냐?"

그 물음에 바로 자원한 장수는 마속이었다. 그는 조예와 사마의 사이를 이간질시키는 계략을 내놓았던 인물이지만, 제갈량은 가정을 지키는 일이 워낙 중요했기에 새삼 주의를 환기시켰다. 그 말은 정중하면서도 단호했다.

"그곳에는 성도 요새도 없소. 가정이 함락되면 치명적인 결과를 가져올 텐데, 공이 그 임무를 감당할 수 있겠소?"

"물론입니다, 승상. 저도 병법이라면 일가견이 있다고 자부합니다."

"그래도 상대가 사마의니 어느 때보다 신중해야 할 거요. 정말 자신있소?"

제갈량이 거듭 묻자, 마속은 무릎을 꿇으며 큰 소리로 대답했다.

"승상, 걱정 마십시오. 만약 제가 사마의를 물리치지 못한다면 목을 쳐도 좋습니다!"

그제야 제갈량은 마속의 자원을 받아들여 왕평을 부장으로 삼고 정예병 2만5천을 내주었다. 평소 왕평이 신중한 성격이었기에 마속을 보좌하도록 했던 것이다. 아울러 제갈량은 가정에 도착해 진지를 구축하면 곧장 그 모습을 그림으로 그려 보고하라고 왕평에게 명했다. 그러고도 부족하다는 생각이 들어 고상(高翔)을 열류성(列柳城)으로, 위연을 가정의 후방으로 보내 마속이 위태로울 경우 돕도록 했다.

얼마 후, 마속과 왕평은 가정에 이르러 지형을 살펴보았다. 이곳저곳 휘둘러본 마속이 왕평에게 말했다.

"승상께서는 너무 신중해서 탈이구려. 이런 산골짜기라면 위의 군사가 섣불리 진격하지 못할 것이오."

"조심해서 나쁠 것이야 없지요. 산 아래 쪽에 적이 침입할 만한 길목마다 나무를 높이 쌓아서 진지를 만들어야 합니다."

마속은 자신의 판단에 동의하지 않는 왕평이 못마땅했다. 물론 병사들이 머무르려면 진지가 필요했지만, 그 위치에 대해서도 서로 생각이 달랐다. 왕평이 산 아래쪽에 진지를 만들어야 적을 막아내기 쉽다고 말했지만, 마속은 산 위쪽이 더 좋다며 고집을 부렸다.

"산 위쪽에 진을 쳤다가 적들이 에워싸면 큰일입니다. 그곳에서는 식수를 구하기도 어렵습니다."

왕평의 염려에 마속이 짜증 섞인 목소리로 대꾸했다.

"왕 장군은 내가 주장이라는 사실을 잊었소? 나의 명을 따르기 싫다면, 오천의 군사를 줄 테니 마음대로 해보시오."

결국 왕평은 본진에서 물러나 5천의 군사를 데리고 산 아래쪽에 진지를 만들었다. 그리고 자신과 마속의 진지 모습을 모두 그려 제갈량에게 보냈다.

그로부터 얼마 뒤, 사마의가 대군을 이끌고 가정에 다다랐다. 그는 조심스럽게 주변 지형을 살펴보다가 산 위쪽에 진을 치고 있는 촉의 군사를 발견했다.

"옳거니! 어쩌면 이번 전투는 쉽게 승리할 수 있겠구나. 하늘이 우리를 도와 어리석은 적장이 저런 곳에 진지를 만들었으니 말이다."

사마의는 크게 웃음을 터뜨리며 곧장 산 뒤쪽으로 병사들을 이동시켰다. 그리고는 산 위로 올라가 마속의 진지를 포위했다. 그제야 비로소 마속은 잘못을 깨달았지만 돌이킬 수 없는 일이었다.

며칠이 지나지 않아 식수가 바닥을 드러내 촉의 군사는 너나없이 갈증에 허덕였다. 게다가 그런 상황을 놓치지 않고 사마의가 화공을 펼치자, 마속이 이끄는 병사들은 앞다투어 줄행랑을 치기 바빴다. 마속도 말을 몰아 산 아래쪽으로 달아나는 신세가 되었다. 왕평이 그 모습을 보고 달려와 구해주지 않았다면 마속은 꼼짝없이 죽임을 당했을 것이다.

한편 제갈량은 왕평이 보낸 그림을 살펴보며 점점 표정이 굳었다.

"아, 이 노릇을 어떡하면 좋단 말인가? 마속의 잘못으로 병사들이 개죽음을 당하게 되었구나⋯⋯."

제갈량은 급히 지원군을 보내려고 했으나 소용없는 일이었다. 곧 가정을 빼앗긴 것은 물론이고 열류성까지 적의 수중에 들어갔다는 보고가 올라왔기 때문이다. 제갈량은 모든 장수들에게 즉시 퇴각하라는 명령을 내렸다. 장익에게는 검각(劍閣)으로 가서 퇴로를 열게 하고, 관흥과 장포는 무공산(武功山)으로 가서 적의 추격을 따돌리게 했다. 강유와 마대에게는 후퇴하는 본진의 후방을 방어하라고 명했으며, 기현으로 사람을 보내 강유의 노모를 안전한 곳으로 피신시켰다. 아울러 자신은 군량을 옮길 5천의 군사를 이끌고 서성으로 향했다.

그런데 서성에 다다르자마자 제갈량에게 급보가 날아들었다.

"사마의가 대군을 이끌어 이쪽으로 몰려오고 있습니다!"

천하의 제갈량도 그 소식을 듣고는 당황했다. 그나마 5천의 군사 중 상당수가 군량을 싣고 다른 곳으로 떠난데다, 쓸만한 장수도 누가 하나 곁에 없었기 때문이다. 그에 비해 사마의의 군사는 15만에 이르러 전력 차가 너무나 컸다. 수천에 불과한 촉의 병사들은 겁을 집어먹고 완전히 전의를 상실한 상태였다. 그것을 본 제갈량이 애써 침착함을 잃지 않으며 말문을 열었다.

"모두 두려워하지 마라. 당장 모든 깃발을 감추고 몸을 숨겨라. 그리고 수십 명의 병사만 백성들의 옷차림을 하고 나와 성문을 활짝 연 뒤 평화롭게 비질을 해라. 위의 군사가 나타나도 절대 동요하면 안 된다."

제갈량의 말에 병사들은 어리둥절한 표정으로 고개를 갸웃거렸다. 그러나 제갈량을 철석같이 믿었기에 곧 그 명을 따랐다.

잠시 뒤, 평범한 백성들의 옷차림으로 환복한 수십 명의 병사들이 비질을 시작하자 제갈량은 성루에 올라 거문고를 켰다. 그때 마침 사마의가 서성에 도착해 그 모습을 보았다.

"우리의 출격을 알고도 한가롭게도 거문고를 켜고 있다니, 뭔가 꿍꿍이가 있는 것이 틀림없다. 아마도 대군을 매복시켜두고 우리를 유인하는 것일 게야."

그러자 함께 출병한 아들 사마소(司馬昭)가 말했다.

"아버님의 걱정이 지나친 것 아닙니까? 우리의 전력이 만만치 않으니 당장 서성을 공격하시지요."

"아니다. 공명의 책략이 신출귀몰하니 함부로 나섰다가는 큰 낭패를 볼 것이다. 일단 군사를 후퇴시켰다가 훗날을 기약하기로 하자."

사마의는 아들의 말에 손사래를 치며 퇴각 명령을 내렸다. 제갈량에 대한 지나친 경계가 서성을 함락시킬 좋은 기회를 놓치게 한 것이다. 한참 뒤에야 사마의는 촉의 군사가 수천에 불과했다는 사실을 알고 땅을 치며 때늦은 후회를 했다.

"아, 나는 정녕 공명의 상대가 되지 못하는 것인가?"

그런데 그처럼 지략을 발휘해 무사히 한중으로 돌아온 제갈량의 낯빛이 밝지 않았다. 애당초 잘못된 판단을 해 수많은 병사들을 죽음으로 내몬 마속이 원망스러웠기 때문이다. 제갈량은 먼저 왕평에게 가정을 빼앗기게 된 경위에 대해 상세히 물은 뒤 마속을 불렀다. 마속은 스스로 몸을 포박하게 하여 제갈량 앞에 나타났다.

"송구합니다, 승상!"

마속은 땅바닥에 넙죽 엎드리며 자신의 과오를 뉘우쳤다.

"공은 왜 나와 왕 장군의 충고를 듣지 않았소? 우리가 사마의의 군사에 쫓겨 퇴각한 데는 공의 책임이 크다고 하지 않을 수 없는 바, 마땅히 군법으로 다스려야 할 것이오."

"승상, 제가 사마의를 물리치지 못하면 목을 내놓겠다고 했으니 그 말에 책임을 지겠습니다. 다만 제 식솔들에게는 허물을 묻지 말아 주십시오."

평소 제갈량은 마속을 형제처럼 아꼈다. 그러나 공과 사는 구별해야 하는 법, 제갈량은 군율을 바로세우기 위해 마속의 목을 치라고 명령했다. 그 무렵에는 아비의 잘못을 자식에게까지 묻는 경우가 흔했으나, 제갈량은 마속의 마지막 부탁을 받아들여 식구들에게는 아무런 피해가 가지 않도록 했다.

곧 형이 집행되었고, 제갈량은 속으로 울음을 삼켰다. 그 마음을 헤아린 다른 장수들도 침통한 표정을 지으며 저 세상으로 떠난 마속의 영혼을 추모했다.

그 후 제갈량은 한중에 머물면서 군사를 강건하게 만드는 데 온 힘을 쏟았다. 그는 위를 정벌하기 전에는 성도로 돌아가지 않을 작정이었다. 그런데 마속을 잃은 지 얼마 되지 않아 제갈량에게 또 다른 슬픔이 닥쳤다. 조운이 병을 얻어 죽고 만 것이다. 명장 조운의 사망 소식에 제갈량은 크게 탄식하며 눈물을 떨구었다.

"아, 이렇게 천하의 영웅들이 하나둘 내 곁을 떠나는구나……."

제갈량은 며칠 동안 음식을 먹지 못할 정도로 깊은 절망감에 빠졌다. 그만큼 조운을 인정하고 소중히 여겼던 것이다. 하지만 한 나라의 국정을 책임지는 승상으로서 언제까지 슬픔에만 잠겨 있을 수는 없었다. 그는 가까스로 몸을 일으켜 다시 나랏일을 돌보기 시작했다.

그 무렵 오의 손권이 함께 위를 공격하자는 제안을 해왔다. 당시 오의 육손과 위의 조휴가 맞붙어 싸우는 일이 있었는데, 육손이 승리하여 오의 사기가 매우 드높았다. 손권은 그 기세를 몰아 위의 조예에게 치명타를 날리고 싶었던 것이다. 마침 군력(軍力)의 정비를 마쳐 막강한 힘을 회복한 제갈량은 좋은 기회가 찾아왔다고 판단했다.

"나는 위나라로 출병하여 사마의에게 당한 아픔을 되갚아 줄 것이다. 모두 진격하라!"

그렇게 제갈량은 위연을 선봉장으로 삼고 30만 대군을 이끌어 위로 향했다. 그런데 그 길목에 있는 진창(陳倉)에서 학소(郝昭)가 성을 쌓아 촉군의 진격을 가로막았다. 그곳을 빼앗지 못하면 촉의 군량 보급이 원활하지 않아 제갈량이 촉각을 곤두세웠다.

"위연 장군, 총공격을 시도해 하루빨리 진창성(陳倉城)을 함락시키시오."

"알겠습니다, 승상. 아무 걱정 마십시오."

위연은 제갈량의 명을 받고 자신만만하게 대답했다.

그러나 현실은 뜻대로 되지 않았다. 학소가 강력하게 저항하는 바람에 여러 차례의 공격이 무위로 돌아간 것이다. 제갈량은 충차(衝車)를 이용해 성을 부수려고도 했지만 이렇다 할 효과를 보지 못했다. 한 번은 성 아래로 굴을 뚫어 병사들을 잠입시키려고 했으나 그마저 적에게 발각되어 실패했다. 게다가 며칠 후 진창성으로 왕쌍(王雙)이 지원병까지 데려와 제갈량의 시름이 더욱 깊어졌다. 촉의 여러 장수들이 앞장서 진창성을 공격했지만, 그때마다 왕쌍이 달려 나와 용맹을 과시했다. 왕평과 요화, 장의 등이 그와 맞붙어 패했던 것이다.

"승상, 진창성을 함락시키는 것이 쉽지 않습니다. 기산 쪽으로 물꼬를 트는 편이 나을 듯합니다."

"음, 기산이라……."

제갈량은 부하 장수들의 제안을 곰곰이 생각해보았다. 그리고 그것을 받아들여 마대, 관흥, 장포와 함께 말머리를 돌렸다. 진창은 위연에게 맡겼고, 왕평으로 하여금 가정에서 오는 길목을 지키게 했다.

그로부터 얼마 후, 제갈량은 기산 아래에 진지를 구축하는 데 성공했다. 그곳을 지키던 조진이 다급히 조정으로 위태로운 상황을 알렸다. 조예가 사마의에게 물었다.

"이 사태를 어떻게 해결하면 좋겠소?"

"촉의 군사는 워낙 대군이라 그 많은 군량도 곧 바닥을 드러낼 것입니다. 넉넉히 두 달 정도면 그리 될 것이니 그때까지 방어 전술을 펼치라고 명하십시오. 머지않아 촉군이 스스로 물러날 때 기습 공격을 펼치면 큰 성과를 거둘 수 있습니다."

사마의의 계략을 들은 조예는 그대로 조진에게 명을 내렸다. 그런데 방어 전술이 마음에 들지 않은 조진은 촉의 군사에게 선공을 펼쳐 승리하고 싶었다. 그와 같은 생각을 헤아린 참모 손례(孫禮)가 그를 부추겨 제갈량을 함정에 빠뜨리려는 술수를 부렸다.

하지만 제갈량이 누구인가. 그는 곧 손례의 잔꾀를 눈치채고 역이용해 조진의 진지를 혼란에 빠뜨렸다. 손례의 유인 작전은 제 발을 묶는 올가미가 되었고, 미끼를 던져둔 뒤 펼치려던 협공 전략은 되치기를 당했던 것이다. 결국 조진은 촉의 군사에게 크게 패해 꽁무니를 내빼는 신세가 되고 말았다. 그때 진창에서 위연이 왕쌍의 목을 베었다는 보고가 올라왔다. 제갈량은 매우 기뻐했지만, 침착함을 잃지 않고 요모조모 따져본 끝에 장수들에게 그만 한중으로 돌아가자는 명을 내렸다.

"승상, 어찌 하여 회군을 명하십니까?"

장수들이 의아한 표정을 지으며 물었다. 그러자 제갈량이 신중한 목소리로 대답했다.

"내가 처음에 계획했던 것과 달리 진창으로 가지 못해 시간이 많이 걸리지 않았소? 기산에서 적을 물리치기는 했으나 군량이 충분치 않아 오랫동안 전쟁을 벌이기는 어렵다는 판단이오. 그러니 섣불리 의욕만 앞세우기보다는 좀 더 치밀한 준비가 필요할 듯하구려. 분명 기회는 머지않아 다시 찾아올 것이오."

그제야 장수들은 제갈량의 생각을 헤아려 한중으로 돌아갈 채비를 했다. 그렇게 촉의 출병은 별 소득 없이 막을 내렸다.

31

속고 속이고, 쫓고 쫓기는 싸움

세월이 흘러 229년이 되었다. 천하에는 또다시 큰 변화가 있었는데, 오의 손권이 스스로 황제의 자리에 올라 건업(建鄴)을 도읍으로 삼은 것이다. 촉의 황제 유선은 곧바로 사신을 보내 축하 인사를 전하며 두 나라가 동맹을 굳건히 해 위를 치자고 제안했다. 손권 역시 유선의 말에 적극적으로 동감했다.

그 후 얼마 지나지 않아 촉과 오의 군사는 다시 위를 공격하기 시작했다. 강유가 선봉에 선 촉군이 무도(武都)와 음평(陰平)을 점령했으며, 오군은 무창(武昌)을 빼앗았다. 그러자 위에서는 한바탕 소란이 벌어졌는데, 그 틈을 놓치지 않은 제갈량이 난공불락 같던 진창성을 함락시켰다. 학소가 병에 걸려 이전과 같이 저항하지 못했던 것이다. 그는 결국 죽음을 맞았고, 제갈량은 그 기세를 몰아 기산까지 나아갔다.

하지만 계속 당하고만 있을 위나라가 아니었다. 그들은 사마의와 장합을 앞세워 반격을 개시했다. 사마의의 지략과 장합의 용맹은 촉의 군사를 두려움에 떨게 했다. 양쪽 진영은 진지를 견고히 하며 치열한 전투를 벌여 밀고 밀리기를 반복했다. 속고 속이고, 쫓고 쫓기는 싸움의 연속이었던 것이다. 시신이 산을 이루고 핏물이 강을 이루는 대접전이 사흘이 멀다 하고 벌어졌다.

그러던 어느 날, 제갈량의 가슴을 무너지게 하는 슬픈 소식이 또다시 전해졌다. 장비의 아들 장포가 전투 중 낙마해 목숨을 잃은 것이다. 제갈량은 온 몸의 힘이 풀린 듯 제자리에 털썩 주저앉았다.

"아아, 또 하나의 별이 졌구나……."

그 날 이후 제갈량은 음식을 거의 먹지 못한 채 자리에 몸져누웠다. 많은 이들의 염려와 간호 덕분에 날이 갈수록 조금씩 기력을 되찾았으나 얼굴빛은 여전히 밝지 않았다. 다만 그런 상황에서도 제갈량은 자신의 본분을 잊지 않아 위의 공격에 대비한 전략을 세우는 일에는 충실히 임했다. 사마의와 장합을 앞세워 전력을 회복한 위나라가 조만간 총공격을 시도할 것이라고 예상했기 때문이다.

앞날을 내다본 제갈량의 예견은 곧 현실이 되었다. 조진이 대도독 자리에 올라 40만 대군을 이끌고 공격해온 것이다.

그런데 제갈량이 뜻밖의 전략을 내놓았다. 왕평과 장의에게 각각 1천 명의 군사를 내주며 적을 막아내도록 한 것이다. 제 갈량의 명을 받은 두 장수는 황당한 표정을 지으며 물었다.

"승상, 정녕 이천의 군사로 사십만의 적을 상대하라는 말씀입니까?"

"허허, 내가 아무런 이유도 없이 그와 같은 명을 내리겠소?"

제갈량은 왕평과 장의의 물음에 가볍게 미소지으며 말을 이었다.

"내가 하늘의 기운을 살펴보니 머지않아 큰 홍수가 날 듯하오. 그것을 이용해 수공을 펼치면 적은 수의 군사로도 대군을 물리칠 수 있지 않겠소? 그대들은 요충지마다 군사를 일이백씩 배치시켜 물길을 막아두시오. 그런 다음 적이 지나갈 때 한꺼번에 물꼬를 트면 손쉽게 승기를 잡게 될 것이오."

자세한 설명을 들은 두 장수는 제갈량의 전술에 감탄하며 명을 따랐다.

그런데 제갈량의 책략은 수공을 펼치는 것으로 그치지 않았다. 그는 관흥과 강유를 불러 강 주변에 매복하고 있다가 물난리를 피해 달아나는 적을 섬멸하라고 일러두었다. 또한 마대와 요화에게는 기산 서쪽에 군사를 숨겨두었다가 위의 패잔병이 나타나면 최후의 일격을 가할 것을 명령했다.

그와 같은 제갈량의 책략은 한 치의 어긋남도 없이 정확하게 들어맞았다. 대군을 이끌고 기세 좋게 진격하던 조진은 갑자기 둑이 터지면서 누런 강물이 밀어닥치자 허둥지둥 어쩔 줄 몰라 했다. 물에 빠져 허우적거리는 병사들 위로 다시 폭우가 쏟아졌고, 빗줄기만큼 많은 화살이 날아들었다. 숱한 병사들이 수장을 당했고, 또 많은 병사들이 왕평과 장의의 군사가 쏜 화살에 목숨을 빼앗겼다. 조진은 다급히 후퇴 명령을 내렸지만, 이번에는 관흥과 강유의 군사가 달려와 물에 빠진 생쥐 꼴이 되어버린 위군의 목을 벴다. 그리고 조진이 패잔병을 데리고 기산 쪽으로 달아났을 때는 마대와 요화가 나타나 또다시 치명타를 입혔다. 그러다 보니 어느덧 40만 대군의 수가 반 넘게 줄어들었고, 결국 조진은 자신들의 영토로 퇴각 명령을 내릴 수밖에 없었다.

　그렇게 위로 돌아온 조진은 패전의 책임을 추궁당하며 괴로운 나날을 보냈다. 마음이 큰 상처를 입으면 몸도 병을 얻는 법. 조진은 상심이 워낙 컸던 나머지 병석에 눕게 되었고, 그대로 세상을 떠나고 말았다. 그러자 사마의가 그의 뒤를 이어 직접 대도독의 중책을 맡았다. 사마의는 몇 번이나 제갈량에게 당한 복수를 꼭 하고 싶었다.

　"공명에게 섣불리 계략을 썼다가는 오히려 역공을 받을 수 있다. 차라리 넓은 들판에서 정공법을 펼치는 편이 나을 것이다."

사마의는 대도독의 자리에 오르자마자 금세 출병 명령을 내렸다. 그는 장호(張虎)를 선봉에 세워 한달음에 위수(渭水)까지 진격했다. 그리고 그곳에 진을 친 다음 촉의 군사가 다가오기를 기다렸다. 그로부터 며칠 후, 마침내 양쪽의 군사가 위수 강변의 넓은 들판을 사이에 두고 대치하게 되었다. 사마의의 진영은 혼원일기진(混元一氣陳)으로 구축되었고, 제갈량은 팔괘진(八卦陳)을 썼다. 사마의가 앞을 보니 제갈량이 있었는데, 사륜거를 타고 배우선(白羽扇)을 펼쳐든 그의 모습에 심기가 불편해졌다.

"공명이 우리를 기만하는구나. 전쟁터에 나온 자의 자세가 어찌 하여 저토록 여유만만하단 말이냐. 저것은 우리를 희롱하려는 속셈이니, 누가 나가서 당장 목을 베어 오너라!"

그러자 선봉장 장호가 칼을 높이 치켜들고 말을 달려 앞으로 나갔다. 촉의 진영에서는 그것을 보고 강유가 창을 움켜쥐고 뛰쳐나왔다.

둘의 무예 솜씨가 워낙 출중했으므로 결투는 좀처럼 승부가 나지 않았다. 장호의 칼이 춤을 추면 강유의 창이 적재적소에 번뜩였고, 강유의 창이 허공을 가르면 장호의 칼이 번개같이 합을 이루었다. 그야말로 용호상박의 대결이라고 할 만했다.

장호와 강유의 결투는 무려 200합이 넘게 이어지고 나서야 조금씩 우열이 가려졌다. 장호가 가쁜 숨을 내쉬며 뒷걸음질을 치기 시작한 반면에 강유의 창끝은 여전히 날카롭게 상대를 괴롭혔던 것이다. 그 광경을 지켜보던 사마의가 부하들에게 큰 소리로 명령했다.

"모두 진격하라! 총공격이다!"

사실 사마의는 이번 전투에 내심 자신감을 갖고 있었다. 왜냐하면 제갈량이 사용한 팔괘진에 대해 잘 알고 있었기 때문이다. 팔괘진은 휴(休), 생(生), 상(傷), 두(杜), 경(景), 사(死), 경(驚), 개(開)로 불리는 8개의 문으로 구성되었다. 그중 휴, 생, 개로 쳐들어가면 승리의 가능성이 높다는 점을 사마의가 꿰뚫고 있었던 것이다. 그와 달리 상, 두, 경, 사, 경으로 공격하면 상대의 진영에 갇혀 전멸당할 위험이 컸다.

하지만 제갈량은 여전히 사마의보다 수가 높았다. 그는 사마의가 팔괘진에 대해 훤히 알고 있다는 점을 역이용해 변칙적인 전략을 짰다. 기존의 팔괘진을 변형시켜 전혀 새로운 형태의 진지를 구축해놓았던 것이다. 그 사실을 알 리 없는 사마의는 무턱대고 공격했다가 참패를 당하고 말았다. 겨우 목숨을 건진 사마의는 퇴각 명령을 내리면서 뜨거운 눈물을 흘렸다. 다시 한 번 제갈량의 책략에 당한 아픔이 너무나 컸기 때문이다. 그렇게 승전고를 울린 제갈량은 사마의의 뒤를 쫓지 않고 한중으로 돌아왔다.

그 후 3년의 세월이 쏜살같이 흘렀다. 그때까지도 제갈량은 위를 무찔러 대륙의 중원을 차지하려는 꿈을 버리지 않았다. 어느 날 제갈량이 궁궐로 황제 유선을 찾아와 말했다.

"폐하, 우리는 지난 삼년 동안 꾸준히 군력을 키워왔습니다. 제가 생각하기에 이제 때가 되었으니, 군사를 일으켜 위를 공격하도록 허락해주십시오. 천하 통일의 기운이 우리에게 있습니다."

그러나 유선은 제갈량과 생각이 달랐다. 그는 지난 3년간 촉과 위, 오 세 나라가 균형을 이루며 평화롭게 지내는 상황을 깨뜨리고 싶지 않았다. 그것을 눈치챈 제갈량이 말을 이었다.

"저는 폐하께서도 선제의 소망을 잊지 않으셨으리라 믿습니다. 우리에게는 천하를 통일하여 한나라 황실을 다시 일으켜 세워야 할 책임이 있습니다. 부디 그 대의를 실현하라고 제게 명을 내려주십시오."

비록 표현은 완곡했지만, 제갈량은 유선에게 반드시 위를 치고 싶다는 바람을 전했다. 결국 황제도 승상의 진언을 더는 거부할 수 없었다. 마침내 유선의 명을 받아낸 제갈량은 한중으로 돌아와 출병 준비를 서둘렀다. 그런데 그때 또다시 청천벽력 같은 소식이 들려왔다.

"오늘 관흥 장군께서 숨을 거두셨다고 합니다."

"뭐라고! 그것이 정말이냐?"

부하의 보고를 받은 제갈량은 그야말로 하늘이 무너지는 듯했다. 얼마 전에 병을 얻은 관흥이 좀체 회복되지 못하고 있다는 말은 들었지만, 아직 젊은 장수가 그처럼 허망하게 세상을 떠날 줄은 몰랐던 것이다.

얼마 전 장포가 죽었을 때 그랬듯이, 제갈량은 몇 날 며칠 식음을 전폐하다시피 했다. 그러나 언제까지 슬픔에 잠겨 나랏일을 내팽개칠 수는 없는 노릇이었다. 더구나 이번에는 위를 공격하여 큰 뜻을 이루기 위해 어렵사리 황제의 허락까지 받아둔 상태였다. 제갈량은 관흥의 죽음이 안타까워 억장이 무너지는 듯했지만 애써 기운을 되찾아 출병을 감행했다.

제갈량이 이끄는 촉의 군사는 35만에 달하는 대군이었다. 그러나 사마의도 만만치 않아 즉각 40만 대군을 출병시켜 위수로 향했다. 그는 하후연의 아들인 하후패(夏侯覇)와 하후위(夏侯威)에게 강 건너편으로 가서 진지를 구축하게 한 뒤, 자신은 본진에 남아 성을 쌓았다. 또한 곽회와 손례를 북원(北原)으로 보내 진을 치게 하여 촉의 공격에 대비했다.

그처럼 사마의가 만반의 대비를 하고 있다는 보고가 제갈량에게 전해졌다. 그때 촉의 군사는 기산 곳곳에 분산되어 진지를 만들었는데, 하루빨리 위수를 빼앗아야 승기를 잡을 수 있다고 판단했다. 하지만 사마의가 그것을 모를 리 없었다. 이미 탄탄하게 진지를 구축해둔 사마의의 위군은 몇 차례나 이어진 촉의 공격을 효과적으로 막아냈다. 위의 저항이 생각보다 더 강력하다고 생각한 제갈량은 오나라에 지원을 요청하기로 마음먹었다.

"음, 공명의 제안을 어떻게 받아들여야겠느냐?"

손권이 제갈량의 서찰을 읽고 대신들에게 의견을 물었다.

"위의 세력이 옛날 같지 않으니 지금은 촉과 가까이 지내는 것이 바람직합니다. 공명의 출병 요청을 받아들이시지요, 폐하."

대신들의 의견을 들은 손권은 망설임 없이 출전 명령을 내렸다. 그 수가 무려 30만이나 되어 촉의 군사와 비교해도 전혀 부족함이 없는 수준이었다. 그런데 그 무렵, 위의 장수 정문(鄭文)이 제갈량이 있는 기산의 진지로 백기를 들고 달려왔다.

"항복이오, 항복! 활을 쏘지 마시오!"

정문은 곧 포박되어 제갈량 앞으로 끌려왔다. 그런데 여느 장수들이 항복해왔을 때와 달리 제갈량의 눈빛이 날카롭게 번뜩였다. 사실 정문은 촉군의 사정을 살피기 위해 거짓 항복을 한 것인데, 제갈량이 단박에 그 계략을 알아차린 것이다. 촉이 승기를 잡고 있다면 모를까, 몇 번이나 계속된 공격을 막아낸 위의 장수가 쉽게 항복을 할 리 없다고 판단했기 때문이다. 제갈량의 의심에 바짝 긴장한 정문은 식은땀을 흘리며 말을 더듬었다. 그 모습을 살피던 제갈량이 큰 소리로 호통을 쳤다.

"쓸데없는 소리 그만두어라! 네가 거짓 항복한 것을 모를 줄 아느냐?"

"아니, 그것은……."

정문은 서둘러 변명을 늘어놓으려고 했지만 마땅한 말이 떠오르지 않았다. 그가 당황해하는 것을 유심히 바라보던 제갈량이 목소리를 낮춰 한 가지 제안을 했다.

"만약에 네가 나의 책략을 따른다면 목숨만은 살려주겠다. 그리 하겠느냐?"

"그럼요, 무엇이든 말씀만 하십시오."

뜻밖의 제안을 들은 정문은 일말의 망설임도 없이 고개를 끄덕였다. 제갈량의 말이 이어졌다.

"너는 지금 당장 사마의에게 보내는 편지를 써라. 촉군의 진지 경계가 허술하니 사흘 후 밤에 사마의가 직접 군사를 이끌어 총공격을 하라고 말이다."

"네, 알겠습니다. 제발 목숨만 살려주십시오."

제갈량의 지략에 넘어간 정문은 곧 편지를 써서 위의 본진으로 보냈다. 사마의는 정문의 필체가 틀림없는 것을 확인하고 조금의 의심도 없이 그 내용을 믿었다. 그리고는 정문이 이야기한 날 밤이 되자 병사들에게 출격 명령을 내렸다.

"드디어 제갈량에게 복수할 날이 왔구나. 이번 기회에 확실히 승기를 잡아 촉의 군사를 물리치자!"

사마의는 짙은 어둠을 틈타 촉의 진지로 병사들을 잠입시켰다. 정문이 편지에 적은 대로 경계가 허술해 이렇다 할 위기도 없이 모든 군사가 촉의 진지로 들어선 것이다. 그런데 순간 사마의의 머릿속으로 불길한 예감이 스쳐 지나갔다. 아니나 다를까, 진지 어디에도 촉의 군사가 보이지 않았다.

"이런, 내가 속았구나……."

바로 그때, 사방에서 함성이 들리더니 촉의 병사들이 한꺼번에 달려들며 칼과 창을 휘둘렀다. 기습 공격을 당한 사마의의 군사는 크게 패하여 달아날 수밖에 없었다.

"적의 뒤를 쫓아라! 한 놈도 살려 보내지 마라!"

제갈량은 끝까지 위군을 추격해 치명타를 입힐 작정이었다. 결국 사마의는 수많은 부하들을 잃고 나서야 겨우 진지로 돌아올 수 있었다. 그 후 그는 극단적인 방어 전술을 펼치면서 좀처럼 진지 밖으로 나올 기미를 보이지 않았다.

"음, 적이 잔뜩 웅크리고 있으니 무작정 공격을 퍼부어서는 별 효과가 없을 것이다. 뭔가 다른 수를 찾아야겠구나."

제갈량은 이렇게 혼잣말을 중얼거리며 위수 주변의 지형을 살폈다. 그는 한참 만에 골짜기 하나를 발견한 뒤 그 지역을 잘 아는 병사를 불러 물었다.

"이 골짜기를 무엇이라 부르느냐?"

"상방곡(上方谷)이라고 합니다."

병사의 대답을 들은 제갈량은 목수 1천 명을 모아 특별한 명령을 내렸다. 사람들의 눈에 잘 띄지 않는 그 골짜기에서 목우유마(木牛流馬)를 만들도록 한 것이다. 얼마 후 완성된 수십 대의 목우유마는 마치 살아 있는 소와 말 같아서 짐을 싣고 산을 오르내리기에 무척 편리했다. 제갈량은 장수 고상에게 1천 명의 군사를 내주며 성도로 가서 목우유마에 군량을 실어오게 했다.

그런데 어떻게 그 사실이 전해졌는지, 사마의가 목우유마의 존재를 알게 되었다.

"목우유마란 것이 대체 무엇이냐?"

"나무를 이용해 소나 말의 형태로 만든 수레의 일종인데, 성능이 매우 훌륭하다고 합니다."

부하 장수의 설명을 듣고 호기심이 발동한 사마의는 오랜만에 병사들을 진지 밖으로 보내 목우유마를 빼앗아오도록 했다. 그들은 고상이 이끄는 행렬 맨 뒤쪽을 기습해 목우유마 다섯 대를 강탈하는 성과를 거두었다. 그런데 그것은 제갈량의 계산에 있는 일이었다. 그러니까 목우유마를 위군에게 강

탈당한 것이 아니라, 어떤 이유가 있어 일부러 **빼앗겼던** 것이
다.

처음 목우유마를 보게 된 사마의는 놀라움을 감추지 못했
다.

"공명의 재주는 정말 상상을 뛰어넘는구나. 우리도 이와 같
은 것을 만들어 군량을 운반하는 데 쓰도록 하라."

그 날 이후 사마의의 많은 병사들이 목우유마를 만드는 데
동원되었다. 이미 만들어진 것을 흉내내는 일은 그다지 어렵
지 않아 달포가 조금 지나자 1천여 대의 목우유마가 완성되었
다. 사마의는 그것을 보고 흡족한 미소를 띠었다.

그와 비슷한 시각, 제갈량이 왕평을 불러 명을 내렸다.

"왕 장군은 군사 일천을 위군으로 변장시킨 다음, 군량을
싣고 가는 적의 목우유마 대열에 은밀히 끼어드시오. 그리고
위군이 잠든 틈에 그것을 모두 훔쳐 북원으로 달아난 뒤, 그
들이 쫓아오면 목우유마의 혀를 비틀어놓고 달아나시오."

"혀를 비틀어놓으라고요?"

왕평이 의아하다는 표정으로 물었다.

"그렇소. 목우유마는 진짜 소와 말처럼 혓바닥이 있는데,
실은 그것이 제동장치요."

제갈량의 설명에 왕평은 감탄하며 자리에서 물러났다. 뒤
이어 장의가 제갈량 앞에 불려 왔다.

"그대에게 군사 오백을 내줄 것이니, 모두 괴물의 모습으로 분장시켜 산기슭에 매복시켜 두시오. 그리고 우리 촉군이 목우유마를 끌고 갈 때 위군이 나타나면 횃불을 들고 괴성을 지르면서 뛰어나가 겁을 주시오. 그런 다음 함께 목우유마를 끌고 오면 되는 거요."

장의는 제갈량의 명을 금방 이해하고 밖으로 달려 나갔다.

이번에도 제갈량의 책략은 미리 각본을 짜놓은 듯 착착 들어맞았다. 왕평은 종이가 먹물을 머금듯 순조롭게 적의 행렬에 스며들어 군량을 실은 목우유마를 훔쳐냈다. 그 사실을 알게 된 곽희가 군사를 이끌고 추격해왔을 때는 제갈량이 명한 대로 목우유마의 혀를 모두 비틀어놓고 달아났다.

곽희는 군량을 되찾아 기뻤지만 목우유마가 꼼짝하지 않자 어쩔 줄 몰라 했다. 그때 위연과 강유가 나타나 곽희의 군사를 도륙했다. 왕평도 말머리를 돌려 위연과 강유에게 힘을 보탰다. 그리고 곽희가 더 이상 견디지 못해 물러난 뒤에는 목우유마의 혓바닥을 모두 원래대로 되돌린 뒤 진지로 걸음을 옮겼다.

한참 말을 달려 도망가던 곽희는 목우유마가 다시 움직이는 것을 보고 부아가 치밀었다. 그는 다급히 전열을 정비해 촉군의 뒤를 따라갔다. 죽든 살든 일전을 벌여볼 작정이었던 것이다. 하지만 그마저 뜻대로 되지 않았다. 어느 산기슭에 이르렀을 때 횃불을 치켜든 괴물들이 함성을 지르며 나타나 병사들을 혼비백산하게 만든 것이다.

"아, 이게 대체 어떻게 된 일이지? 내가 귀신에게 홀리기라도 한 것인가?"

그렇게 촉군은 곽희의 추격을 따돌리고 다시 걸음을 재촉했다. 그러나 곽희도 포기하지 않고 본진으로 전령을 보내 자신이 당한 일을 알렸다. 그 소식에 얼굴이 붉으락푸르락해진 사마의는 곧장 출병 명령을 내렸다.

"어서 가서 도둑맞은 우리의 군량을 되찾자!"

사마의는 병사들의 사기를 북돋우며 급히 말을 달렸다. 하지만 그의 출병 역시 제갈량은 미리 예상한 터라 길목마다 장익과 요화의 군사를 매복시켜 두었다. 갑작스런 촉군의 등장에 깜짝 놀란 위의 병사들은 제대로 싸워보지도 못한 채 뿔뿔이 달아나기 바빴다. 사마의마저 요화에게 쫓기다가 화려하게 금장식이 된 대도독의 투구를 숲에 내던진 채 간신히 목숨을 건져 달아났다.

한마디로 제갈량의 목우유마 책략은 대성공이었다. 촉군은 위의 군량을 가득 실은 1천 대의 목우유마와 함께 사마의의 화려한 투구까지 챙겨 돌아오게 되었다.

그 날 이후 사마의는 다시 진지에 처박혀 방어 전술에 전념했다. 때마침 조예로부터 오가 침략할지 모르니 섣불리 촉군과 맞붙지 말고 상황을 지켜보라는 서찰이 왔다. 사마의는 조정의 명을 받들어 더욱 진지 속으로 움츠러들었다. 그것을 눈치챈 제갈량이 마대를 불러 또 다른 책략을 이야기했다.

"마 장군은 상방곡에 볏짚으로 빈 움막을 여러 채 지어놓고, 구덩이들을 깊이 파서 나뭇가지 따위를 쌓아두시오. 또한 그 둘레에는 여기저기 화약을 깔아 마른 풀잎을 덮어두도록 하시오."

그 다음에도 제갈량은 여러 장수를 불러 계속 명령을 내렸다. 위연에게는 군사 오백을 내주며 사마의를 공격해 유인하라는 말을 전했고, 고상에게는 목우유마 30~40대를 끌고 다니다가 일부러 위군에게 빼앗기라는 임무를 맡겼다.

그때 위의 진지에서는 사마의의 부하 장수들이 극단적인 방어 전술에 이의를 제기하고 있었다.

"목우유마에 실어놓았던 군량을 빼앗겨 식량이 얼마 남지 않았습니다. 이대로 진지에 움츠리고 있다가는 병사들이 굶주림에 지쳐 모두 달아나고 말 것입니다."

부하 장수들의 불만은 계속되었다.

"지금 공명은 우리 땅에 살던 백성들에게 더 많은 곡식을 주고 있다고 합니다. 지난날 우리는 추수가 끝난 뒤 절반 넘는 곡식을 군량으로 거뒀는데, 촉군에서는 삼분의 일만 가져가 백성들이 매우 좋아한다는 것입니다. 이렇게 민심까지 등을 돌리면 전쟁에서 승리하기 어렵습니다."

그러자 사마의는 골치가 아픈 듯 뒤통수를 어루만지며 물었다.

"그럼 어떻게 하자는 말이냐?"

"이왕 이렇게 된 것, 촉군과 화끈하게 한번 싸워보는 편이 나을 것입니다. 어차피 군량이 다 없어지면 퇴각할 수밖에 없는 것 아닙니까?"

사마의가 판단하기에도 부하 장수들의 말에 일리가 있었다. 때마침 위연이 자꾸만 진지를 공격하며 치고 빠지는 터라, 사마의는 더 이상 참지 못하고 출병 명령을 내렸다.

"모두 죽을 각오로 싸워라! 위의 군사가 얼마나 막강한지 그 위력을 보여주어라!"

다시 공격에 나선 위군은 남아 있는 힘을 다해 진격했다. 처음에 그들은 소규모 전투에서 잇달아 승리를 거뒀고, 고상을 공격해 수십 대의 목우유마를 빼앗기도 했다. 그러던 어느 날, 사마의가 포로로 잡혀온 촉의 병사를 신문했다.

"공명은 지금 어디에 있느냐?"

"상방곡에 계십니다."

"그래? 왜 그곳에 있는 것이냐?"

"매일같이 상방곡에 군량을 쌓아두는 일을 감독하고 계십니다."

그 말에 사마의의 눈빛이 반짝였다. 그는 포로를 내보내고 나서 곧장 부하 장수들을 불러 모았다.

"지금 공명이 기산이 아니라 상방곡에 있다고 한다. 그러니 내일 기산을 공격하도록 하라. 나는 후발대로 가겠다."

그러자 함께 있던 아들 사마사(司馬師)가 물었다.

"적장이 있는 상방곡이 아니라 후방인 기산을 공격하는 까닭이 있습니까?"

아들의 물음에 사마의가 의미심장한 미소를 띠며 대답했다.

"이번에 공명은 기산에 본진을 두었으니, 그곳이 본거지나 다름없다. 따라서 기산을 치면 상방곡에 있는 공명이 황급히 군사를 이끌고 달려갈 것이다. 그 틈에 나는 상방곡을 급습하여 산더미처럼 쌓아두었을 군량을 불태울 생각이니라."

"그렇군요. 아버님의 지략이 놀랍습니다."

사마사는 아버지 사마의의 이야기에 놀라움을 감추지 못했다. 다른 장수들도 기발한 계략이라며 동감을 표했다.

하지만 그것은 사마의의 실수였다. 그 시각 제갈량은 병사들을 데리고 상방곡 주변의 산꼭대기에 올라 위군의 움직임을 살폈다. 그리고 기산으로 적이 몰려가는 것을 보자마자 상방곡에 있는 군사를 빼내 지원군으로 보내라는 명을 내렸다. 사마의는 자신의 예상대로 촉군이 이동하자 재빨리 군사를 이끌고 상방곡으로 달려갔다.

"지금 상방곡은 텅텅 비었을 것이다. 적의 군량을 모두 불태워 전세를 역전시키도록 하자!"

사마의가 지휘하는 위군 중에는 아들 사마사를 비롯해 사마소도 있었다. 세 부자는 자신들의 계략이 들어맞았다고 확신하며 거침없이 말을 달렸다. 그들이 상방곡에 도착해 보니, 과연 군량을 쌓아놓은 듯한 볏짚 더미가 보였다.

"놈들이 제법 많은 군량을 쌓아두었구나. 어서 불을 놓고 우리도 기산으로 가자!"

사마의의 명을 받은 위의 병사들은 서둘러 상방곡으로 들어섰다.

바로 그 순간, 산꼭대기에 있던 제갈량의 병사들이 일제히 불화살을 쏘아댔다. 그러자 이내 굉음을 내며 잇달아 화약이 터지더니 여기저기 불길이 치솟았다. 당황한 위군은 이리저리 뛰어다니다가 마대가 파놓은 구덩이에 빠져 허우적거렸는데, 그곳에는 나뭇가지가 쌓여 있어 불길이 더욱 거세게 타올랐다. 결국 제갈량의 화공에 숱한 위의 병사들이 목숨을 잃고 만 것이다.

"아아, 나의 운명이 여기서 막을 내리는구나……."

엄청난 굉음과 불길 속에서 갈 곳을 잃은 사마의가 두 아들의 손을 잡고 한탄했다. 누가 보더라도 그들의 명이 다한 상황이었다.

그런데 그때 기적 같은 일이 벌어졌다. 갑자기 먹구름이 잔뜩 밀려오고 천둥이 치더니 거센 빗줄기가 쏟아지는 것이 아닌가. 그 바람에 화르르 타오르던 불길이 잦아들고, 미처 터지지 않았던 화약들이 폭발을 멈추었다.

"이럴 수가! 이제야 하늘이 나를 돕는구나."

뜻밖에 쏟아진 소나기 덕분에 가까스로 목숨을 건진 사마의는 두 아들과 함께 상방곡을 빠져나왔다. 그가 통솔했던 병사들은 대부분 불길에 휩싸여 얼마 살아남지 못했다. 그 시각 제갈량을 속이기 위해 기산으로 보냈던 위군도 별다른 성과를 거두지 못한 채 퇴각하고 말았다. 또다시 사마의의 계략이 실패로 돌아간 것이다.

하지만 책략 대결에서 승리한 제갈량도 아쉽기는 마찬가지였다. 사마의를 죽이거나 생포할 수 있는 좋은 기회가 갑작스런 소나기 탓에 수포로 돌아갔기 때문이다. 제갈량은 사마의와 아들들이 살아서 돌아갔다는 보고를 받고 하늘을 우러르며 탄식했다.

"역시 사람의 안목으로는 하늘의 뜻을 헤아릴 수 없구나. 아무리 애를 써도 하늘이 도와주지 않으면 뜻을 이루기 어려운 법이야……."

그러면서 제갈량은 그동안 자신의 곁을 떠난 많은 장수들

의 모습을 머릿속에 떠올렸다. 따지고 보면, 그들 모두 하늘
의 뜻에 따라 이승을 떠난 셈이었다.

오장원에서 별이 지다

제갈량은 위와 맞붙은 전쟁에서 승리한 뒤 기산에서 내려왔다. 그리고 그가 새롭게 진지를 구축한 곳은 오장원(五丈原)이었다. 그곳에서도 제갈량은 사마의를 제거하기 위해 여러 차례 출병했으나 그 기세는 예전만 못했다. 왠지 표정도 어두울 때가 많아 부하 장수들의 걱정이 이만저만 아니었다.

그러던 어느 날, 성도에서 황제 유선이 보낸 사신 비위(費禕)가 제갈량을 찾아왔다.

"승상, 그간 무탈하셨습니까?"

"그럭저럭 잘 지냈네. 다만 선제의 유지를 아직 받들지 못해 마음이 무거울 따름이지."

제갈량은 비위의 인사를 받으며 자신의 속마음을 넌지시 드러냈다. 그런데 비위의 다음 말이 제갈량을 놀라게 했다.

"얼마 전 오와 위가 크게 싸움을 벌였는데, 오가 패하여 군사를 되돌렸다 합니다."

"뭐라고! 오가 정말 퇴각했단 말이냐?"

그때까지도 오는 촉과 좋은 관계를 유지하며 위를 괴롭히고 있었다. 그런 오가 전쟁에서 패해 퇴각했다는 것은 촉의 입장에서도 긴장할 만한 사건이었다. 그만큼 위의 군력이 막강하다는 뜻이므로, 언제 군사를 일으켜 촉을 공격할지 모를 일이었다.

"아, 상방곡에서 사마의를 죽였어야 했거늘……."

제갈량은 지난날을 떠올리며 아쉬움을 감추지 못했다. 그도 이제는 기력이 쇠약해져 조금만 충격적인 소식을 들어도 금세 이상 증상이 나타나곤 했다. 그 날도 다르지 않아, 제갈량은 비위의 말을 듣자마자 뒷목을 움켜쥐며 탄식을 내뱉었다. 그리고는 이내 어지럼증을 느끼며 그 자리에 쓰러지고 말았다.

"승상, 정신 차리십시오! 갑자기 왜 이러십니까?"

마침 곁에 있던 장수들이 화들짝 놀라며 제갈량을 부축했다. 그러나 제갈량은 쉽게 기력을 되찾지 못하고 그대로 자리에 몸져누웠다.

"아, 나도 자연의 섭리를 거스를 수 없는 한낱 미물에 불과하구나. 아무래도 건강을 다시 회복하기는 어려울 듯하다."

어느새 병약해진 제갈량은 자신의 운명을 예감하며 시름에 잠겼다. 무더운 여름이 지나고 가을이 올 무렵, 그는 더욱더 비관적인 생각에 사로잡혔다. 때마침 밤하늘의 별 하나가 빛을 잃어가자, 그는 그 처지를 자신과 동일시하기에 이르렀다.

"저 별의 흥망이 나와 다르지 않구나……."

"지나친 억측이십니다, 승상. 어서 기운을 내십시오."

부하 장수들이 제갈량을 위로했지만 소용없는 노릇이었다. 그는 날이 갈수록 쇠약해지더니, 어느 날 강유를 불러 뜻밖의 말을 하기에 이르렀다.

"인명은 재천이라고 했던가? 이제 나의 생이 얼마 남지 않은 듯하네."

"그런 말씀 마십시오, 승상. 아직도 저는 승상께 배워야 할 것이 많습니다."

왠지 삶의 의욕을 잃은 것 같은 제갈량의 말에 강유가 손사래를 쳤다. 그러면서 그의 눈에서는 한 줄기 눈물이 흘러내렸다. 그것을 본 제갈량이 희미하게 미소지으며 말을 이었다.

"울지 말게. 누구나 한번 태어나면 언젠가 죽는 것이 하늘의 이치 아닌가? 나 역시 보잘것없는 자연의 한 조각일 따름이네."

"그래도 승상께서는 세상의 섭리를 꿰뚫어보는 혜안을 갖고 계시지 않습니까? 아무리 생로병사가 인간의 숙명이라고 해도, 승상께는 그것을 막을 비책이 있으리라 믿었습니다."

못내 아쉬워 슬픔을 삭이지 못하는 강유의 말에 제갈량은 쓴웃음을 지었다. 천하제일의 책사라 해도 시작과 끝이 있는 인간의 운명을 어찌 할 수는 없었기 때문이다. 제갈량은 애써 마음을 가라앉히고 나서 강유에게 말했다.

"나는 평생 배우고 깨달은 바를 스물네 권의 병서로 엮어놓았네. 그리고 한꺼번에 열 개의 화살을 날릴 수 있는 연노(連弩)의 설계도도 만들어두었지. 그것을 모두 자네에게 줄 테니 열심히 익히고 발전시켜 촉의 앞날을 밝혀주게."

"명심하겠습니다, 승상."

강유는 울먹이며 제갈량의 당부를 가슴에 새겼다. 잠시 뒤 그가 자리에서 물러나자, 이번에는 제갈량이 마대를 불러들여 은밀히 책략 하나를 이야기해주었다. 그리고는 참모로서 곁을 지키던 양의(楊儀)에게 낯선 비단주머니를 건네며 당부했다.

"머지않아 내가 죽으면 위연 장군이 배반할 테니, 그때 이 주머니를 열어보게. 자네의 기지에 촉의 운명이 달려 있다 해도 과언이 아니네."

그토록 충성스런 위연이 배반할 것이라는 예언이 양의는 쉬 믿어지지 않았다. 하지만 제갈량의 남다른 재주를 잘 아는 터라 그 비단주머니를 소중히 품속에 넣어두었다.

그로부터 며칠 후 제갈량의 병세가 급격히 나빠졌다. 우연의 일치인지는 몰라도, 그 무렵 그가 자신의 운명과 동일시하던 하늘의 별도 그 빛을 거의 잃어 금세 사라질 것 같았다. 부하 장수들은 심상치 않은 사태를 예감하며 하나둘 제갈량 곁으로 모여들었다. 마침 그때 오장원에는 황제를 대신해 이복(李福)이 병문안을 와 있었는데, 제갈량이 가쁜 숨을 몰아쉬며 그에게 말했다.

"대업을 이루지 못하고 이렇게 삶을 마감하게 되어 송구하다는 말씀을 폐하께 올려주구려. 나의 후임으로는 장완(蔣琬)이 적임자로 생각되니 그를 중용하기 바라오."

"알겠습니다. 한데 장완 다음에는 누가 적임자입니까?"

"그 다음에는 비위가 좋을 듯하오."

"그럼 비위 다음 인물로는 누가……."

그러나 이복의 질문이 끝나기 전에 제갈량의 숨소리가 매우 거칠어졌다. 그것은 이승의 삶이 얼마 남지 않았다는 것을 의미했다. 얼마 뒤 잠깐 기력을 되찾은 제갈량이 자신의 장례에 대해 의미심장한 마지막 말을 남겼다.

"내가 죽었다고 해서 장례를 치를 필요는 없다. 그러니 곡도 하지 마라. 그 대신 나와 닮은 형상으로 목상을 만들어둔 다음, 사마의가 공격해올 때 수레에 앉혀 밀고 나가도록 하라. 그러면 그 자를 물리칠 수 있을 것이다."

제갈량은 숨을 거두는 순간까지 촉의 앞날을 걱정했다. 그 말을 끝으로 그는 결국 눈을 감고 말았다. 그때 제갈량의 나이 54살이었다.

갑자기 하늘이 어두워지며 비가 내리기 시작했다. 오장원의 모든 장수들이 하늘을 올려다보며 통곡했다. 그 사실을 전해들은 황제와 대신들도 슬픔을 감추지 못했다.

이튿날 날이 밝자마자 강유는 양의와 함께 철군 명령을 내렸다. 그 역시 제갈량의 마지막 당부 중 하나였다. 모든 장수와 병사들이 제갈량을 몹시 그리워했지만, 그의 유언에 따라 겉으로는 슬픔을 드러내지 않았다.

그런데 그 시각, 밤잠을 설친 사마의가 급히 장수들을 불러 출병 준비를 하라고 말했다. 전혀 예상치 못한 명령에 하후패가 고개를 갸웃거리며 물었다.

"우리는 얼마 전까지 오와 전투를 벌였습니다. 한데 병사들에게 충분히 쉴 시간도 주지 않은 채 다시 출병 준비를 하는 이유가 무엇입니까?"

"나는 어젯밤에 붉고 큰 별 하나가 오장원으로 떨어지는 것을 보았다. 오장원이라면, 촉의 본진이 있는 곳이 아닌가? 내가 생각하기에는 공명이 죽은 것이 틀림없다."

사마의는 확신에 찬 얼굴로 제갈량의 죽음을 이야기했다. 하후패를 비롯한 장수들은 그제야 사마의가 출병 준비를 지시한 까닭을 이해할 수 있었다. 그리하여 위군은 또다시 전투

태세를 갖추게 되었다.

사마의가 통솔하는 위군은 곧 오장원을 향해 진격했다. 제갈량이 사라진 촉군이라면 두려울 것이 없었기에, 사마의의 표정에는 자신감이 넘쳐 보였다. 더구나 얼마 전에 오와 싸워 승리를 거둔 터라 병사들의 사기도 매우 높았다. 아니나 다를까, 잠시 후 다다른 오장원의 촉군 진지는 텅 비어 있었다. 사마의는 자신의 예감이 틀리지 않았다는 것을 확인하고 더욱 의기양양했다.

"이 자들이 공명이 죽자마자 꽁무니를 뺀 듯하구나. 아직 멀리 가지 못했을 테니 서둘러 쫓아가서 모두 목을 베어버리자!"

그동안 자신에게 번번이 패배의 아픔을 안긴 제갈량이 사라지자 사마의는 거칠 것이 없어 보였다. 그의 명령에 병사들이 함성을 지르며 촉군을 뒤쫓기 시작했다. 그렇게 50리쯤 추격했을까? 위군을 이끌고 협곡에 들어서게 된 사마의는 왠지 불길한 기운을 느꼈다. 때마침 함께 출병한 그의 두 아들이 다가와 주위를 두리번거리며 말했다.

"아버님, 이곳의 길이 너무 좁고 험합니다. 조심하십시오."

그러자 사마의는 오히려 허세를 부렸다.

"괜찮다. 공명이 죽은 마당에 무엇이 두렵겠느냐?"

하지만 사마의는 머지않아 맞닥뜨릴 놀라운 사실을 짐작조차 하지 못했다. 그들이 협곡으로 더욱 깊이 들어갔을 때, 갑자기 사방에서 함성 소리가 들리더니 촉군이 쏟아져 나왔다.

"앗, 촉군이다!"

뜻밖의 상황에 당황한 사마의는 재빨리 정신을 가다듬으며 병사들에게 공격 명령을 내렸다. 처음에는 기습 탓에 일방적으로 당하던 위군도 서서히 반격을 시작했다. 그런데 그 순간, 사마의는 눈으로 보고도 차마 믿을 수 없는 광경을 목격하고 화들짝 놀랐다. 이미 죽었다고 생각한 제갈량이 촉군 한가운데 멀쩡히 살아 있는 것이 아닌가! 그는 사륜거에 앉아 백우선을 높이 들고 병사들을 지휘하고 있었다.

"아, 이게 어떻게 된 일이지……."

너무 놀라 말을 잇지 못하는 사마의의 얼굴빛이 벌겋게 달아올랐다. 비좁은 협곡에서 기습 공격을 당한데다 죽었다고 믿어 의심치 않았던 제갈량까지 살아 있으니, 사마의가 선택할 길은 하나밖에 없었다. 그는 서둘러 부하들에게 퇴각 명령을 내렸다.

"모두 후퇴하라! 후퇴하라!"

방금 전까지 기세등등하던 위군은 순식간에 혼란에 빠져 허둥지둥 달아나기 바빴다. 그들을 쫓아온 강유와 마대, 왕평의 군사가 칼을 휘두르자 위군의 목이 거센 바람 앞의 나뭇잎처럼 줄줄이 땅바닥에 나뒹굴었다. 사마의와 장수들조차 이렇다 하게 대항할 엄두조차 내지 못한 채 겨우 목숨을 건져 본진으로 돌아왔다.

"하마터면 큰일 날 뻔했구나. 도대체 공명이 어떻게 살아 있단 말이냐?"

사마의는 안도의 한숨을 내쉬며 도저히 이해할 수 없다는 표정을 지었다. 그 시각 촉군은 강유와 양의의 지휘 아래 무사히 한중으로 철군을 완료했다.

그로부터 얼마 후, 촉에 잠입했던 첩자가 돌아와 사마의를 만났다.

"공명이 정말 살아 있는 것이냐?"

첩자를 보자마자, 사마의는 다짜고짜 가장 궁금했던 것을 물었다.

"공명은 틀림없이 죽었습니다."

"뭐라고! 그렇다면 내가 협곡에서 본 공명은 무엇이란 말이냐?"

사마의는 따지듯이 계속 질문을 해댔다.

"그것은 공명의 형상을 한 목상이었습니다. 그가 죽기 전에 자신의 목상을 만들어두었다가 위급한 상황에 쓰라고 명을 내려두었다 합니다."

"아! 목상이라……."

첩자의 말에 사마의는 두 눈을 동그랗게 뜨고 차마 말을 잇지 못했다. 그는 두어 번 마른침을 삼키고 나서야 탄식을 내뱉었다.

"죽은 공명이 살아 있는 중달(仲達)을 이겼구나. 내가 죽은 자에게 농락을 당한 것이야."

사마의는 하늘을 올려다보며 혀를 찼다. 그는 결국 제갈량을 당해내지 못한 것을 인정하며 오랫동안 괴로워했다.

그런데 그 무렵 한중으로 돌아온 촉군에도 큰 문제가 발생했다. 제갈량이 세상을 떠나면서 별다른 중책을 맡기지 않은 위연이 반란을 도모한 것이다. 그는 나이 든 자신을 배제하고 일개 참모였던 양의에게 군사의 지휘권을 준 것이 무엇보다 불만이었다. 위연은 부장인 마대까지 선동해 반란에 가담시켰다.

강유와 양의가 한중의 성에서 제갈량의 유해를 지키며 성도로 갈 준비를 하고 있을 때, 마침내 위연이 반란을 일으켰다. 그가 성 앞으로 군사를 끌고 와 크게 소리쳤다.

"성 안에 쥐새끼처럼 숨어 있는 양의는 당장 밖으로 나와 나의 칼을 받아라! 만약 그곳에 계속 웅크리고 있겠다면, 내가 들어가 너의 목을 벨 것이다!"

위연의 도발에 양의는 곧 제갈량이 건넨 비단주머니를 떠올렸다. 그가 은밀히 비단주머니를 펼쳐보니 위연의 반란에 대비한 놀라운 책략이 적혀 있었다. 양의는 다시 한 번 제갈량의 뛰어난 지략을 실감하며 감탄했다.

그 사이 강유가 성 밖으로 기병 3천을 데리고 나가 위연을 만났다.

"왜 이러시는 겁니까, 장군? 이것이 정녕 반역인 것을 모르신단 말입니까?"

하지만 강유의 설득에도 위연은 마음을 돌리지 않았다.

"너와는 관계없는 일이다. 내가 양의와 맞붙어보면 누가 더 주장이 될 만한 자질을 갖추고 있는지 알게 될 것이다. 어서 양의를 내 앞에 데려와라!"

그때 제갈량의 책략을 확인한 양의가 성 밖으로 달려 나와 소리쳤다.

"역적 위연은 잘 들어라! 승상께서 살아 계실 때는 충성을 다하는 시늉을 하더니 이제야 본색을 드러내는구나. 네 놈에게 '누가 감히 나를 죽일 것이냐?'라고 세 번 외칠 용기가 있다면, 내가 기꺼이 상대해주마. 너 같은 기회주의자에게는 그만한 배짱도 없지 않느냐?"

양의의 말을 들은 위연은 머리꼭대기까지 화가 치밀었다. 세상에서 둘째가라면 서러울 장수에게 그것은 너무나 치욕스러운 조롱이었다. 위연이 붉으락푸르락해진 얼굴로 버럭 소리를 내질렀다.

"애송이 같은 양의 놈아, 그 정도 말을 하는 것이 네게는 용기를 낼 일인가 보구나? 나는 세 번이 아니라 삼천 번이라도 기꺼이 외칠 수 있다. 그 다음에 너의 목을 베어 천하의 용장이 누구인지 널리 알리고, 내가 한중 땅의 주인이 될 것이다!"

그러면서 위연은 숨 돌릴 새도 없이 큰 소리로 외쳤다.

"누가 감히 나를 죽일 것이냐? 누가 감히 나를 죽일 것이냐? 누가 감히 나를 죽일 것이냐?"

위연의 목소리에는 어느 때보다 힘이 넘쳤다. 그는 소리치는 내내 양의의 얼굴을 날카롭게 노려보았다. 그런데 위연의 말이 끝나는 순간, 누군가 그의 뒤통수에 대고 천둥처럼 우렁차게 쏘아붙였다.

"역적 위연아, 내가 너를 죽여주마!"

갑작스런 상황에 깜짝 놀란 위연이 뒤를 돌아보니, 마대가 험상궂은 표정으로 칼을 높이 치켜들고 있었다. 그리고 순식간에 그 칼이 위연의 목을 벴다.

"으, 마대 네가……."

위연의 머리는 피를 사방으로 내뿜으며 땅바닥에 나뒹굴었다. 그렇게 한 장수의 반란이 허무하게 막을 내린 것이다.

사실 마대는 위연의 반란에 동조한 것이 아니었다. 그 역시 일찍이 제갈량으로부터 반란에 대비한 책략 하나를 들었던 터라, 일부러 위연 곁에 머물며 기회를 엿보았다. 그러니까 양의가 건네받은 비단주머니에 적힌 책략과 마대가 들은 책략이 더해져 위연의 반란을 물리칠 수 있었던 것이다.

며칠 후, 마침내 강유와 양의는 제갈량의 시신을 수레에 싣고 성도로 향했다. 그 소식을 들은 황제 유선은 몸소 성 밖까지 달려 나와 정중히 예를 갖췄다. 그리고 유해가 도착하자 여러 대신들과 함께 통곡했다. 제갈량은 단순히 한 사람의 신하가 아니라 오랜 세월 촉의 정신적인 지주나 다름없었기 때문이다. 백성들의 슬픔 또한 황제나 조정 대신들과 다르지 않았다.

황제 유선은 제갈량을 위해 국장(國葬)을 치렀고, 최고의 격식을 갖춰 시신을 정군산(定軍山)에 모셨다. 아울러 그에게 충무후(忠武侯)라는 시호를 내린 다음 면양에 사당을 세워 해마다 성대하게 제를 올리도록 했다.

삼국 통일과 진의 건국

천하의 영웅호걸도 세월 앞에서는 무기력한 한낱 미물인 법. 동탁과 여포부터 조조와 유비, 제갈량까지 어느 누구도 유한한 삶에서 예외일 수 없었다. 그럼에도 그들은 무엇을 위해 서로 싸우고 죽이며 뺏고 빼앗겼던 것일까? 그런 날들이 길었으나 천하는 여전히 통일되지 못했다. 다만 제갈량이 세상을 떠난 뒤 위·촉·오 세 나라는 잠시 힘의 균형을 이루며 큰 전쟁 없이 나름 평화로운 날들을 보내고 있었다.

그런데 전쟁을 멈춘 모든 권력자가 백성들의 생활을 보살피는 데 전력을 기울이는 것은 아니었다. 위 황제 조예는 어이없게도 전쟁 대신 향락에 자신의 열정을 쏟아 부었다. 그는 허도와 낙양에 여러 채의 궁궐을 짓고 날마다 음주가무에 빠져 지냈다. 그것의 부당함을 이야기하는 신하는 죽음을 면치 못했고, 백성들의 원성은 힘으로 눌러버렸다. 하지만 향락의

끝은 비참했다. 조예는 방탕한 생활로 병이 들어 겨우 36살의 나이에 삶을 마치고 말았다. 그의 뒤를 이어 8살밖에 되지 않은 조방(曹芳)이 황위에 올랐지만, 실제 위의 권력은 사마의가 모두 쥐고 있었다.

사마의는 대장군 조상(曹爽) 등과 다퉈 어렵게 차지한 실권을 굳건히 지켰다. 그가 죽고 나서는 아들 사마사가 권력을 이어받았고, 둘째아들 사마소는 표기장군(標旗將軍)이 되었다.

그 무렵 오에서도 황위에 변화가 생겼다. 71살의 나이로 손권이 죽고 일곱째아들 손량(孫亮)이 오의 제2대 황제가 된 것이다. 그런데 위와 비슷하게 오에도 실권을 쥔 인물은 따로 있었다. 그는 제갈근의 아들 제갈각(諸葛恪)이었는데, 사마사의 침략에 맞서 싸우다가 패한 뒤 손준(孫峻) 등의 모함으로 죽고 말았다.

그 후 오의 권력은 대장군 손침(孫綝)이 갖게 되었다. 그는 황제 손량을 권좌에서 쫓아내고 손권의 여섯째아들 손휴(孫休)를 황제로 추대했다. 그런데 권력의 향방은 한 치 앞도 예단할 수 없는 것일까? 오의 실권을 쥐고 천하를 호령할 것 같았던 손침은 곧 손휴의 명을 받은 정봉에게 죽임을 당하는 신세가 되었다.

그와 비슷한 시기 위에서는 사마사의 신상에 변화가 생겼다. 그는 조방을 황위에서 쫓아내고 황족 조모(曹髦)를 권좌에 앉힌 뒤 오를 치러 갔다가 병이 나서 죽고 말았다. 사마사의 권력은 아우 사마소가 물려받았는데, 그는 욕망이 더 큰 인물이라 스스로 황제가 되려는 야심을 품었다. 다만 사마소는 조조의 사례를 참고해 아들 사마염(司馬炎)을 마음에 두고 일단 조환(曹奐)을 다음 황제로 삼았다. 조환은 사마소를 승상으로 임명했다.

한편 촉에서는 황제 유선의 재임이 계속 이어지고 있었다. 어느덧 그에게 충성을 다했던 장완과 비위는 세상을 떠났고, 유선의 신임을 등에 업은 황호(黃皓)가 거침없이 권력을 휘둘렀다. 모름지기 사리사욕에 눈먼 간신이 곁에 있으면 황제의 총기가 흐려지는 법. 유선은 황호의 사탕발림에 속아 넘어가 향락에 빠져 지내기 시작했다. 만약 제갈량이 살아 있었더라면 그와 같은 일은 결코 벌어질 리 없었지만, 당시 촉에는 황호의 패악을 제지할 인물이 마땅히 보이지 않았다.

그때 궁궐의 혼란에 환멸을 느낀 강유는 눈을 밖으로 돌려 위를 정벌하려고 했다. 하지만 그는 2년에 걸쳐 두 차례 출병하고도 승전고를 올리지 못했다. 특히 두 번째 출병 때는 만반의 준비를 갖추었으나 황호의 농간으로 황제가 군사를 불러들여 뜻을 이루지 못했다. 강유는 참다못해 성도로 가서 황호를 죽이려고 했지만, 황제가 말리는 바람에 그마저 성공하지 못했다. 오히려 황호의 모함에 속아 넘어간 황제는 강유를 먼 지방으로 쫓아버리는 어리석은 결정을 내리고 말았다.

사마소는 강유가 한직으로 물러났다는 소식을 듣고 쾌재를 불렀다. 그는 망설임 없이 종회(鐘會)와 등애(鄧艾)에게 대군을 내주어 촉을 공격하도록 했다. 강유가 없는 촉군은 그들 앞에 속수무책으로 무너졌다. 제갈량의 아들 제갈첨(諸葛瞻) 등이 나섰으나 상대가 되지 못했던 것이다. 황제는 위군이 몰려온다는 소식에 안절부절못하다가 결국 사마소에게 항복하기로 결심했다. 아들 유심(劉諶)이 스스로 목숨을 끊으며 반대했으나 아버지 유선은 생각을 바꾸지 않았다.

그로부터 며칠 후, 유선은 몸소 성 밖으로 10리나 나와 위군 앞에 머리를 조아렸다. 그로써 유비, 관우, 장비 삼형제가 도원결의로 맹세했던 꿈은 허망하게 산산조각 나고 말았다. 유비가 황위에 오른 지 42년이 지난 263년의 일이었다. 강유는 남은 군사로 촉의 불씨를 다시 살려보려고 노력했으나 뜻을 이루지 못한 채 자결했다.

촉을 무너뜨린 사마소의 기세는 하늘을 찌를 듯했다. 하지만 권력보다 더 막강한 힘을 가진 것이 자연의 섭리였다. 사마소는 뜻밖에 중풍으로 쓰러져 자리에 눕게 되었고, 애초에 생각해둔 대로 아들 사마염을 황위에 올렸다.

황제 조환은 지난날 헌제가 그랬던 것처럼 수선대(受禪臺)

에서 사마염에게 옥새를 바쳤다. 새 황제는 조환을 진류왕으로 봉한 뒤 금용성(金墉城)에서 허수아비처럼 지내도록 했다. 그리고는 나라 이름을 바꿔 진(晉)으로 불렀다. 그로써 위는 한나라 왕실로부터 국권을 강탈한 지 45년이 지난 265년에 멸망하게 되었다.

사마염의 진나라는 이제 오에 눈독을 들였다. 손휴는 사마염이 머지않아 쳐들어올 것이라는 두려움에 떨다가 갑자기 병이 들고 말았다. 그의 병세는 날로 악화되어 결국 세상을 떠나게 되었고, 손권의 손자 손호(孫皓)가 뒤를 이어 황위에 올랐다. 그런데 손호는 성질이 포악하여 바른말하는 충신들을 가차 없이 죽였으며, 궁녀를 수천 명씩 둘 만큼 주색을 좋아했다. 또한 수많은 인력을 동원해 새로 궁궐을 짓는 등 무리한 공사를 벌여 백성들의 원성이 자자했다.

당시 진의 위세는 지난날 촉과 오의 동맹군이 나선다고 해도 막아내기 어려울 만큼 막강했다. 그런데 하물며 황제가 주색잡기에 빠진 것도 모자라 백성들까지 반감을 갖게 된 오의 군사로는 상대할 수가 없었다. 사마염은 곧 두예(杜預)를 대도독으로 삼아 오를 공격했다. 위군이 수륙양용 작전을 펼치며 파죽지세로 진격하자 오의 장수와 병사들은 저마다 꽁무니를 내빼기에 바빴다. 그러자 황제 손휴는 결국 항복을 선언해 오의 역사에 종지부를 찍고 말았다. 때는 서기 280년으로, 그렇게 오랫동안 패권을 다투던 위·촉·오 삼국시대가 완전히 저물었다. 사마염의 진나라가 또다시 중국 대륙에 통일 국가를 연 것이다.